Emil Bobi

Abara Da Kabar

Die Rückreise

Roman

Emil Bobi

ABARA DA KABAR

Die Rückreise

Roman

VERLAG ANTON PUSTET

Impressum

Bibliografische Information der Deutschen Nationalbibliothek
Die Deutsche Nationalbibliothek verzeichnet diese Publikation in der Deutschen Nationalbibliografie; detaillierte bibliografische Daten sind im Internet über http://dnb.d-nb.de abrufbar.

Umschlagillustration: © Arm001/shutterstock.com
Innenillustrationen © KHIUS/shutterstock.com
Autorenfoto S. 367: Ursula Innerhofer

Grafik, Satz und Produktion: Tanja Kühnel
Lektorat: Anja Zachhuber
Druck: pb tisk, Tschechien
Gedruckt in der EU

ISBN 978-3-7025-1015-2

Auch als eBook erhältlich
eISBN 978-3-7025-8077-3

www.pustet.at

Ohne Sprache ist nichts wahr.
Mit Sprache ist alles unwahr.

ERSTES BUCH

1

Ich habe mir die Latte immer schön hoch gelegt, damit ich auch dann gut sein konnte, wenn ich sie verfehlte. Ich weiß nicht, ob das bedeutet, dass ich zu viel oder zu wenig wollte. Wenig wollen gibt ein gutes Gefühl und ist irgendwie weise. Den Bescheidenen umflort die Verschwiegenheit des besseren Wissens und deutet auf geheime Größen hin. Doch wie soll man bescheiden sein, wenn es um alles geht? Ich meine, wie soll man wenig wollen, wenn es nur alles oder nichts gibt?

Gott im schwarzen Himmel, bin ich froh. Ich hätte auch andere Wege gehen können. Aber, eben, man sollte keine anderen Wege gehen. Man sollte nur genau diesen einen gehen.

Wie seltsam das alles war, von Beginn an. Und ich mitten drin und ausreichend verrückt, es auch zu bedienen, ausreichend gegennormal, das Fraglose zu hinterfragen und dann auch noch Konsequenzen zu ziehen, obwohl ich schon einen Hauch dessen spürte, was da kommen würde. Aber gut.

Angefangen hat alles mit dem schwarzen Muster, das über den Himmel zog, als die Raben kamen. Einundzwanzig dieser riesigen Kohlraben waren wie Gewölk über dem Hügelkamm aufgetaucht und hereingeschwebt, koordiniert wie eine Mannschaft. Manche richteten ihre Köpfe nach einander und knurrten sich gelangweilte Kommentare zu, andere ließen Nebenbemerkungen fallen, ohne ihre Blicke vom Horizont zu nehmen. Ihr kehliges Gurgeln hallte durch den Graben – und entführte mich weit zurück.

Es war Kindheit, es war Winter, das Land war weißgrau verkrustet und hatte geschlossen. Ich blickte stumm in die Landschaft, meine Haube saß schief, meine Gedanken bohrten sich ins reglose Bild. Da zogen Raben durch den verlassenen Raum und sie klangen, als schabten sie mit einer hölzernen Raspel an der hohlen Luft. Als sie über mich hinwegflogen, drehte sich der Klangkörper ihrer Stimmen und war nun von hinten zu hören, wie er das Weite suchte und seinen Hall hinter sich herzog, während ich unten am Boden in der stehenden Stille zurückblieb.

Wie klingen Raben in der Stille eines Wintertages, fragte ich mich, und konnte nicht einmal sagen, ob da ein feuchtes Blubbern aus ihren Kehlen kam, oder ob man es besser trockenes Blubbern nennen sollte. Wenn es denn ein Blubbern war. Das war meine Frage: Wie oder wonach klingen Raben? Sie wurde zur ältesten aller Fragen, die ich je hatte.

Immer schon hatte ich es mit der Sprache der Tiere. Sie konnte etwas, das die Menschensprache nie konnte. Wenn ein Hahn krähte, spürte ich etwas. Es kam von ganz tief und schmeckte wie Erinnerung. Da war eine körperlich spürbare Gleichschaltung mit etwas diffus Bekanntem, aber nichts Konkretes. Wenn ein Mensch sprach, war es umgekehrt. Da wurde etwas Konkretes wachgerufen, ohne je diese gefühlte Entsprechung auszulösen. Na ja. Wie auch immer.

Meine Lust, den Klang der Raben in Wörter zu verwandeln, hat jedenfalls nie aufgehört. Noch heute höre ich ihre Rufe mit dem ganzen Körper, wenn es auch mit den Jahren immer schwächer wurde. Damals hörte ich sie als Schmerz, als ein zu Schmerz verdichtetes Verlangen, wiederzugeben, was ich erlebte, wenn ihre Rufe auf die Membran in meiner Brust trafen und ihr Echo in den Nervenbahnen verebbte.

Diese Lust hat mich nie anders als gekränkt zurückgelassen. Wie hätte ich sie auch bedienen sollen? Wie hätte ich etwas festhalten können, das ich nicht einmal angreifen konnte, etwas, das zudem immer gerade dabei war, sich zu verflüchtigen? Auch war mir diese Lust nie ganz geheuer. Sie kam aus einer Tiefe, die mir unheimlich war, weil sie tiefer schien, als ich selbst und sie sich dennoch in mir befand. So suchte ich nach treffenden Wörtern, ohne zu wissen, ob es sie überhaupt gab. Ich suchte nach Begriffen, die diesen Erinnerungsgefühlen nicht nur einen Namen geben, sondern die Gefühle selbst wieder wecken konnten. Meine Suche galt Wörtern, die den Klang der Raben isolieren und aus der Natur abbauen konnten, ihn gewinnen wie einen Rohstoff, haltbar und lagerungsfähig machen und in Bereitschaft halten, um jederzeit wiederverwendet zu werden.

Später, erwachsen, schüttelte ich langsam den Kopf, als mir klar wurde, dass ich es doch nur selbst gewesen war, was ich da im Nachhall der Rabenstimmen wahrgenommen hatte, wie einen Lufthauch, der verschwand, noch bevor ich ihn atmen konnte. Aber mein Vorhaben war unverändert. Ich wollte diesen Lufthauch anhalten, ihn einfangen und in Wörter sperren wie in kleine Käfige. Ich wollte diesen Lufthauch meiner Seele stabilisieren, indem ich ihn mit Wörtern schiente und verpackte, um ihn wiederholbar zu machen. Ich wollte Haltbargefühle erzeugen, Gefühlskonserven, die jederzeit und auch von vielen gleichzeitig geöffnet werden konnten.

Wie recht ich damals doch hatte, als das Land weißgrau verkrustet war. Ich war ein Seher. Ein Dichter im besten Sinn. Danach war ich nie mehr einer. Später begann ich einer sein zu wollen und dann begann ich mir einzubilden, einer zu sein, bis ich mir endlich einzubilden begann, keiner zu sein. Ist ja egal. Ich sag' nur. Man muss ja kein Dichter sein, um sagen zu wollen, was man sagen möchte, und zwar genau das, was man sagen möchte, und nicht nur fast genau das.

Nun, Jahrzehnte später, waren diese schwarzen Gestalten also zurückgekehrt. Simultan wie ein Geschwader sanken sie in einer Kreiskurve in den Graben herein und begannen, prominent und arrogant, langsam über dem alten Bauernhof zu kreisen, der nach Jahren der Verlassenheit wieder Lebendigkeit zeigte. Sie sahen mich im Gras liegen. In ihren Kehlen blubberte es.

Was in aller Welt gaben diese Wesen von sich? Ein versöhnliches Sägen? Was war dieses Chrr, Chrr oder so? War das ein forschendes Kratzen? Dürres Geratsche? Chrr, Chrr. Hölzernes Nagen? Entspanntes Röcheln? Röchelten sie? Schnarrten sie? Knarrten sie? Murrten sie mit der selbstverständlichen Beleidigtheit unverschämter Einzelkinder? Passte ihnen gar nichts? Stänkerten sie gewohnheitsmäßig mit kargen Abfälligkeiten wie Ruheständler im Park? Knurrten sie knapp und kategorisch wie die Wächter einer dunklen Exekutive? Wiederholten sie ihre Äußerungen aus Zufriedenheit, weil sie funktionierten, oder aus Not, weil sie nicht funktionierten? Wiederholten sie sich überhaupt? Oder sagten sie laufend etwas anderes und nur mein Menschenohr nahm keine Unterschiede wahr? So wie ihr Rabenohr umgekehrt meine Aussagen als notorisch wiederkehrende Lautketten vernehmen musste, wie hängengebliebene Geräuschsequenzen, die zwar typisch nach Mensch klangen, aber keine Aufschlüsse zuließen, was sich im Inneren der Geräuschsequenzen abspielte, und ob es sich um österreichische, tibeto-birmanische oder lolo-burmesische Lautketten handelte. Egal. Im Ton der Raben vernahm ich zumindest keine Not. Sie klangen entspannt und am Punkt. Sie musterten mich.

Sicher, ich hätte das, was Raben von sich gaben, auch mit einer Notbezeichnung bekleben und einfach »rabeln« nennen können. Aber ich fand das unerträglich. Ich hätte damit grob anzeigen können, was ich meinte, aber nur, wenn ohnehin bekannt war, was ich meinte. Aber nichtssagende Namen für das Unbeschreibbare zu verwenden, konnte doch nicht der Sinn der Sprache sein.

So hatten sie es nämlich gemacht, die Namensgeber der Raben, als sie ihnen unterstellten, sie würden krähen. Die Diktion dieser Herrschaften war, der Rabe wäre mit äußerlich ähnlichen Vögeln verwandt und man könne daher alle miteinander unter flächendeckender Identitätsverwischung als Krähen bezeichnen. Einfach, weil »Kra« diesen Namensgebern eine angemessene Lautnachahmung schien und daher gut genug für ein Etikett. Sie beschrieben damit nichts. Sie tauften. Sie nannten diese Vögel »die Kra machen«. Fast mytho-poetisch, diese Hilflosigkeit. Egal.

Alle einundzwanzig Raben waren nun gelandet. In den Bäumen unterhalb der großen Wiese, die vom Bauernhaus weg ins Tal hinunter hing, hatten sie in gleichen Abständen voneinander Platz genommen und richteten ihre Aufmerksamkeit auf mich wie unsichtbare Scheinwerfer. Manche tauschten Blicke aus, bevor sie wieder mich ansahen. Ich war irritiert. Die Szene schien mir unwirklich und ich dachte, sie zu mystifizieren oder irgendwie anders zu überhöhen, doch bildeten die Mitglieder dieses seltsamen Senates eindeutig einen großen, formschönen Halbkreis mit mir exakt im Mittelpunkt gegenüber. Und sie lauschten. Der Wind legte sich. Vom gegenüberliegenden Hügel krähte ein Hahn.

Ich erhob mich aus dem Gras und blickte hinunter in das schwarz gefiederte Halbrund. Ich dachte, sieh einer an: Auch die Menschen benützen solche Talare, wenn sie beschlussmäßig Einfluss nehmen. Die Raben schwiegen, als wollten sie die Flüchtigkeit der Situation nicht stören. Vom Frauenberg her wehte Glockengeläut. Die Tagung, in die ich hier geraten war, schien mir kein bisschen abwegig und genau das beunruhigte mich. Aus dem Tierreich erhielt ich Nachhilfe in Fragen der Lautkommunikation und fand das ganz normal.

Was denke ich eigentlich, fragte ich mich, wenn ich auf der Suche nach richtigen Wörtern bin? Wenn ich also noch gar nicht denke, sondern nach den Bestandteilen des Denkens suche? Denke ich auch ohne Sprache? Aber ist Denken nicht Sprechen mit dem Hirn? Irgendwie musste es auch außerhalb der Sprache ein Denken geben, dachte ich, denn wie könnte ich sonst mit einem verwendeten Ausdruck unzufrieden sein?

Plötzlich, als wäre die Sitzung geschlossen, erhoben sich die Einundzwanzig fast gleichzeitig von den Baumkronen und das Geschwader zerstob in der Luft wie schwarzes Laub in einer Windböe.

2

Ich muss sagen, die Suche nach Wörtern hat mich immer schon mehr beansprucht als das Leben selbst. Ich habe schon zu viel nachgedacht, als ich noch für alles zu jung und zu klein war und von allem so beeindruckt, dass ich, solange ich nicht schlief, hauptsächlich staunte. Ich denke, mein kleiner Fehler könnte gewesen sein, dass ich irgendwie falsch geliebt habe. Sehr, ja, aber falsch. Ich habe gestaunt und geliebt und das war vielleicht irgendwie zu wenig. Man halte sich vor Augen: Ich habe einen Bleistift mittlerer Härte geliebt. Ich habe mein leeres Tagebuch geliebt, in das ich nie auch nur ein einziges Wort schrieb. Und bitte, im Ernst: Ich war in cinc Hominidin verliebt. Was soll man dazu sagen? Okay, sie war unglaublich attraktiv, aber eine Hominidin? Und ich war ja nicht ein bisschen in sie verknallt, sondern unsterblich verliebt bis ich fast erwachsen war. Während also meine Geliebte etwa eine Million Jahre weit weg war, erlebte ich den Höhepunkt meiner Teenager-Karriere, als ein Homo-Sapiens-Mädchen mir sagte, ich würde sie an Van Morrison erinnern, wie er auf einen Bus wartet und einstweilen an einem Zahnstocher kaut. Genau wie beim jungen Van Morrison würde mein Oberkörper oft ein bisschen schräg vornüber hängen und mein Kopf skeptisch zur Seite gelegt sein, als würde ich abwägen, was ich nun von der Situation halten sollte, obwohl sie mich nicht sonderlich betraf. Und das Homo-Sapiens-Mädchen sagte, manchmal käme ihr vor, ich würde in die Sonne lächeln und dabei nichts sehen, kein Gesicht, keine Augen, in die ich lächeln könne, weil ich geblendet wäre und es sei ihr nicht klar, ob ich bloß schüchtern wäre, oder lauerte. Da flackerte etwas heiß in mir auf, aber ich begriff kein bisschen, was sie meinte. Ich fühlte mich nur als Van Morrison, ließ meinen Oberkörper noch ein bisschen stärker zur Seite hängen und lächelte lässig in die Sonne.

Also gut.

Das mit den Raben, um zur Geschichte zurückzukommen, war wie der erste Blitz eines Gewitters, der gelb und lautlos am Horizont aufflackert wie eine kaputtgehende Glühbirne. Dann wurden die Blitze heller und schärfer und bald ging es Schlag auf Schlag: Zwei Tage nach der Rabensitzung entdeckte ich die Kluft. Am Tag darauf erkannte ich, dass ihre Überbrückung unmöglich war. Und noch am selben Tag wurde alles anders.

Die Kluft. Sie war überall, wo Menschen sprachen. Sie verlief unabänderlich und ausnahmslos durch jedes einzelne Menschen-Gespräch und hielt das, was gesagt wurde, von dem fern, was gemeint war. Die Kluft, das war die Kluft zwischen Gesagtem und Gemeintem. Die Kluft war ein ganzes Netz aus Klüften. Ich meine, gespürt hatte ich sie immer schon, aber jetzt erschien sie mir in dem grafischen Muster, in das sich eine Stadt verwandelt, wenn man sie von hoch oben sieht. Ich befand mich auf einem Spaziergang am Kahlenberg und blickte hinunter auf die Stadt, die weichgezeichnet von bläulichem Dunst mit ihren Kästchen und Linien dalag wie ein riesiger Schaltplan. Und da sah ich sie.

Alle spürten, dass es die Kluft gab. Alle spürten, dass es in Sachen Verständigung kein Gelingen gab. Jemand sagte etwas und die anderen erstarrten irritiert oder gar beschämt und alle wussten, dass etwas anderes gemeint war, während das Gemeinte wortlos über dem Gesagten schwebte. Du siehst den Menschen, der etwas gesagt hat und so vertraut war mit dem, was er sagte und so fremd zu dem, was er sagen wollte und du siehst: Das Gesagte ist vertraut und harmlos und wirkungslos, das andere, das Gemeinte, ist fremd und unheimlich. Die Kluft ist ein dichtes Netz aus Klüften. Die Kluft ist wie ein Schaltplan aus schwarzen Bahnen, die wie ein Gitter aus Klüften im Ausgesprochenen liegen und das Gesagte vom Gemeinten trennen. Wenn jemand etwas sagt, ist es, als hätte jemand anderer es gesagt. Wenn jemand etwas sagt, ist er selbst verblüfft wie die anderen, weil er, wie die anderen, selbst doch weiß, dass er etwas anderes sagen wollte. Er hört sich selbst und es ist so fremd, sich zu hören, als wäre er sich fremd, als kennte er den wahren Sprecher nicht, der sich vornüberbeugt, um zu lauschen, nachdem er etwas gesagt hat und nun stutzt, als hätte er im Nebenraum Geräusche gehört. Als hätte jemand anderer mit seiner Stimme gesprochen und etwas anderes gesagt, als er selbst sagen wollte. Und dann blickt er drein, fragend, verwirrt, so, als würde er vor einer Maschine stehen, die nicht funktioniert. Die, wenn er auf den Knopf drückt, etwas anderes macht, als er dachte. Etwas anderes, als zu erwarten war, wenn er davon ausging, dass die Maschine machte, was er dachte, dass sie machen würde, weil alle es dachten und er nur dachte, was alle dachten und nur sagte, was alle sagten, ein bisschen anders als die anderen vielleicht, aber nicht viel anders.

Die Kluft machte es sichtbar: Wer spricht, wird belauscht. Das Gesagte wird vom Gemeinten beschattet. Wer etwas sagt, ist betreten. Beschämt. Einsam. Er spricht, doch er erreicht sich nicht. Er hat gar nicht gesagt, was er sich da sagen gehört hat, er hat es nur ausgelöst mit seinen Lauten, mit denen er versucht hat, etwas anderes auszulösen, etwas, das nur in ihm selbst war, was nur er sagen hätte können, aber er hat ein mechanisches Ergebnis bekommen wie von einem blinkenden Automaten im Prater, der immer nur eines derselben wenigen Ergebnisse auswirft, über die er verfügt.

Es ist peinlich. Es ist so offensichtlich. Ein unverhülltes Vergehen. Es ist wie Missbrauch mit Augenkontakt. Beschämend. Es nötigt dich, den Blick zu senken. Alle sind fremdbestimmt und alle wissen, dass alle fremdbestimmt und missbraucht sind und jedes Mal, wenn jemand etwas sagt, also etwas Fremdes von sich gibt, etwas von etwas Fremdem vorgefertigt zur begrenzten Auswahl Gestelltes von sich gibt, ist er betreten von der Offensichtlichkeit des Vergehens und er schämt sich unterwürfig für seine Behinderung, für seine Machtlosigkeit, für die Ausweglosigkeit und die nicht verhinderbare und nicht aufschiebbare und unaufhörliche Wiederholung des Vergehens, welches ein Vergehen am Gemeinten ist.

Die Kluft, das bist du. Die Kluft ist der Schatten, der neben dir steht wie dein Unterschied. Als wärst du ausgeschnitten und zur Seite verschoben und würdest die Sicht auf einen dunklen Eingang hinter dir zur Hälfte freigeben. Die Kluft ist der Zwischenraum, das Maß des Danebenen, der Raum des Ungesagten, der Hort des Gemeinten. Der Kern. Dein Unterschied.

Du sagst etwas und alle nicken nur, als würden sie verstehen. Aber, genauer gesagt, nicken sie, als würden sie nichts verstehen und nur signalisieren wollen, sie verstünden etwas. Sie nicken realitätskonform nichts verstehend. Und was sie sagen, klingt so verdächtig, liegt so daneben, dass du spürst, wie das Gemeinte auf der Strecke bleibt, in der Kluft, wo sich das Gemeinte wie ein Restbestand sammelt, ausgesondert von einem Gitter, das nur durchlässt, was durchpasst. So landet das Gemeinte verlässlich in der Kluft, während das Nichtgemeinte verlässlich durch- und ankommt, weil es vom Aussonderungsgitter positiv auf Nichtgemeintheit geprüft wurde.

Das Gemeinte aber, das ist der Kern. Das bist du. Du bist das Gemeinte. Das von der Sprache nicht bewältigte und vom Gitter nicht bewilligte. Das nicht Sagbare. Das entsorgte Gemeinte. Das bist du wirklich. Das, woraus deine Alleinheit gemacht ist. Die Einsamkeit zwischen Gesagtem und Gemeintem. Im Schatten, in der Kluft, wo das Gemeinte hängen bleibt, da bist du wirklich. Draußen im Licht und in den Farben bist du nur, was die Sprache aus dir macht, im Schatten aber, in der Kluft, dort bist du wirklich. Dort liegt alles auf Halde, was du meinst. Die Sprache macht aus dir dunkle Materie. Sie macht aus dir Gegenmaterie. Na ja, egal.

Am Tag nach meinem Kahlenberg-Spaziergang wurde mir also klar, dass die Kluft selbst nicht das große Problem war. Das große Problem war, dass ihre Schließung nicht funktionierte. Diese Kluft zu überbrücken war unmöglich. Die Menschen verwendeten den größten Teil ihrer Gespräche darauf, die Kluft zwischen Gesagtem und Gemeintem zu schließen, aber mit immer mehr Gesagtem statt Gemeintem. Was hätten sie auch tun sollen.

Da saß ich in dieser Routinebesprechung in der Redaktion und plötzlich, wie nebenbei, hörte ich es mich aussprechen: Die Sprache funktioniert nicht. Und kaputte Sprache ist mit kaputter Sprache nicht zu überwinden.

Die Sprache war kaputt. War immer schon kaputt gewesen. Die Sprache, dieses mit Lautbildern aus modulierter Atemluft operierende Kommunikationssystem, das den Menschen zu einem geistigen Wesen gemacht hat, war defekt wie ein Funkgerät, das zwar blinkte und zischte, aber nichts übermittelte. Man konnte hineinbrüllen so oft und so deutlich man wollte, am anderen Ende war nur ein elektrisches Sieden zu hören, zerfetzt von durchbrechenden Schleifgeräuschen, die man für Botschaften hielt und die man mit weiteren Schleifgeräuschen näher erörtern wollte. Doch die Sprache der Menschen warf nicht aus, was man ihr eingab und das bedeutete, dass alles, was Menschen je gesagt hatten und alles, was Menschen je gehört hatten, falsch war. Dafür gab es so viele Beweise, wie jemals von Menschen gemachte Aussagen.

Das hatte nebenbei auch etwas Tröstliches. Ich hatte entdeckt, dass es nicht am Menschen lag. Nicht die Menschen erzeugten das Chaos, weil sie unfähige Raubtiere waren, sondern ihr Informationsübermittlungssystem, weil es schlicht defekt war. Das war mehr als eine Begnadigung. Es war eine Enthaftung wegen erwiesener Unschuld.

Doch das half mir wenig, ich meine, diese Amnestie traf mich nicht. Die Menschen waren nicht schuld, ich aber schon. Die Menschen wurden enthaftet, ich aber wurde verbannt. Der Rest der Menschheit wurde entlastet, ich aber enteignet. Ich nahm zur Kenntnis: Keine einzige der Botschaften, die ich verschickt hatte, war je angekommen. Ich hatte noch nie in meinem Leben etwas gesagt, wie ich dachte, es gesagt zu haben. Ich hatte die Sprache für eine Gefährtin gehalten, für eine befreundete Riesin, die Zauberkräfte besaß und mit der man Himmel und Hölle bereisen konnte. Doch diese geheiligte, verdammte Wortsprache konnte einfach nicht, was ich ihr zugeschrieben hatte.

Diese Erkenntnis verdankte ich meinem Talent zum Hinschauen und meinem Hang zum Verwerflichen, ohne den ich heute noch an der Kluft stehen, in den Wind rufen und mir einbilden würde, drüben auf der anderen Seite verstünde jemand etwas.

Ich bin in diese Erkenntnis bei heiterem Himmel hineingestolpert. Das ging so: Ich saß also in dieser Redaktionssitzung und verdrehte die Tatsachen, damit sie mir passten. Ich verbog sie ein bisschen, damit man einen schöneren Titel für meine Geschichte machen konnte, die sich im Vorfeld der Nationalratswahl um Wahlkampf-Sprache drehen sollte, genauer gesagt um die erstaunlich mangelhaften Sprachkompetenzen mancher Spitzenkandidaten.

Der Wahlkampf war in die heiße Phase gekommen und besonders einer der Spitzenkandidaten hatte begonnen, Nerven zu zeigen. Er begann öffentlich um sich zu schlagen wie ein kreischendes Kind, das wegen angeblicher oder tatsächlicher Gemeinheiten seine Arme hin und her um den Oberkörper schleudert und dabei egozentrische Grimassen schneidet. Dabei handelte es sich um den amtierenden Bundeskanzler der Republik Österreich, der während seiner gesamten Amtszeit Erklärungsbedarf angehäuft hatte. Nun war auch der Wahlkampf desaströs verlaufen, es hatte überall zu brennen begonnen und alle, besonders seine eigenen Parteifreunde, schauten regungslos zu wie Ehrengäste bei einer Einäscherung. Selbst jene Billigblätter und billigen Gratisblätter waren auf Distanz gegangen, aus denen er in großer Regelmäßigkeit als Macher herausgestrahlt hatte, sowohl aus dem redaktionellen Teil wie aus den ganzseitigen Partei-Inseraten. In seiner Partei wollte niemand mehr verstehen, warum er es wieder geschafft hatte, aufgestellt zu werden, wo er doch längst drauf und dran gewesen war, das Gleichgewicht zu verlieren, was in der Politik bedeutete, dass das Gleichgewicht schon verloren war. In dieser Situation ließ der Gerade-Noch-Regierungschef mit einer erstaunlichen Behauptung aufhorchen: »Dieses Land braucht einen Kanzler, wo die Partei hinter ihm steht.«

Mit diesem Satz des Regierungschefs begann ich meine Ausführungen in der Sitzung. Gelächter brach los. Ein Fotograf äffte den Kanzler nach: »Also braucht man nirgendwo in diesem Land einen Kanzler, denn die Partei steht nirgends hinter ihm.« Heiterkeit. Überlegenes Schmunzeln.

Ich fuhr fort. Dahinter stecke ein großes Zeit-Thema. Wir hätten es mit einer schleichenden Sprachverarmung zu tun, die sich durch alle Schichten ziehe und viele Ursachen habe. Sätze wie »du verstehst mich nicht« oder »das habe ich nicht gesagt« zählten zu den statistisch am öftesten verwendeten Sätzen überhaupt. Für die Existenz einer Sprachkrise gebe es nicht nur zahlreiche frei beobachtbare Indizien, sondern auch viele eindeutige Beweise: Unlängst habe etwa eine Studie gezeigt, dass Kinder ihre motorischen Fähigkeiten zunehmend einbüßten, ein Schreibgerät so zu führen, dass lesbare Buchstaben zurückblieben. Sie würden die körperlichen Voraussetzungen zur Aneignung von Schrift verlieren. Die Menschen würden immer analphabetischer. Wir hätten eine neue Sprachkrise. Ein Babel 4.0.

Die Diskussion dauerte mehr als eine halbe Stunde. Sarkastische Wortspiele wurden erfunden, Beispiele sprachlicher Verwerfungen Prominenter zitiert. Weitere Aspekte der Sprachverarmung wurden erwähnt, wie die Chat-Sprache, die nur noch Satzfetzen und Abkürzungen kannte und auf das Denken selbst zurückwirke, denn die Leute begannen ihre Gedanken ihren Ausdrucksmöglichkeiten anzupassen. Es entstünde etwas wie eine Chat-Denke. Die Betroffenen erinnerten dabei an körperlich Lädierte, die schmerzhaften Stellungen auswichen und erst dadurch behindert wirkten.

Der stellvertretende Chefredakteur, der die Sitzung leitete, hatte nur schweigend zugehört und sagte jetzt: »Das ist eigentlich eine eigene Cover-Geschichte für nach der Wahl.« Ich nickte.

»Wie lautet der Titel?«, fragte er, »was steht im Vorspann?«

Ich blickte in die Luft: »Keine Ahnung. Vielleicht: ›Der Sprachfehler‹. Oder ›Sprache sprachlos‹. Oder ›Was kann Sprache?‹ Oder ›Das Babel-Gebrabbel‹.« Und nach einer Pause: »›Das Muss-Verständnis‹?«

»Das versteht man nicht«, sagte der Art-Direktor und kaute an seinem Bleistift.

Der raufllustige Fotograf schlug vor: »›Die Sprecher-Verbrecher‹!« Ein anderer: »›Die Sprach-Blase‹? Oder ›Die Entsprachung‹? Oder vielleicht straight: ›Das Ende der Sprache‹?«

Nein. Das war alles nichts. Eine Cover-Geschichte musste eine echte These haben. Dass Sprache nicht beherrscht und dennoch missbraucht wurde, war einfach nichts Neues. Dass sie Missverständnisse erzeugte und Verwirrung stiftete, dass Politiker sich wanden und nichts sagen wollten und dabei stotterten, war altbekannt und das wollte niemand lesen. Man müsse, sagte ich, viel weiter gehen und nach vorne gerichtet zuspitzen, vielleicht so: »Sprache funktioniert nicht.«

Das klinge schon eher nach etwas. Das sei eine klare Mitteilung. Etwas völlig Neues. So etwas wolle man lesen. Das habe man noch nie gehört. »Die Sprache funktioniert nicht. Sie ist defekt.« Zu sagen, die Menschen würden lügen, sei langweilig. Aber neu sei: Nicht die Menschen sind schuld, sondern die Sprache. Das betreffe jeden einzelnen und entlaste ihn von der großen Beschuldigung. Toll. Dagegen wäre »Das Ende der Sprache« ein platter Slogan, den niemand ernst nehme.

Der stellvertretende Chefredakteur biss sich auf die Unterlippe. »Kann man das?«, fragte er, »kann man sagen, Sprache funktioniert nicht?«

»Sicher«, sagte ich. »Sie funktioniert jedenfalls sicher nicht so, wie man sich das als Laie vorstellt.«

»Wie stellt man sich das als Laie vor?«

»Na, dass der eine etwas ausspricht, dieser Inhalt sodann durch die Luft fliegt und zugestellt wird und der Empfänger diesen übermittelten Inhalt zur Verfügung hat.«

»Nein?«

»Nein, absolut nicht.«

Der stellvertretende Chefredakteur wollte die Diskussion abgeschlossen haben, ohne sich in jedes Detail zu vertiefen und sich dem Rest des Programmes zuwenden. »Also dann vielleicht doch«, sagte er, hielt kurz inne, und fuhr fort: »Titel: Der Sprachfehler. Untertitel: Das Kommunikationssystem, das den Menschen zum Menschen macht, funktioniert nicht. Geht das?«

Ich nickte.

Damit war eine große Titelgeschichte über die neue Sprachkrise beschlossen und meine kleine Wahlkampf-Story über analphabetische Spitzenkandidaten entfiel. Mein Magen fühlte sich lau an. Von der anderen Straßenseite blitzte reflektiertes Sonnenlicht vom Fenster des Führerhäuschens eines Baukranes, der sich gedreht hatte. Ich starrte auf die eisengraue Kunststoffplatte des Konferenztisches und hörte nicht mehr, worüber nun geredet wurde. Nach einiger Zeit erhob ich mich, nickte in die Runde und verließ die Besprechung. Wohl niemand dachte, auch ich nicht, dass ich nie wieder zurückkehren würde.

Ich ging zum Lift. Ich war mit etwas völlig anderem aus der Konferenz gekommen, als ich hineingegangen war. Ich hatte mich sprechen gehört und gestaunt. Als ich mich sagen hörte »die Sprache funktioniert nicht« war mir, als hätte sich die Raumakustik verbogen oder was weiß ich. Keine Ahnung. Meine nach vorne gerichtete These war durch bloßes Aussprechen lebendig geworden. In knallige Titel-Sprache verpackt, war ihr Inhalt in Kraft getreten.

Als die Lifttür aufschwang, blickte ich in das Gesicht einer bestens gelaunten Mitarbeiterin aus der Abo-Abteilung, die nach unten wollte, was ich nicht bemerkte. Ich stieg ein, quittierte ihr Strahlen mit einem Lächeln und lehnte mich gegen den großen Spiegel gegenüber der Tür, ohne mein Ziel-Stockwerk einzutippen. Dann ging es wie im freien Fall nach unten. Ich fuhr wieder hoch und ging in mein Zimmer.

Ich setzte mich an meinen Schreibtisch. Das halbe Büro lag wie nach Schneefall unter einer weißen, hügeligen Decke aus herausgerissenen Notizzetteln, Zettelteilen und geglätteten Papierfetzen und zeigte die weiß schimmernde Gelöschtheit einer Winterlandschaft, in der selbst die Stille noch etwas Gedämpftes hatte. Ich beugte mich über die Notizen, aber die Textstelle, auf die mein Blick fiel, war unleserlich. Ich wandte mich von ihr ab und einer anderen zu, fixierte eine dritte und dann noch eine. Nichts. Ich konnte meine eigene Schrift nicht lesen. Ich weitete meine Augen um zu prüfen, ob geweitete Augen am Ergebnis etwas änderten. Aber da waren nur abstrakte Muster, verbogene Haken, Schleifen und Kurven, sinnlos bekleckert mit abgerutschten Punkten, da und dort unterstrichen. Ein psychotisches Gekritzel, dessen einzige Systematik eine zeilenartige Anordnung war. Fremd wie ein archäologischer Fund starrte mich ein schriftähnliches Muster an und versperrte den Zugang zu meiner eigenen Erinnerung. Ich stand wie vor zugeknallten Türen. Meine eigenen Informationen waren zu einem Geheimnis geworden. Mein Wissen hatte sich in Unwissen verwandelt. In verschmutztes Unwissen, denn herkömmliches Unwissen war sauber wie ein leeres Blatt Papier, man wusste ja nicht, was man nicht wusste. In meinem Fall aber war es ein konkretes Unwissen, ein gewusstes Unwissen, ein verschuldetes Unwissen, ein strafbares Unwissen, das wie Sauerstoffmangel wirkte.

Ich betrachtete die Berge aus Altpapier, die ich mein Büro nannte. Die verbogenen Türme aus Akten, Ordnern, losen Papierpacken, noch original verpackten und längst verstaubten Sachbüchern, die Tassen mit den ausgetrockneten Kaffeeresten, den vor Jahren vertrockneten Gummibaum, den Teppich aus Notiz-Zetteln, die Kartons in der Ecke. Jetzt sah es nicht mehr nur aus wie eine Müllhalde, jetzt war es zu einer Müllhalde geworden. All das Geschriebene, das herumlag, ob lesbar oder nicht, war unecht und leer wie das totenbleiche Licht, das, obwohl es heller Tag war, aus den Neonröhren von der Decke starrte wie eine synthetische Behauptung von Licht. Und fast völlig lautlos war es auf einmal geworden, sodass ich meinte, das Knistern der elektronischen Geräte zu hören, die nach einem Stromausfall abkühlten und nun nach Strom und schwarzem Kunststoff stanken.

Ich schloss die Augen. Sie war kaputt. Unsere schöne Sprachmaschine warf schadhafte Produkte aus, die nicht nur wertlos waren, sondern auch hochgiftig. Man hatte immer schon gesehen, dass ihre Produkte seltsam unpassend waren und man drehte und wendete sie ratlos, als hätte man in der Anwendung etwas falsch gemacht, ohne dahinterzukommen, was. Aber es war nur ein diffuser Verdacht, und so lebte man mit diesen Ergebnissen und hielt das Falsche für richtig, weil man weder das Falsche noch das Richtige je gesehen hatte, sondern immer nur dachte, es zu sehen. Nie war jemand auf die Idee gekommen, die Maschine zu hinterfragen. Sie lief ja.

Die Sprache war defekt und das bedeutete Unermessliches. Die Geschichte der Menschheit war eine Geschichte der Missverständnisse. Sie war eine Geschichte des Suchens nach den richtigen Wörtern und den Konsequenzen dafür, sie nicht gefunden zu haben. Der Gesamtzustand der Welt war das Abbild einer gescheiterten Sprache, das Sittenbild einer an der Sprache gescheiterten Menschheit. Funktionierende Sprachkommunikation war pure Illusion.

Das war doch der Grund, warum auf der Welt ständig Dinge passierten, die niemand wollte, dachte ich. Wenn ein Friedensabkommen nicht hielt, was hielt da nicht? Doch nicht der Friedenswille, sondern das Abkommen. Und ein Abkommen war das Ergebnis eines Tauschhandels mit Wörtern. Was nicht hielt, waren natürlich verhandlungsstrategisch in Stellung gebrachte Wortkombinationen. Es war doch sonnenklar: Konflikte eskalierten, weil die richtigen Worte nicht gefunden wurden und keiner wusste, dass es die gesuchten Wörter gar nicht gab. Kriege brachen aus, nicht weil die Menschen so gerne Krieg führten, sondern weil die Sprach-Kommunikation nicht ausreichte, sie zu verhindern. Es ging hier nicht um österreichische Innenpolitik, sondern um den Zustand, in dem sich die Welt befand. Dieser Zustand war insgesamt das Ergebnis erfolgloser Kommunikation. Die Geschichte der Menschheit war eine Geschichte der sprechenden Fäuste, die in Aktion traten, wenn die Wörter ausgingen. Dieses Prinzip reichte von der Sandkiste über den Kaffeehaus-Tratsch bis zur Paar-Therapie und bis ins weltpolitische Gipfeltreffen. Dieses Prinzip war allgegenwärtig.

Keine von Menschen gemachte Aussage hatte jemals die Wirklichkeit abgebildet. Und das war nur das eine. Das andere war, dass auch nichts zutreffend sein konnte, was Menschen mit ihren Gedanken im Kopf machten, denn selbstverständlich bestanden auch Gedanken aus sprachlichen Begriffen. Was der Mensch dachte, konnte nur falsch sein. Er hatte alle seine Wahrnehmungen falsch verpackt, in eine Sprache gehüllt, die den Packungsinhalt nicht wiedergab. Er lebte in einer Scheinwelt, die von einer Scheinsprache projiziert wurde. Ok, dachte ich, na lustig: Die Welt, wie ich sie sehe, gibt es nicht. Sie ist ein Produkt der kollektiven Einbildung, wir würden uns verständigen. So war das. Vorausgesetzt, ich war nicht wahnsinnig geworden. Und das war ich nicht. Ich war nicht wahnsinniger als davor.

3

Als ich das Haus verließ, war die Konferenz noch nicht zu Ende, aber ich war schon in die Gegenrichtung unterwegs. Das war mir zu dem Zeitpunkt noch nicht bewusst, aber im Rückblick kommt mir vor, dass ich da mein Ziel bereits gepeilt hatte. Ich griff nach einem Notizblock und zwei oder drei Bleistiften mittlerer Härte, hielt inne, ließ beides wieder fallen, wollte mich zum Gehen abwenden, nahm das Schreibzeug dann doch an mich und ging. Richtung Anfang.

Auf der Straße bemerkte ich, dass es auch etwas wie Wetter gab. Es hatte geregnet und mittlerweile schon wieder aufgehört. Die Luft war warm und nass wie in den Tropen und es wurde langsam dunkel. Im Westen war die Wolkendecke aufgerissen, aber die untergehende Sonne hatte es zum Glück nicht mehr geschafft, noch einmal in die wohlige Regendüsternis zu leuchten und sie kaputtzumachen mit ihren letzten, dünnen Strahlen, die ohnehin schon zu schwach waren, den Tag noch einmal zurückzubringen. Jetzt begann es von Osten her erneut zuzuziehen. Fettiges, hochschwangeres Gewölk kroch heran und hielt knapp über der Stadt. Über den Kanten der Häuserschluchten stand eine vulgäre Decken-Freske aus schwarzen Bäuchen wie regloser Rauch. Die Mariahilfer Straße war wie ein in schwarzen Fels getriebener Stollen hinunter zur Zweierlinie, in dem es donnerte und hupte und rot vor Bremslichtern flackerte, als würde eine angelaufene Evakuierung nicht funktionieren. In der U-Bahn roch es nach feuchten Menschen und dem nassen Moder von Altkleidern. Am Stephansplatz lagen die Pflastersteine im Widerglanz bunter Leuchtreklamen und ein obdachloser Zeitungsverkäufer lächelte ermutigend. Die Dame in Louis Vuitton schleppte alleingelassen ihre Einkaufstaschen und warf tapfer ihre Mähne in den Nacken. Im Stravinsky war alles voll.

Im Stravinsky war immer alles voll. Es war einfach zu klein, um nicht voll zu sein. Schon nachmittags kehrte hier die tägliche Feierlichkeit ein und heizte die Kneipe auf Betriebstemperatur. Wer das Stravinsky betrat, der erschien wie auf einer Bühne. Er lächelte bescheiden nickend, als bedanke er sich für den Applaus. Die Luft war erfüllt mit gelassenem Lachen, verziert mit dem dünnen Klirren von Sektflöten und zerhackt von schwer aneinander gerammten Krügeln. Glühende Augen wanderten. Grauberger von der Innenpolitik des Wiener Boten lehnte an der Theke und war in die druckfrische Abendausgabe seiner Zeitung vertieft. Er las seine eigene Geschichte, die er wenige Stunden zuvor abgegeben hatte. An einer Textstelle lachte er schallend auf, nickte anerkennend und legte das Blatt zur Seite. Er bestellte ein neues Bier, dazu einen Schnaps, rauchte sich eine Zigarette an und lächelte nickend in sich hinein.

Ich ging manchmal ins Stravinsky, weil ich den Gestank dort mochte. Alle pafften eine nach der anderen und durch den stehenden grauen Nebel wanden sich blaue Rauchschwaden. Es roch sauer nach altem Bier und schaumig nach neuem. Zwischen Duftfäden aus Moschus oder sowas stank das Holz modrig nach Alter. Die Wandverkleidungen, die Sitzbänke, die Theke, die hinterspiegelten Regale, alles vor mehr als 100 Jahren wie aus einem Stück Holz geschnitzt und geschwärzt von den tausend Nächten und den tausend Geschichten.

Da entdeckte ich Paul. Er stand da, sein Schnauzer hing ihm zerfranst über die Unterlippe und wie eh und je schmunzelte er wissend, als wäre er nie weggewesen. Paul, das war alte Schule. Um Leute wie ihn zu treffen, kam ich manchmal hier her.

»Und?«, sagte er, »was schreibst?«

»Was weiß ich«, sagte ich abwehrend, »etwas über Sprache.«

Paul zog die Brauen hoch und wartete.

»Na schau«, sagte ich, »die Story lautet: Die Sprache ist an allem schuld. Nicht der Mensch ist böse, sondern die Sprache. Sie ist sehr, sehr böse. Sie macht alles kaputt, weil sie selbst kaputt ist.«

Paul schmunzelte: »Sprachkrise. Eh gut. Wann kommt das?«

»Ich habe erst angefangen. Ich muss einmal jemanden finden, der mir so etwas zumindest entfernt bestätigt, oder wenigstens ansatzweise nicht dementiert. Bisher habe ich nur bemerkt, dass Sprache ein endlos riesiges Gebiet ist. Seit Jahrtausenden sagen alle gescheiten und weniger gescheiten Menschen etwas über sie. Und sie alle umschreiben mit schönen, intelligenten, oder anderswie interessanten Sätzen, dass sie keine Ahnung haben, was Sprache überhaupt sein soll.«

Er nickte. »Ich bin froh, dass ich in Pension bin.«

Grauberger hob den Kopf und grinste. Der lange Kellner mit der Glatze und der sicherheitshalber vornübergebeugten Körperhaltung fischte den vollen Aschenbecher von der Theke und ließ den Inhalt mit der Fingerfertigkeit eines Trick-Magiers im Abfallkübel verschwinden.

»Aber wen willst du wirklich damit zitieren?«, fragte Paul, »du kannst ja nicht daherkommen und sagen, ich, liebe Leute, sage euch hiermit, eure Sprache hat einen Totalschaden. Die werden sagen, lieber Herr Reporter, vielleicht sind doch sie selbst es, der einen Totalschaden hat.«

»Weiß nicht«, sagte ich, »ausgegangen bin ich von einer harmlosen Geschichte über Wahlkampf-Sprache, weißt eh, qua, qua, über tiefenpsychologisch und manipulativ sein wollendes Spitzenkandidaten-Gestammel und so weiter. Aber wenn man auch nur ein bisschen genauer hinschaut, wird die Sache gleich höchst gescheit und dann drängen sich Fragen auf, die die Sprache selbst betreffen und alles, was da dranhängt und dahintersteckt. Und weißt du, was da dahintersteckt? Alles. Einfach alles.«

Da hob sich Pauls Zeigefinger wie ein Stoppsignal: »Moment. Ich kenne da jemanden über zwei Ecken, der vielleicht was für dich ist. Ein emeritierter Linguistik-Professor. Hans Reich. War sehr umtriebig. Hat in den USA und in der Ukraine gelehrt. Ich weiß nichts Genaueres. Jedenfalls hatte er Jahre lang Streit mit Kollegen auf der ganzen Welt, weil er der Meinung war, dass diese Vielzahl an Sprachen, die es gibt, aus einer einzigen Ursprache hervorgegangen ist, und der Mensch daher nicht an mehreren Orten unabhängig voneinander zu sprechen begonnen hat.«

»Das denken viele«, sagte ich.

»Ja, aber Reich sagt, dass die Sprachpioniere die Schrift vom Himmel abgelesen haben. Dabei ist er überhaupt kein Spinner.«

Das interessierte mich. »Der Mann durfte an Universitäten lehren?«

»Genau«, sagte Paul, »das ist der Streitpunkt. Er ist übrigens einer aus der Familie des Wilhelm Reich.«

»Aha? Wilhelm Reich himself?«

»Großneffe oder sowas.«

Grauberger schaltete sich ein. Wilhelm Reich sei einer der Helden seiner jungen Jahre gewesen. Er, Grauberger, habe ihn auf eine Stufe mit Leuten wie Gandhi und Nietzsche gestellt. Ein echter Regenmacher sei das gewesen. »Die Deutschen«, sagte er und sein Gesicht zuckte vorwurfsvoll nach oben, »die Deutschen wären besser Reich gefolgt. Aber Hitler hat ihnen besser gefallen. Kein Wunder. Hitler hat ihnen eingeredet, dass sie toll sind und überhaupt die besten. Reich aber hat die Wahrheit gesagt. Ein Aufdecker, der niedergemacht wurde, weil niemand seine Enthüllungen ertragen konnte.«

Er nahm einen Schluck vom Bier und zog ärgerlich an der Zigarette. »Reich hat gesagt, dass das deutsche Volk flächendeckend an einer Zwangsneurose leidet. Jede einzelne typisch deutsche Charaktereigenschaft ist ein Symptom der Zwangsneurose. Dieses als große Tugend besungene Kompanie-Verhalten der Deutschen ist ein Krankheitsbild.«

Die Österreicher seien auch nicht ganz frei von diesen Symptomen, warf Paul ein.

Grauberger nickte, zog an der Zigarette und hob den Zeigefinger, während er den Rauch ausstieß, um einstweilen keine Wortmeldungen zuzulassen. »Und Freud!«, schnappte er, »dieser narzisstische, schwanzgesteuerte Traumtänzer hat Reich als kommunistischen Auftragsforscher verunglimpft und umbringen wollen, wissenschaftlich zumindest, aus purer, blinder, primitiver Eifersucht, weil Reich zu viel erkannt hatte und es wagte, Freuds Unsinn vom natürlichen Todestrieb des Menschen zu widersprechen.« Grauberger redete sich in eine Aufgebrachtheit, die er mit gierigen Zigarettenzügen stabilisierte.

Paul wendete sich mir zu: »Ich schicke dir seine Nummer, weiß aber nicht, wo er sich aufhält.«

Am winzigen Tisch in der hinteren Ecke saßen drei parlamentarische Mitarbeiter sozialdemokratischer Abgeordneter und der Sprecher des Sozialministers unter vergilbten Plakaten und in zu engen italienischen Anzügen. Der Pressesprecher, Mayer, hatte das roteste und am stärksten aufgequollene Gesicht der Runde. Offenbar war er den ganzen Tag nicht zum Essen gekommen, stürzte sich jetzt gierig auf den Teller mit Frischkäse, Tomaten und Basilikum, den ihm der lange Kellner mit einem kunstvollen Schwung vorgesetzt hatte. Mayer überschüttete das Gericht mit viel zu viel von dem dunkelroten Weinessig und viel zu wenig Olivenöl und keuchte beim ersten Bissen wie ein geschocktes Waldtier. Dann entdeckte er mich, hob abwehrend die Hand und kündigte an, die versprochenen Unterlagen zu irgendeiner Geschichte »umgehend« zu übermitteln: »Kann ich dich morgen anrufen?«

»Sicher, immer, hungriger Mensch«, sagte ich, »aber iss langsamer. Sonst sage ich es den SPÖ-Frauen.«

Mayer nickte schräg und deutete ein müdes Lächeln an. Er war stets bemüht, den Schreiberlingen alles rechtzumachen, auch wenn sie noch so viel Mist schrieben. Er signalisierte Unterwürfigkeit vor allen Medien, das war sein berufliches Versprechen und seine Grundstellung. Ich hatte mein Mineralwasser noch nicht angerührt, stürzte es jetzt in einem Zug hinunter, umarmte Paul, boxte Grauberger sanft in den Bauch, zeigte Mayer den erhobenen Daumen und verließ das Stravinsky.

Es hatte nicht mehr zu regnen begonnen. Die Stadt war still geworden und meine Schritte klopften auf den Pflastersteinen. Die Stimmung, die sich nach der Redaktionssitzung breitgemacht hatte, war vom Lärm im Stravinsky verdrängt worden und tauchte jetzt wieder auf. Ich spazierte über den Stephansplatz, bog hinunter in die Rotenturmstraße, vorbei am verlassenen Standplatz der Pferdefuhrwerke, von denen nur der scharfe Geruch nach Dung und Urin zurückgeblieben war. Ich mochte diesen Duft. Er hatte nichts Abstoßendes für mich. Man sollte ein Parfüm mit einer Note »Pferd« machen, dachte ich. Eines dieser intelligenten Parfüms, die nicht einfach nur nach etwas rochen, sondern subtile Duftbilder öffneten, die sich veränderten wie die Jahreszeiten, je länger sie auf der Haut waren und deren flüchtige Noten von keiner Nase begriffen werden konnten. Pferdedung, Whisky, Weihrauch vielleicht. Vielleicht auch Zimt und etwas Lemoniges. Nein, Zimt ist zu süß, vielleicht eher Sandel oder Elefantengras dachte ich, aber Elefantengras ist ja auch süß, also keine Ahnung, ich wusste ja nicht, welchen Gesetzen die Alchemie der Düfte folgte. Von allen Bestandteilen musste man jedenfalls so wenig verwenden, dass man sie nicht direkt erkannte und sie gemeinsam in einem völlig neuen Duft aufgingen, der diffus und ungreifbar an Verschiedenes erinnerte, man aber nichts davon nennen konnte.

Ich bog in die Bäckerstraße. Ein zitronengelber Lamborghini, der gegen die Fahrtrichtung unterwegs war, wurde heruntergebremst und fauchte aggressiv. Seine nass-roten Bremslichter stachen wie zwei Lichtschwerter schräg in die alte Gasse. Dann erloschen sie wieder und die Bäckerstraße sank zurück in ihre mittelalterliche Dunkelheit.

»Der Sprachfehler. Das Kommunikationssystem, das den Menschen zum Menschen macht, funktioniert nicht.«

Ok. Ist ja ok, sagte ich mir, ruhig Blut. Man kann ja jederzeit dazulernen. Man kann etwas Neues entdecken und dann ändern sich halt die Sachverhalte. Das ist Entwicklung. Jeden Tag werden neue Dinge entdeckt, die alte Denk-Gebäude zusammenfallen lassen. Ein Knochenfund, und schon muss die Geschichte umgeschrieben werden. Aber dann wird sie eben umgeschrieben und es geht weiter. Doch wenn die Sprache nicht das ist, was man dachte, dass sie ist, geht nichts mehr weiter. Dann ist nicht nur ein Knochen falsch, sondern alles. Absolut alles müsste umgeschrieben werden. Aber diesmal kann nichts umgeschrieben werden. Mit welcher Sprache denn?

Ich weiß nicht mehr, wie die Zeit an diesem Abend so schnell vergehen konnte. Es war schon lange nach Mitternacht, als ich in der Bäckerstraße stand und mich umdrehte. Der Lamborghini lauerte an der Ecke. Er röchelte unter dem Würgegriff seiner Bremsen und harrte der Entscheidung, in welche Richtung er nun hechten sollte. Die beiden Insassen schienen sich zu streiten. Er, der am Steuer saß, schüttelte heftig dementierend den Kopf. Sie, am Beifahrersitz, schnappte bekräftigend nach ihm und ihr Gesicht zuckte immer wieder in seine Richtung, als würde sie ihn anbellen. In den östlichen Himmel schlich das erste Violett und wie eine Wettererscheinung zog eine riesenhafte schwarze Wolke russischer Saatkrähen von Westen her lärmend über die Stadt auf dem Weg in den Prater, wo sie wie Früchte schwer in den Baumkronen hängen wollten.

Ich hatte Lust einzuschlafen und einige Tage vorher wieder aufzuwachen, damit sich alles als Traum herausstellen konnte. Ich musste lachen. Ich musste angreifen. Ich musste so tun, als sei alles nur eine Zeitungsgeschichte. Ich musste einfach nur einmal angreifen und dann weitersehen. Also griff ich an: Wo also lag der Fehler? Was genau funktionierte nicht? Was war das überhaupt: Sprache. Gab es Menschen der Sprache, die über ihr zentrales Informationsübermittlungssystem sagten, es funktioniere nicht? Linguisten? Denker? Dichter? Bauern? Räuber? Geisteskranke? Egal, ich würde sie finden.

Wo die Recherche langgehen musste, war klar, es gab ohnehin nur eine einzige Vorgangsweise: Hinfahren und nachschauen. Es gab keine Alternative zur Reporter-Absoluten des Hinfahrens und Nachschauens. Reportagen waren im Homeoffice nicht machbar. Nichts auf der Welt war so, wie es sich vom Schreibtisch aus gesehen darstellte. Alles änderte sich radikal, wenn man hinfuhr und nachschaute.

Ich wusste, was ich zu tun hatte. Es war mir nie unklar. Ich musste mich auf die klassische Suche nach dem verlorenen Schlüssel machen. Ich musste den Weg zurückgehen, den mein Untersuchungsgegenstand durch seine Geschichte genommen hatte, den Blick dabei immer konzentriert am Wegrand, und wenn da kein Schlüssel zu entdecken sein würde, würde mich mein Weg eben ganz zurück bis an seinen Anfang führen.

Ich ging davon aus, dass das Hirnprogramm »Sprache« nicht als Missgeburt auf die Welt gekommen war, denn das machte nun wirklich keinen Sinn. Das Menschengehirn war doch nicht eine Million

Jahre lang gewachsen, um sich in die Lage zu bringen, die massenhaften Schaltungen der Sprachverarbeitung zu bewältigen, nur um dann nicht zu funktionieren. Ich glaubte an die Intelligenz der Natur und an die komplexe Sinnhaftigkeit ihrer Funktionsweisen. Nein, bei der Geburt der Sprache musste alles noch geklappt haben. Es musste unterwegs eine Panne aufgetreten sein. Vielleicht etwas wie ein Ur-Missverständnis, das sich fortgepflanzt und ausbreitet hatte wie ein Virus. Dann wäre das Problem kein technischer Defekt, sondern die Folge falscher Anwendung oder so. Wie konnte es überhaupt sein, dass die Sprache Lügen zuließ? Und wozu wurde sie denn erfunden? Weil den Hominiden langweilig war und sie ihre Nachbarn ausrichten wollten? Wohl kaum. Die Erfindung oder Entdeckung oder wie immer der Beginn der syntaktischen Laut-Kommunikation zu nennen war, musste doch im Kern dem Bedürfnis gefolgt sein, die Welt zu erklären. So dachte ich jedenfalls.

Ich sah mich bei einem Naturvolk, von dessen Sprache ich kein Wort verstand und es dennoch kennen und verstehen lernte, ohne eine Vorstellung zu haben, wie das funktionieren sollte. Ich wusste es nicht. Ich wusste nur, dass ich zurück musste zum Ursprung. Ich benötigte einen Lokalaugenschein bei den Anfängen der Menschen-Sprache. Aber wie das gehen sollte, wusste ich noch weniger. Der Weg zurück war nicht nur versperrt. Es gab ihn nicht. Genauer gesagt war er nicht einmal denkbar. Sprachen kamen und gingen und die meisten von ihnen hinterließen schon deshalb keine Spuren, weil sie keine Schrift kannten. Und Wörter waren Muster aus Schallwellen, die im Wind verschwanden. Gesprochene Sprache war deformierte Luft. Davon blieb nichts als Luft. Da gab es nichts auszugraben, von dem man rückschließen konnte.

Na, viel Glück, dachte ich in der Morgendämmerung auf der Straße stehend. Ich schüttelte den Kopf. Entschuldige, fragte ich mich, bitte um Verzeihung, Herr Ober-Reporter, wo geht es hier zurück zum Ursprung der Sprache? Gehst du da vorne an der Ecke links oder rechts?

Es wäre untertrieben zu sagen, ich sei vor dem Nichts gestanden. Einmal verschwundene Sprachen waren so verschwunden, dass sie eigentlich nie existiert hatten. Nicht nur die Sprache als solche war Vergangenheit, auch ihre Geschichte hatte sich aufgelöst und selbst die Erinnerung an ihre Geschichte war verloren, weil auch Erinnerung nichts als gespeicherte Sprache war. Ich stand vor einer Sprach-Vergangenheit, die selbst nicht mehr existierte. Wie sollte ich rekonstruieren, was früher war, noch vor meiner eigenen Sprache? Abertausende von ihnen waren gekommen und gegangen. Sie verzweigten sich wie die Äste einer Baumkrone, hielten einige Jahrhunderte, veränderten sich und ihre Benutzer und verschwanden wieder. Sie starben ab und hinterließen keine Hinweise auf ihre Existenz. Sogar die meisten Sprachen der Gegenwart kannten übrigens keine Schrift und verschwanden eine nach der anderen mit ihren Sprechern noch spurloser als die Sprecher. Wo sollte ich also in der Vergangenheit einen Fehler finden, wenn es das Umfeld selbst nicht mehr gab, in dem er passierte?

Ich ging nach rechts. Hinunter zum Schwedenplatz und über die Brücke auf die andere Seite des Donaukanals, wo ich mein Fahrzeug geparkt hatte. Ich nahm den Strafzettel nicht von der Windschutzscheibe, er würde von selber verschwinden, sobald ich den Scheibenwischer einschaltete. Denn es begann wieder leicht zu regnen.

4

Ich startete den Wagen nicht. Ich griff nach dem Hebel rechts am Sitz, legte mich mit der Rückenlehne flach und schlief sofort ein. Ich träumte und der Traum war von großer Klarheit und Lautstärke. Da war ein junger Niederösterreicher, den ich aus dem wirklichen Leben kannte, ich meine, kennen ist ein bisschen viel gesagt, ich hatte ihn nur einmal getroffen, als ich ihn vor Jahren in einem Gefängnis in Bangkok besuchte, das man Bangkok Hilton nannte, um über ihn zu berichten. Ich schrieb eine Serie über im Ausland inhaftierte Österreicher, die auf der ganzen Welt verstreut mit ihren geplatzten Träumen im Gefängnis saßen. Der noch kindlich wirkende Niederösterreicher war bei der versuchten Einreise von Laos nach Thailand mit einem Kilo Heroin festgenommen und zu hundert Jahren Haft verurteilt worden. Als ich ihn besuchte, hatte er sieben Jahre abgesessen und der thailändische König hatte seine Strafe im Zuge einer Amnestie halbiert. Er hatte also noch dreiundvierzig Jahre zu sitzen und weil er aus einer Familie stammte, die sich seit seiner Kindheit nie um ihn gekümmert hatte und er von ihr also nichts, nicht einmal einen Brief, erwarten durfte und auch sonst niemanden in seiner Heimat hatte, er also wirklich allein war, hielt er sich mit der Vorfreude am Leben, mit den Jahren einer der einflussreicheren Langzeithäftlinge zu werden und in den Genuss eines Privilegs zu kommen, das nur solchen Häftlingen vorbehalten war: eine ein bis zwei Quadratmeter große Bodenfläche im Gefängnishof bebauen zu dürfen und eines Tages seine eigenen Tomaten zu ernten. In meinem Traum tauchte er nun als Richter auf.

Er thronte inmitten der Beisitzer wie auf einer Kanzel im Hintergrund, vor der sich ein Meer befand. Eine Wasserfläche jedenfalls, über die man zum Gericht hin blickte. Gerichtsdiener trugen Akten herein und entfernten sich wieder. Einzelne Mitglieder des Senates besprachen sich stehend, andere hatten bereits Platz genommen. Da bemerkte ich erst, wer es war, der über die Wasserfläche hin auf das Gericht blickte: Ich selbst. Ich war es, der hier vor Gericht stand. Und ich realisierte, dass ich weit, weit weg von Zuhause in einem Traum aufgewacht war, der kein Traum war, sondern Wirklichkeit, die nicht weg ging, auch wenn ich noch so oft weg- und wieder hinschaute. Ich presste die Augen zusammen und öffnete sie wieder, um mich in der heilen Welt meines Schlafzimmers wiederzufinden. Doch ich stand vor Gericht. Die Beisitzer sprachen miteinander. Sie schienen Formelles abzuklären. Dann wendeten sie sich mir zu, aber ich verstand kein Wort. Ich folgerte aus der Situation, dass ich der Angeklagte sein musste und mein Gefühl des unbeteiligten Zaungastes verschwand. Ich stand im Zentrum des Geschehens, aber mehr verstand ich nicht. Ihre Sprache klang hart und abgehackt. Völlig gefühllos, weder kalt noch warm und ohne merkliche Betonung oder Farbe wurde sie silbenweise ausgestoßen wie trocken knackendes Gebell. Sie war voll mit Lauten, die aus zusammengepressten Lippen hervorbrachen oder von einer krachenden Kehle her über den Gaumen rollten, bevor sie von einer schnalzenden Zunge abgeschossen wurden.

Es wurde gegen mich in einer Sprache verhandelt, von der ich nicht ein einziges Wort verstand. Alles andere lief so ab, wie ich es von Gerichtsprozessen kannte. Der Richter verlas stehend etwas, warf immer wieder den weiten Ärmel seines Talars zur Seite, der immer wieder zurückrutschte und sein Dokument halb verdeckte. Sein Oberkörper neigte sich ein wenig seitwärts und er las sehr schnell, als gebe es ohnehin keine Widerrede. Er strahlte die Souveränität und Entschlossenheit eines unnahbaren Regimes aus, das alle Rechte hatte und gegen mich vorging. Der Richter hielt inne und blickte auf. Eine sehr übergewichtige Person in ziviler Kleidung hatte sich von einer Sitzreihe zur Linken des Gerichtes erhoben und sagte zwei, drei kurze, unbeteiligte Sätze. Dann hob er die Hand zum Zeichen seiner Bitte um Geduld und blätterte mit der anderen Hand in seinen Unterlagen, ohne die erhobene wieder runterzunehmen. Dann zog er ein Blatt aus dem Aktenberg, hob es präsentierend hoch und kommentierte es mit einigen Knacklauten. Der Richter durchwühlte mit schnellen Bewegungen einen seiner Ordner, schien nichts zu finden und blickte wieder den Übergewichtigen an, der nun mich anschaute, während er ein kehliges Schleifgeräusch ausstieß, das mit einem abgewürgten Stöhnen endete. Ich entnahm seinen Lauten nicht einmal, ob es eine Frage oder eine Mitteilung war. Er wartete zwei Augenblicke und als von mir nichts zurückkam, wandte er sich gleichmütig wieder an den Vorsitzenden und nickte. Alles schien vorbereitet. Aber ich wusste nicht, was. Das einzige, was ich zu verstehen dachte, war das Nicken des Übergewichtigen, das wohl ein Ja bedeuten musste, obwohl nicht einmal das gesichert war, denn die Inder etwa schüttelten den Kopf, wenn sie etwas bejahten. Der Übergewichtige sah jedenfalls aus wie ein Verteidiger, vielleicht mein Pflichtverteidiger, der etwas bejaht hatte. Sonst wusste ich nichts. Ich wusste nicht, was man mir vorwarf, nicht einmal, ob man mir überhaupt etwas vorwarf. Sicher schien nur, dass es ein Strafgericht war, aber nicht einmal dafür hatte ich eine Bestätigung. Theoretisch konnte es auch ein Verfahren zur Gewährung eines lebenslangen Luxusurlaubes sein, aber dagegen sprachen die schwer bewaffneten Justizbeamten, die bewegungslos links und rechts neben mir standen und mit dem Kinn auf den Richtersenat zeigten. Sie erstickten meine Fluchtgedanken im Keim. Ich nickte Kontakt aufnehmend und einladend in Richtung des Gerichts. Ich bot gestisch meine volle Kooperation an. Vielleicht hatten sie ja recht. Das konnte man besprechen. Ich hatte nicht vor zu lügen und so hätte man vielleicht das Prozedere abkürzen können und Klarheit schaffen und Ordnung, was vermutlich alle wollten, auch ich, ich sicher, vielleicht noch mehr als sie. Außerdem, wer war schon frei von Schuld? Und ich, ganz offen gesagt, fühlte mich auch nicht schuldlos. Natürlich waren Fehler passiert, das wollte ich nicht bestreiten, es wäre ja unsinnig und unglaubwürdig und vielleicht strafverschärfend, jeder hat Verbrechen begangen, zumindest an der Demut, an der Aufrichtigkeit und Unterwürfigkeit, wenn schon nicht an Leib und Leben.

Der Lauf der Verhandlung rollte über mich hinweg, als wäre ich nicht da, als würde in meiner Abwesenheit gegen mich verhandelt. Ich versuchte zu sprechen, aber da kam kein Laut aus meinem Mund.

Ich wollte dem Gericht bedeuten, ja, ok, ist ja gut, ich komme euch entgegen, man muss mich gar nicht zwingen, ich sträube mich nicht. Ich spürte das Verlangen, meiner Schuld einen Grund zu geben, dieses diffuse Gefühl des Schlechtseins, das sich in mir breitmachte, mit einem konkreten Vorwurf zu identifizieren und bereubar zu machen. So bat ich mit den Augen um Bestätigung meiner Schuld. Aber niemand achtete auf meine geblickte Aussage. Ich war bereit, mich schuldig zu bekennen, aber man hatte mich nicht gefragt. Ich wollte ein volles Geständnis ablegen, aber welche Sache betreffend? Oder einen Gegenbeweis antreten, aber wovon? Ich wollte schuldig sein, doch konnte ich es nicht, weil ich nichts verstand. Ich verstand diese Sprache nicht und ich hatte diese melodielosen Geräuschketten noch nie gehört. Aber sie schienen ausschließlich aus Konsonanten zu bestehen. Es war wie unter Wasser, es war, als würde ich nun doch nicht an einem Ufer stehen und über das Wasser hinweg zur Kanzel blicken, sondern unter Wasser sein, ohne Luftraum, durch den sich Laute hätten bewegen können.

Da sah ich den Gerichtsschreiber. Er saß zur Rechten des niederösterreichischen Vorsitzenden aus dem Bangkok Hilton und blickte nun auf. Ich wunderte mich, ihn bis dahin nicht wahrgenommen zu haben, denn schon sein Aussehen wirkte, als käme er aus einer gänzlich unbekannten Kultur. Seine lange, gebogene Nase erinnerte an einen Schnabel, seine Augen waren außergewöhnlich groß und außergewöhnlich schwarz und sein kommentarloser Blick war klar wie Gebirgsluft. Er musste einer hierarchischen Ebene entstammen, die Dimensionen drüberstand. Er, und nur er, war hier der wahre Vorsitzende, auch, wenn er wie ein Besucher wirkte. Und dann erkannte ich ihn: Tehut. Es war Tehut. Der Erfinder der Schrift. Der Protokollchef des Totengerichts. Tehut, der Schreiber.

Da klopfte es. Ich öffnete die Augen und sah das gequält lächelnde Gesicht eines alten rumänischen Bettlers, der mir durch die verschmierte Windschutzscheibe zunickte und die Hand aufhielt. Die Sonne stand schon hoch und im Wagen war es heiß geworden. Mein Kopf steckte unter einer schmerzenden Trockenhaube. Mir war übel, Schweiß verklebte mich von oben bis unten und ich war erleichtert, in

Wien zu sein und angebettelt zu werden. Ich öffnete die Wagentür. Die kühlende Luft auf meinem nassen Körper fühlte sich an, als würde ich Wasser aus dem Paradies trinken.

Mein Traum befand sich noch in der Nähe und hallte nach. Erinnerungsgefühle aus einer fremdartigen Tiefe wehten herauf und ich spürte eine vergessene Vertrautheit, wie ein Wiedersehen mit meinen entferntesten Augenblicken, die weiter weg waren als ich jemals gewesen war und möglicherweise selbst aus Träumen stammten. Ich schleppte mich hinunter zum Donaukanal und ließ mich im Schatten nieder. Es stank nach Urin, duftete nach Lindenblüten und roch nach den fauligen Dieselabgasen der Fähre, die Richtung Bratislava abgelegt hatte und mit winkenden Urlaubern an Deck lautlos vorbeizog. Die bunten Graffitis an den Ufermauern verschwammen, wenn sie nicht schon verschwommen waren. Ich war zufrieden, als wäre ich durch ein Ziel gegangen. Aber ich wollte nur noch kotzen. Da sah ich, dass der Bettler noch da war und mir eine Flasche Wasser unter die Nase hielt. Ich trank und dann kam ein dicker, gelblicher, verklumpter Strahl aus meinem Mund wie aus einem Abwasserrohr. Alles wurde leichter. Und der Bettler lachte begeistert mit zahnlosem Mund und kindlich glänzenden Augen.

War ich aufgewacht, obwohl die Verhandlung weiterlaufen sollte? Hatte der Bettler bewirkt, dass das Verfahren vertagt wurde, um in der Zukunft weitergeführt zu werden? Oder erinnerte ich mich nicht mehr an alles und es war auch zu einem Urteil gekommen? Hatte man mich verurteilt? Es dürstete mich nach Gewissheit wie nach Wasser. Ich hoffte, verurteilt worden zu sein, ich hatte Lust, verurteilt worden zu sein und ich wollte es wissen. Vor allem die Urteilsbegründung hätte mich interessiert. Mehr noch als das Strafausmaß. Fast wäre ich gern verurteilt gewesen, nur um zu erfahren, wofür und zu was. Dieses Gericht schien viel über mich zu wissen, sehr viel. Und ich wollte es auch erfahren. Aber es gelang mir nicht, weitere Bilder des Traumes auszugraben. Sie entfernten sich, verloren ihre Lautstärke und Fragwürdigkeit. Nur das Gefühl tiefer, alter Verwandtschaft blieb noch lange und wurde nur langsam schwächer. Ich fuhr in meine Wohnung und fiel ins Bett.

5

Als ich am späten Nachmittag erwachte, dachte ich, das Piepsen meines Mobiltelefons gehört zu haben, das den Eingang einer Nachricht meldete, vergaß es aber gleich wieder. Ich fühlte mich entleert. Mein Magen war sauer und mein Genick so verspannt, dass der Schmerz auf beide Schultern ausstrahlte, besonders auf die linke, wo er bis zum Ellbogen durchstach. Meine Wohnung lag in einem fremden Dämmer und in meinem Kopf lärmte eine Großbaustelle. Die Aufgewühltheit, die der Traum hinterlassen hatte, war abgezogen und hatte einer schuldbeladenen Leere Platz gemacht, einer seelischen Übelkeit, die das Halbdunkel meiner Wohnung noch tiefer machte. Mir war, als triebe ich nächtens allein auf hoher See, wogenden, schwarzen Bergen aus Wasser ausgeliefert, und ich wünschte mich zurück in die Harmlosigkeit meiner kleinen Welt. Ich wollte auf die heranrollenden Wasserberge einreden und spürte die Abwegigkeit dieser Idee. Die hohe See hörte kein bisschen zu. Sie trieb keinen Handel und sie machte sich nichts aus kleinen Lungenatmern, sondern ersäufte alles, was keine Kiemen hatte. Der Bettler hatte mich aus der Verhandlung geholt, noch bevor sie zu Ende war. Ich hatte mich an der Kippe gesehen, von dem Regime aus dem Verkehr gezogen zu werden. Mir war bewusst geworden, dass das jederzeit passieren konnte.

Ich kochte Kaffee, schluckte Tabletten, setzte mich an den Schreibtisch und begann, in den Archiven internationaler Zeitungen und einiger Universitäten nach Beiträgen zum Thema »Sprache« zu suchen. Ich überflog, las quer, tauchte da und dort tiefer, ließ wieder ab und ging weiter. In keinem einzigen dieser Texte klang auch nur entfernt etwas an, das in meine Richtung deutete. Nirgendwo war die Rede von einem Kommunikationsproblem, das vom System ausging. Der Tenor lautete: Die Sprache ist ein rätselhaftes Wunderwerk, ein

Geheimnis. Sie schenkt uns die Kommunikation und nicht ein Kommunikationsproblem.

Obwohl ich längst wusste, dass ich an eines der ganz großen Themen geraten war, sah ich erst jetzt, wie gewaltig riesig es wirklich war. Es reichte bis an den Horizont und ging daher vermutlich auch darüber hinaus. Alle Protagonisten des Denkens, Forschens und Schaffens sämtlicher Epochen und aller Kulturen vom Altertum bis herauf in die Gegenwart äußerten sich über die Sprache. Sprache ist … begannen sie alle und dann folgte etwas Hellsichtiges, Ergreifendes, sprachlich Virtuoses, nachdenklich, malerisch, angestrengt, wütend, kategorisch, tastend, resignierend, originell, leidend, bohrend, anbetend, verdammend, verstiegen. Tausende Jahre lang hatten sie ihre Gedanken über das ungreifbare Phänomen aufgetürmt, immer höher und höher. Je mehr darüber gesagt wurde, desto größer war das Thema geworden. Das reichte von den Sehern des indischen Altertums, den persischen und äthiopischen Welterklärern, den Intelligenzbestien des alten Athen, den esoterischen Deutern des Mittelalters, sämtlichen Philosophen, Dichtern und Künstlern bis herauf zu den Empirikern der jüngsten Jahrhunderte und schließlich den modernen Linguisten, Kunstschaffenden und Schreibern der Gegenwart. Alle erklärten, was sie dachten, dass Sprache war. Und alle hatten eines gemeinsam: Sie versuchten sprachlich in einen Bereich vorzudringen, wohin ihre Sprache nicht reichte. Alles, was sie tun konnten, war, mit schöner literarischer Kunstfertigkeit und beeindruckender philosophischer Kraft zu umschreiben, dass sie es nicht wussten. Und fast niemand ließ sich herab, genau das zu artikulieren. Einer schon: »Anatomieren magst du die Sprache, doch nur ihr Kadaver, Geist und Leben entschlüpft flüchtig dem groben Skalpell.« Ok, schön, dachte ich. Aber das brachte mich auch nicht weiter. Geist und Kadaver und Skalpell. Was sollte ich damit?

Ich wollte jetzt ja nicht die Sprachwissenschaften in ihrer Gesamtheit studieren, sondern machte mich mit der herkömmlichen Ahnungslosigkeit des Journalisten am Beginn seiner Recherche auf eine gezielte Suche nach Spuren meiner eigenen Gedanken. Doch ich fand nicht viel. Nur ein oder zwei der radikalsten Denker gaben Äußerungen von sich, in denen etwas durchklang, das bei mir anschlug. Nietzsche zertrümmerte die gesamte Sprachromantik mit wenigen Hieben: Die Sprache sei ein Instrument der Lüge und diene zur Vertuschung eigener Verwerfungen. Und einige Mystiker unterstellten, die Sprachenvielfalt diene zur Verhinderung von Kommunikation.

Aber wirklich sicher waren nur die Priester. Sie wussten es. Die Sprache war ein Geschenk Gottes und die Sprachverwirrung zu Babel eine Strafe desselben. Und so war das Thema das gesamte Mittelalter unter priesterlichem Verschluss geblieben, bis im späten achtzehnten Jahrhundert erste Mutmaßungen offen ausbrachen, die Sprache sei ein Werk des Menschen. Der Mensch selbst habe sie erfunden und entwickelt. Wahrscheinlich durch Nachahmung von Naturlauten in Verbindung mit körperlichen Zeichen und Gesten. Die Linguistik war geboren.

Ich versank in den Recherche-Unterlagen. Nach drei Tagen war ich eingeraucht mit Sprachgeschichte. In meinem Kopf drehten sich Satzfetzen, die sich selbstständig gemacht hatten. Am frühen Morgen nach der dritten Nacht, ich war halb wach und hörte die Vorgänge in meinem Hirn mit großer Lautstärke, da fügten sich einzelne herumschwirrende Brocken zu einer sauberen Ordnung und ergaben plötzlich ein Bild, das ich zu erkennen glaubte. Ich dachte den Grund für die Angst der Priester zu sehen und ich sah die Gefahr, die es für sie bedeutete, wenn ihnen Fragen nach der geheimnisvollen Macht der Laut-Kombinationen gestellt wurden. Mir leuchtete ein, wie sehr die Menschwerdung selbst, jawohl, die Menschwerdung und nichts Geringeres als die Menschwerdung, mit der Aneignung von Sprache einherging. Was Sprache konnte, lief darauf hinaus, dem Gott der Priester die Erschaffungskompetenz zu entziehen.

Schon klar, nicht alles, was es gab, war auch nachweisbar, aber alles, was nachweisbar war, gab es auch wirklich. Und sie, die Sprache, war es nun einmal nachweislich gewesen, die im Hirn des Menschen eine Kette neuer Fähigkeiten aktiviert hatte, die ihn, den Menschen, allen anderen Wesen der Natur so konkurrenzlos überlegen macht. Diese

Kettenreaktion war die Mutter aller Kettenreaktionen und sie war eine Nebenwirkung der Sprache.

Eine Faust schlug gegen meine Wohnungstür. Ich stieg aus dem Bett. Der Gasmann begehrte Einlass, als hätte er einen Durchsuchungsbefehl. Ich hatte die vorgeschriebenen Wartungsarbeiten an der Gastherme nie durchführen lassen, musste nun glaubhaft lügen und war dankbar, dass die Sprache vorsätzliche Unwahrheiten zuließ. Furchtbar die Vorstellung von einer Sprache, die wie ein Geheimdienst in meinem Kopf saß und mich daran hinderte, mich zu verstecken. Aber dann griff ich zur noch einfacheren Lösung. Ich öffnete nicht.

Ich hatte wirklich zu tun. So war das also mit der Sprache, dachte ich. Hochinteressant. Was von all dem Gelesenen am besten ineinander passte, machte ich zu meiner Meinung. Ich trank kalten Kaffee. Ich kratzte in Tomatensauce eingetrocknete Nudelreste vom Rand der Pfanne. Ich starrte aus dem Fenster.

Meine Recherche bekam Eigendynamik. Eines ergab das andere und so hantelte ich mich immer weiter in einen Stoff hinein, in dem es wie in einem Schlund immer tiefer nach unten ging und ich bald das Gefühl bekam, selbst verschluckt zu werden. Ich telefonierte drauf los, fixierte Gesprächstermine, hinterließ Nachrichten, ersuchte um Rückrufe, verschickte Mails mit allgemeinen Fragen, bat um Interviewtermine oder um Hinweise auf mögliche Gesprächspartner. In einer der Zeitungsgeschichten, auf die ich gestoßen war, fiel mir die Sprachhistorikerin Michaela Halbmond auf, weil sie aus Wien stammte und mit dabei gewesen war, als man in den Achzigerjahren in Westafrika eine unbekannte Sprache entdeckt hatte. Eine Sprach-Entdeckerin also. Gleich hier um die Ecke. Am Institut für Linguistik fand sich jemand, der mir ihre Telefonnummer verriet. Ich wählte sie. Besetzt.

Sprachentdeckungen waren mehr als selten geworden. Die junge empirische Wissenschaft hatte innerhalb eines Jahrhunderts alles fast restlos wegentdeckt. Sie registrierte Abertausende lebende Sprachen, verglich und katalogisierte sie, definierte ihre baulichen Strukturen und gliederte sie über grammatische, semantische oder lexikalische

Ähnlichkeiten in Familien, Gruppen und Untergruppen und entschied, ob ein Einfluss etwa balto-slavisch oder vielleicht indo-iranisch war.

Ich wählte die Nummer von Michaela Halbmond. Es war besetzt. Ich schrieb an Noam Chomsky, dann schrieb ich an Salikoko Mufwene. Als ich auf Senden drückte, läutete mein Telefon und einer jener Sprachexperten im weitesten Sinn, die ich anfangs nicht erreicht hatte, rief zurück.

Er war ein Geistlicher und ein besonderer Mensch. Seit vielen Jahren hatte er mich mit vertraulichen Informationen aus der Kirche versorgt, die sich bei Überprüfung stets auf Punkt und Beistrich bestätigten. Er war ein erbarmungsloser Kirchenkritiker, denn er wollte sich seine Kirche nicht von jenen nehmen lassen, die sie veruntreuten. Wenn er den Vatikan bloßstellte, kam das ganz ruhig und ohne Feindlichkeit daher, aber es rollte tonnenschwer über Rom hinweg. Akademisch sehr hoch gebildet und mit uralten griechischen und lateinischen Originaltexten belesen, hatte er sich von der realen Zeit so abgewendet, dass er im echten Leben seltsam deplatziert wirkte. Fast wollte man eine Persönlichkeitsstörung vermuten, wenn man nicht bemerkte, dass es seine ausgeprägt kindliche Unerfahrenheit war, die ihn so weltfremd machte. Er wirkte wie ein Untoter, wie das lebende Relikt eines Gelehrten aus einem vergangenen Jahrhundert. Auch seine Demut hatte etwas Kindliches und man spürte, dass dieser Mann sich eher verbrennen lassen würde, als seine Werte zu verraten. Er war ein faszinierender Pakt zwischen großem Wissen und tiefer Ahnungslosigkeit. Und er befand sich in einem weit fortgeschrittenen Stadium seiner Alkoholsucht.

Diesmal hatte ich ihn aus zwei Gründen angerufen. Zum einen wollte ich ihn bitten, mich mit einem ihm persönlich bekannten Priester in Kontakt zu bringen, der ausgebildeter Exorzist war. Einer, der mit der Kraft der Sprache gegen den Teufel vorging. Einer, der die Sprache direkt als Waffe einsetzte. Und das nicht etwa auf dem Niveau des Bundeskanzlers, der mit gebrochener Muttersprache einen weinerlichen Lügen-Wahlkampf führte. In der Praxis der rituellen

Austreibung gottesfeindlicher Besessenheit ging es ein bisschen anders zu als in der SPÖ-Wahlkampfzentrale. Exorzismus war seit eh und je selbstverständlicher Teil der kirchlichen Realität gewesen und so hatte der Papst erst unlängst daran erinnert, dass jede Diözese über mindestens einen Exorzisten zu verfügen habe. Das Fach der Vertreibung böser Geister wurde in Rom gelehrt und es äußerte sich in der Praxis nicht immer in angstkreischenden Wahnsinnigen mit schwarzen Ringen um blutunterlaufene Augen, in denen der Teufel wütete, in Abscheu vor dem Kreuz, das ihm der Exorzist unter Gemurmel von Bannsprüchen entgegenhielt. Viel öfter waren die Eingriffe der religiösen Psychotherapie wenig spektakulär. Schon ein schlichtes Gebet um Heilung durch den Schöpfer war Exorzismus. Herr, sprich nur ein Wort, und meine Seele wird gesund. Das Wort, das gesund macht. Das frei macht von Schmerz. Das Wort als Kraft. Die Sprache des Herrn. Also: Die Sprache.

Zum anderen ging es mir diesmal auch um meinen Vertrauensmann selbst, denn dieser Mann verfügte über etwas sehr Erstaunliches, über das er auch offen reden hätte können. Er beherrschte sage und schreibe sechsundvierzig Sprachen. Er sprach fließend Latein und sogar ganz gut Aramäisch, die Sprache des Jesus von Nazareth. Aber das war noch gar nichts. Er sprach Kadugli, Bijago, Mbulungisch-Nalu, Senegambisch, Limba, Mansonaka, Kulere und Bantu aus der Niger-Kongo-Familie. Er konnte nilo-saharische Sprachen wie Kuliak, Gumuz, Kunama und Songay. Er beherrschte sino-tibetische, austronesische und altaische. Von seinen Lippen rollten Turksprachen wie Tschuwaschisch, Tofalarisch und Jakutisch. Mongolische wie Dagur oder Kalmückisch. Tungusische Sprachen wie Orochisch, Evenkisch oder Negidalisch. Aus irgendwelchen Winkeln und Ecken seines unheimlichen Gehirns fischte er malayo-polynesische Lautketten hervor, maduresische, jakunische, perakanische und semedonische. Er konnte Bima-Sumba. Er konnte Algonkin, Sprachen der Oto-Mangue-Gruppe wie Chibcha, Tupi, Quechua oder Irokesisch. Und Pidgin-Sprachen, diese verbogenen, verstümmelten Mischsprachen, die sich aus Kolonial- und Eingeborenen-Sprachen zusammensetzten und von den Folgegenerationen alter Sklaven gesprochen wurden. Er sprach Zwergsprachen, die von weniger als tausend Sprechern benutzt wurden und von denen noch kein normaler Mensch je etwas gehört hatte.

Ich lag am Bauch vor ihm. Mich faszinierten Sprachkenntnisse. Ich hatte davon geträumt, noch in diesem Leben fünf, sechs Sprachen zu beherrschen und schaffte es gerade einmal bis eindreiviertel plus Begrüßungsbrocken in dieser und jener. Dieser Mann hatte über Jahre unserer Bekanntschaft seine unglaublichen Kenntnisse mit keinem Wort erwähnt. Bis wir einmal gemeinsam im Park saßen, nachdem er mich angerufen hatte, weil er in der Bibliothek des Priesterseminars einen vierhundert Jahre alten Wälzer entdeckt hatte, den er mir zeigen wollte. Der Text war auf Mandarin und weil er so selbstverständlich vorlas und übersetzte, fragte ich nach.

Wir saßen damals lange. Er erzählte von Killersprachen wie Englisch, Russisch oder Französisch, die kleine Lokalsprachen infiltrierten, infizierten und verdrängten wie eingeschlepptes Unkraut. Er redete über Kultur tragende Sprach-Großfamilien wie die afroasiatische, in der das Arabische eine junge Kultursprache war. Ganz jung waren auch Assyrisch und Babylonisch, denn die alten Formen dieser Großfamilie waren etwa das mesopotamische Akkadisch. Oder das Indoeuropäische mit seinen jungen, modernen Entwicklungsstufen wie Griechisch und Latein.

Nun also hatte er am Festnetz zurückgerufen. Ich hob ab, erklärte kurz angebunden, ich würde mich gleich wieder melden, denn auch das Mobiltelefon läutete. Aber jedes Mal, wenn ich ein Telefon auflegte, läutete schon das andere und so vergaß ich, ihn zurückzurufen. Und das war es dann. Zwei Tage später starb mein klerikaler Freund am Blut einer geplatzten Ader seiner Speiseröhre, das seine Lungen überschwemmt hatte.

Michaela Halbmond hob ab. Sie war ein Glücksfall. Erstens hatte sie eine ruhige, angenehme Stimme, zweitens war sie freundlich und offen, drittens war sie gerade in Wien und viertens wollte sie am Abend des nächsten Tages an einer Buchpräsentation teilnehmen, bei der zahlreiche Linguisten verschiedener Fachrichtungen anwesend sein würden. Sie bot mir an, sich mit mir dort zu treffen. Zwei emeritierte Professoren hatten gemeinsam mit einem jüngeren Kollegen ein Sachbuch über historische Sprachverbreitung mit dem Titel »Die Balkan-Route« geschrieben. Im Zentrum der Ausführungen stand ein filmreifer Konflikt, den ich als inter-menschoid bezeichnen würde, wenn das geht. Es ging um das nachgewiesene Aufeinandertreffen einer Gruppe moderner Menschen mit einer Gruppe von Neandertalern im Gebiet des heutigen Israel, das vor vierzigtausend Jahren stattfand. Davon zeugen freigelegte Lagerplätze der beiden Menschenarten, die unweit voneinander entdeckt wurden. Als die neumodernen Kolonialisierer des Homo sapiens von Ostafrika her in das Gebiet kamen, waren die alten Neandertaler bereits seit 20.000 Jahren da und hatten etwas dagegen, dass Fremde, ja sogar Fremdartige, einfach in ihr Gebiet einflossen, um sich da breitzumachen. In der Kunst der politischen Kompromissfindung noch etwas entwicklungsfähig, kam es zu schweren Zusammenstößen und die Modernen mit der senkrechten Stirn zogen mit blutigen Schädeln ab. Sie gelangten, nunmehr von Wirtschafts- zu Kriegsflüchtlingen mutiert, über die Balkan-Halbinsel nach Europa.

Es gab nichts, dachte ich, was es nicht schon gegeben hätte und das tausend Mal früher, als man dachte. Das schien auch ein Motto für die Buch-Autoren gewesen zu sein, denn sie nannten viele Beispiele. Dass ein Herr Kolumbus Amerika entdeckt haben soll, entlarvten sie süffisant als Mythos einer eingebildeten Zivilisation, die das für den Anfang hielt, woran sie sich selbst erinnern konnte. Tatsächlich waren zwanzigtausend Jahre vorher ganz andere Typen über den Nordpol nach Amerika gegangen. Und die Herrschaften, die vor achttausend Jahren die indoeuropäische Sprache von Asien nach Europa brachten, waren keine Einwanderer, sondern Rückkehrer. Vor neunzigtausend Jahren waren sie aus Afrika gekommen und über Europa nach Asien gewandert. Als Zeugnisse hatten sie ihre Schädel zurückgelassen und ihre Beile, in die Erde gesenkt wie Proviant-Depots der Erinnerung, zur Wiederausgrabung in einer fernen Zukunft, als Beleg ihrer Rastlosigkeit, ihrer Suche nach Sicherheit und Sinn, die sie über die Horizonte hinaus lockte und keine Rückkehr kannte. Sie gebaren und starben unterwegs. Wandern war ein Urzustand. Allein ihre Reise von Afrika über Europa nach Indien dauerte zwanzigtausend Jahre, denn ihre auf dieser Route ausgegrabenen Schädel werden von West nach Ost stufenweise um zwanzigtausend Jahre jünger.

Aber auch sie waren lange nicht die Ersten. Eigentlich waren diese Leute fast schon Touristen, wenn man sie mit den wahren Pionieren verglich, die sich zwei Millionen Jahre davor auf den Weg nach Osten gemacht hatten. Das war der Erektus plus Anhang: ein wahrhaft uriger Entdecker. Er verfügte über keine konkrete innere Vorstellungswelt, einfach, weil er keine Sprache hatte, die differenziert genug war, abstraktes Denken zu ermöglichen. Seine Laute klangen absichtsvoll, doch verwaschen und unbeholfen. Dennoch war er der erfolgreichste Menschoide neben dem, der sich mit seiner komplexen Lautsprache zur Alleinherrschaft über die Natur aufschwingen und als einzige Menschen-Art überleben sollte. Der Erektus: unsentimental, allürenfrei, geradeaus. Er hätte mehr Erfolg verdient. Und wie bunt ginge es auf diesem Planeten zu, wäre er von mehreren Menschen-Arten bewohnt und nicht nur von einer einzigen in verschiedenen Farben.

Ein sehr gelungenes Buch, bei dessen Präsentation ich Michaela Halbmond kennenlernen sollte. Die Autoren hatten es geschafft, mich in ihre Geschichte zu entführen und den Erektus als Angehörigen wahrzunehmen. Ich mochte ihn. Ich sympathisierte mit dem Vormenschen. Das waren noch Typen, tausend Mal authentischer als der urigste Alt-Bauer. Das waren Echtfleisch-Menschen, die das systematische Überleben erfunden haben. Sie haben das Wissen dafür gegen zahllose ihrer Leben eingetauscht, haben sich jede Kleinigkeit an Wissenszuwachs erstorben. Die Erkenntnis, was ein Risiko ist, entwuchs einem Teppich aus Todesopfern.

6

Im Palais Ferstel glitzerten die Luster und eine gedämpft murmelnde Geräuschwolke lag über den gut zweihundert Besuchern, die in kleinen Gruppen standen oder damit begannen, ihre Plätze einzunehmen. Manche hatten das Buch unter den Arm geklemmt, andere steckten gerade ihre Einladung weg und hoben grüßend die Hand, weil sie einen Bekannten entdeckt hatten. Das Podest mit einem Tisch und drei Sesseln stand noch menschenleer im Halbdunkel. Ich erkannte Michaela Halbmond von den Zeitungsfotos. Sie stand plaudernd in einer Gruppe aus vier, fünf Personen und nickte lebhaft. Als ich mich näherte und ihr Blick auf mich fiel, schien auch sie mich zu erkennen, vielleicht, weil ich so unlinguistisch aussah, oder eben wie ein Journalist, der überall auftauchte, aber nirgendwo dazugehörte und diesen typisch routinierten Fremdkörper abgab, der sich nun auf sie zubewegte.

Da stand sie nun. Und das Überraschende war, dass ihr Aussehen gar nicht so unpassend zu ihrer Telefonstimme war. Eine lange, silbrig glänzende Mähne fiel auf einen schwarzen Blazer, sie trug enge Jeans, einen safrangelben Schal aus Kaschmir-Seide und ihr Lächeln verriet eine Ausgeglichenheit, die nur von einem Wesen stammen konnte, das das Leben allgemein nicht als Niederlage zu empfinden gelernt hatte. Es war zeitlich schon knapp. Während wir uns die Hände reichten und begrüßten, ging vorne am Podium das Licht an, das Gemurmel im Saal erstarb und die Moderatorin begann mit der Begrüßung. Michaela Halbmond hatte zwei Plätze reserviert, gab mir ein Zeichen mit dem Zeigefinger und nickte einladend, während vorne die Präsentation begann und die Autoren unter rauschendem Applaus auf die Bühne gebeten wurden. Wir waren nicht einmal dazu gekommen, ein bisschen zu plaudern und nun saßen wir nebeneinander und neigten manchmal unsere Köpfe zueinander, um uns etwas zuzuflüstern und still zu nicken. Ich fragte sie, ob sie denke, dass Hans Reich anwesend sei, doch sie zuckte verneinend mit dem Kopf und bog ihre Mundwinkel nach unten, als würde sie sagen »kenn ich nicht«. Dann hielt sie mir die Einladung zur Präsentation hin, zeigte auf den Namen eines der Mitautoren und flüsterte nickend: »Bei dem habe ich studiert.« Dann blickte sie wieder nach vorn und streckte ihren Zeigefinger Richtung Bühne, um meiner Aufmerksamkeit ihren Platz zu weisen. Während die Moderatorin das Buch mit einer verschachtelten Huldigung vorstellte, an der sie viel zu lange herumredigiert hatte, richteten sich noch immer Blicke von da und dort aus dem Publikum auf Michaela Halbmond.

Sie war Spezialistin für Niger-Kongo-Sprachen, eine der größten Sprachfamilien überhaupt, und sie selbst beherrschte neben den Weltsprachen mindestens fünf zur Familie gehörende Sprachen gut, drei davon, Swahili, die Bantu-Sprache Lingala und Bambara, das in Mali gesprochen wurde, fließend. Sie war in einem Team aus französischen, amerikanischen und afrikanischen Sprachforschern gewesen, das im westafrikanischen Mali das bislang unbekannte Jowulu entdeckte. Die Meldung ging weltweit durch die Medien und beförderte die Teammitglieder auf den Olymp der Linguistik. Eine neue Sprache zu entdecken konnte man auch heutzutage nicht gänzlich ausschließen, etwa in Gegenden wie dem Kongobecken, dem südindischen Hochland, dem Amazonasgebiet oder irgendwo in der Inselwelt Papuas. Doch war es eine extreme Seltenheit geworden und daher in der Welt der Sprachwissenschaft eine echte Sensation. Mitten in dieser zu Ende explorierten Welt hatte man nun Jowulu entdeckt, das in der Region Sikasso an der Grenze zu Burkina Faso von kaum zehntausend Menschen gesprochen wurde. Michaela Halbmond und die anderen aus dem Team interviewten viele von ihnen, besonders jene wenigen, die auch Bamanankan oder Duungoma sprachen und als Dolmetscher dienen konnten. Manche Jowulu-Sprecher – wenige – konnten auch ein bisschen Französisch und die waren eine besondere Hilfe für die unentwegt sensibel und anerkennend lächelnden Linguisten, für die jede Lautäußerung der Einheimischen eine Attraktion war. Die Eingeborenen begegneten dieser unterwürfigen Achtung mit verständnisloser Höflichkeit. Die netten Fremden in den Khaki-Kleidern wollten jedes Wort drei Mal hören, sezierten es, schnitten es in Scheiben, hängten es zum Trocknen auf und betrachteten es Tag und Nacht ungläubig von allen Seiten.

Es bedurfte einiger Nächte der hitzigen Diskussion bei Gaslicht unter Zelt-Vordächern, um Auffassungsunterschiede in lexikostatistischen Fragen auszuräumen und mögliche Verwandtschaften zu anderen Lokalsprachen über das Ausmaß an phonetischen Ähnlichkeiten zu klären. Aber dann war alles entschieden: Jowulu war den Mande-Sprachen zuzuordnen, einem Zweig, der bis dahin 75 Einzelsprachen auf sich vereinigte. Jowulu wurde genauer gesagt zur vierzehnten und wohl letzten Sprache des Nord-West-Mande erklärt und damit der Niger-Kongo-Familie zugerechnet. Ganz so, wie alle anderen Mande-Sprachen derselben Familie zugeordnet worden waren, obwohl sie morphologisch kaum Ähnlichkeiten aufwiesen. Vor allem fehlten bestimmte für Niger-Kongo-Sprachen typische Substantiv-Kategorien. Macht nichts, sagten die Anhänger dieser Verwandtschaftsthese, die Mande-Sprachen hätten sich eben schon vor der Herausbildung dieser Substantiv-Kategorien von der Großfamilie abgespalten und wegentwickelt. Die Abspaltung habe vor siebentausend Jahren begonnen.

Mit derselben Sicherheit wurden diese behaupteten Zugehörigkeitsverhältnisse von anderen Meinungslagern belacht und ins Reich der Spinnereien glottogenesischer Egomanen verwiesen, die sich einbildeten zu wissen, wie vor siebentausend Jahren auf einem Kontinent gesprochen wurde, dessen Geschichte erst vor fünfhundert Jahren begonnen habe, schon deshalb, weil in Afrika dazu nicht viel auszugraben war und schon gar keine altertümlichen Bibliotheken, einfach, weil von Lehmhütten nach einigen Regenfällen nicht mehr übrig blieb als von verklungenen Wörtern.

Ich sah sie von der Seite an. Jeder aus dem Publikum schien sie zu kennen oder zu erkennen. Wenn sich ihre Blicke mit ihrem trafen, nickten sie anerkennend und lächelten. Sie war eine Berühmtheit, ein Star. Und sie war alles andere als eine glottogenesische Egomanin. Sie war ein erhobenes Wesen, das entspannt mit beiden Beinen am

Boden stand, ein Wesen, das vom Leben nicht verwöhnt, sondern belohnt war und von etwas getragen, das es unabhängig machte, auch von seinem eigenen Erfolg und von all dem, was ihm diese große Anerkennung eingebracht hatte. Ihr offensichtliches Wohlbefinden, ihre natürliche Freundlichkeit, ihre innere Schönheit und diese ungespielte Bescheidenheit ließ die ihr entgegengebrachten Huldigungen wie charmante Irrtümer aussehen. Sie liebte ihren Beruf und ihre Kollegen, auch wenn sie Spinner waren. Das war alles.

Die Lesung war bald vorbei und während sich vor dem Autoren-Tisch eine kleine Warteschlange bildete, um Bücher signieren zu lassen, schlenderte Michela Halbmond mit mir im dünnen Geklirre von Sektflöten durch die Gegend und stellte mich einer Reihe von Kollegen vor, die für mich interessant sein konnten. Sie, Michaela Halbmond, war eine Hoheit. Von ihr mitgebracht und vorgestellt zu werden hatte protektionistische Sofortwirkung, obwohl die Leute nur sie sahen. Ich war etwas Besonderes, weil ich mit ihr sein durfte.

In einer Gruppe standen der Psycholinguist Herwig Prettner, ein deutscher Universitätslehrer, der nach einer Gastprofessur in Wien die Stadt nicht mehr verlassen wollte; der Sprachphilosoph Wendelin Pflug, ein zusammengesunkener Greis, der eben seine dicken Brenngläser von der Nase nahm und seine angestrengten Augen rieb. Unter seinem Sakko aus abgetragenem, feinem Tuch trug er einen viel zu dicken Pullover, über dessen Kragen der Knoten seiner Krawatte hervorlugte. Neben ihm beugte sich die Sprach-Historikerin (genauer gesagt Paleolinguistin) Elke Winter-Margulies vornüber und blinzelte über den Rand ihrer grellroten Brille. Und da war einer der Co-Autoren von »Die Balkan-Route«, Xaver Heidenreich, ein hochgewachsener jugendlicher Typ mit lachendem Gesicht und langen, schlanken Fingern. Auch er trug unter dem Sakko einen Pullover.

Ich gratulierte zur Wahl des Buchtitels und zum inhaltlichen Aufbau der Geschichte. So müsse man Wissenschaft in der Öffentlichkeit verkaufen, sagte ich. Bunt, spannend, möglichst un-lateinisch, aber dennoch exakt und seriös. So komme eine breitere Allgemeinheit in den Genuss dieser Inhalte. Bildung sei schließlich das universelle

Zauberwort für praktisch alle globalen Probleme, im Besonderen natürlich für die Meinungsbildung von Wählern und damit für die politische Entwicklung.

Alle nickten. Heidenreich bedankte sich mit aufgehelltem Blick. Michaela Halbmond hob lächelnd den Zeigefinger und gab zu bedenken, wie hoch qualifiziert dieses ausführliche Lob sei, schließlich komme es von einem einschlägigen Profi des medialen Geschäfts.

Ich nickte, zwinkerte mit dem linken Auge und spielte den Ball zurück: Das mediale Geschäft sei ja immerhin die Wiege der politischen Hygiene.

Alle lächelten süffisant und Michaela übernahm den retournierten Ball erneut: »Ja, und nicht zu vergessen, dass man in der medialen Wiege auch die Kunst beherrscht, aus Hygiene Kosmetik zu machen und aus Sauberkeit Schönheit.«

Jetzt wurde das Gelächter so laut, dass andere Gäste ihre Köpfe drehten und vornehm schmunzelten. Der Ball lag wieder bei mir und ich wusste, dass ich jetzt vom Gas gehen musste, also sagte ich: »Sauber sein oder sauber aussehen – das ist die ewige Gretchen-Frage der Staatenlenker.«

Der Deutsche Prettner hob Einhalt gebietend die Hand und stimmte zu, dass die Wissenschaft heutzutage auch einen straffen Bildungsauftrag publizistischer Natur hätte, und also der Allgemeinheit gegenüber eine Pflicht zu erfüllen habe.

Elke Winter-Margulies hatte bisher nichts gesagt und kaum gelacht, sondern nur Michaela Halbmond und mich beobachtet. Ich sprach sie an: »Sie sind Paleolinguistin. Das ist ja ein schönes Wort.«

»Ja«, sagte sie gedehnt, »das habe ich am Anfang auch gedacht.«

»Aber es ist schon Wahnsinn«, sagte ich, »wieviel Wissen verloren geht, wenn Sprachen sterben und mit ihnen auch ihre Ideen verschwinden, ihre Erfahrungen, ihre Kulturen, alles einfach weg. Und sie stehen dann vor einem Totenschädel und müssen sich vorstellen, wie seine Aussprache geklungen haben könnte.«

Michaela Halbmond sagte nichts. Sie beobachtete die Reaktion ihrer Kollegin und wartete.

Elke Winter-Margulies hatte ihr studentisches Scheißdrauf-Gehabe beibehalten, das jetzt in ihren reiferen Jahren, wo sie zur etablierten Universitätslehrerin geworden war, etwas vulgär wirkte, aber immer noch suggerierte, dass man in das Establishment vordringen konnte, auch wenn man mit seiner ganzen Erscheinung dagegen demonstrierte. Dazu passte auch ihr gezogener Wiener Dialekt und sie redete mit weit geöffnetem Mund und einem Blubbern in der Kehle, als hätte sie den letzten Bissen noch nicht ganz verschluckt und bräuchte jetzt in dieser viel zu braven Nichtraucher-Gesellschaft endlich eine Zigarette. »Ja, ja, es gibt was Leichteres als Paleolinguistik«, sagte sie und ließ die Luft zwischen ihren geblähten Lippen entweichen, während sie mit dem Kopf wippte, »und nicht einmal die Totenschädel haben wir selbst ausgegraben, sondern die Archäologie.«

Sprachphilosoph Pflug stand leicht vornübergeneigt wie zu einer Verbeugung bereit, und nickte mitfühlend. »Herr Professor«, fragte ich ihn, »könnte man sagen, dass eine Sprache, wenn sie einmal verschwunden ist, gleichsam nie existiert hat? Oder ist das Gymnasiasten-Philosophie?«

Der Alte lächelte, als hätte ich versucht, ihm eine Falle zu stellen. Michaela Halbmond biss sich auf die Unterlippe. Sie hatte mich mitgebracht, jetzt war sie für mich verantwortlich und nahm die Verantwortung mit dem Charme einer souveränen Gastgeberin.

Professor Pflug nickte. Meine Frage sei kein bisschen naiv, versicherte er. Vielleicht sah er sie als dümmliches Journalisten-Wortspiel, möglich aber auch, dass er an dem Gedanken irgendetwas zulässig fand. »Wenn wir alles wüssten, was wir schon wussten, wären wir deutlich gescheiter«, sagte er väterlich. Wenn man gar nichts in der Hand habe, gebe es auch nichts, was man als vergangen betrachten könne.

Da tauchte die geschäftige Marketing-Dame des Verlages auf und holte Co-Autor Heidenreich weg, um ihn Bücher signieren zu lassen, und das so forsch, dass der Mann sich nicht einmal verabschieden konnte und nur kurz die Hand hob. Ein Tablett mit zu zwei Dritteln gefüllten Sektgläsern schwebte vorbei, gefolgt von einem Tablett mit bunten Häppchen.

Michaela Halbmond war offenbar die Einzige, die verstanden hatte, worauf ich hinauswollte. »Es gibt keine Spuren, die zurückführen, das ist richtig« sagte sie in privatem Ton. »Fragen der Sprachentstehung verlieren sich im Dunkeln. Sprache gibt es seit hunderttausend Jahren, Schrift aber erst seit achttausend. Und da waren die Sprachen schon lange zu Ende entwickelt.«

Ich wusste, dass sie wusste, dass ich spürte, wie ansatzlos sie mich verstanden hatte. Sie überging diese Direktverbindung: »Es gibt viele Theorien, aber höchstens eine ist nicht falsch. Also beschäftigen wir uns lieber mit dem, was wir angreifen können. Wir nehmen die Sprache, heben sie gegen das Licht, drehen und wenden sie, wir zerpflücken alles, was wir zwischen die Finger bekommen, und zwar so lange, bis alle fast verrückt werden. Wir studieren die Konstruktionspläne, die Organisationsstrukturen, wir machen typologische Gliederungen, wir vergleichen alles mit allem und jedem, greifen uns an den Kopf, pressen unsere Lippen aufeinander und dann vergleichen wir weiter.«

Ich hing an ihren Lippen. »Ja«, sagte ich, »ich verstehe.« Ich setzte an, ihr ein bisschen zu erzählen, was ich in den Tagen davor gelesen hatte, da tauchte das Team einer Studenten-TV-Station auf, das über die Buchpräsentation berichten wollte und Michaela Halbmond entdeckt hatte. Sie baten um ein Interview. Ich wich zur Seite, um nicht in das Bild zu geraten, doch sie hielt mich am Unterarm zurück. Ich solle doch einfach dableiben. Während sich das Team in Stellung brachte und das Kameralicht anging, spielte ich den Halbmond-Pressesprecher, der seinen Star vor der Paparazzi-Meute beschützen musste: »Ich hoffe, ihr seid keine Fake-Journalisten«, maulte ich, »dass ihr mir ja nichts aus der Luft Gegriffenes oder aus dem Zusammenhang Gerissenes berichtet.« Während die auf Journalismus machenden Uni-Kids verunsichert waren, ob sie sich nun rechtfertigen mussten, grinste Elke Winter-Margulies schadenfroh und Michaela lächelte ihnen ermutigend zu. Im Interview parierte sie das Interesse an ihrer Person und lenkte es gekonnt auf die Buchautoren und deren Werk.

Als das Team abgezogen war, kam sie von selbst auf das Gespräch von vorhin zurück. Bezüglich Spuren in die Vergangenheit wolle sie ein interessantes Phänomen erwähnen, das bei abgelegenen Naturvölkern zu beobachten sei. Es betreffe den Zusammenhang zwischen Sprache und Denken und weise tatsächlich Reste früherer Entwicklungsstadien der Sprache auf.

Ich nickte aufmerksam. Davon könnten besonders Journalisten etwas lernen, schmunzelte sie, denn diese Naturvölker weigerten sich, über Menschen und Dinge zu sprechen, die sie nicht persönlich kannten. Sie lehnten es ab, sich über etwas zu äußern, das sich außerhalb ihres eigenen Wahrnehmungsbereiches befand, auch, wenn es sich logisch ergab. »Also ein Beispiel«, sagte sie, »man stellt, sagen wir, einem kaukasischen Nomaden folgende Denkaufgabe: ›In Afrika sind alle Menschen schwarz. Nairobi ist eine Stadt in Afrika. Welche Hautfarbe haben die Einwohner Nairobis?‹ Die Antwort des Kaukasiers ist eindeutig: ›Dazu können wir nichts sagen. Wir waren noch nie in Nairobi.‹« Ich prustete viel zu laut los.

Ihre Augen glitzerten und sie gab ein weiteres Beispiel. »Frage: ›In Österreich essen alle liebend gern Wiener Schnitzel. Herr Bauer ist Österreicher. Welche kulinarischen Vorlieben hat Herr Bauer?‹ Antwort des kaukasischen Nomaden: ›Wir wissen nicht, was Herr Bauer am liebsten isst. Wir haben ihn noch nie getroffen.‹« Ich bog mich. Und sie blickte mich an, als hätte sie an meinem Lachen etwas erkannt.

Sie kam in Fahrt und holte eine weitere Geschichte hervor. Lustig sei auch, wie sich Unterschiede in der persönlichen Wahrnehmung von Farb-Eindrücken in verschiedenen Sprachen äußerten, sagte sie. Doch plötzlich, noch bevor sie mit ihrer Ausführung beginnen konnte, legten sich von hinten zwei Hände mit rot lackierten Nägeln auf ihre Augen und sie hielt inne. Sie drehte sie sich um. Ihre Augen blitzten. Sie riss ihre Arme hoch und im nächsten Augenblick lagen sich zwei Freundinnen wie kreischende Schulmädchen in den Armen, die sich ewig nicht gesehen hatten. Sie fassten sich gegenseitig an die Wangen, rissen die Augen und die Münder auf und schüttelten ungläubig die Köpfe. Florence. Université de Paris. Jowulu. Gemeinsame Abenteuer, gemeinsam Geschichte geschrieben. Plötzlich wiedervereint.

»Warte«, sagte Michaela zu ihr, »ich muss nur meinen Satz zu Ende sagen.« Sie lenkte die Aufmerksamkeit ihrer Freundin auf mich und stellte mich als befreundeten Journalisten vor. Florence lächelte subversiv und ihre Augen vermaßen mich offen von oben bis unten. Michaela hielt sie an der Hand, während sie zum Thema zurückkam: »Ah ja. Das ist lustig. Sprachen aus verschiedenen Kulturen verwenden höchst unterschiedliche Bezeichnungen für ein und dieselbe Farbe, beziehungsweise verwenden sie gleiche Bezeichnungen für höchst unterschiedliche Farben. Wenn ein mexikanischer Indio azul sagt, dann meint er eine Farbe, die ein Europäer als tiefblau bezeichnen würde. Doch der Indio sagt auch azul, wenn der Europäer mittelgrün sagen würde. Und dieser Indio sagt zu sämtlichen Tönen zwischen tiefblau und mittelgrün dasselbe azul. Oder putzputz. Das bedeutet alles zwischen gelbgrün und orange. Sp`up `oko heißt gleichzeitig braun, blau und grün.« Die Bedeutung, die der sprechende Mensch den Wörtern gebe, sei von seiner persönlichen Wahrnehmung und Umgebung abhängig. Wahrnehmungen seien individuell und relativ. »Okay?«

Ich grinste und sagte »Okay«. Ich hatte mich vorhin schon am Riemen gerissen, um ihr nicht zu nahe zu treten, aber jetzt musste ich doch wieder Witze machen: »Der transkulturelle multilinguale Beziehungsstreit ist eine programmierte Sache«, sagte ich, »Schatz, wieso sagst du ständig gelb, wenn ich blau sage? Aber ich bitte dich, ist das nicht dasselbe in Grün?« Sie übersetzte für Florence und jetzt hielten sich beide die flache Hand vor den Mund und kicherten.

Ich nickte einem Kellner zu, der ein Tablett mit Sektgläsern durch den Raum balancierte und Ausschau nach geneigten Gästen hielt. Ich fragte die beiden Damen, ob sie denn Lust hätten, anzustoßen. Natürlich hatten sie. »Nur her mit dem Alkohol«, rief Florence. Ich griff nach Gläsern, reichte sie weiter, bedankte mich beim Kellner und erhob mein eigenes.

Die Zeit war verflogen. Der Saal hatte sich halb geleert, ohne dass ich es bemerkt hatte. Der Termin war an sein Ende gekommen und Michaela Halbmond hatte Besuch. Ich reichte ihr die Hand. »Das war ja eine nette Party«, sagte ich.

»Ja.«

»Wir sind gar nicht zum Reden gekommen.«

»Ja. Ich weiß.«

»Das müssen wir aber. Ich hab einen Haufen vermutlich hochgescheiter Fragen.«

Sie lächelte und nickte.

Ich verließ die Buchpräsentation. Ich ging über die breiten, unter einem roten Teppich liegenden Stufen hinunter ins Parterre. Rechts vom Ausgang saß Professor Pflug auf einem barocken Polstersessel und fingerte unbeholfen an seinem Mobiltelefon herum. Ich wollte dem Sprachphilosophen noch die Hand zum Abschied reichen, da zeigte er auf die Sitzbank neben sich und bedeutete mir, mich zu ihm zu setzen.

»Sie haben völlig recht«, sagte der alte Professor, als würde er erst jetzt, unter vier Augen, offen reden können, »aber es ist noch viel drastischer.«

Er steckte das Telefon unverrichteter Dinge weg, nahm sich die Brille von der Nase, rieb sich die Augen und setzte sie wieder auf. Er sagte: »Wir verstehen nicht nur das System Sprache nicht. Wir verstehen auch nichts, was mit ihr zusammenhängt. Wir verstehen nicht, woher sie kommt, wie sie entstanden ist, was sie will und kann und wie sie funktioniert. Weder verstehen wir, warum sie so plötzlich aufgetaucht ist, noch, warum sie in einer dermaßen großen Vielfalt aufgetaucht ist. Wir verstehen nichts. Nicht einmal, was Sprache im Grunde eigentlich ist. Und wir verstehen nicht, warum wir hier so gar nichts verstehen, wo wir doch ansonsten so viel verstehen, weil wir ja gar nicht so untalentiert sind.«

Ich schwieg. Das gehörte zu meinem Thema. »Wissen sie«, fuhr er fort, »unlängst habe ich versucht, ein Porträt über einen langjährigen Kollegen und alten Freund zu verfassen, für eine Publikation, die zu seinen Ehren herausgegeben wird. Ich bin kein Schreiber, aber Menschen zu porträtieren habe ich immer wieder gern einmal versucht, weil es für mich eine große Herausforderung war, die Unbegreiflichkeit dieses Wesens zwischen den Wörtern und zwischen den Zeilen zum Vorschein kommen zu lassen.«

Seine unter einem milchigen Film liegenden Augen blickten unscharf zur hohen Decke. »Doch wenn es darum geht, einen Menschen so zu beschreiben, dass er am Ende mehr ist als eine interessante Mischung aus Rätselhaftigkeiten und Widersprüchen, stellt sich die Frage, warum wir gerade das Nichtbegriffene an einem Menschen als wesenstypisch anerkennen.«

Er blickte wieder mich an: »Wir sehen den Menschen wie ein Foto-Negativ. Wir umgarnen die weißen Flächen mit Behauptungen, Indizien und Spekulationen. Mit Interpretationen, Unterstellungen und aus der Luft Gegriffenem. Wir versuchen alles, ihn zu greifen, um letztlich doch in resignierter Faszination vor dem Mysterium Mensch zurückzuweichen. Einer Faszination, die mit der eigenen Unbekanntheit einhergeht und dem Scheitern etwas Versöhnliches gibt. Nun: Was ist daran so schwierig, einen Menschen zu verstehen? Was macht diese Unbegreiflichkeit aus?«

Ich schwieg. Der Mann sprach mir aus der Seele. Alles, was er sagte, klang wie ein Vermächtnis, das er noch schnell übergeben musste.

»Schaut man sich unaufgeregt an, was dieser Mensch alles kann«, holte er aus, »betrachtet man seine Talente und sein Potenzial, dann wird diese gegenseitige Unbegreiflichkeit selbst zu einem Rätsel. Dieses Wesen Mensch verfügt über Fähigkeiten, die es zu einem unheimlichen Fremdkörper in der Natur gemacht haben. Es operiert mit einem Denkorgan, dessen gigantische Aktivitäten von absoluter Beispiellosigkeit sind. Gespeist von einem Netz unterschiedlichster Wahrnehmungs- und Überwachungssysteme, die in millionenfacher Gleichzeitigkeit alles und jedes an dieses seltsame Organ übermitteln, welches alles und jedes aufsaugt, abbildet, einstuft, vergleicht, speichert und es in Bereitschaft für einen Wiedereinsatz bringt, dessen Voraussichtlichkeit es schon berechnet hat. Einem Organ, das sich selbst ununterbrochen auf den neuesten Stand bringt und sein eigenes Potenzial immer weiter steigert.«

Pflug nahm sich mit einem schnellen Griff die Brille wieder von der Nase und richtete seinen Oberkörper ruckartig auf. »Nun frage ich«, sagte er, »was hindert den Besitzer und Benützer einer solchen

Intelligenz-Fabrik daran, einen artverwandten Besitzer einer gleichen Intelligenz-Fabrik richtig zu begreifen? Was macht diesen Intelligenz-Fabrikanten so begriffsstutzig, dass er beim Erfassen eines ihm selbst sehr ähnlichen Fabrikanten-Kollegen aufgeben und auf armselige Ersatz-Etiketten ausweichen muss? Er muss ihn als tiefsinnig oder hintergründig bezeichnen, obwohl das Begriffe sind, die zwar Großes suggerieren, aber nichts aussagen, außer, dass man nichts verstanden hat? Was zwingt uns, den Menschen hilflos über seine weißen Flecken zu identifizieren und ihn letztlich als Rätsel hinzunehmen?«

Ich wusste die Antwort, aber ich sagte nichts. Ich wollte auf keinen Fall seinen Redefluss unterbrechen. Ich musste hören, wie das weiterging. An uns vorbei strömten Gäste, die die Buchpräsentation verließen. Manche verabschiedeten sich beim Professor mit einem Nicken oder einer erhobenen Hand. Michaela und Florence waren nicht dabei. Ich warf einen Blick die Stiege hinauf, aber sie waren nicht zu sehen. Sie mussten noch in diesem Festsaal sein. Ich konnte sie doch nicht beim Vorbeigehen übersehen haben.

Der Professor fuhr fort: »Da ist also dieser aufgerichtete Zweibeiner, der sich einmal auf die Hinterläufe gestellt hat, um ein Männchen zu machen und seither nie wieder aufgehört hat, Männchen zu machen, und wir durchschauen seine Männchenmacherei einfach nicht, obwohl wir selber die gleichen Männchen machen.«

»Wenn sie erlauben, habe ich dazu eine Frage«, sagte ich. »Könnte es sein, dass es nicht an unserer Intelligenz liegt, sondern daran, dass wir keine passenden Begriffe finden, den Menschen richtig zu fassen, ihn treffend zu verbegrifflichen? Könnte es nicht daran liegen, dass wir uns also einfach nicht »denken können« wie er ist und es daher an der misslingenden Versprachlichung unserer Eindrücke scheitert?«

Noch bevor der Professor antworten konnte, riss meine höfliche Zurückgenommenheit: »Wäre es nicht möglich, dass alles umgekehrt ist? Mir scheint, wir halten den Menschen für ein Mysterium, dabei ist nicht der Mensch das Mysterium, sondern seine Sprache. Nicht das Sein bestimmt das Bewusstsein, sondern die Sprache und nichts als die Sprache.«

Er wartete darauf, dass ich weiterredete. Nachdem ich einige Atemzüge geschwiegen hatte, sagte ich: »Ich habe da oben heute so manchen interessanten Menschen getroffen und alle sind auf einer glaubhaften Suche. Aber, wenn ich Ihnen als Laie mit meinen profanen Wortspielereien nicht zu nahe trete, Herr Professor, was suchen diese Forscher denn, wenn nicht passende Worte? Sie suchen eine Sprache für die Sprache. Und wäre es denn so unmöglich, dass das Problem weniger vom Forschungsgegenstand ausgeht als vielmehr vom Untersuchungsinstrument?«

Der Linguisten-Greis blickte verschwommen auf und lächelte ermunternd auf meine Jugend hin, als wollte er sagen, mach nur, lauf los, ich bin zu alt dafür. Und ich wollte in diesem Lächeln etwas wie Gerührtheit entdeckt haben. Möglich, dass ich mir das eingebildet habe. Er war ein kultivierter Mensch, der alles leben ließ und mit Höflichkeit bediente.

Draußen auf der Straße, als der Nachtwind durch meinen Kopf blies und die Bilder dieser Veranstaltung wie Laub aufwirbelte, beschloss ich, zu Fuß nach Hause zu gehen, obwohl die Strecke gut vier, fünf Kilometer betrug. Ich mochte diese Linguisten-Gesellschaft. Auch, aber eigentlich gerade weil sie mit so viel Ehrlichkeit im Dunklen tappte und das innere Wesen ihres Forschungsgegenstandes sich ihrem Zugriff so entschieden entzog. Sie befasste sich mit der Karosserie der Sprache, hatte ihre Motorhaube geöffnet und hantierte staunend an einem fremdartigen Triebwerk herum. Ein weltweites Heer von Fachleuten diskutierte frei zusammengebaute Thesen, deren Substanz sich darauf beschränkte, nicht widerlegbar zu sein. Zig Fachzweige waren entstanden, Zigtausende Bücher geschrieben und Tausende Lehrstühle weltweit eingerichtet worden. Abertausende Forscher hatten ihre Antennen ausgefahren. Doch eine Gesetzmäßigkeit, nach der Sprachen entstanden, sich entwickelten und wieder untergingen, war nicht zu erkennen. Also setzte sich die Meinung durch, es gäbe keine Gesetzmäßigkeit und alles passiere zufällig, chaotisch. Das Rätsel »Sprache« war so rätselhaft, dass die Fachwissenschaft nicht einmal wusste, wie und wonach sie eigentlich genau fragen sollte. Jede klare Antwort machte sich da verdächtig. Ich meine, Antworten gab es endlos viele. Doch nur von Fremddisziplinen, die für nichts verantwortlich waren, aber den Mund offen hatten. Was sie hervorbrachten, war meisterhaft aus der Luft Gegriffenes, virtuose Fantastereien. Schöne, vernebelte Luftschlösser. Da gab es viele großartig formulierte Aussagen aus hochintellektuellem Unverständnis. Manche wollten die Sprache in eingeschüchterte Reimchen-Poesie zwängen (»Ich fürchte mich so sehr vor der Menschen Wort«, der arme kleine, große Rilke). Ich meine, es gab schon auch Pragmatiker, die wussten, dass Sprache etwas mit Krieg und Frieden zu tun haben musste und sie arbeiteten an der Realisierung einer Utopie: Sie versuchten, eine Einheitssprache für die Menschheit zu konstruieren, gedacht für den Frieden der Welt, wie sie sagten, denn dass Gott die Menschen in so vielen verschiedenen Sprachen aneinander vorbeireden ließ, war keine schöne Vielfalt, sondern die reine Geißel. Aber niemand wollte die seelenlose Sprache vom Reißbrett sprechen. Sie hätte auch kaum die allgemeine Sprachverwirrung behoben, denn die Sprachverwirrung trat nicht nur zwischen verschiedenen Kultursprachen auf, sondern auch innerhalb ein und derselben. Jeder einzelne Mensch sprach seine eigene unübersetzbare Weltsprache, die nicht nur von allen anderen Sprachen verschieden war, sondern auch von denen anderer Menschen innerhalb derselben Sprache. Es gab nicht siebentausend Sprachen, sondern acht Milliarden.

Ich überquerte die Wienzeile und kam meiner Wohnung näher. In meinem zunehmend durchlüfteten Kopf klangen Sektgläser nach und Bilder von angeregt plaudernden Menschen flackerten wie in einem alten Stummfilm.

Mir war bewusst, dass mein Verdacht von der funktionsuntauglichen Sprache einigermaßen radikal war, hoch veränderungsschwanger und zu unruhig für eine konfliktscheue Gesellschaft, die dermaßen an Ordnung hing, dass sie sich auch mit einer Illusion von Ordnung zufrieden gab. Aber wenn ich recht hatte, stand die Welt Kopf. Und ich hatte recht. Die Welt stand Kopf. Zwei Tage später kam die Bestätigung.

7

Zwei Tage später: Ich saß hoch über dem Urban-Loritz-Platz, vor der Hauptbücherei, knapp unterhalb des Gipfels einer Pyramide aus weiten, steilen Steinstufen, die etwas Aztekisches hatte. Ich blickte hinunter auf den Platz, der in der Nachmittagssonne lag. Das weiche Glockengebimmel der eintreffenden Straßenbahn entstieg dem Donner des Straßenverkehrs wie akustische Seifenblasen.

Eine glückstrahlende Japanerin fragte, »sprichst du Deutsch?«, und ich nickte. Dann nickte auch sie. »Ist das die Stadtbücherei?«, fragte sie begeistert. »Ich glaube«, sagte ich, »ja. Hauptbücherei. Aber ob das dasselbe ist, weiß ich nicht.« Die Japanerin nickte hastig, ging aber nicht in die Bücherei, sondern trippelte die Stufen hinunter und ihr schwarzes, glattes Haar flatterte im Rhythmus ihrer Schritte. Wie auf der Flucht überquerte sie die Straße im Zickzack zwischen den sich zäh dahinwälzenden Autos und erreichte die bereits eingefahrene Straßenbahn im Augenblick, als sich ihre Türen öffneten. Da stieg Michaela Halbmond aus.

Sie wirkte frisch, fit, glücklich und attraktiv wie aus einem Werbespot, den man für einfach alles einsetzen konnte. Was immer man zu dieser Erscheinung einblendete, Mineralwasser, Traumurlaub oder Anti-Aging-Kosmetik sowieso, aber auch ein Akku-Bohrer-Set oder ein Mähdrescher würde in eine Verlockung verwandelt und schmackhaft gemacht. Sie trug Jeans, ein weißes, bis unter die Hüften fallendes Seidenhemd, dunkelrote Mokassins und eine Umhängetasche aus rotbraunem Leder. Ihr Gang federte vor Freude an der Bewegung, ihr Haar glänzte silbrig wie gefärbt, war es aber nicht. Es war weiß geworden, als sie siebzehn war und sie hatte nie einen Grund gesehen, das künstlich zu ändern.

Sie entdeckte mich und zeigte mir ihre erhobene rechte Handfläche. Dann machte ihr Arm eine bogenförmige Bewegung und ihr

Zeigefinger stach nach rechts, während sich ihre Lippen überdeutlich bewegten. Sie wölbte ihre Handflächen, fügte sie zu einer Kugel, öffnete sie wieder und führte die Spitzen ihres Daumens und Zeigefingers knapp aneinander, um eine geringe Entfernung oder kleine Menge zu symbolisieren und nickte lebhaft fragend. Ich hob meine Hand und nickte als Eingangsbestätigung für ihre Nachricht. Sie lächelte zufrieden und zeigte wieder die Handfläche.

Das war weder Jowulu noch Nostratisch und auch nicht Esperanto. Das war Ursprache, die jeder Mensch verstand, denn jeder Mensch war und blieb ein Urmensch. Sie wollte da drüben noch schnell etwas Rundes beschaffen, es dauere nicht lange, ich bin gleich da, ok?

Als sie so dastand und mir ihre pantomimische Botschaft sendete, kam sie mir vor wie eine Erscheinung aus der Vorzeit und wie eine Verbindung in die Vergangenheit. In allem, was aus der Vergangenheit kam, begann ich eine mögliche Brücke zu sehen. Es gab ja anscheinend auch Sprachen, die Spuren altertümlicher Strukturen bewahrt hatten, wie das Hawaiianische, das, wie die Neandertaler-Sprachen, mit wenigen Vokalen und acht Konsonanten auskam. Aber damit konnte ich in Wahrheit nichts anfangen. Michaela Halbmond hatte diese lustige Geschichte mit den Farbeindrücken erzählt und ich hatte danach ein bisschen hineinrecherchiert. Es war einleuchtend, dass man Farbbezeichnungen zu den ganz alten Wörtern zählen wollte, einfach, weil der Umgang mit Farbeindrücken wohl zu den Grunderfahrungen des Menschen gehörte. Die Bezeichnung für Schwarz, also Dunkelheit, war möglicherweise eines der ältesten Wörter überhaupt. Und ich fand es mehr als erstaunlich, dass das Wort für »schwarz« in gar so vielen miteinander vollkommen unbekannten Kultursprachen ähnlich oder gleich lautete. Kar. Kr. Kär. Karä. Kuroi. Kirikiri. Kuru. Kora.

Jetzt kam sie. Mit jedem Schritt nahm sie zwei Stufen. »Hi«, strahlte sie.

Ich erhob mich von den Stufen, neigte mich zu ihr hin und deutete links und rechts eine Wangenberührung an. »Ich freue mich«, sagte ich und dann entstand eine Pause. Während der Buchpräsentation hatten wir beide gleichermaßen die persönliche Anrede vermieden und umständlich drum herum formuliert, denn wir wagten es nicht, uns zu duzen, obwohl heutzutage jeder jeden duzte, aber siezen wollten wir uns auch nicht. Jetzt sagte ich: »Schön, dich zu sehen. Geht's dir gut?«

»Ja«, nickte sie, »wollen wir da sitzen bleiben, oder ein bisschen gehen. Ich hab Hunger.«

»Auf jeden Fall«, sagte ich, »was möchtest du? Ein Krokodil-Steak? Nein, warte«, ich hob die Hand und musterte sie gespielt, um sie auf ihre kulinarischen Neigungen zu durchleuchten. Dann zog ich meinen Vorschlag zurück: »Naja, vielleicht eher eine Kürbis-Kokos-Creme-Suppe aus belebtem Wasser, begrünt mit einem Blättchen süßer Minze? Oder wir teilen uns einen Kornspitz mit Leichtkäse, hauchdünnen Gurkenscheibchen und einer halben Olive?«

Sie presste die Lippen aufeinander und ihre Augen glitzerten. »Ich esse alles außer Schweinefett und Affenfleisch.«

»Das dachte ich mir in Wirklichkeit«, sagte ich und das stimmte auch.

Wir gingen um die Ecke und durch den Park vor der Stadthalle. Zum ersten Mal waren wir alleine. Sie fragte: »Bist du Wissenschaftsjournalist?«

»Nein. Ich mache alles, was irgendwie als relevant und aktuell hinzustellen ist. Politik, Chronik, Wirtschaft, alles. Es muss nur was los sein, über das man reden kann.«

»Aber das ist interessant«, sagte sie mit geweiteten Augen, »Menschen zum Reden bringen, ihnen die Unsicherheit nehmen, Vertrauen gewinnen, die richtigen Fragen im richtigen Augenblick stellen, sie nicht an der falschen Stelle unterbrechen, aber nachsetzen, wenn sie abweichen.«

»Du kennst dich aber aus.«

»Du magst das, oder?«

»Was. Dass du dich auskennst? Ja, sicher.«

»Nein, hör auf, ich meine das alles, diesen Beruf.«

»Ah so, ja, ich hab das am Anfang auch nicht gewusst. Ich bin da hinein, weil ich dachte, dass Journalismus etwas mit Schreiben zu tun hat und ich mir ja eingebildet hatte, schreiben zu können. Es war also ein doppelter Irrtum, der mich in diesen spannenden Beruf geführt hat.«

Sie blieb stehen und ich drehte mich zu ihr hin. »Journalismus hat nichts mit Schreiben zu tun?«, fragte sie.

»Fast nichts«, sagte ich. »Es geht nicht ums Schreiben, sondern viel mehr um das Herbeischaffen von Schreibbarem. Auftreiben und Aufbereiten von Stoff. Das Schreiben selbst passiert im letzten Augenblick schnell, schnell vor Redaktionsschluss.«

Wir gingen weiter. Weil in ihrer Frage echtes Interesse durchgeklungen war, erweiterte ich meine Antwort. Zeitungsmenschen seien meist keine Experten, sagte ich. Sie seien, auch wenn viele es selbst glaubten, keine Wissenden, sondern Wissen Einholende. »Und es geht nicht einmal darum, sich dieses Wissen selbst anzueignen, sondern nur die Leute zu finden, die es haben. Das ist Recherchieren im Journalismus. Die richtigen Leute finden und sie zu erweichen, ihr Wissen mit dir zu teilen. Kostenlos natürlich. Scheckbuch-Journalismus gibt es nur in den Köpfen verfolgungsneurotischer Medienhasser.«

»Das heißt es aber oft.«

»Eben. Das ist eines der hartnäckigen Gerüchte zum allseits beliebten Thema ›Scheißmedien‹. Viele glauben, dass man bei den Medien für jede üble Nachrede Geld bekommt und dabei anonym bleiben darf.«

Sie musste lachen.

»Aber du hast völlig recht«, sagte ich, »es geht immer um Menschen. Pure Psychologie. Solange du recherchierst, machst du pure Psychologie. Wenn du nur abschreibst, ist es einfacher, dafür brauchst du keine Menschenkenntnis. Aber die Auseinandersetzung mit Menschen und dem, was sie erreichen oder versäumen, was sie anrichten oder gutmachen, was ihnen zustößt, in die Wiege gelegt oder vorenthalten wird, diese Welt der Schicksale hat mich sehr direkt angesprochen.«

Sie nickte mit denkenden Augen. »Ja. Ich weiß.«

»So wie jetzt«, fuhr ich fort. »Ich gehe nicht jahrelang Sprachwissenschaften studieren, sondern finde dich, die du die Arbeit schon erledigt hast. Und hier ist auch mein Erfolgserlebnis. Ich mag das Tierhafte daran, reflexartig an die richtigen Personen zu gelangen. Dich habe ich in Archiv-Geschichten entdeckt und mir gedacht, wenn jemand etwas neu entdeckt, kommt er auch mit der unberührten Vergangenheit des Entdeckten in Kontakt. Weil das Unentdeckte ja irgendwie von der Gegenwart nicht erfasst war, konnte es vielleicht das Wesen seiner Vergangenheit noch in sich tragen. Ist natürlich irgendwie naiv.«

»Nein«, sagte sie.

»Nicht? Ich meine, eine falsche Annahme kann auch zum richtigen Ziel führen, wenn der Bauch es sagt.«

»Es ist nicht naiv.«

Wir näherten uns dem Ausgang des Parks. Ein ganz in schwarz gekleideter Teenager auf viel zu langen und viel zu dünnen Beinen und einem schräg zur Seite hängenden Haarschnitt überholte uns auf einem Skateboard und querte nach links, vorbei an einer alten Dame, die auf einer Bank saß und in einem Plastiksack nach Brotkrümeln für die Tauben fingerte. »Geh scheißen!«, rief er einem anderen Skater zu, der zur Antwort nur seinen Mittelfinger hochzucken ließ.

»Warum hast du mich eigentlich angerufen?«, fragte sie.

Himmel, das hatte ich ihr ja noch gar nicht erklärt. Wieder blieben wir stehen. Ich schilderte ihr geradeheraus meine Geschichte. Von einer Story-Idee über die neue Sprachkrise ausgehend sei mir aufgefallen, dass nicht der Mensch die Krise mache, sondern die Sprache, denn sie sei funktionsuntauglich.

Sie lächelte entzückt.

»Aber was ist mit der Literatur?«, fragte sie, »die funktioniert auch nicht?«

»Das ist eine sehr gute Frage«, sagte ich, »nur eine kaputte Sprache kann überhaupt das Bedürfnis nach Literatur erzeugen. Eine Sprache, die Literatur hervorbringt, kann nicht funktionieren.«

Ich gestikulierte und meine Hände schaufelten durch die Luft, als würden sie Aufräumungsarbeiten durchführen. »Literatur ist Symptom und Beweis, dass die Sprache nicht funktioniert.«

Sie schmunzelte abwartend.

»Ja sicher«, unterstrich ich. Literatur versuche sich am Unbeschreiblichen, schreibe gegen die Grenzen der Sprache an. Literatur sei die Not des Nichtausdrückbaren. Sei die versuchte Behebung dieser Not. Literatur sei Kunstfertigkeit im Umgang mit dem untauglichen Werkzeug, sie sei Folge der Kaputtheit von Sprache. Literatur sei ein Selbstheilungsversuch.

»Danke für diese Frage«, sagte ich, »ich mag es, so direkt verstanden zu werden. Literatur ist eine Erscheinungsform dessen, wovon ich die ganze Zeit rede. Sie ist eine Kunst des Umganges mit dem Nichtfunktionierenden. Ist doch sonnenklar: Wenn jeder problemlos ausdrücken könnte, was er sagen möchte, gäbe es keine Literatur. Wozu auch?«

Sie fand das wohl verrückt, aber ihr Lächeln war nicht ganz dasselbe, wie wenn ich Witze machte. Sie fand das irgendwie erstaunlich.

»Hätten wir eine funktionierende Sprache, würde sie das Bedürfnis nach Sprache löschen«, setzte ich nach. »Funktionierende Sprache würde Kommunikation beenden, sie würde Kommunikation erfolgreich abschließen und ihre Wiederholung überflüssig machen. Funktionierende Sprache würde sich selbst überflüssig machen. Sie würde etwas sagen, damit es gesagt ist und also nicht mehr gesagt werden muss.« Ich hielt inne, achtete auf ihre Reaktion, aber sie hörte nur zu. »Ursprünglich sollte Sprache ein Gegenmittel sein«, redete ich weiter, »ein Mittel gegen Unklarheiten. Und wenn die Unklarheiten beseitigt sind, wird sie überflüssig. Sie macht sich selbst obsolet wie eine Hilfsorganisation im Krisengebiet, die mit vollem Einsatz und größtmöglicher Kompetenz und Professionalität daran arbeitet, sich überflüssig zu machen. Die sich in höchste Gefahr begibt, nur, um sich obsolet zu machen. Die Sprache, ich meine, eine echte, funktionierende Sprache, wäre da, um das Sprachbedürfnis zu löschen. Aber weil unsere Sprache nicht funktioniert, muss sie immer neue Anläufe nehmen, das Sprachbedürfnis zu beseitigen, produziert aber immer mehr Sprachbedürfnis. Und das geht endlos weiter.«

Michaela Halbmond nahm einfach, was ich sagte und ließ es einmal, wohin ich es gestellt hatte.

»Ist das nicht die Wahrheit?«, fragte ich, »Sag du. Du bist die Expertin. Ich spüre nur etwas. Ich sehe nur etwas.«

»Da gleich?«, fragte sie und deutete auf einen kleinen Gastgarten, der kein Gastgarten war, sondern aus vier kleinen, auf den Gehsteig gedrängten Tischen bestand, die mit einem stilisierten Plastik-Gartenzaun der Marke »Knusperhäuschen« eingegrenzt und symbolisch von der Fahrbahn getrennt war. An einem der Tische saß ein älterer Mann vor seinem Glas und war intensiv mit sich selbst beschäftigt, suchte ruhelos in den Taschen seines Mantels, den er trotz der Hitze trug, rupfte an seinen schweißverklebten Haarresten, rutschte auf dem Sessel hin und her und verlagerte sein Gewicht, um sich Zugang zu weiteren Innentaschen zu verschaffen, in denen er ebenso wenig fand, wie in den anderen.

»Gibt's da was?«, fragte ich, »ok, passt.«

Rechts neben dem Eingang hing eine blecherne, bunt emaillierte Werbetafel aus den Sechzigerjahren, aus der ein riesiges, überschäumendes Krügel Bier heraus kippte. Perspektivisch im Hintergrund lachte eine glückliche Hausfrau mit toupierten Haaren und roten Lippen. Drüber stand in geschwungenen Lettern: »Trinken Sie Bier!« Darunter hing eine schwarze Tafel, auf der mit Kreide das Angebot der Küche vermerkt war: Saures Rindfleisch mit steirischem Kernöl. Dann: Thunfisch-Carpaccio an Avocado-Sesam-Limetten-Teriyaki. Und ganz unten: Heidelbeer-Muffins auf Vanille-Schaum. Aber das Lokal schien verlassen, es war weit und breit kein Kellner zu sehen und es kam auch keiner.

Wir warteten. Ich fragte: »Tratschen deine Jowulu-Freunde gern? Ich meine, was reden sie und warum reden sie? Reden sie viel, oder nur dann, wenn es was zu sagen gibt?«

Sie entspannte sich im Sessel. Sie schien sich wohl zu fühlen und nahm sich eine Sekunde, um einzulenken. Bis dahin war sie im Small-

Talk-Modus gewesen, hatte spielerisch über Hunger geklagt und beobachtend gelächelt. Jetzt senkte sich Konzentriertheit wie aufziehendes Gewölk auf ihren Blick. Sie biss sich auf die Unterlippe, die wie zerknittertes Seidenpapier Fältchen und Plättchen warf und sie fixierte mich mit dem unverwandten Interesse einer Ärztin, die ein Symptom entdeckt hatte. Wenn sie sprach, spürte ich das große Wissen, das nur leicht angezapft hinter ihren Worten bereit lag.

Eigentlich seien diese Jowulu-Leute sehr gesellig und gar nicht so asketisch und wortkarg, wie man das bei Völkern der Sahara gewöhnlich beobachte. Sie machten Witze, in der Nacht werde gefeiert und wenn Bier da sei, tranken sie es aus. Und wenn dann jemand stolpere, dann lachten sie. Sie seien uns Europäern viel ähnlicher, als ihr Äußeres nahelegen würde.

»Und was passiert, wenn es Streitereien gibt? Wie werden Missverständnisse ausgeräumt?«, fragte ich, »wie oft hörst du sie sagen: ›Du verstehst mich nicht‹? Ich meine, gibt es Diskussionen über sprachliche Unwegsamkeiten, die klären sollen, was jemand nun genau gesagt oder nicht gesagt hat, oder doch gesagt, aber nicht so gemeint hat?«

»Nur, wenn sie betrunken sind«, lachte sie, »und das ist gar nicht so selten.« Auch die Frauen, besonders die alten, langten ganz schön zu und zogen dazu gierig an Tabakpfeifen.

Michaela Halbmond blickte über die Schulter, um nach einer Bedienung Ausschau zu halten, aber da war nur der einsame Gast, der unverändert in seinen Taschen wühlte. Sie wandte sich wieder mir zu. Jetzt stach ihr Blick nicht mehr an mir vorbei in ein fernes Gedankenarchiv. Jetzt blickte sie mich offen und geduldig an, als wäre sie endlich bei mir angekommen. Sie hatte es nicht eilig, etwas zu sagen.

»Es geht mir um die Kluft«, sagte ich, »um diese Kluft, die überall ist, wo Menschen sprechen. Die mitten durch jeden Satz verläuft, den Menschen aussprechen und mitten durch jeden Satz verlaufen ist, den Menschen jemals ausgesprochen haben. Die Kluft, die alles aufspaltet in das, was sie sagen und das, was sie meinen.«

Sie hatte längst verstanden. Sie lächelte ernst und nickte langsam. Wenn sie »Ja« sagte, sank ihr Ton in einem Bogen nach unten und nahm etwas zärtlich Zusicherndes an, fast etwas Tröstendes. »Ja«, sagte sie, »ich mag diese Leidenschaft in deinen Gedanken. Sie sind bestechend und unbescheiden, wie es sich gehört, wenn du bereit bist für die Revolution. Käme jemand in meinem Fach mit sowas daher, würden alle den Kopf schütteln, obwohl wir, genau betrachtet, eigentlich dasselbe sagen.«

Sie nahm mich ernst. Ich war erleichtert.

»Gibt es einen Weg zurück?«, fragte ich. Sie wusste ansatzlos, was ich meinte, das hatte sie bei der Buchpräsentation schon verstanden. Sie zuckte mit den Schultern, dann schüttelte sie den Kopf. Einen Weg zurück zum Anfang? Das sei es doch, was die gesamte Forschung suche. Einen Weg zurück zum Anfang gebe es nicht, aber einen Anfang, das schon.

»Ja?«

»Ja. Der Zaun im Zoo. Dort ist der Anfang. Das ist die Grenze.«

»Gehst du mit mir in den Zoo?«

»Ja, wenn du möchtest«, schmunzelte sie, »gehe ich mit dir in den Zoo.«

Am Zaun im Zoo sei das Ende und der Anfang, da, wo das Tierreich ende und das Menschenreich beginne. »Ich bin nur eine Erbsenzählerin«, sagte sie, »eine I-Tüpfchen-Reiterin. Wir sagen, ›Okay, der eine sagt Muh, der andere Mäh, hochinteressant, das müssen wir analysieren‹. Aber wir verstehen wenig über die großen Hintergründe. Es gibt kein Sprachmuseum mit Fossilien, es gibt keine Verbindung in die ältere Geschichte, von der man etwas über die Gegenwart lernen könnte.«

»Aber das Menschsein beginnt mit der Sprache«, fragte ich dazwischen, »das sagst auch du, oder?«

»Natürlich. Das Menschsein beginnt mit dem bewussten Denken, das Denken beginnt mit dem Begreifen und Begreifen heißt nichts anderes als Begriff geben. Versprachlichen. Einen diffusen Bedeutungsinhalt in die Form von Worten bringen. Formulieren. Ohne Sprache gibt es kein Verstehen. Ohne Begriffe keine konkreten Gedanken, keine eigenen Vorstellungen. Nichts. Kein Menschsein. Nur fließende Reize und Eindrücke, die nichts bedeuten, weil sie nicht benannt sind. Tierhafte Wahrnehmung.«

Ihr Telefon läutete. Sie holte es hervor und stellte es ab. Sie kramte in ihrer Umhängetasche nach einem Pflegestift und zog ihn über ihre Lippen. Dann schob sie den Stift wieder in die Tasche und holte ein bunt ornamentiertes Terminbüchlein hervor, blätterte kurz darin, fand, was sie suchte, und legte es wieder zur Seite.

Ich sagte nichts, ich hatte Angst, dass sie schon wieder weg musste. Aber sie überlegte nur. Und dann nahm sie mich und führte mich zurück. Sie beschrieb, was am Zaun passierte. Sie machte mir klar, was ablief, wenn Sprache in ein Leben eingriff, das noch keine Sprache kannte. Sie zeichnete den Übergang von der außersprachlichen Wahrnehmungswelt der Tiere zur erkennenden, verstehenden Sicht der Menschen. Und so sagte sie: »Stell dir vor, du versuchst zu meditieren. Du sitzt da und tust nichts. Ok?«

»Ok.«

»Du bist still. Du sitzt da und bewegst dich nicht und versuchst nichts zu tun und nichts zu denken. Einfach nur zu sitzen, sonst nichts. Du entspannst dich und wartest darauf, dass du ruhiger wirst. Dein Atem wird zunächst heftiger, dann ruhiger. Dein Puls verlangsamt sich. Du fährst deine inneren Dialoge herunter und lässt, so gut du kannst, deine aktiven Gedanken ruhen.«

Sie machte eine Pause und sah mich nachdenklich und geduldig an. Dann sprach sie weiter: »Je entspannter und ruhiger dein Inneres wird, desto deutlicher siehst und spürst du es: Du wirst durchströmt von Reizen, die du nicht abstellen kannst. Ein endloser Strom von Eindrücken zieht durch dich hindurch. Einem Tier geht es gleich, es wird durchströmt von namenlosen Eindrücken, es sieht und spürt, aber es ist ihm nicht bewusst, was es sieht und spürt. Das Tier sieht einen Baum, doch es ist ihm nicht bewusst, dass es einen Baum sieht, weil es ihn nicht mit der Bezeichnung ›Baum‹ ausgestattet hat. Deshalb leuchtet in seinem Hirn das Signal ›Baum‹ auch nicht auf, weil es dort nicht gespeichert ist und daher nicht aufgerufen werden kann.«

»Ok. Das Tier hat kein Archiv im Kopf zum Nachschauen.«

»Ja. Also, hör zu«, überging sie mich, »ein pausenloser, endloser, unermesslicher Strom aus Eindrücken und Reizen und Bildern fließt durch dein Hirn und erzeugt ein körperliches Echo. Das heißt, du spürst deine Wahrnehmungen. Du siehst Formen und Farben und spürst das auch. Du registrierst Veränderungen. Du bemerkst, wenn Helligkeit zu- oder abnimmt, du nimmst Schwankungen von Lautstärke und Temperatur wahr, du registrierst Räumlichkeit. All das durchströmt dich und verschwindet wieder ohne Halt zu machen. Es wird von neuen, nachströmenden Eindrücken verdrängt. Dein Kopf ist wie eine Mühle oder ein Kraftwerk, durch die ein Bach fließt und wenn die Schaufeln des Mühlrades hineingreifen, flackern Lichter auf. Da fließt eine simultane Suppe aus Wahrnehmungen, die keinen Bestand haben und keinen Sinn machen, weil sie hereinströmen und wieder hinausströmen, ohne angehalten und identifiziert zu werden. Du nimmst das alles wahr, aber du begreifst nichts, weil du es nicht mit einem Kennwort identifizierst.«

Sie machte eine Pause, ohne mich aus den Augen zu lassen. »Wenn du nun ein passendes Gefäß nimmst und etwas aus dem Strom schöpfst, hast du es angehalten. Du isolierst diesen herausgefischten Inhalt vom Rest des Stromes und gibst ihm Bestand. Der Strom fließt weiter, aber der Inhalt in deinem Gefäß bleibt da. Er wird vom Gefäß festgehalten. Du hast ihm eine stabile Form gegeben und damit Kontinuität. So ist der Inhalt wiederverwendbar.«

Ich nickte. Ich hing an ihren Lippen und dachte an keinen Kellner mehr.

»Und nun«, sagte sie, »ist es sehr einfach: ein Wort ist ein solches Gefäß. Diese Wortgefäße geben Form und Bedeutung. Mit diesen Wort-Formen benennst du etwas Vorbeiströmendes und gibst ihm Identität und Bestand. Du hältst es fest, wie man so schön sagt. Diese schöpfenden Wortgefäße machen etwas Unbestimmtes zu einem Gegenstand. Du begreifst eine fließende, namenlose Wahrnehmung, indem du sie mit einem passenden Gefäß anhältst und herausholst. Begreifen heißt nach Treibgut greifen – und es zu identifizieren durch

Bezeichnung, durch Namensgebung. Es ist, wie wenn du ein verschwommenes Bild scharfstellst.«

Ich holte Luft, um anzusetzen, etwas zu sagen, doch sie hob abwehrend die Hand.

»Jetzt kommt noch das Entscheidende. Das Verstehen. Welche Prozesse laufen ab, wenn du etwas verstehst? Also, wie gesagt: du hast zum Beispiel eine große, hölzerne Pflanze mit dem Wortgefäß ›Baum‹ festgehalten und gespeichert. Der ist in deinem Hirn jetzt vorrätig. Jetzt bist du gerüstet. Wenn nun wieder einmal eine dieser hölzernen Pflanzen im Strom vorbeitreibt, klingelt es in deinem Kopf und ein Treffer wird gemeldet, weil das Gehirn alle hereinkommenden Eindrücke mit bereits vorhandenen abgleicht. Etwas verstehen bedeutet nichts anderes, als etwas im Hirn bereits Gespeichertes draußen in der Welt wiederzuerkennen. Denn etwas nicht Gespeichertes kannst du nicht erkennen.«

Sie beobachtete die Wirkung ihrer Worte und wiederholte in mein stummes, langsames Nicken hinein: »Du hast eine große, hölzerne Pflanze mit der Lautkreation ›Baum‹ im Hirn eingelagert. Wenn wieder einmal einer vorbeitreibt, legst du die gespeicherte Schablone aus deinem Kopf-Archiv drüber und wenn sie passt, leuchtet ein Lichtlein auf und du erkennst ihn als Baum. Verstehen heißt also, eine Wahrnehmung sprachlich zu wiederholen, empfangene Eindrücke mit vorhandenen Wörtern zu reproduzieren und wiederzugeben und sie so zu fixieren.«

Ich sagte: »Wow.« Und nach einer Atempause sagte ich noch einmal: »Wow. Begreifen heißt nichts anderes, als Eindrücke in Ausdrücke zu verwandeln?«

Sie klatsche in die Hände: »Exakt! Kluges Kerlchen! Genau das, was du jetzt gemacht hast, ist begreifen. Es ist Sprache geben.«

Sie glitzerte wieder. Während ihrer Ausführungen hatte sie fremd und abwesend gewirkt und ihr reizendes Wesen war in den Schatten ihrer Konzentration verschwunden. Aber da war sie wieder und freute sich, dass ich ihr tapfer folgte. Diese Frau war keine Lexikostatistik-Tussi. Das war keine Erbsenzählerin. Das war ein Lichtwesen. Aber in diesem seltsamen Gasthaus war einfach kein Kellner zugegen und diese Dame da hungerte, während sie mein Bewusstsein aufblies wie eine halluzinogene Droge. Sie war wie LSD mit Lippen aus zerknittertem Seidenpapier.

Ich überprüfte, ob mein neues Wissen funktionierte: »Ok, ich sehe einen Baum und denke, das ist ein Baum. Das kann ich aber nur, weil ich den Begriff ›Baum‹ gespeichert habe. Und das nennt man einen Gedanken?«

Sie freute sich wie eine Volksschullehrerin, schüttelte aber den Kopf und präzisierte: »Gedanken sind eher ganze Wortfolgen.«

Ich fuhr fort, mehr zu mir selbst: »Etwas fassen heißt, es in Worte fassen.« Ich starrte ins Leere. Dann sagte ich: »Der Unterschied zwischen unbewusster und bewusster Wahrnehmung heißt Sprache.«

Sie lächelte nickend. »Auffassungsgabe«, sagte sie, »ist die Fähigkeit, etwas lose Geistiges in Sprache zu verwandeln. Formlose Inhalte in Wort-Sprache zu formen, zu formulieren.«

Ich sah ihr in die Augen: »Auffassungsvermögen ist eine Sprachkompetenz.«

Sie nickte.

Ich war sprachlos. Wie erhellend das alles war. Meine professionelle Distanz zu ihr schwand. »Ich habe kein passendes Wort-Gefäß für dich«, sagte ich, »du strömst außersprachlich durch meinen Kopf. Keine Schablone passt auf dich und dennoch blinken die Lichter in meinem Hirn. Ich kann dich nicht aus dem Strom fischen, du musst bitte selber anhalten.«

Sie schmunzelte.

So einfach war das also. Sprache machte etwas Fließendes fest, etwas Unbestimmtes bestimmt, grenzte es ab, isolierte es vom Rest und nur daraus ergaben sich Eigenheit und Identität. Das Verpacken in Sprache verlieh dem Inhalt Gegenständlichkeit und dauerhaftes Gleichbleiben. Das Kleiden in Sprache rief etwas erst ins Leben. Formulierung schaffte Wirklichkeit. Sprechen hieß nichts weniger als Schaffen. Schöpfen. Mit Wort-Krügen aus der strömenden Ursuppe schöpfen.

Das war fast zu viel an Plausibilität und Einfachheit. Ich hob erneut die Hand: »Moment einmal: ich verstehe. Genau jetzt läuft sowas in meinem Kopf ab. Ich verstehe etwas und das schmeckt irgendwie nach Erinnerung. Ist ja klar: Man versteht dann etwas, wenn es mit einem bereits gespeicherten Inhalt übereinstimmt. Das fühlt sich nicht nur an wie Erinnerung, es ist Erinnerung. Du zapfst vorhandenes Wissen an.«

Sie war zufrieden.

Ich sagte: »Siehst du, wie tierhaft gescheit ich bin, genau dich gesucht und gefunden zu haben?«

»Ja, das hast du gut gemacht«, scherzte sie, »aber zum Abschluss der Unterrichtsstunde wiederholen wir: Verstehen ist ein Vorgang der Versprachlichung. Ok? Und Begreifen heißt Begriff geben, ja?«

»Ja.«

»Und mit diesen Begriffen systematisch operieren nennt man denken.«

»So einfach ist das, oder?«, sagte ich. »Genial. Gehen wir. Da gibt es nichts zu essen.«

Sie überquerte fast hüpfend die Straße, ihr Blick zuckte nach links und rechts nach dem Verkehr und sie streckte ihren rechten Arm nach hinten in meine Richtung und spreizte die Finger, um mich zu lotsen. Sie hielt auf der anderen Straßenseite vor dem Eingang zu einem kleinen, dreckigen Park, der Mitleid erregte mit dem imaginierten Kind, das hier spielen musste. Er bestand zur Hälfte aus einer asphaltierten Fläche, über die ein fünf Meter hoher Würfel aus Drahtzaun gestülpt war. Zur anderen Hälfte war er ein schwarzbraunes Halbrund aus säuerlich stinkenden Rindenstücken, in dessen Mitte eine traurige Sandkiste lag, daneben eine verrostete, ehemals bunt lackierte Rutsche. Der Park war menschenleer und lag tot unter einer grauen Kruste aus Verkehrsstaub.

Da stand sie nun, in ihrer Hüfte lehnend, mit verschränkten Armen, die Tasche hing ihr von der Schulter und ein Lächeln dehnte ihre Lippen. Lippen, über die bei Bedarf zahlreiche Sprachen geflossen kamen, von denen kein Mensch noch je etwas gehört hatte. Diese

Linguistin hatte mir beigebracht, dass es die »Verwortung« war, die einer Wahrnehmung erst ihre Bedeutung gab. Durch Verwortung wurde aus einer Sache erst eine Tatsache.

»Gehst du jetzt mit mir in den Zoo, Frau Lehrerin?«, bettelte ich und sie glitzerte und sagte, »Ja, wir gehen in den Zoo die Grenze anschauen, aber ein anderes Mal.«

»Aber hast du noch was von diesem hochgescheiten Zeugs da, wie vorhin, weißt eh, von der Sprache und alles?«

»Ja, Herr Journalist, ich wollte eigentlich etwas zu deiner Kluft sagen, Herr Star-Reporter.«

Und dann kam es. Ich spürte, dass da jetzt etwas kommen würde und nahm Aufstellung. Diese Michaela Halbmond, die ich wie mit verbundenen Augen aus einem Berg von Unterlagen und einem Heer von Experten gefischt hatte, legte mir den Beweis auf den Tisch, dass meine Ahnungen, auch wenn sie noch so irrwitzig und jenseitig wirkten, nichts als zutreffend waren. Sie belegte, dass Sprache tatsächlich nichts transportierte und Sprachkommunikation de facto unmöglich war. Sie erhärtete nicht nur meinen Verdacht, sie machte aus ihm eine ganz klare Gewissheit. Und Frau Professor Michaela Halbmond war nicht irgendwer. Jowulu-Entdeckerin hin oder her, sie war eine kristallklare Wissenschaftlerin, ausgestattet mit einem messerscharfen Intellekt und nicht von ungefähr eine internationale Kapazität. Und sie neigte kein bisschen zu grenzrealen Absonderlichkeiten, nicht einen Millimeter. Aber was sie hier sagte, war völlig klar: die Wort-Sprache transportierte keinerlei Inhalte. Null. Sie versuchte es gar nicht.

Mit welch mythischer Schüchternheit ich mich meinem Verdacht genähert hatte! Und mit wie viel weniger ich schon zufrieden gewesen wäre. Es hätte mir schon gereicht, nicht glatt zurückgewiesen und ausgelacht zu werden. Doch diese Person legte mir das Vollbild restloser Bestätigung auf den Tisch.

»Sag Baum«, sagte sie mit der Liebenswürdigkeit einer Volksschullehrerin.

»Ok, Baum.«

»Siehst du?«

»Nein. Was?«

»Jetzt hör zu: Wenn du ›Baum‹ sagst, kommt kein Baum aus deinem Mund und fliegt durch die Luft und dringt in mein Ohr. Aber auch dein Bild von diesem Baum kann nicht fliegen. Der Inhalt von etwas Gesagtem wird nicht zugestellt. Nur die Verpackung. Was hier durch die Luft fliegt ist nur ein Wachrufer für deine eigene Vorstellung von einem Baum, die du im Hirn-Archiv gespeichert hast. Wenn ich ›Baum‹ sage, siehst du nicht meinen Baum, sondern deinen eigenen, und der wird immer anders aussehen als meiner, egal, wie genau ich ihn beschreibe. Meine Beschreibung ist nur ein Rezept für den Nachbau aus deinem eigenen Archivmaterial.«

Ich verstand. Alles, was sich beim Sprechen durch die Luft bewegen konnte, war die Luft selbst in deformiertem Zustand, als Klangbild. Luft war elastisch, man konnte sie ausatmen und dabei mit den Lippen Druck- und Dichteschwankungen bewirken und dabei wellenartige Muster erzeugen, die durch den Luftraum davontrieben. Wenn jemand sprach, bewegte sich wellenförmige Luft durch ruhende Luft. Alles, was sich bewegte, waren Wellen. So konnte man Lautbilder in die Luft stempeln wie Rauchringe. Man konnte der Luft etwas sagen und sie sagte es weiter. Ein Windstoß verbog und dehnte das Lautbild, es prallte gegen eine Wand und dann hallten Bruchstücke wider, oft mehrmals, bevor sie sich verloren. Trafen solche Wellenbilder auf einen Empfangstrichter wie das sogenannte Ohr, »hörte« man etwas.

Mir kam meine eigene Begeisterung irgendwie übertrieben vor und ich fragte: »Bin ich so ungebildet, oder ist das alles wirklich so faszinierend? Deine Worte sind so schwerwiegend. Ich glaube dir jedes einzelne, Frau Volksschullehrerin.«

»Du sollst nicht glauben, du sollst verstehen«, sagte die Volksschullehrerin.

»Du sagst doch selbst, das geht nicht.«

»Hör jetzt auf.«

»Also gut: Das ganze Spiel mit dem Baum heißt ›Ich sehe nur, was du nicht siehst‹, oder?«

»Wenn du es so schön sagen möchtest.«

»Genauer gesagt lautet das Spiel der scheinbaren Kommunikation, ›Was ich sehe, wirst du niemals sehen können‹, oder?«

Sie zuckte mit den Schultern: »Ja.«

Alles war noch viel radikaler, als ich angenommen hatte. Ich hatte gedacht, beim Sprechen, also bei der Übermittlung von Begriffen, würden vielleicht Fehler auftreten und es könne etwas verloren gehen. Ich hatte mich die ganze Zeit gefragt, was mit dieser Luftpost während des Überfluges passierte. Und da war jetzt die Antwort: Gar nichts. Mit dieser Luftpost passierte gar nichts. Es gab keine Luftpost. Die Aussage eines anderen zu verstehen, war pure Illusion.

Michaela Halbmond hatte nur den seltsamen Einwand, dass das normal sei. Und dass man eben nicht so übertrieben genau hinschauen dürfe.

Was? Konnte man denn übertrieben genau hinschauen? Ich meine, alles, was diese Frau sagte, zog mich an und nahm mich ein. Doch ich sollte nicht genau hinschauen? Tut mir leid, große Expertin, ich schaue aber genau hin. Und zwar ganz genau. Und ich hatte nicht vor, weniger als ganz genau hinzuschauen. Wegen nichts anderem war ich da.

Ich sah ihre Seidenlippen, wie sie sich in Zeitlupe bewegten, diese scharf gezeichneten, großen Lippen mit den Fältchen und Plättchen, wie sie stumm nach vorne kamen, einen Trichter bildeten, sich weich aufeinanderlegten, wieder aufgingen, zurückwichen, sich schmal machten und in die Breite spannten.

»Aber das ist normal«, sagte sie.

»Es ist normal, dass nichts, was Menschen je gesagt haben, je bei einem anderen Menschen angekommen ist? Dass nichts jemals so verstanden wurde, wie es gemeint war, aber alle dachten, es richtig gesagt und richtig verstanden zu haben?

»Ja«, sagte sie, »wenn man es allzu genau nimmt.«

Das war ja das Beste. Allzu genau. Ich berührte ihre Hand wie um sie zu beknien, doch vernünftig zu sein: »Aber das heißt doch, dass Menschen nie miteinander reden, sondern immer nur nacheinander abwechselnd jeder mit sich selbst.«

Sie musste lachen. »Ja«, sagte sie, »das klingt so witzig, aber es stimmt.«

Der Übermittlungsvorgang war es einfach nicht. Es lag kein technisches Problem vor. Der wahre Grund war verletzend banal: Es war der allgegenwärtige Irrglaube, Sprache könne etwas, was sie einfach nicht konnte.

»Bist du sicher, dass das kein Grund zur Aufregung ist?«, fragte ich.

Michaela lächelte nur. Sie ließ mich leben. Sie nahm mich ernst, obwohl ich verrückt sein musste. Sie teilte ihr großes Wissen mit mir, aber sie ließ mich einfach. Ich hatte es in dieser Redaktionskonferenz einfach so dahinbehauptet, ich hatte gelogen und schön knallig zugespitzt. Aber jetzt war klar: Meine erfundene Geschichte entsprach den Tatsachen. Ich hatte die Wahrheit gelogen. Alles, was der Mensch von der Welt draußen hereinzubekommen und zu verstehen dachte, war in Wahrheit schon da, hausgemacht. Von draußen kam gar nichts.

Der Mensch bildete sich ein, mit anderen Menschen verbunden zu sein, aber er war vollkommen allein. Ein universeller Selbstversorger, ein Eremit der Sinne, ein absoluter Einzelgänger. Er lebte in einer selbstgebastelten virtuellen Realität. In einer bunten Blase aus körpereigenem Seifenwasser. Er braute sich alles selbst aus körpereigenen Säften, er malte sich alles aus körpereigenen Farben, er belegte alles mit seinen eigenen Erfahrungen. Sein Verständnis bezog er aus seinem eigenen Wissen. Er verstand nur, was er ohnehin wusste. Von draußen erfuhr er gar nichts, nur Codes. Die rote Farbe, die er wahrnahm, war sein eigenes Rot und nicht jenes, das ihm als Schallwellen-Konstrukt zugeflogen kam, denn da kam kein Rot geflogen, sondern ein akustisches Symbol lautend auf R-O-T, zur Abrufung des eigenen Rot. Sonst nichts.

Und diese Laut-Symbole galten nicht einmal den Dingen, die sie bezeichneten. Sie waren nur an die Bibliothek des Geistes gerichtet. Wörter vertraten nicht die realen Dinge, die sie benannten, sondern die Lagerplätze ihrer Abbilder im Hirn, damit der Geist sich auskannte, was er hervorholen musste. Wir Menschen redeten überhaupt nicht über die Welt draußen, sondern über unsere gespeicherten

Archive. Wir transportierten gar nichts. Unsere Hirne spielten Kartentauschen, das war alles. Wir agierten in einer Stellvertreter-Welt aus Abbildern. Wir lebten nicht, wir spielten Leben.

Wozu hatte ich versucht, Gedichte zu schreiben? Wozu hatte ich mein Leben lang überlegt, was ich sagen sollte, bevor ich den Mund aufmachte? Warum hatte ich versucht, dem Wesen der Dinge näher zu kommen, indem ich Wortbedeutungen präzisierte? Ganz einfach: Weil ich nicht wusste, dass ich das Wesen der Dinge niemals mit Wörtern durchdringen würde, weil Wörter nichts mit dem Wesen der Dinge zu tun hatten, sondern draufgeklebte Archiv-Schilder waren. Vor mir stand die Lichtgestalt mit der silbrigen Mähne und den übertriebenen Sprachkenntnissen und mein Latein war am Ende.

Mein Latein war am Anfang. Ich sagte: »Wir fechten sogenannte Meinungsverschiedenheiten aus und glauben, über Meinungen zu streiten, dabei streiten wir über Wörter. Es ist sinnlos, wahre Bedeutungen von Wörtern herausarbeiten zu wollen mit immer mehr Wörtern, die allesamt nichts mit dem zu tun haben, was wir suchen.«

»Ja«, sagte sie mitfühlend und lächelte etwas ernster. Sie blickte mich wieder an wie bei der Buchpräsentation, als ich das Gefühl hatte, sie würde an meinem Lachen etwas erkennen.

Mir wurde ein bisschen übel. Jeder einzelne Mensch befand sich in seiner eigenen Sprachblase. Wir, die Menschen, waren autistische Eigenbrötler, die sich einbildeten zu kommunizieren und nicht verstanden, warum sie nichts verstanden. Sie redeten in einer Sprache, die nichts mitteilen konnte, in einer Sprache, die sie nicht verstanden und nicht beherrschten und dennoch missbrauchten. Sie logen mit dieser Sprache, obwohl mit ihr ohnehin keine Wahrheit zustande zu bringen war. Damit meinte ich nicht nur die anderen. Ich meinte hauptsächlich mich selbst. Was denn sonst.

»Ich muss gehen«, sagte sie plötzlich, erschrocken von der Uhr aufschauend, »ich komm schon zu spät.«

Ich erwachte wie aus einer Hypnose. »Bitte verzeih mir«, fuhr ich hoch, »dass ich dich so vereinnahme.« Ich griff mir auf die Stirn: »Wie erhellend und einnehmend das alles ist. Tut mir leid.«

»Ist ja spannend«, sagte sie und ich wusste nicht, ob in ihrem Schmunzeln Müdigkeit oder Traurigkeit oder Besorgtheit lag. Sie berührte mich mit der Handfläche seitlich am Kopf wie ihren braven Volksschüler und nickte aufmunternd: »Bleib dran, ok?«

Und dann blieb ich zurück. Allein mit meiner neuen Wirklichkeit. Allein mit meiner bestätigten alten Wirklichkeit, welche die Unsicherheit verloren und Kontur gewonnen hatte und erst jetzt so richtig neu und echt und wirklich war. Da stand ich am Eingang des unter grauem Industriestaub erstickten Parks und Michaela Halbmond entschwand.

Ich hatte ihre Verabschiedung reaktionslos über mich ergehen lassen. Nun stand ich am Gehsteig, zurückgelassen wie ein aufgerissenes Gepäckstück und sah sie noch, wie sie sich beeilte, ein bisschen Zeit gutzumachen. Sie überholte Passanten, wich betonierten Blumentöpfen und Ampelmasten aus und verschwand in der Flut aus Menschen und Fahrzeugen.

8

Ich ließ sie. Ich drehte ab und ging zur U-Bahn. Ich hatte Anerkennung von hoher Stelle bekommen. Doch es war eigenartig. Es war Sternstunde, aber es leuchteten keine Sterne. Ich begann zu spüren, dass die Bestätigung keine gute Nachricht war, auch, wenn sie mein Ego bediente. Ich fühlte mich wie bei einem Zieleinlauf, bei dem nicht die erwartete Glorie ausbrach, sondern Schlaffheit und Leere, in der sich die Mühsal entlud, die mich an ein Ziel gebracht hatte, das von niemand gefeiert wurde, weil es nicht das Ziel, sondern das Ende war. Schon im Gespräch mit ihr hatte ich die Konsequenzen ihrer Ausführungen gesehen, hatte ich hereinbrechen gesehen, was es bedeutete, dass Sprache keinen Austausch betrieb und die Menschen eben nicht miteinander verband. Und wenn Menschen nicht mit Menschen verbunden waren, womit dann? Mit nichts und niemandem. Schon während Michaela sprach, hatte ich die Einsamkeit gesehen, in der jeder Mensch abgekapselt in seiner Eigenbau-Welt dahinvegetierte. Ich sah die Menschen wie unter Wasser auf sich gestellt, in einer Blase aus Selbergebrautem, Nachgebautem und im Eigenen Gespiegeltem.

Die Menschen waren nicht in der Welt. Sie waren in ihren selbst gebastelten Kulissen einer vorgestellten Welt, die sich aus Bauteilen zusammensetzte, die ohnehin bei ihnen zu Hause herumlagen. Mir zog es das Herz zusammen vor Mitleid mit den Kindern ihrer eigenen Fantasie, den Käfig-Kindern, die mit der äußeren Welt nicht einmal verbunden waren, sondern sie nachzeichneten und dann ihre eigenen Zeichnungen betrachteten, die sie für die Welt hielten. Sie spielten Welt. Sie spielten Leben. Sie feierten keine Feste. Sie zeichneten ihre einsamen Vorstellungen von einem Fest auf und betrachteten die Zeichnung mit freudloser Feierlichkeit. Sie liebten nicht, sie fertigten Zeichnungen von ihren Vorstellungen dessen an, was sie für Liebe hielten, und betrachteten ihre Zeichnungen immer mit dem sonderbaren Gefühl, sich jenseits einer Kluft zu befinden. Sie waren abgeschnitten und abgekapselt von der Welt, in der sie zu leben dachten, aber sich doch nur vorstellten, in ihr zu leben. Sie waren eingesperrt und träumten. Unendlich einsam, nicht nur im Universum, auch mitten in der Gegenwart anderer Menschen.

Michaelas Blick hatte sich beim Abschied kurz gesenkt und als er sich wieder hob, sah ich, dass sie dahintergeblickt hatte. Sie hatte gespürt, dass da mehr war, etwas Größeres. Und sie hatte mich berührt und gesagt, ich solle aufpassen, oder dranbleiben oder so, aber ich glaube, sie meinte aufpassen. Sie spürte so viel.

Die U4 war voll mit Gesichtern. Ich fand einen Sitzplatz und betrachtete das Bild von der Menschenmenge wie einen laufenden Fernseher. Das war entspannend wie nach der Jagd ins Lagerfeuer zu starren und ich genoss es, nicht zuständig zu sein für all die Geschichten, die in den Gesichtern der Fahrgäste wetterleuchteten. Die meisten waren alleine unterwegs. Ihre ins Leere gehenden Blicke schienen zu fixieren, was eben gewesen war oder gleich kommen würde. Das gedankenvolle Schweigen machte ihr Wesen klarer und anwesender und sie schienen schärfer aus ihrer Umgebung herausgeschnitten, als wenn sie alle durcheinanderredeten, wie Brei in einem Kessel brodelten und versuchten, sich mitzuteilen. Immer darauf achtend, nicht falsch verstanden zu werden, laufend nachschärften und das, was bereits falsch verstanden schien, zurück zu erklären, um es anders hinzulegen, als würden sie versuchen, Hühner in einen Stall zu treiben. Aber so, wie sie jetzt alle in sich gesunken beieinanderstanden oder saßen, sich mit verschlossenen Mienen nur knapp koordinierten, wenn es um einen Sitzplatz ging oder ums Aussteigen, da waren sie bei sich und hatten etwas Kompetentes, wenn nicht gar Erhabenes. Da blieb mein Blick an einer Augenweide hängen.

Ich sage Augenweide, weil es wohltuend war, eine Erscheinung zu betrachten, von der so viel unverstellte Echtheit ausging, so viel schamlose Freude, dass man diese Freude selbst zu spüren glaubte. Und das nur, weil der Mann einfach tat, was seine Körperfülle implizierte und nicht versuchte, jemand anderer zu sein, der nicht wusste, wie er zu seinem Körper gekommen war. Er wog wohl mindestens hundertfünfzig Kilo, umklammerte ein riesiges Kebab-Sandwich und zierte sich kein bisschen. Er zupfte nicht mit spitzen Fingern an dem Ding herum, als wüsste er nicht, wie man mit einem Kebab umging, weil er doch praktisch nie aß und eigentlich zu vornehm war, um überhaupt Appetit zu verspüren. Nein, er machte weder sich, noch seiner Umgebung etwas vor. Er schnappte erleichtert nach dem streng riechenden Straßengericht, schlug leidenschaftlich seufzend seine Zähne hinein, dass mit rosa Fett-Sauce überzogene Tomatenscheiben und Zwiebelringe herausquollen. Noch bevor er zum Kauen kam, erfasste ihn die pure Wonne und er schüttelte bestürzt den Kopf, als könne er es nicht fassen. Er blickte andächtig nach oben, schluckte, wischte sich mit der viel zu kleinen und viel zu dünnen Papierserviette über die Mundwinkel, entfernte die groben Rückstände und setzte zum nächsten Biss an. Seine Hingabe, seine Liebe, sein unendlicher Genuss an der Sucht-Befriedigung, die Dankbarkeit, die ihn durchströmte, als die Wirkung der Droge einsetzte, hatten etwas Religiöses. Eine Frau, die neben ihm Platz genommen hatte und seinen Liebesakt mit einem wissenden Lächeln belohnte, fragte mit wienerischem Hintersinn: »Schmeckt's?« Er richtete seinen komatösen Blick auf sie, lächelte und schüttelte den Kopf.

Die U-Bahn beschleunigte aus der Station hinaus. In einem Augenwinkel sah ich noch das letzte Namensschild der Station, das wie ein Pfeil vorbeizog. Da bemerkte ich, dass ich in die falsche Richtung fuhr. Doch hatte die Richtung auch ihre Richtigkeit, denn drei Stationen später war der Tiergarten. Dort stieg ich aus und spazierte hinein. Neben mir die gefühlte Michaela Halbmond, die jetzt irgendwo zu spät gekommen bezaubernd lächelte und sich alle freuten, dass sie überhaupt gekommen war.

Da war der Zaun, von dem sie gesprochen hatte. Da war das Tierreich, aus dem der Mensch abgereist war. Die Vorzeit der Sprache lag vor mir. Dort hinter dem Zaun hatte sich nichts verändert. Da waren keine Sprachen aufgekommen und hatten alles mit sich gerissen. Da standen die Geschöpfe wie eh und je in ihrer vulkanischen Vorzeit herum und blickten mich an. Sie durchstarrten mich. Erstaunt, verständnislos, interessiert, konzentriert. Verstehen wollend. Das Kamel musterte mich hochmütig wie ein Erziehungsberechtigter; der schwarze Puma streifte um die Ecke: totalitär, verfassungswidrig, ernster als nötig, als hätte er allen Grund und längst beschlossen, Rache zu nehmen; der Elefant, gutgläubig, musikalisch, naiv; der Affe, ein Justizirrtum, unschuldig lebenslang, psychisch krank; der Eisbär, im Süden gestrandet, in der Übelkeit der Hitze taumelnd; der Hippo, speckig glänzender Druckkessel, aus dessen Ventil am vorderen Ende eine dünne weiße Fontäne schoss. Wie eh und je hielt er lauschend inne, kurzgeschlossen nur mit seinen Eindrücken, als würde er trinken. Farben, Formen und Geräusche durchströmten ihn unangetastet und ohne Ende, Tag und Nacht, jahraus, jahrein. Da waren sie nun, die Tiere, von denen Michaela gesprochen hatte. Sie waren zurückgeblieben. Sie waren nicht mit der Sprache aufgebrochen. Und das hatte etwas Gutes.

Etwas, das alt und gut war. Ihre Abgeschnittenheit von der geistigen Welt hatte etwas Vernünftiges, etwas Nichtbegangenes, etwas Gewissensreines. Es hatte etwas von der Weisheit des Einfältigen, etwas heimatlich Naives. Etwas, wonach man Sehnsucht haben konnte. Sie hatten das Versöhnliche von Großeltern, die nie ihren Bauernhof verlassen hatten. Die Tiere standen wie eh und je in ihrer Ur-Welt herum und blickten über den Zaun herüber. Aber in ihren Augen war das Flehen des Unaussprechlichen, etwas wie Wehmut oder Traurigkeit. Sie waren wie Schlaganfallpatienten, die etwas sagen wollten und doch nur große Augen machen konnten.

Hatten sie ein Sprachbedürfnis? Wollten sie sich differenziert ausdrücken und facettenreich mitteilen? Wollte der Hippo abstrakt denken? Wollte der Puma äußere Abläufe lenken und nicht mehr mit Reißzähnen, sondern nur noch mit dem Hirn jagen? Wollte der Elefant vorweg erdachte, voraus berechnete, aus symbolischen Zeichen im Kopf konstruierte Lösungen umsetzen und Ergebnisse erzielen, wie er sie schon prognostiziert hat? Wollten sie in ihrem Kopf Codes ordnen und speichern und eine innere Welt aus Vorstellungen entwickeln? Wollten sie ein Lager konkreter Erinnerungen anlegen, die sie studieren und abgleichen konnten? Wollten sie diese Speicherungen gegeneinander abwägen und durch bloßes Abwägen neue Erkenntnisse gewinnen? Wollten sie beginnen, von dem, was war, auf das zu schließen, was sein würde? Wollten sie sich aus der Unmittelbarkeit des Hier und Jetzt erheben und lernen, Zeiten einzubeziehen, die es nicht mehr gab, oder noch nicht gab? Wollten sie planen? Erfinden? Der Natur etwas abschauen und es ihr nachmachen? Vielleicht sogar besser als sie? Wollten sie ihre persönliche Sicherheit nicht mehr irgendwo suchen, sondern selbst erzeugen? Strebten sie nach Unabhängigkeit?

Wenn ja, dann mussten sie langsam aufbrechen und irgendwie damit beginnen, etwas zu begreifen. Sie mussten beginnen, nach den Eindrücken zu greifen, die sie durchströmten und sie mussten lernen, sie zu fassen und herauszufischen, wozu sie Gefäße aus Wörtern benötigten, Wort-Gefäße, wie sie Michaela beschrieben hatte, Schöpf-Gefäße aus Lautkombinationen, mit denen sie Schöpfungen durchführen konnten, die Erschaffungen waren. Sie mussten durch ihren Kopf ziehende Eindrücke abstoppen lernen, festhalten, konservieren und wiederverwendbar machen. Sie mussten die Sprache erfinden und mit ihr eine neuartige Turbo-Evolution auslösen. Dazu benötigten sie viele Wortgefäße, nicht nur einige. Sie mussten große Teile ihrer Erscheinungswelt mit solchen Kennwörtern markieren, damit sie sie speichern konnten. Sie mussten sich eine Kopie ihrer Wahrnehmungslandschaft anlegen, bestehend aus Namensschildern, mit denen sie alles vollklebten. Das Hirn benötigte eine Skizze aus Bezeichnungen, die es systematisch variieren und miteinander in Verbindung bringen konnte. Mein lieber Freund, dachte ich, den Hippo mitleidig betrachtend, da liegt noch ein langer Weg vor dir. Denn kurz und gut musst du dein Gehirn zu deinem Arbeitsplatz machen, aber dazu muss es zunächst einmal viel größer werden.

Wenn sie, der Hippo und die anderen, wirklich aufbrechen wollten, dann mussten sie nicht nur ihre Hirne vergrößern. Sie mussten auch ihre Körper umbauen. Sie mussten ihren Kehlkopf nach unten biegen, um eine viel größere Mundhöhle zu bekommen, die phonetisch klare und variantenreiche Lautbildung zuließ. Sie mussten in die Evolution eingreifen und genetische Umwälzungen auslösen, die Tausende Generationen dauern würden. Aber dafür würden sie am Ende keine drei Meter langen Hälse mehr brauchen, um die Blätter der Baumkronen zu erreichen und weder Klauen noch dicke Felle, sondern einfach mehr von der grauen Masse, die sich in den Windungen unter ihren Schädeldecken befand. Ihre neue Idee von der selbstgemachten Sicherheit würde ein großes Rechenzentrum benötigen, für die massenhaften Schaltungen einer Abgleichungsmechanik von Begriffen und für deren bibliothekarische Ordnung. Ein riesiges Verwaltungszentrum. Eine Bürokratie des Geistes. Eine Kommandobrücke zur Ergreifung der Krone. Einen Generalstab für den Putsch gegen das Unwesen der Natur und ihre endlosen Grausamkeiten. Ein Werkzeug für ihre Befreiung. Sie mussten ihre freie Wildbahn verlassen und in eine Welt umsiedeln, die es eigentlich nicht gab, die nur aus abstrakten Symbolzeichen zusammengesetzt im Hirn existierte. Sie mussten ihr äußeres Jagdprogramm aufgeben, das sich im Wesentlichen auf das Herausreißen von Fleischstücken und anschließender Flucht beschränkte, und sich zurückziehen in eine virtuelle Welt des Abstrakten und Theoretischen.

Wollten sie das? Wollten sie Menschen werden? Wären Tiere gern Menschen?

Dann mussten sie, der Hippo und die anderen, auf die Reise gehen wie der Mensch auf die Reise gegangen war. Auch er war nicht als Mensch aufgebrochen, sondern erst auf dieser Reise zum Menschen geworden, dachte ich. Natürlich, dachte ich, logisch, Sprache war nicht etwas, das der Mensch sich angeeignet hatte. Der Mensch hatte sich gar nichts angeeignet. Das Tier hatte sich etwas angeeignet und sich dadurch in einen Menschen verwandelt. Nicht der Mensch hatte die Sprache zu seinem Instrument gemacht. Das Instrument hat ihn erst zum Menschen gemacht. Sprechende Tiere gab es nicht. Ein sprechendes Tier nannte man Mensch. Ja schon, auch Tiere versenden Signale, die etwas bedeuten, aber Sprache war doch etwas ganz anderes. Ich stand am Reichs-Zaun, die Augen des langhaarigen roten Affen wollten mich etwas Lustiges fragen, da fiel mir Meli ein und wie auch sie auf die Reise gegangen war.

Meli war meine kleine Nichte und die Zeit, die ich mit ihr verbracht und ihr aufmerksam beim Lallen zugehört hatte, entpuppte sich jetzt als reine Offenbarung. Sie war selbst von einem Tier zu einem Menschen geworden und ich hatte sie dabei beobachtet. Sie hatte den Übergang der tausend Generationen in drei Jahren durchgemacht. Das war ein riesiges Mysterium für mich. Kleinkinder durchliefen im Zeitraffer bis ins Detail die Entwicklung, die die Menschheit in hunderttausend Jahren genommen hatte.

Das begann schon bald nach ihrer Geburt. Sie lag in ihrer irrtümlich in Blau angeschafften Wiege, spielte mit ihren Fingern wie mit einem fremden Ding und begann, von sich aus Tonsignale zu versenden. Sie gab Laute von sich, die keine Not, sondern etwas entspannt Erzählerisches hatten und lustvoll geschäftig klangen. Spielerisch probierend mampfte sie die Luft in ihrer Mundhöhle, indem sie ihr Kiefer auf und ab schob und wenn sie die Lippen schloss und ihre Äußerung abklemmte, bildete sich in ihren Backen ein kugelförmiges Luftpölsterchen, das wieder verschwand, wenn sie den Mund öffnete und die vorhin abgestoppten Laute entließ. Auf diese Weise teilte sie ihren Grundton in einzelne Abschnitte, die sich fliegend aneinander übergaben und einen Grundrhythmus erzeugten, der ihrer Stimme eine verträumte Musikalität verlieh. Dazu verschob sie absichtsvoll die Lippen zu einem spitzen Trichter und zog sie wieder in die Breite, sodass sich eine Melodie über den Rhythmus legte, die die aufeinanderfolgenden Laute zu einem Klangbild fügten, das bedeutungsschwanger und dezidiert war. Dann schloss sie den Mund und blickte ernst und abwartend. Manchmal endete ihre Aussage mit einem Seufzer der Zufriedenheit, manchmal mit einem hinsinkenden Zischlaut, der wie ein trunkenes Zugeständnis an das Leben klang.

Sie konnte wie ein Neandertaler atmen und trinken gleichzeitig. Weil ihr Kehlkopf wie bei Säugetieren und Frühmenschen auf einer Ebene mit der Mundhöhle lag und die Zunge daher flach vom Mund in den Rachen verlief, konnte sie mittels Gaumensegel und Kehldeckel zwei unterschiedliche Kanäle nutzen, die hinunterführten in ihren Körper: einen vom Mund in die Speiseröhre und einen von der Nase in die Luftröhre. Sie klang auch wie ein Neandertaler-Baby, denn die Beschaffenheit ihres Stimmtraktes ließ keine andere Lautbildung zu und brachte keine Laute hervor, die sauber genug waren, um die feinen Unterschiede ähnlicher Laute wie »E«, »Ü« oder »Ö« hörbar zu machen. An Vokalen verwendete sie zunächst nur das »A« und das »O«. Und sie klangen bemüht und verwaschen. Konsonanten funktionierten besser, denn sie waren eher Geräusche als Töne.

Im vierten oder fünften Lebensmonat begann sich ihr Kehlkopf zu senken, sodass er in einer Biegung unterhalb des Rachens in Stellung kam. Damit war die bauliche Voraussetzung für eine Lautbildung geschaffen, die die Sprache des modernen Menschen ermöglichte. Jetzt saß ihr Kehlkopf so tief wie bei keinem anderen Lebewesen. Nun stand ein Klangkörper aus Mund-, Nasen- und Rachenhöhle zur Verfügung, der ebenfalls größer war als bei allen anderen Kreaturen. Der klangliche Unterschied war spektakulär wie zwischen drei Wäscheleinen und einem Konzertflügel. Meli fand es lustig, auf ihrem neuen Klavier zu klimpern, ihren Sprachapparat zu erkunden und die unterschiedlichsten Töne und Geräusche auszuprobieren, die sich mit dem Modulieren ihrer Atemluft erzeugen ließen.

An dem v-förmigen, auf- und zuklappbaren Verschluss am Kehlkopf, dessen lippenartige Ränder vibrierten, ging es los. Wenn sie ausatmete, passierte ihre Luft die Stelle und übernahm die Vibrationen. In der Mundhöhle verpasste sie diesem Grundklang durch feine Veränderungen der Zungen- und Lippenstellungen ein Laut-Gesicht wie »A« oder »O« oder »E«. Wenn sie den Luftstrom sperrte und dann plötzlich wieder freigab, entstanden Abschussgeräusche wie »P, T, K«. Wenn sie den Luftstrom aber in den Höhlen des Rachens, der Nase oder des Mundes nur einengte, entstanden Schleifgeräusche wie »CH, S, F«. Sie ließ ihre Zunge am Gaumen tremolieren und lenkte den ohnehin schon vibrierenden Luftstrom auf diesen tremolierenden Widerstand, worauf es »Rrrr« machte. Und wenn sie einen Teil ihrer mit einem Schwingungsmuster versehenen Atemluft mittels Gaumensegel in die Nasenhöhle abbiegen ließ, hob sie die gesamte bereits fertig zubereitete Laut-Kreation farblich auf eine andere Ebene und gab ihr etwas Hochmütiges, Abgehobenes, das man nasal nennen konnte. Woher immer sie sie hatte, sie probierte jedenfalls auch Töne aus, die in ihrer Muttersprache gar nicht vorkamen. Sie testete archaische Laute, die in längst vergangenen Sprachen zum Einsatz gekommen und nur noch in letzten Resten bei abgelegenen Naturvölkern zu beobachten waren, wie im Khoisan des Volkes der San, den hellhäutigen Ur-Afrikanern. Dieser räumlich und zeitlich weit entfernte weibliche Säugling aus Wien aber brachte mit müheloser Selbstverständlichkeit die Schnalzlaute der Ur-Afrikaner hervor, ganz einfach durch Luftentzug zwischen zwei artikulatorischen Stellen, als würde sie mit ihrer San-Mama plaudern. Sie bediente sich aus einem Gesamt-Repertoire an Urlauten, mit denen sie jede Sprache der Menschen hätte sprechen können. Wie von Geisterhand geführt reduzierte sie sich mit den Monaten langsam auf die zwanzig, fünfundzwanzig in Verwendung stehenden Laute des Alphabetes.

Sie gurrte und raunte und kommentierte den dichten, endlosen Strom aus Eindrücken und Vorstellungen, der durch ihren Kopf zog. Sie intonisierte ihre Aussagen und um sie besser abzugrenzen, setzte sie Ton-Biegungen ein. Sie verbog den Ton ihrer Aussage nach oben oder unten oder beides nacheinander und gab ihrer Äußerung mehr Profil und Emotion. Sie war längst dabei, über den Zaun zu klettern.

Unmittelbar nach der Geburt hatte sie sprachliche Laute bereits von allen anderen Geräuschen unterschieden. Der Musik hatte sie gelauscht wie dem Wind, aber auf menschliche Stimmen hin begann sie zu schmatzen und zu maulen und ihr Körper begann zu zappeln. Nach zwei, drei Monaten begann sie, aus ihren Verlautungen Verlautbarungen zu machen und sie direkt an ihre Mutter zu richten. Danach sperrte sie die Ohren auf und blickte entschlossen dem entgegen, was da zurückkommen mochte. Voller Absicht antwortete sie, ahmte die Laute der Mutter nach und übte das Zusammenspiel der Hundertschaft an Muskeln, die bei jeder kleinen Ton-Kreation koordiniert werden mussten und jede kleine Bemerkung zu einer physiologischen Großoperation machten. Sie klimperte wie auf einem inneren Klavier und machte ihre Sprachartikulation immer schärfer.

Noch vor ihrem ersten Geburtstag arrangierte sie ihr vorzeitliches Laut-Spiel rhythmisch und melodisch so, dass ihre Muttersprache hörbar wurde und sie plötzlich österreichisch klang. Sie ahmte ihre eigenen Laute nach, um sich selbst reden zu hören, um zu testen, wie es klang, was sie selber sagte und sie sagte, was sie von sich hören wollte. Sie feilte ununterbrochen an ihrem Lautsystem. Sie begann, ihre Laute zu kombinieren und den Variantenreichtum ihrer Kombinationen zu steigern. Sie lenkte einen Teil der Luft, die sie ausatmete, über den Gaumen in die Nase, erzeugte ein »M« und sagte jetzt »Ma«. Dann stoppte sie die aus dem Mund strömende Luft, in dem sie ihre Lippen schloss, ließ den Druck der abgestoppten Luft ansteigen, bis ihre Lippen auseinanderplatzten und erzeugte ein »B«. Und dann sagte sie »Ba«. Sie begann, ihre Laute zu verdoppeln. Statt »Ma« sagte sie jetzt »Mama«, statt »Ba« sagte sie jetzt »Baba« und ihre Augen glitzerten feierlich. Sie legte ihre Zunge innen an die Oberzähne, blies Luft durch und erzeugte ein »T« und ein »D«. Sie sagte »Ta« und »Da«. Sie produzierte Reibelaute wie »S«, »R« und »F«. In ihr schien etwas aufzublühen, während sie unermüdlich weitertrainierte, den Luftstrom zu modulieren. Ihre Lautkombinationen wurden zielgenauer und klanglich sauberer.

Mit einem Jahr machte sie erste Feststellungen mit wortähnlichen Lautfiguren, wenige Monate später griff sie zu Zwei-Wort-Sätzen, dann begann sie, ihre Begriffskreationen mit ihren Vorstellungen von der Außenwelt zu verbinden und sie mit ihren Wortschöpfungen zu repräsentieren. Sie taufte ganze Szenen mit ihren Bezeichnungen. Wenn sie »Wauwau« sagte, meinte sie nicht nur einen Hund, sondern auch einen hüpfenden Ball, alles, was ein Fell hatte und alles, was nass über ihr Gesicht strich. Sie sagte »kra« wenn etwas krachte, weil es aufschlug, aber auch, wenn Laub schwerelos zu Boden sank.

Ihre Lautmalerei wurde semantisch klarer und grammatisch komplexer. Sie erfand aus der wachsenden Anzahl ihrer Lautgebilde immer neue, nie dagewesene Kombinationen, die sie von niemandem gehört hatte. Sie weigerte sich sogar, an sie herangetragene Vorschläge zu übernehmen und bestand auf Eigenregie. Sie kannte offenbar grammatische Regeln, aber keine Ausnahmen. Zur Mehrzahl von »Hund« sagte sie nicht »Hunde«, sondern »Hende«, schließlich sagte man ja auch »Hand« und »Hände«.

Woher hatte sie das? Niemand hatte ihr das beigebracht. Ich hatte Verständnis für das Dilemma, in dem sich die Linguisten befanden, die etwas über Sprachaneignung herausfinden wollten.

Meli erlernte ihre Sprache nicht, indem sie ihre Mutter imitierte, die mit dem Finger auf einen Ball zeigte und »Ball« sagte. Wäre das der Fall gewesen, hätte sie nur Gehörtes wiedergeben können. Sie aber kreierte von Anfang an eigene Kombinationen, dies sie noch nie gehört hatte. Aus einer sehr geringen Anzahl von Lauten bildete sie von sich aus zahllose Variationen. Es war klar: Sie erlernte ihre Sprache nicht von ihren Bezugspersonen. Sie erlernte ihre Sprache gar nicht. Sie übte sie nur.

Sie hatte sie als Programm bei der Geburt schon dabei und benutzte Wörter wie Werkzeuge, die vielseitig einsetzbar waren. Offensichtlich erlernte sie nichts Neues, sondern trainierte etwas Altes in einem neuen Körper. Sie trainierte den Gebrauch ihres neuen Körpers und seine Funktionen wie einen Raumanzug, der nur eingeschränkte Bewegungen zuließ, der schwer von Gewicht war, wie ein Verbrennungsmotor funktionierte, betankt werden musste und Phasen des Stillstandes benötigte, in denen er sich selbst betankte. Der Raumanzug befand sich in einer gasförmigen Verbindung mit der äußeren Umgebung des Planeten, saugte das Gas auf, entnahm ihm den Brennstoff für seinen eigenen Betrieb und stieß es umgewandelt wieder aus. Und dieser Körper musste sich selbst erst einmal ausbilden.

Der Hippo durchstarrte mich, als hätte er etwas bemerkt und sei nun kurz davor, es auch zu verstehen. Mir ging ein Licht auf: Wie sehr ich mich getäuscht hatte. Die Entwicklungsgeschichte der Sprache war alles andere als verblasen im Wind und toter als tot. Wie die

Menschheit die Sprache erlernte, wiederholte sich in jedem Kleinkind aufs Neue. Meli hatte im Zeitraffer alle Stadien vom Menschoiden zum Menschen durchwandert, der sich die Ton-Sprache wie in einem Staffellauf der Generationen angeeignet hatte. Nichts war verloren. Die kollektive Entwicklung spiegelte sich im Leben jedes einzelnen Individuums aufs Neue. Immer und immer wieder trieb sie die Evolution durch stete Wiederholung in ein gemeinsames Immerweiter.

Der Hippo klappte sein mächtiges Kiefer nach unten und hob es wieder, gab aber keinen Laut von sich. Er wirkte unschlüssig, als würde er auf weitere Instruktionen warten. Vielleicht war er gleich alt wie Meli, aber er stand nicht auf der Zeitraffer-Schiene wie sie, sondern hatte die tausend Generationen noch vor sich. Aber da stand er wie eh und je leibhaftig in seinem Paläoarchaikum herum und nichts war verloren.

Es dauerte einige Augenblicke, bis ich verstand, dass das alles auch mich betraf und ich kein unbeteiligter, wenn auch faszinierter Zuseher war. Auch ich selbst hatte diesen Übergang durchgemacht. Auch ich war ein Tier gewesen, das wie der Neandertaler atmen und trinken gleichzeitig konnte. Ich habe verwaschen gemault und war beschäftigt, mich an meinen neuen Raumanzug zu gewöhnen und ich habe unermüdlich geübt, gezielte Audiosignale zu versenden, um Kontakt zu bekommen.

Es gab also doch einen Weg zurück. Natürlich. Einen guten sogar. Und er war nicht einmal so weit. Ich selbst war ihn heraufgekommen. Nichts war vergangen. Alles war noch da. Alles war in mir.

Ich stand am Zaun, den mir Michaela Halbmond zeigen wollte, und dachte: Kein Wunder, dass die Wissenschaft zur Meinung gelangt ist, die Sprache sei entstanden, wie man es heute noch bei Kindern beobachten könne, wenn sie mit dem Finger auf eine Kuh zeigten und die Lautnachahmung »Muh« äußerten. Am Anfang seien Gesten gestanden, Hinweise, die mit Lautäußerung begleitet und verstärkt wurden. Durch stete Wiederholung habe die Lautäußerung selbst Bedeutung angenommen. Nun war klar, was »Muh« bedeutete, auch wenn die Kuh nicht sichtbar war. Man konnte nun in eine Richtung zeigen und »Muh« sagen, womit klar war, dass sich irgendwo in der angegebenen Richtung eine Kuh befinden sollte. Aus Gebärde war Benennung geworden. Die Gebärdensprache verschwand fast und hinterließ nur Spuren bis in die Gegenwart herauf, wie bei Menschen, die sich durch eine Glaswand unterhielten.

Jetzt begann die Gründerzeit des geistigen Menschen. Jetzt begann die Mutter aller Kettenreaktionen. Der Mensch hatte damit begonnen, alles, was für ihn eine Bedeutung hatte, mit eigens geschaffenen Lautkombinationen auszustatten. Seine lose Vorstellung von einem Himmel, in dem es blitzte und donnerte, codierte er mit der Lautkombination »Gewitter« und verwandelte die Himmelserscheinung in einen festen Gegenstand mit einer stabilen Bedeutung. Plötzlich konnte er über ein Gewitter nachdenken, auch wenn es gerade nicht stattfand. Es war im Kopf gespeichert und konnte in Erwägung gezogen werden. Und der Wort-Gegenstand »Gewitter« war transportierbar. Er konnte als Konstrukt aus Schallwellen durch den Luftraum übermittelt werden.

Mit den gespeicherten Wort-Gegenständen war eine ziemlich revolutionäre Einrichtung geschaffen: das Gedächtnis. Und das Gedächtnis war nur das erste Glied der Mutter aller Kettenreaktionen, die ihren Erfinder immer weiter emporzog zur Krone der Arten. Denn mit dem Gedächtnis hatte er ein neues Instrumentarium in seine Welt geholt: die bewusste Erinnerung. Der Mensch hatte gelernt zurückzublicken. Und jetzt gab es auch keinen Grund mehr, nicht auch in die andere Richtung zu blicken: nach vorne.

Er erhob sich aus seiner tief im Hier und Jetzt festsitzenden Existenz. Mit der Erinnerung hatte er eine Zeit entdeckt, die es nicht mehr gab und eine weitere, die es noch nicht gab. Er hatte nichts Geringeres als Vergangenheit und Zukunft erfunden, Dimensionen, die reine Denkprodukte waren. Jetzt begann er, aus der Vergangenheit die Zukunft zu lesen. Und von dem, was war, auf das zu schließen, was kommen würde. Vorausschauendes Planen war möglich geworden.

In seinen Erinnerungen hatte er Kreisläufe entdeckt, Muster, die wiederkehrten, und daraus geschlossen, dass diese Muster auch in Zukunft wiederkehren würden. Das nächste revolutionäre Werkzeug war entdeckt: die Prognose. Ab sofort konnte er sich wappnen und für etwas in Stellung bringen, was noch gar nicht in der Welt war. Er konnte Pläne schmieden, die rauen Bedingungen der Natur abzufangen und Unabhängigkeit zu erzeugen. Seine Überlegenheit gegenüber anderen Arten stieg ins Unendliche.

Schon die ersten Wortgebungen hatten den Grundstein für den Menschen als geistiges Wesen gelegt: Und das war Kopfarbeit. Abstraktes Denken. Symbolische Handlungen. Der Mensch hatte seinen Kopf als Arbeitsplatz entdeckt. Er hatte zu denken begonnen und damit hatte er begonnen, eine konkrete innere Vorstellungswelt aufzubauen. Mit der Sprache hatte er sich etwas zugelegt, von dem er vorher keine Ahnung gehabt hatte: Geist. Ich weiß nicht, ob das gescheit war, aber egal.

Der Hippo stand misstrauisch vor mir, zwischen uns nur der Reichs-Zaun, und hielt inne, an der Kippe zu irgendwas. Als ließe er meine Gedanken auf sich wirken und wolle im nächsten Augenblick zur Tat schreiten.

Nun bekam die Kettenreaktion aller Kettenreaktionen erst so richtig Eigendynamik. Es gab immer mehr zu bedenken und zu besprechen und je mehr man besprach, desto mehr gab es zu bedenken und der Mensch begann sich am Kopf zu kratzen und legte die fliehende Stirn in Falten, denn der Tagesablauf wurde komplexer und mit dem komplexer werdenden Tagesablauf wurde der Sprachbedarf differenzierter. Das Leben wurde nicht einfacher, sondern komplizierter und langsam wurde Zeit zu einem Wertgegenstand. Er geriet unter einen neuartigen Druck.

Bis dahin war dem Menschen nur das bekannt gewesen, was er selbst erlebt hatte. Die persönliche praktische Erfahrung war seine einzige Wissensquelle gewesen. Jetzt kam eine neue dazu: Die Überlegung. Durch bloßes Abwägen tauchte ein ganz neues Hirn-Phänomen auf: die Idee. Er begann mit dem Aufbau einer Ideenwelt. Er überlegte, wie er es sich verbessern konnte, verglich seine Speicherungen im Kopf, entdeckte Zusammenhänge, worauf ihm ein Licht aufging. Er war auf eine Idee gekommen und konnte handeln. Er musste nicht mehr Jahrtausende warten, bis er zufällig etwas entdeckte, sondern schloss vom einen auf das andere, erdachte eine Lösung, konstruierte einen Plan und setzte ihn in die Tat um.

Aber jetzt erst kam der Höhepunkt. Der immer differenzierter denkende Mensch tippte sich eines Tages Verdacht schöpfend an die Schläfe und zog die Lippen zu einem Trichter. Dann hellte sich sein Blick auf und er grinste: Er hatte entdeckt, dass es nicht nur eine Linie von der Vergangenheit über die Gegenwart in die Zukunft gab, sondern auch eine zwischen Innen und Außen. Es gab: eine innere Welt, die in ihm selbst war, und eine äußere, die er angreifen konnte. Ganz langsam schüttelte er den Kopf.

Was ihm hier aufgegangen war, veränderte auch seine Sprache. Bis dahin hatte er formuliert, »Wild jagen ich« oder »Rauben ich Frau« oder »Keule ich schwinge«. Aber nun schien ihm das nicht mehr ganz korrekt. Da passte etwas nicht. Da verstand er: Die Aktion ging nicht vom Gejagten aus, sondern vom Jäger. Die Aktion ging nicht vom Werkzeug aus, sondern vom Benützer des Werkzeugs. Also von ihm selbst. Er selbst war die Initiative. Er selbst war es, der handelte. Die Wortfolge musste lauten: »Ich jage Wild.« Er sagte, »Ich raube Frau« und »Ich schwinge Keule«.

Ihm war ein Zentrum bewusst geworden, von dem seine Aktivitäten ausgingen, ein Zentrum, in welchem seine Wahrnehmungen stattfanden und wo seine Empfindungen herrührten. Und wie alles andere verwortete er auch dieses Zentrum, gab ihm einen Namen und machte es zu einem stabilen Gegenstand: Ich. Das Ich war entstanden. Er selbst war zum Mittelpunkt geworden. Er hatte eine fassbare Innenwelt geschaffen, die der Außenwelt gegenüberlag.

Ich stand am Zaun und sah: Die Sprache und nichts als die Sprache hatte den Menschen auf die Idee gebracht, dass es ihn selbst gab. Das Ich-Bewusstsein war ein Produkt der Sprache, die er selbst erfunden hatte. Erstmals agierte er nicht nur nach außen in die Umwelt, sondern auch nach innen in die Ich-Welt. Gott geriet in Gefahr, obwohl er erst dadurch beschreibbar geworden war.

Mein Vorfahre tat mir ein bisschen leid, denn mit diesen Umwälzungen hatte er so viel Arbeit in sein Leben eingeschleppt, dass die Zeit begann, ihm davonzulaufen. Vielleicht begann sich der so steil aufstrebende, weil zu sprechen begonnen habende Mensch in dieser Phase schon wieder zurückzusehnen in die beschauliche Vorzeit, als er nach der Jagd noch knurrend ins Feuer starren durfte und damit die Planung für den nächsten Tag erledigt war. Denn das von ihm ausgelöste moderne Leben hörte nicht auf, immer noch moderner zu werden. Er hatte sein Ich-Zentrum entdeckt und nun fragte er sich, woher es denn kam und wohin es wollte. Seltsame Fragen tauchten auf, die nichts mehr mit Fleischbrocken zu tun hatten. Fragen wie: Was ist los? Wieso schaue ich so komisch? Wieso renne ich die ganze Zeit durch die Gegend und versuche Sicherheit und Ordnung zu inszenieren? Wer bin ich denn? Woher kommt die Sonne, wenn sie aufgeht? Und wo sind die Menschen, wenn ihre Körper vermodern? Auf der Suche nach Antworten begann er sich eine Welt vorzustellen, die jenseits der sichtbaren Welt lag und er fing an, sie in Bildern zu beschreiben. Und er begann mit etwas, das jeder intelligente Mensch noch heute macht, wenn er etwas nicht versteht: Er erfand Theorien.

Na ja. Vielleicht hätte er es lassen sollen. Jedenfalls hat er mit der Sprache erst erkannt, dass es ihn selbst gab. Mit der Sprache hat er sich selbst identifiziert und sich gleichsam am eigenen Schopf aus der Ursuppe herausgefischt.

Da holte mich der Lärm von Zoo-Besuchern aus meinen Gedanken. Ich drehte mich um und sah den Kanzler, den Ideengeber meiner Story über Wahlkampfsprache, wie er an der Spitze einer Gruppe von Begleitern aus seinem Wahlkampf-Team, die sich um ihn drängten, einhermarschierte wie eine fleischgewordene gute Nachricht. Er strahlte etwas zu frisch und etwas zu froh und lenkte seine Schritte etwas zu bestimmt in Richtung des Panda-Geheges, wo er in Gegenwart des Zoo-Direktors, einer Gruppe von Tierpflegern, einigen Fotografen und einem Kamerateam die Patenschaft für ein Panda-Baby übernehmen wollte. Er lachte glücklich, nickte jedem noch so unbeteiligten Passanten zu wie einem alten Bekannten und zeigte ihm seine erhobene Handfläche, als würde er sich für den Applaus bedanken. In seinem Stab befand sich auch der Pressesprecher Mayer aus dem Stravinsky und ich drehte mich weg, damit er mich nicht entdecken konnte. Aber er entdeckte mich, riss den Arm hoch, kritzelte mit dem Zeigefinger in der Luft herum, verzog dabei das Gesicht zu mehreren verschiedenen Grimassen hintereinander und gab mir zu verstehen, er werde irgendwelche längst versprochenen Unterlagen diesmal aber wirklich umgehend übermitteln. Dann griff er nach dem Arm des Kanzlers und beide stoppten und wandten sich mir zu, während sein Stab anhielt und interessiert abwartete. »Begrüße Sie sehr herzlich, Herr Redakteur«, rief der Kanzler und reichte mir die Hand, »Sie auch im Zoo und nicht in der Zeitung? Ein Zoo-Besuch ist besser wie ein Zeitungs-Besuch, oder?« Und dann lachte er wieder los.

Ich schmunzelte zustimmend: »Herr Bundeskanzler, haben wir da etwas gemeinsam? Flüchten Sie auch manchmal vom Zirkus in den Zoo?« Wir lachten beide gekonnt.

Ich sagte: »Die Umfragen sind nicht so rosig, aber ich wünsche Ihnen viel Erfolg. Bleiben Sie am Gas.« Während er dem Drängen Mayers, weiterzugehen, nachgeben wollte und ich ihm noch einmal die Hand reichte, lächelte er überlegen und verwies darauf, dass Umfragen das eine seien, aber Wahlergebnisse etwas ganz anderes.

Ich drehte mich wieder dem Grenzzaun zu. Kaum einen Meter vor mir, aber Jahrmillionen entfernt, stand ein Pfau und versuchte mich zu belügen. Er fächerte ein riesiges, viel zu prächtiges Kunstwerk auf und suggerierte, das sei er selbst. Er war ein Hochstapler, der sich mit heillosen Übertreibungen unglaubwürdig machte. Er behauptete eine Bedeutsamkeit, die er nicht hatte und eine Größe, die es nicht gab. Er stellte den Schein über das Sein, um sich Vorteile zu verschaffen. Er war auf dem richtigen Weg. Er war auf dem richtigen Weg, die Natur zu hintergehen, um seine Art zum Erfolg zu führen. Auch im Tierreich wurde gelogen, dass sich die Balken bogen. Die Verschleierung der Wahrheit, der systematische Einsatz von Unwahrheit, war eine

Ur-Idee des Überlebens. Bei allen Lebewesen. Die Verbreitung von Schein war ein Ur-Zweck der Kommunikation.

Ich sah: Der Kanzler war kein schlechter Mensch und nicht schlechter als der Pfau. Die Menschen waren nicht schlechter als die Tiere, obwohl ihnen dieser Vorwurf oft gemacht wurde. Die sogenannte Wahrheit war immer und überall dasselbe Problem. Der Natur unterstellte man gern eine höhere Ordnung, vollkommene Schönheit und romantische Gutheit. Doch Ehrlichkeit war auch dort nichts als eine tödliche Gefahr. Sämtliche Tierarten logen Tag und Nacht, betrieben systematische Selbstüberhöhung, um es sich zu richten und die anderen in die Falle zu locken. Wer sich nicht verstellte, war erledigt. Die Irreführung war schon immer ein intelligentes und unverzichtbares Überlebensprinzip gewesen. Der aufwendig inszenierte Schein war seit jeher ein Schutz vor den Konsequenzen der Realität, wenn nicht der einzige.

Der Mensch hatte diese Kunst der tatsachenwidrigen Selbstinszenierung so tief verinnerlicht und in seine Gene hinabgesenkt, dass sie in allem zum Vorschein kam, was er sagte oder tat. Die Tatsachenwidrigkeit seiner Selbstdarstellung war so vollkommen ausnahmslos, dass man von jeder Behauptung eigener Größe zuverlässig das Gegenteil ableiten konnte. Wenn ein Mensch Größe demonstrierte, verriet er Kleinheit. Wenn er darauf verzichten konnte, seine Kleinheit zu verbergen, entsprach er dem, was man Größe nannte. Mit Größe meinte man die Fähigkeit, auf Lügen zu verzichten. Und diese Fähigkeit hatte etwas mit Angstfreiheit zu tun oder dem ruhigen Umgang mit der Angst vor dem vorzeitigen Tod, der einzigen Angst, die es gab, deren Auslöser die eigene Kleinheit war, das Wissen, chancenlos zu sein gegen die Überlegenheit eines unverständlichen Laufes der Dinge, der in jedem Augenblick aus einer bilderlosen Zukunft ins Leben platzen konnte.

Aber seit ich die Kluft entdeckt hatte, war mit mir etwas Befremdliches vorgegangen. Die allgegenwärtige, natürliche Überlebenslüge war keine Überlebens-Unschuld mehr, nur noch Lüge. Und je mehr mir meine Recherche recht gab, desto schlechter fühlte ich mich.

Michaela Halbmond hatte meine Ahnungen von der funktionsunfähigen Sprache bestätigt – und ich fühlte mich schlecht. Jetzt hatte ich herausgefunden, dass es doch einen Rückweg gab – und ich fühlte mich noch schlechter.

9

Ich fuhr ins Büro und stürzte mich auf den überquellenden Schreibtisch. Ich kontaktierte Experten auf der ganzen Welt, ich kramte und tüftelte, verglich und überprüfte, und alles sah so aus, als würde ich meine Recherche ganz normal weiter abwickeln, jedes Detail anzweifeln, hinterfragen und doppelt und dreifach kontrollieren. Das ging wieder Tage so dahin. Ich recherchierte immer mehr, schlief immer weniger und aß fast nichts mehr. Ich arbeitete ohne aufzuschauen, als wollte ich nichts hören und sehen. Ich stach, so, wie es sich gehört, nach allen Regeln der Kunst auf die Geschichte von der kaputten Sprache ein, mit der kalten Bereitschaft, sie umzubringen, denn sie lebte nur, wenn sie nicht umzubringen war. Und nicht umzubringen war nur die Wahrheit. Dann begann mir langsam zu dämmern, was ich da in Wahrheit trieb.

Ich wollte meine Geschichte nicht absichern, sondern zerstören. Ich war zu einer Gegenrecherche übergegangen, um meine eigene These zu widerlegen. Ich stach nicht auf sie ein, um sie stichfest zu machen, sondern um sie zu töten. Ich versuchte sie wieder ins Gegenteil zurückzurecherchieren. So wäre das natürlich keine Story mehr gewesen, ich konnte ja nicht schreiben, »Liebe Leute, entgegen meiner anfänglichen Fantastereien darf ich Ihnen nun doch berichten, dass die Sprache keineswegs defekt ist und eigentlich ganz gut funktioniert«. Aber ich wollte ohnehin nichts mehr schreiben. Längst ging es um mich selbst.

Längst ging es um die Frage, in welcher Welt ich eigentlich lebte. Und ohne mich darüber zu wundern verstand ich, was ich da eigentlich machte: Ich wollte die Realität kontrollieren und sie zurechtrecherchieren. Wenn ich sie schon, wie ich erfahren hatte, durch Schaltungen in meinem eigenen Kopf-Archiv selbst zusammenbastelte, konnte ich sie auch gleich so zusammenbasteln, dass sie meinen

Wünschen entgegenkam. Und diese aktuell vorliegende Fassung der Realität entsprach nicht meinen Wünschen. Sie war eine Bedrohung. Sie war drauf und dran, aus allen Fugen zu geraten. Sie war bereits aus allen Fugen geraten.

Ja, ich war zwar ein Spinner, sicher, aber ich war nicht wahnsinnig. Hier ging es langsam um die Frage, wer ich eigentlich war, denn mir war klargeworden, dass ich wie alles andere selbst das Ergebnis einer Beschreibung war. Es ging um meine eigene »Verwortung«, um die Beschreibung dessen, woran meine Person erkennbar wurde. Ich war eine Formulierung, die nur falsch sein konnte. Alles war Sprache, nicht nur das Ausgesprochene. Mein Wissen, meine Ideen, meine Erinnerungen, alles, was ich je begriffen und gespeichert hatte, bestand aus Sprache. Mein Weltbild und mein Selbstbild waren nichts als Geflechte aus Wortketten. Nun nahm ich zur Kenntnis, dass aus diesem bildgebenden Verfahren des Flechtens von Wortketten nichts als Illusionen hervorgingen. Ich hörte ein Klopfen im Nebenraum und bekam Angst. Die Konturlosigkeit, die jenseits der Sprache lag, war bereits im Haus. Ich geriet immer tiefer in den Sog dessen, was sich hier abzuzeichnen begann. Ich stach wie ein Wahnsinniger auf meine These von der kaputten Sprache ein, aber sie ließ sich nicht umbringen. Sie stand da und rührte sich nicht. Sie war die Wahrheit. Und meine Entscheidung war längst gefallen, mein Reiseziel allen Ernstes definiert: das Tierreich. Ich musste über den Zaun.

Ich bin vielleicht nicht ganz der Hellste unter den Hellen. Manchmal brauche ich ein bisschen, um etwas zu verstehen, aber dann, wenn ich es habe, habe ich es tief und echt und für immer. Mit den Tieren zu sprechen gehörte für mich zu den natürlichen Zärtlichkeiten eines kultivierten Menschen, solange es monologisch ablief und es nicht um deren Antworten ging. Aber jetzt? Jetzt? Das Reich der Tiere war der Ort, an dem die Sprache begonnen und die Menschendämmerung ausgelöst hatte. Die Bewohner des Tierreiches waren wie stumme Augenzeugen.

Eigentlich war ich ziemlich normal. Ich meine, ich neigte zur Vernunft, auch wenn ich anfällig für Verrücktes war. Ich war nicht zimperlich, nicht wehleidig und wenig sentimental. Mein Blick auf die Welt war ein pragmatischer und ich hatte kein Problem, wenn Späne fielen, wo gehobelt wurde. Ich achtete Menschen, die die Wahrheit suchten, war aber unbeeindruckt von denen, die sie gefunden hatten. Evidentes, wes Gestalt auch immer, nahm ich unumwunden zur Kenntnis. Sei für alles offen, denn alles ist möglich, war meine einzige fixe Lebensphilosophie, auch, wenn sie nicht überschäumend feinsinnig klang. Was soll ich sagen, ich meine, ich war ein Bauer, ein Arbeiter, ein hemdsärmeliger Indigener, der nur glaubte, was er sah und verstand. Dann aber wirklich.

Und wirklich: Der verloren geglaubte Weg zurück hatte sich geöffnet und ich hatte mich darauf eingelassen, ihn zu gehen. Die Entscheidung war gefallen. Ich würde zu den Tieren reisen. Ja, ich hatte große Geister gerufen, aber noch viel größere waren gekommen. In dieser Phase begann ich wieder öfter an meine Großmutter zu denken, obwohl ich sie nie kennengelernt hatte.

10

Ich war ein verschwiegener Junge. Meine Großmutter war eine starke Frau. Sie stammte aus Südtirol und ist mit meinem Vater im Bauch im Winter über die Berge geflüchtet, zum Schutz der Familien-Ehre. Ich habe erst zu verstehen begonnen, woher das alles kommt, als ich nach Südtirol fuhr und mich an den Schauplätzen des Lebens meiner Großmutter, die ich sehr verehre, herumgetrieben habe. In den Bozener Lauben, im Hotel Laurin, in den Bergen, deren Überquerung sie unverständlicherweise überlebt hatte. Ich habe versucht, einige Spuren freizulegen, die sie so erfolgreich zu verwischen versucht hatte. Ohne ihre Kraft, ohne ihren Kampf, ohne ihre Größe, gäbe es mich nicht. Ich dachte, ich könne ihre Flucht nachstellen, um alles besser zu verstehen. Ich dachte tatsächlich, ich könnte es schaffen, mich im Winter mit praktisch nichts über die Berge nach Norden durchzuschlagen.

Wie naiv. Da oben war nicht bloß Schlechtwetter. Das waren meteorologische Vernichtungsfeldzüge. Das Pfeifen der Winde klang wie fallende Bomben und wenn die Sturmböen gegen die Eiswände schlugen, hörte man dumpfe Explosionen und es klang fremdartig wie der Donner eines Wetters, das nur auf fremden Planeten stattfinden konnte. Ich war im Dezember da, als sie ging. Ich habe den Dezember-Sonnenaufgang in Bozen gesehen, den auch sie gesehen haben muss, als sie aufbrach. Dieselbe Sonne, die gleiche Tageszeit, die gleiche Jahreszeit. Viele Jahre später.

Sie hieß Maria Ausserer. Ihr Vater Johann Nepomuk Ausserer betrieb in den Bozener Lauben in dritter Generation eine Apotheke, deren Eingang von einem schweren, aus dunklen Hölzern geschnitzten Portal gerahmt war. Die Lauben, das waren die meterdicken mittelalterlichen Arkaden im Zentrum der Stadt. Als Kind muss meine Großmutter es schön gehabt haben. Ich stelle mir vor, wie sie am

Markt herumlief, der seit Jahrhunderten während der Sommermonate vor ihrer Haustür stattfand. Ich habe alte Fotos gesehen. Der Markt schreit in einer Aufgebrachtheit, als wäre er eben erst erfunden worden. Man sieht ihn duften und stinken und drunter und drüber gehen, als wären die Jahrhunderte nie vergangen. Schwarz vermummte Frauen aus dem Süden bieten Trockentomaten und Graukäse an. Schnapsverkäufer stehen umringt von Männern, die aus beheizten Augen lächeln. Handleser und Schreiber halten Ausschau nach der Klientel. Säumer, unbeteiligt wie ihre Maultiere, warten auf ihre Abreise zurück in die Berge. Damen in aufgebauschten Röcken zahlen ohne zu handeln. Hunde lauern in verlogener Unterwürfigkeit.

Ihr Vater, mein Ur-Großvater, mit dem mich keinerlei Verwandtschaftsgefühl verbindet, war ein Ehrenmann alter Schule. Ein Letztentscheider, unbeirrbar, streng, gerecht, erbarmungslos geistesgegenwärtig. Hoch aufragend saß er auch an Sonntagen frühmorgens schon in Anzug und Krawatte am Frühstückstisch und hielt Wache gegen die denkbaren Eindringlinge des Müßigganges. Er hatte das von seinen Vorfahren Aufgebaute übernommen und so war seine Verantwortung die Verteidigung des Geschaffenen. Seine Mission äußerte sich weniger in einer Leistung als in einer Haltung. In einem Gestus des Stolzes, der Macht und der Disziplin. In einer abweisenden, militärischen Entschiedenheit, die die erbrachten Leistungen seiner Väter repräsentierte und das erworbene Ansehen erklärte.

Während des Ersten Weltkrieges war Bozen nicht direkt in Schutt und Asche versunken, die Apotheke hatte ihren Betrieb nie ganz einstellen müssen und das Leben war trotz allem irgendwie weitergegangen. Der Markt war fast leer geworden, Papierfetzen trieben durch die Luft. Die von der italienischen Armee besetzte Provinz Südtirol war erst kürzlich, nach Jahren des politischen Taktierens durch die Siegermächte, und just am fünfzehnten Geburtstag meiner Großmutter formal dem Königreich Italien zugeschlagen worden und die geistige Invasion, die man Italienisierung nannte, hatte Fahrt aufgenommen. Kernpunkt der Umstülpung des neuen Bundeslandes durch die römische Besatzungsmacht war eine innere Okkupation.

Sie sollte den ehemaligen Staatsbürgern der österreichisch-ungarischen Monarchie, welche in ihrem eigenen Blutrausch untergegangen war, ihre nationale und kulturelle Identität nehmen, um sie besser regierbar zu machen. Geplant war unter anderem die Schließung der deutschen Schulen, was letztlich nur auf ein Verbot der deutschen Sprache hinauslaufen konnte. Zunächst forcierte Rom den Bevölkerungszuzug durch Italiener aus dem Süden, um einen demografischen Umschwung herbeizuführen. In kürzester Zeit vervielfachte sich der bis dahin marginale Anteil der italienisch sprechenden Einwohner Bozens, die nun davor standen, die Mehrheit zu erlangen.

Johann Ausserer, mein Ur-Großvater, war als Apotheken-Besitzer ein prominenter Mann, der mit seinem Freund Julius Perathoner, dem langjährigen Bürgermeister von Bozen, regelmäßig im Café des Hotels Laurin saß, wo die Herren sich gegenseitig zunickten, eine Pfeife pafften und sich als Volksdeutsche von aller Welt verraten und an die Italiener verkauft fühlten. Bei einigen dieser Treffen war auch Luigi Credaro anwesend, der »Commissario Generale Civile della Venezia Tridentina«, der von der italienischen Regierung ins annektierte Gebiet Südtirol geschickt worden war, um die Zivilverwaltung zu leiten. Credaro, selbst Pädagoge und ehemaliger Bildungsminister, trieb die Italienisierung Südtirols zu wenig radikal voran, wenn es nach dem Geschmack der in Rom immer stärker werdenden Faschisten ging, die drauf und dran waren, die Macht zu übernehmen. In dieser Situation war ein langjähriger parlamentarischer Mitarbeiter und Vertrauensmann Credaros eilig aus Rom angereist, um seinen Chef persönlich zu warnen und davon in Kenntnis zu setzen, dass die Faschisten seine Entfernung anstrebten. Dieser Mitarbeiter hieß Federico Fennes, ein gebildeter Süditaliener mit feinen Zügen und besten Manieren, der seinem langjährigen Vorgesetzten Credaro in vielen Belangen überlegen war, aber nie anders als in Loyalität handelte und diese Loyalität mit den feinen Gesten stilisierter Unterwürfigkeit zeigte. Er schwängerte meine damals sechzehnjährige Großmutter in einem Zimmer des Hotels Laurin. Er war mein Großvater.

In den darauffolgenden Monaten gingen viele Karrieren zu Ende. Bürgermeister Perathoner wurde entfernt, Luigi Credaro zum Rücktritt gezwungen und Federico Fennes verschwand in den Wirren, die im Zuge der bevorstehenden Machtergreifung durch die Faschisten über Rom gekommen waren, ohne jemals wieder aufzutauchen. Maria Ausserer erblühte äußerlich zu einer wunderschönen Frau, während ihr Inneres begann, vor die Hunde zu gehen.

Artur Franceschini war ein Cousin ihres Vaters und das mahnende Beispiel der Familie. Er war Hausbesitzer, alleinstehend, und ging spazieren. Seine Erbschaft, ein mittelalterliches, mehrstöckiges Gebäude im Zentrum der Altstadt, vermietete er zu fairen Preisen, bewohnte selbst eine bescheidene Wohnung im ersten Stock und verstand nicht, warum er sich verrückt machen sollte. Manchmal brach er auf, um als Säumer über die Berge zu gehen, einfach so, weil er den Tagtraum liebte. Er dachte, die Gegenwart sei die einzige Zeit, die existiere, während alle anderen Zeiten nicht mehr oder noch nicht existierten. Nach dem Vorbild des Lasten-Fernverkehrs alter Jahrhunderte belud er zwei Esel und ging nach Norden Richtung Alpenhauptkamm. Einmal, als Maria sechs oder sieben war, hatte er sie, unter den argwöhnischen Blicken des Oberhauptes, mitgenommen in die Berge, hatte sie auf einen dritten Esel gesetzt und ihr den Zauber des Reisens gezeigt.

Artur, der Tagedieb, war von Marias Vater wegen Fehlerfreundlichkeit und eingeschränktem Leistungswillen mit beiläufiger Verachtung bedacht, aber nicht verstoßen worden, weil eine kaputtgehende Familie Schande auch über den intakten Rest, das Oberhaupt selbst sowie seine Regentschaft gebracht hätte. Jetzt, von einem verschwundenen Herrn Fennes aus der familiären Wiege gerissen, begann Maria zu verstehen, dass sie sich mit Artur, ihrem allerersten Freund und Reisegefährten, in einer Art Schicksalsgemeinschaft befand.

Artur fuhr mit Maria zur Engelmacherin nach Eppan, doch die Abtreibung ging schief. Ihr Kind schien zu leben und sie lebte auch. Da lag sie nun in einer schreiend grellen Lacke aus Blut, von dem sie nicht wusste, ob es nur ihr eigenes war, das ihres Kindes, oder beides gemischt, was letztlich dasselbe war. Und sie war zu einer Mutter geworden, zu einem Wesen, das für andere überleben will. Innerhalb von Stunden war sie erwachsen geworden, ihr dunkler Blick hatte die kindliche Süße verloren und etwas Feindliches angenommen, eine hintergründige Gewaltbereitschaft, mit der sie ohne zu zögern alles in Fetzen reißen würde, was sich ihr entgegenstellen wollte.

Würde sie nun spurlos verschwinden und in ihrer ungeklärten Abgängigkeit irgendwann verblassen, wären die Folgen für das Ansehen ihres so hochgeachteten Vaters kein so großes Problem. Vielleicht würde sie mit ihrer konsequenten Selbstbestrafung sogar seine geheime Anerkennung gewinnen. Aber darum ging es ihr nicht mehr. Erstmals in ihrem Leben war da etwas, das wichtiger war als ihr Vater, so viel wichtiger, dass seine turmhohe Autorität mit einem Schlag Vergangenheit war. Von nun an entschied sie selbst.

Sic war sicbzchn, als sic ging und cs war Dczcmbcr. Es war wohl vor Sonnenaufgang und alles war gefroren. Bei meinem Lokalaugenschein blickte ich durch das Fenster eines beheizten Zimmers und schaute zu, wie die Dezember-Sonne sich anschickte, an einem wolkenlosen Himmel über Bozen aufzugehen. Gelinde gesagt ein schönes Schauspiel. Meine Großmutter trat hinaus in den Frost, um alleine und ohne Ausrüstung die Flucht aus ihrer Heimat und aus ihrer Kindheit anzutreten und nie wieder zurückzukehren. Da war kein schönes Orange, das langsam in einen violetten Himmel kroch und das bunte Erwachen der Welt einleitete. Es war einfach nur kalt. Sonst nichts. Die Natur war nicht schön. Sie war so kalt, dass die Knochen schmerzten.

Sie zog ihre Schultern an, bog um die Ecke und eilte Richtung Norden. Ihr Wunsch und Ziel war nichts weiter, als dass sich ihre Spur verlieren möge. Im längst hereingebrochenen Winter in das Hochgebirge zu gehen, hieß unter Garantie keine Spuren zu hinterlassen. Selbst wenn sie umkam, würde sie kaum jemals gefunden werden. Als Rüstzeug hatte sie nur den Instinkt, der in ihr erwacht war, und die vagen Erinnerungen an den uralten Eselspfad, den sie auf dem Ausflug mit Artur kennengelernt hatte. Einen Pfad, der so alt war, dass ihn nicht einmal die Römer entdeckt hatten und Tausende Jahre schon Gütern erlaubte, über den Alpenhauptkamm zu gelangen, einer Schneise durch ein zerklüftetes, gewalttätiges Ende der Welt, die man Hunderte Generationen später begann, Reschen-Pass zu nennen, der den Vinschgau im Süden mit dem Oberinntal im Nordosten verband. Es ist, ich wiederhole, ein Wunder, dass dieses schwangere Kind die Attacken einer Natur überlebt hat, die Wolken aus Eisspänen aus dem Grau der Massive fräste und sich pfeifend und kreischend im Gestein verkrallte. In einigen Wochen sollte sie ihr Kind gebären, das nicht umzubringen gewesen war und jetzt war auch sie, das Schulkind, das zu Hause von Zuckerwatte hätte träumen sollen, nicht umzubringen gewesen.

Irgendwann trat sie aus dem Wald heraus und sah unten im bläulich verschleierten Tal den Inn-Fluss. An seinen Ufern nahe der Brücke lag, ein Puzzle aus Würfeln, hingeschüttet zwischen langgezogenen Rechtecken, die Stadt. Sie, meine Großmutter, wich der Zivilisation aus wie eine Wölfin und gelangte in ein Dorf am nördlichen Hang über der Stadt. Schließlich stand sie vor einer Kirche mitten im Wald, die nasskalt umrauscht war von stürzendem Wasser, das immer lauter und wärmer wurde, sie einhüllte und in sich aufnahm.

Als sie erwachte, lag sie auf einer Holzbank in der rauchigen Stube eines Bauernhofes, zu dem man sie wie einen Ballen Heu durch den Schnee geschleift hatte. Das Haus bestand aus einer Stube und einer winzigen Kammer und beherbergte elf menschenähnliche Wesen. Abgerissene Kinder, zwischen deren angefrorenen Backen kranke, gelbgrüne Rotzblasen pulsierten. Ausgemergelte Heimkehrer aus Isonzo mit abgestorbenen Blicken. Stumm starrende Alte mit offenen Mündern und tief in dunkle Höhlen zurückgewichenen Augen, hohl und leer wie Hungerleichen, wissend und nichtssagend. Meine Großmutter hatte es geschafft. Sie war angekommen. Jetzt setzten ihre Wehen ein.

Im Haus war kein Platz. Er musste geschaffen werden. Hinten, im unbefestigten Zubau, der als Stall diente, stand eine Kuh, die in einem Zustand war, als hätte auch sie an der Schlacht teilgenommen und wäre noch immer schockiert, überlebt zu haben. Es gab zwei

Schafe, deren jämmerlicher Zustand von dreckigen Woll-Klumpen verdeckt war. Und da waren ein abwesender Greis und drei Kinder untergebracht, die sich an die Schafe schmiegten, um an deren Restwärme zu gelangen. Man zerrte den Alten in die Stube, vertrieb die Kinder und bettete meine inzwischen siebzehnjährige Großmutter, die in ihren Krämpfen lag. Die Dämmerung brach herein. Im Schein einer Kerze, im Stroh liegend und all das ausatmend, was diese Frau weggesteckt hatte, entließ sie ihr Kind. Es war der 24. Dezember. Draußen versank die Landschaft in der nachtblauen Taubheit des Schneefalls, der sich wie ein Vorhang über die Welt senkte.

Die alte Bäuerin, die einzige Person in dieser Hungerhütte, die Reste von Rüstigkeit behalten hatte und die einzige war, bei der man sich nicht wunderte, dass sie noch lebte, war die erste, die realisierte, was passiert war. Wimmernd, als wäre sie bei einer schweren Sünde erwischt worden, schlug sie die Hände über dem Kopf zusammen. »Liaba Herrgott, tuasch mia nix«, jammerte sie und eilte nach draußen, wo sie in der Dunkelheit verschwand. Als sie zurückkam, waren vier Nachbarn dabei. Unterwürfig stumm wie ertappte Kinder, gebückt von der tonnenschweren Bedeutsamkeit der Situation, zogen sie ihre Mützen von den Köpfen, blickten zur Decke hoch, bekreuzigten sich und senkten ihre Köpfe wieder.

Auf dem Stroh in einem Stall zwischen Schafen war ein Kind geboren worden. An einem 24. Dezember und von einer Frau, die Maria hieß und auf Herbergssuche gewesen war. Mein Vater war zur Welt gekommen.

Die Bauern wussten nicht sofort, ob diese Begebenheit Gutes oder Böses verhieß, ob es ein segensreiches Zeichen von oben war oder Gotteslästerung von unten. Doch es war Weihnachten und hier lag das Kind in der Krippe. Da gab es nicht viel zu verstehen. Von überall her kamen Nachbarn, entzündeten Räucherwerk, brachten Äpfel, Schmalz, Nüsse, grauen Käse und Brotfladen, die so trocken waren, dass sie wie Glas splitterten. Als sie starb, war ihr Kind, von dem sie sagte, es hieße Franco Fennes, drei Wochen alt und die Bauern der Gegend verneigten sich vor ihr.

Franco Fennes, mein Vater. Er hatte enge Augenschlitze und ein ewiges Lächeln, das sein Gesicht zu einer Gravur aus waagrechten Linien machte. Wie Kriege manchmal Wirtschaftswunder auslösen, zeigte sein Beispiel, wie aus harten Bedingungen die freundlichsten Menschen hervorgehen können. Er schien bestens aufgehoben zwischen den lebenden Hungerleichen auf dem Bauernhof, wo man ihn gerne bleiben ließ, schließlich war er am Heiligen Abend vom Himmel herabgestiegen und hatte dem Hof eine bleibende Geschichte beschert. Ohne Schuhe schlug er sich wie die anderen Kinder der Armen durch den Schnee zur Schule durch und schaufelte später als Halbwüchsiger tonnenweise Kohlen im Gaswerk in Pradl. Als er etwa so alt war wie seine Mutter bei ihrem Tod, war der Krieg wieder da, der sich nur verzogen hatte, um zu verschnaufen, sich zu sammeln, zu gären und zu schwelen und mit vervielfachter Kraft und Endgültigkeit zurückzukehren.

Franco Fennes war ein ausgeprägt gewinnender Mensch, der keinerlei Vorwürfe gegen die Welt in sich trug. Er hatte eine Freundlichkeit, die irgendwie bestürzte. Alles an ihm war Deeskalation. Einfach alle, die ihn kannten, fühlten sich angezogen von seinem Wesen, bewunderten, wie er mit Menschen umging, hatten Respekt vor seiner Selbstlosigkeit und seiner Zurückgenommenheit. Diese seine hochgradige Höflichkeit war so auffallend, dass man sich fragen musste, was dahinterstecken konnte. Er hatte keine Freunde, doch einfach alle mochten ihn. Selbst bei der Streitmacht mochten sie ihn, aber an ein Einziehen zum Kriegsdienst war nicht zu denken. Nicht nur, weil sein linker Arm bis zur Schulter von Brandspuren entstellt und seine Bewegungsfreiheit eingeengt war. Seine Gesamterscheinung war einfach untauglich, selbst für den Einsatz als Kanonenfutter. Wenn man dieses Gebilde aus Haut und Knochen ansah, das angestrengt, aber kraftlos hechelte, dachte man an Ruß und glühende Kohlen. Er hustete entschuldigend, strahlte absoluten Gehorsam aus und die Geneigtheit des perfekten Befehlsempfängers. Aber es war unmöglich ihn zu nehmen. Der Vorsitzende der Stellungs-Kommission musterte ihn nachdenklich und bedauerte, an dieser Erscheinung etwas rätselhaft

Brauchbares zu verlieren. Aber das dachten viele. Jeder, der einen Hauch Menschenkenntnis besaß, spürte die seltsame Vornehmheit und die feinen Manieren, die sich hinter der elenden Abgerissenheit seines Körpers befand.

Später, nach dem Krieg, kam seine Zeit. Als die Schuttberge verschwanden und die Luft nach Frühling und einer neuen Epoche roch, als fast täglich Plakate an den Schaufenstern der Geschäfte auftauchten, alle mit der Überschrift »Jetzt neu«, und sich ein lebensgieriger Zeitgeist an das Vergessen machte, stand mein Vater Franco Fennes im schwarzen Anzug an der Rezeption des Hotels Tirol im Stubaital, schmunzelte zustimmend, verneigte sich ergeben und war in seiner Berufung angekommen. Das im Winter über die Berge hergebrachte, mit den letzten Atemzügen seiner Mutter abgelegte, das in Kohlengas und Feuerhitze entgeisterte Elendskind war verschwunden. Er lächelte diskret zurückhaltend aus seinen Schlitzaugen und die Gäste hatten den Eindruck, »Herr Franco«, der geborene Butler, müsse dem britischen Hof entlaufen sein, um den Tiroler Gästen das Leben zu verschönern.

Seine natürliche Vornehmheit gab ihm etwas versteckt Prominentes und brachte seine Unauffälligkeit unter diffusen Verdacht. Er hatte sein Inneres nach außen und sein Äußeres nach innen gedreht. Jetzt schimmerte durch sein salonhaftes Äußeres eine kaum wahrnehmbare Traurigkeit, die man im Zweifel gern als Charme deutete und die etwas wie Mitleid erregen konnte. Alles an ihm hatte etwas Absichtsvolles und Rätselhaftes, vielleicht absichtsvoll Rätselhaftes.

Ich meine, an seinem Leben war vor allem erwähnenswert, was vor und während seiner Geburt geschah. Was danach kam, war um vieles unauffälliger, vielleicht auch, weil er in seinem Leben etwas wie Unauffälligkeit richtiggehend inszenierte. Vorsichtig, gefühlvoll, tastend, Harmonie heischend. Eine Harmonie, in der er sich konzentrieren konnte. In die er hineinlauschen konnte, um gewappnet zu sein.

Er hatte es schon im Mutterleib verstanden, seiner Ermordung zu entkommen. Er hatte sich schon als Embryo erfolgreich gewehrt. Er war in Deckung gegangen, als das von routinierter Hand geführte Eisen nach ihm stieß. Als Fötus innerhalb der Fruchtblase muss er absichtsvoll zurückgewichen sein oder sich irgendwie gebogen und dünn gemacht haben, denn er war körperlich unverletzt geblieben. Trotzdem dürfte er sich nicht sehr willkommen gefühlt haben in einer Welt, die schon auf ihn eingestochen hatte, als er noch gar nicht da war und ihn zu jemandem gemacht hat, der bei der Geburt bereits sein zweites Leben begann. Und alles sah ein bisschen nach Heiland aus, nur umgekehrt. Seine Geburt am Heiligen Abend war wie eine Wiederauferstehung nach der Hinrichtung. Er hatte seine eigene Abtreibung überlebt und konnte nicht wissen, in welchem dieser Leben er sich nun befand. Es war wie Weihnachten und Ostern gleichzeitig, wenn man so möchte.

Jedenfalls lauschte er sein Leben lang. Er war auf Wache. Heute verstehe ich das besser. Heute würde ich nicht so erbarmungslos urteilen. Sobald und solange er sich im Wachzustand befand, horchte er konzentriert in den Raum hinein, in seinen eigenen inneren Raum und in den äußeren nach draußen. Er hatte sein Leben lang Angst, sie würden kommen. Er war ein Späher, der sich vergewissern musste, ob sie kamen, denn es gab sie. Nicht in Reichweite seiner Wahrnehmung, aber in seinem Wissen, und so spähte er wie über eine Schlucht auf die andere Seite in ein weites Land, aus zu Schlitzen verengten Augen, um sie früh auszumachen.

Und er lächelte. Er lächelte auch, wenn er nicht lächelte. Er nickte unterwürfig, verneigte sich beipflichtend, und jeder Satz, der über seine Lippen kam, hatte etwas Tröstendes, Demütiges, etwas, das nach Weisheit klang und Mitleid erregte. Seine Frau, meine Mutter, hielt das irgendwann nicht mehr aus. Sie war auf einem Bauernhof in der Südsteiermark aufgewachsen, hatte in Wien ihr Studium abgebrochen und war nach Innsbruck gezogen, um eine Stelle als Bürokraft in der kaufmännischen Leitung des Krankenhauses anzunehmen. Sie hasste das medizinische Personal aus tiefster Seele. Sie war eine Schönheit mit roten Lippen und roten Fingernägeln, immer wie fertig zum Ausgehen, in engen Röcken und einer unter ihren Schritten federnden Lockenpracht. Ihre Bewegungen waren beiläufig und kurz angebunden. Sie arbeitete wie im Vorbeigehen, als wäre sie von ihrer

Haupttätigkeit abgelenkt. Sie betrachtete sich im Spiegel und sah eine gelungene Kreation aus Attraktivität und bodenständiger Entschlossenheit. Sie war gebildet, literarisch belesen und medial informiert und sie hatte recht: Sie wollte etwas vom Leben und sie wusste, dass es mehr für sie bereitgehalten hätte. Als sie schwanger wurde und der Zug abgefahren schien, riss ihr die Geduld und von diesem Augenblick an befand sie sich in einem nicht mehr endenden Zustand der gerissenen Geduld.

Sie war also die Schöne mit der gerissenen Geduld, die sich vom Alltag daran hindern ließ, Karriere zu machen. Von ihrem Mann kam gar nichts. Er war zu allem bereit, doch sie musste es von ihm verlangen. Er tat alles, was sie wollte, doch sie musste es wollen und es ihm erklären. Anfangs erklärte sie es ihm, dann ordnete sie nur noch an. Sie trieb ihn durch die Stadt wie ein halbautonomes Lastentier. Er musste dies erledigen, aber davor noch schnell das und alles miteinander blitzartig und ohne Verschnaufpause. Sonst krachte es.

Er hatte ihre Kraft verbraucht und ihren Respekt vor ihm zerstört. Aber er nahm alles demütig, lächelte deeskalierend und nickte mitleiderregend. Er hetzte durch die Stadt und er hörte nicht auf, sie zu lieben und er begann, sie zu hassen und er hetzte durch die Stadt und genoss die Versorgtheit unter ihrem Regime, ihre feine Küche, die Sicherheit, die von ihr ausging, von ihrem Hang zum scharfen Überblick und zur präzisen Organisation, der sich unter ihrem puppenhaften Äußeren befand.

Und er lächelte. Er lächelte, was immer auch passierte. Sein Lächeln zeigte Gesichter, die so zahllos waren, wie deren Ursachen. Er lächelte zu Boden und wippte oder nickte dabei mit dem Kopf, abwägend, ausweichend, verharmlosend; er lächelte von unten herauf, von oben herab, flehend, fragend, verständnislos oder mitfühlend, ironisierend, staunend. Er lächelte nichtssagend, lächelte schweigend, mit leeren Augen, er lächelte mit Augen, in denen kein Lächeln war, mit blicklosen Augen, mit geschlossenen Augen, mit dunklen, warmen Augen. Wenn ihm Unrecht getan wurde, lächelte er nach unten, höflich nachsehend, verzeihend, als sei ein Fehler passiert. Er lächelte seine Fehlerfreundlichkeit. Und oft hatte er dieses silbrige Glänzen, dieses temperaturlose, weiße, wässrige Lächeln, das auf halbem Weg im Raum steckenblieb. Und manchmal lachte er sogar.

Aber in Wahrheit war er ein Späher, der zurückblickte, der seine Verfolger abgehängt hatte, aber nicht dauerhaft. Er war von seinem Blick in das weite Land jenseits der Schlucht so eingenommen und von der Ruhe, die ihn dabei umgeben musste, so gelähmt, dass er beim besten Willen keine Idee hatte, wie er dieser besonderen Frau gerecht werden und ihr so dienen konnte, wie sie es verdiente. Er hatte keine Vorstellung, was er machen hätte können, um ihr Leben lebenswerter zu gestalten. Gern hätte er ihr Geschenke gemacht, aber ihm fiel nichts ein. Sein Blick in die Ferne jenseits der Schlucht war wie der Brennstab in einem Reaktor, der die Hitzeentwicklung bremste und stabilisierte.

Manchmal aber war es da. Dieses Beben aus dem Inneren der Erde und er wusste, dass sie es waren. Sie tauchten auf wie Wolken aus Angst, die von ihm verlangten, sein Leben zu beenden, wenn er entkommen wollte, wenn er nicht in ihre Klauen geraten wollte. Doch er war randvoll mit Liebe für alles und jedes und vor allem war er voller Liebe für seine Angehörigen, für die er gerne der Angst widerstand und die ihm die Kraft gaben, sie weiter anzulächeln und sich weiter beharrlich zu weigern, den Aufforderungen der Angst nachzukommen, wenn er nur freie Hand hatte, wachsam zu sein und auf der Lauer liegen zu dürfen. Er wollte es schaffen, wenn man ihn ließ.

Er hatte keine Hobbys, er verfolgte keine Interessen und schmiedete keine Pläne. Eine einzige Initiative ging von ihm aus. Und das war ein geselliger Abend mit Nachbarn und Bekannten, zu dem er fast jeden Donnerstag lud. In der Nähe der Kirche bewohnten wir die Hälfte einer Villa aus dem neunzehnten Jahrhundert, deren graues Mauerwerk von schwarz-braunen Holzträgern gerahmt und diagonal durchkreuzt war und über deren Giebel und Erker steile Spitz-Dächer in den Himmel stachen. Niemand der Geladenen ließ diese Abende gern aus, weil mein Vater über eine Gastfreundlichkeit verfügte, die etwas vollkommen Außergewöhnliches war.

Zur Runde gehörte ein ehemaliger Biathlon-Olympiasieger, der die Aura des selbstsicheren Spitzensportlers in die Pension hinübergerettet hatte. Er war noch immer der tief durchatmende harte Hund, der autoritäre Tipps über die körperlichen und mentalen Feinheiten verteilte, mit denen man sich an seine wahren Leistungsgrenzen treiben konnte, die weit jenseits jener Grenzen lagen, die der faule, leidensfeindliche Normalsterbliche vorzugeben pflegte und sich damit dazu verurteilte, niemals in die Glorie des Siegens vorzudringen.

Zu den Stammgästen gehörte auch der Totengräber des Ortes, ebenfalls ein harter Hund, wenn auch von einer anderen Rasse. Er war von unantastbarer Redlichkeit, vertrauenserweckend wacker, ein verlässlicher Pförtner zum Jenseits, ein Mann, zu dem alle aus dem Dorf kamen und nicht wieder weggingen. In seiner Arbeitswelt der einzige Lebende, hatte er sich auch an Winterabenden mit Krampe und Schaufel durch den gefrorenen Boden geschlagen, damals jedenfalls, als noch kein Mini-Bagger da war, um sie zu betten. Er wusste wie kein anderer, wovon er sprach, wenn er sich überheblich für die Richtigkeit dessen verbürgte, was in der Bibel stand und jeden Satz der Heiligen Schrift Kraft seiner Erfahrungen an der Pforte uneingeschränkt bestätigte. Er war ein der Last seines Wissens Verpflichteter, der jeden Schnaps andächtig ans Licht hob, bevor er ihn zu sich nahm.

Da war die Herz-Chirurgin mit den großen, schwarzen Augen, die nach innen lächelten. Eine herzliche Person, die ihre natürliche Schönheit unter knalligem Make-up verbarg und wirkte, als würde sie nicht zur Runde gehören, aber aus ihrer eigenen Gesellschaft hierher geflüchtet war, weil sie dort auch nicht dazugehörte.

Und da war der Fritz, nein Franz, glaube ich, den mein Vater vom Gehen mit dem Hund kannte und immer wieder getroffen hatte, in Mühlau oder in der Hölle auf dem Weg zur Seegrube, überall. Ein ehemaliger Chorsänger, der sogar auf einem Touristenschiff in Schweden gesungen hatte und alle Spielergebnisse sämtlicher westeuropäischer Fußballligen kannte, wenn nicht sogar die Namen der Torschützen. Mein Vater hatte ihn einmal alleine, ohne Hund, weinend im

Wald aufgelesen. Sein Vierbeiner war entlaufen und bald danach hatte er einen Schuss aus einer Büchse gehört. Man wusste, dass manche Jäger dazu neigten, ihre Pflicht, für Ruhe und Ordnung im Wald zu sorgen, zu überschreiten. Der Franz irrte im Wald herum und rief den Namen seines Hundes, bekam aber keine Antwort. Und weil er dabei den Rest der Welt vergaß und die Zeit verrann, galt er bald selbst als abgängig, worauf man bei der Bergrettung Alarm schlug. Kurz nachdem mein spazierender Vater zufällig zu ihm gestoßen war, kamen ihnen im Laufschritt zwei Bergretter in feuerroter Montur mit silbrig reflektierenden Streifen entgegen, die zischende Funkgeräte in der Hand hielten. Sie redeten übertrieben ruhig auf ihn ein und geleiteten ihn zum nahe gelegenen Berggasthaus. Da saß sein Hund bestens versorgt vor einem vollen Napf und hob fragend den Blick. »Der isch g'scheiter wia i«, pflegte der Franz immer wieder zu erklären und jedes Mal wischte er sich dabei einige Tränen von der Wange.

Mein Vater selbst feierte nicht. Er ließ feiern. Er servierte frittierte Teigstücke, die er mit Sauerkraut oder Marmelade bedeckte; Graukäse, Speck, Schnaps, Kaffee und staubtrockene italienische Aniskekse. Er achtete auf jede Kleinigkeit. Er leerte Aschenbecher, goss halbleere Gläser voll und nickte zustimmend. Die Art, wie er sich um das Leibliche kümmerte, erinnerte an einen Forscher, der sich im Labor mit unverwandter Sachlichkeit und automatisierter Detailgenauigkeit auf seine Gläschen und Röhrchen konzentrierte. Er verstand es, die Erwartungen seiner Gäste mit beiläufigen Gesten zu übertreffen und sie dankbar und ergeben zu machen. Er war wie ein Dirigent, der eine Klangwolke freisetzte und sie spielend in der Luft hielt. Wenn er diese Kompetenz ausspielte, war er wesensverändert und wie aufgeblüht in seinem geheimen Element.

In der Erinnerung wird mir bewusst, dass er immer darauf achtete, mit dem Rücken einer Wand nahe zu sein. Aber vielleicht täuscht mich die Erinnerung, die ja, wie man weiß, zuweilen alle täuscht. Egal. Jedenfalls, wenn alles seine Ordnung hatte, wenn die Blase in der Luft glänzte, war er zufrieden. Doch blieb er auch im Zustand der Zufriedenheit konzentriert. Er trank ein Glas Wasser, kostete ein bisschen und ging auf die Gäste ein, als wären sie alte Verwandte, die nach Langem wieder einmal zu Besuch waren. Über der Szenerie schwebte stets etwas, das mir Angst machte.

Da saßen sie, spielten Tarot und besprachen die Neuigkeiten aus dem Radio. Besonders ausführlich wurden die Todesanzeigen in der Tiroler Tageszeitung behandelt. Der Totengräber war der einzige, der auch über den Tod sprach, über das Jenseits, an dessen Grenze er die zurückgelassenen Kleidungsstücke der Verblichenen zerfallen sah. Die anderen Gäste sprachen nie über den Tod. Sie hielten sich geschlossen und entschieden von dem Thema fern, als handle es sich um kulturelles Sperrgebiet. Ihr Gesprächsstoff reichte bis zum Sterben und keinen Schritt weiter. Wenn jemand gestorben war, und das passierte in dieser Generation fast täglich, hatten sie diesen unterwürfigen, bedrückten Gebetston und sprachen ausschließlich über das Gestorbensein, aber nie über den Tod. Mit gemessener Betretenheit zelebrierten sie das bekanntgegebene Ableben von Verwandten, Bekannten und den Verwandten dieser Bekannten.

Auch wenn die Dahingegangenen achtzig oder neunzig waren, war ihr Ableben ein Schlag, mit dem man nie gerechnet hätte. Ihr Tod war die Sanktion einer rätselhaften Gewalt, die strafweise Auslöschung für ein nicht wissentlich begangenes Delikt. Man starb unverständlicherweise. Die Runde meines Vaters öffnete dann in großem Unverständnis die Münder und weitete die Augen, als handle es sich um göttliche Justizirrtümer oder unbegreifliche Launen der Natur. Nie war das Sterben etwas Natürliches. Einen natürlichen, versöhnlichen Tod, einen Tod, der in Ordnung war, der zum Leben gehörte und erwartbar gewesen wäre, gab es nicht. Und in der Runde wusste man, dass die eigene Unwissenheit nicht vor Strafe schützte und man nichts tun konnte als mitzufühlen und zu ertragen, was der Herrgott mit all seinen nicht nachvollziehbaren Programmen bezweckte. Wenn es schon wieder einen wie aus heiterem Himmel erwischt hatte, musste man zumindest sein Beileid aussprechen und zu diesem Zweck auch die entfernten Verwandten dieser Todesopfer ausfindig machen, auch wenn man sie noch nie oder zuletzt in der Volksschule gesehen hatte.

An einem dieser Abende wurde ich geboren. An einem dieser Abende habe ich die Sprache gefunden. Oder sie hat mich gefunden, oder wie auch immer. Egal.

Ich habe drei Wörter ausgesprochen. Es waren nur drei Wörter. Aber ihr Zauber hat alles verändert. Sie, die Sprache, hat mich mit sich genommen. Ich meine, sie ist weg und ich bin ihr nach. Ich bin ihr mein Leben lang gefolgt, aber sie hat mich nie wieder an sich herangelassen. Sie hatte – ich kann das nicht ohne Pathos sagen – mich umarmt, und zwar so, dass ich keine Luft mehr bekam oder zum ersten Mal überhaupt Luft bekam, ich weiß nicht. Sie hat mich hinüberblicken lassen, wohin alles strebt. Ich meine, es war einfach angenehm. Unendlich angenehm. Weder davor noch danach hatte ich je wieder dieses Gefühl. Das Wort »Gefühl« trifft es gar nicht. Es war mehr. Ich bestand aus dem, was ich mit diesen drei Wörtern gesagt hatte und aus dem, was das Gesagte auslöste. Alles war gleichgeschaltet und ich war ein Teil davon. Wenn ich nun »ein Teil« sage, trifft es das wieder nicht. Es bestand nicht aus Teilen. Es war einfach. Alles war eins. Und ich war es auch. Es war, als hätten diese Worte etwas geschaffen. Etwas in die Welt gesetzt und von da an war nichts mehr wie davor. Plötzlich lebte ich. Und ich wusste, dass es Wörter gab, die alles konnten. Ich wusste, dass ein treffendes Wort das einzige war, das überhaupt etwas konnte.

An einem dieser Abende also, ich war acht, begann mein zweites Leben. Hatte das zweite Leben meines Vaters acht Monate nach seiner Zeugung begonnen, begann mein zweites Leben acht Jahre nach meiner Geburt. Das finde ich irgendwie lustig. Die Arithmetik des Schicksals und der Erbschaft äußert sich im Rhythmus der Zahlen. Es ist wie ein Staffellauf der Generationen, wie ein Regelwerk, das stufenweise in die Zukunft greift und sich in immer neuen Anläufen immer neu erfindet, und doch nur eine Variation des schon Erfundenen bleibt. Aber an dieser Stelle des Regelwerks, an diesem Abend, passierte etwas Außergewöhnliches. Während mein zweites Leben begann, endete das meines Vaters. Denn ich bin ausgebrochen.

Ich hatte beschlossen, den Kreislauf der stetigen Erneuerungen zu durchbrechen, den Kreislauf der scheinbaren Erneuerungen, die doch nur Wiederholungen des ewig Gleichen waren. Ich habe mit den Illusionen aufgeräumt. Ich habe mich mit den Programmen angelegt, die sich hinter den Kulissen befanden. Es war mein Sieg über die Evolution der Gefangenschaft. Das hat mich zu einem Freiheitskämpfer gemacht. Weniger dramatisch gesagt, hat es mich einfach frei gemacht. Das dachte ich jedenfalls. Die Freiheit, das wusste ich damals schon, war das Wichtigste. Sie ging über alles. Selbstverständlich auch über den Tod. Ich habe mich immer mit jenen verwandt gefühlt, die ihre Freiheit herbeigeführt haben oder es zumindest versuchten, mit welchen Mitteln auch immer. Die Freiheit ging nicht nur über den Tod, sondern selbstverständlich auch über Leichen, wenn es denn sein musste.

Jener Abend, an dem ich ausbrach, stand unter keinem guten Stern. Das war schon im Vorfeld spürbar. Von Anfang an, als die Gäste nacheinander eintrafen, wusste ich, dass etwas nicht stimmte. Mein Vater war nicht fokussiert wie gewohnt. Irgendwie war er nicht in Form. Die Teigstücke waren knusprig, doch die Herzchirurgin litt an Kopfschmerzen und blickte stumm aus ihrem lustlos aufgetragenen Make-up. Die Todesanzeigen wiesen keinen einzigen Bekannten aus. Der Totengräber wirkte schlaff wie ein Segel ohne Wind. Ich identifizierte den Grund der Störung in einem unbekannten Gast: Da war eine Dame aus Linz, die der Franz mitgebracht hatte, eine Schwägerin, die bei ihm zu Besuch war. Von ihr ging etwas aus, das nicht in das Muster dieser Abende passte. Sie war eine Trick-Magierin und eine pralle Erscheinung mit fettig glänzenden roten Lippen, die es verstand, das ungehobelte Publikum in den Linzer Nachtclubs mit großer Resolutheit in die Schranken zu weisen und zu fortgeschrittener Stunde mit Zauberkunststücken in die Irre zu führen. Eine charismatische Person, die es gewohnt war, das Wort zu ergreifen, es auch laut verkündete, herzlich lachte und Aufmerksamkeit auf sich zog. Das war nicht gut.

Aber es war erstaunlich. Ich sah die Unsicherheit in den Augen meines Vaters. Normalerweise bekam ich Angst, wenn mein Vater unsicher war, doch jetzt fragte ich mich zum ersten Mal, warum. Ich fragte mich, was an dieser Situation so gefährlich sein konnte, dass seine Augen zu zittern begannen und eine Mischung aus Irritiertheit, Unverständnis, Ungehaltenheit und sogar Panik spiegelten. Nie zuvor hatte ich ihn so ausgeliefert gesehen. Ich fragte mich, warum er sich vor meinen Augen in ein Häuflein Angst verwandelte, das sein Format als großer Gastgeber und, ja, seine Würde bedrohte.

Ich war fast ausschließlich an seiner Seite aufgewachsen. Er hatte mich immer sanft und liebevoll behandelt, auch wenn er geistig weit weg war. Ich war auf seinem Schoß gesessen und hatte in dieses schweigende, hintergründig beschäftigte Gesicht geblickt. Oft nahm er mich mit auf Spaziergänge, die uns hinunterführten an das Ufer des Inn. Wie er starrte ich gedankenverloren in das milchige Smaragdgrün mit den bauchigen Wassergestalten, die sich gegenseitig überholten und auf denen weiße Kräuseln tanzten. Ich schwieg mit ihm. Ich stand an seiner Seite, wo sonst hätte ich stehen sollen. Ohne zu fragen, zu ihm aufschauend, mit ihm gemeinsam hinabschauend auf das Wasser, während er damit beschäftigt war, die Kräfte zu besänftigen, die da lauerten.

Wie er feierte ich nicht, sondern assistierte ihm beim Feiernlassen. Wie er achtete ich darauf, mit dem Rücken stets einer Wand nahe zu sein. Wie er ließ ich meinen Blick schweifen und lauschte mit meinem ganzen Wesen. Aus der Distanz blickte ich mit Alarmiertheit auf die Normalität. Und ich verstand nichts. Bis zu diesem Abend.

Die Dame aus Linz ergriff das Wort, noch bevor sie Platz genommen hatte. Sie habe etwas mitgebracht, über das man sich noch wundern werde, lachte sie und blickte aus den Augenwinkeln, als hätte sie etwas vorbeihuschen und verschwinden gesehen. Mein Vater sah sein Programm bereits vergewaltigt und lächelte aus temperaturlosen Augen. Mit ausholenden Bewegungen stellte die Linzerin eine mit roter Kunstseide überzogene Kiste auf den freigemachten Tisch, die allerhand Zauber-Utensilien enthielt: unter anderem einen schwarzen Zylinderhut, kleine, bunte Bälle und Ringe aus Plastik, glänzende Tücher, einen Zauberstab, Schatullen, Spielkarten, einen Spiegel, einen Apfel.

Sie blickte verheißungsvoll in die Runde. Die Herzchirurgin konnte sie jetzt schon nicht leiden. Die anderen warteten bereitwillig. Der Franz war stolz, so jemanden mitgebracht zu haben. Die Dame aus Linz ließ ein schwarz-grünes Tuch auf den Apfel fallen und als sie es wieder wegzog, war er verschwunden. Dann griff sie nach der verschlossenen Schatulle, öffnete sie und präsentierte sie der Runde: Da war der Apfel. Wie überrascht, in seinem Versteck entdeckt worden zu sein, starrte er rotbackig aus der Schatulle. Der Franz raunte zustimmend, die Herzchirurgin versteckte sich gelangweilt hinter ihrem Kopfschmerz und der Totengräber hatte schon Schlimmeres gesehen.

Mir entging nichts. Mein Vater hatte inzwischen seinen anfänglichen Schrecken überwunden, war aber nun wieder nervöser geworden und im Begriff, erneut von dieser unverständlichen Unruhe ergriffen zu werden. Diesmal konnte keine Rede von einer schwebenden Harmoniewolke sein. Er war wie seines Sitzplatzes beraubt und irrte ratlos auf und ab. Seine Unruhe steigerte sich. Nie hatte ich ihn so schwach und wehrlos erlebt, und nie zuvor hatte ich eine eigene Idee davon, was mit im passierte. Aber jetzt.

Es war die Illusion. Es hatte mit der Illusion zu tun, die der Trick mit dem Apfel erzeugte. Es war nur ein billiger Trick, nicht einmal ein Kunststück, nichts als einer dieser Zaubertricks aus dem Spielzeuggeschäft mit ihren primitiv präparierten Utensilien und den beleidigend banalen Lösungen, die aber, wenn sie gut vorgeführt wurden, verblüffend sein konnten. Sie konnten die Fantasie in die Irre führen und eine Illusion erzeugen, weil sie etwas physikalisch Unmögliches suggerierten, auch wenn das Unmögliche irrelevant war, denn es war einfach bedeutungslos, ob ein Apfel nun da oder dort lag. Warum also verlor er, mein Vater, die Fassung? Es war doch verdammt nochmal nichts als ein Zaubertrick.

Die Wahrheit war etwas komplizierter. Die Wahrheit war, dass es für ihn eben nicht nur ein Zaubertrick war, sondern viel mehr. Und für mich auch. Was da ablief, war tief erhellend, ja erleuchtend. Denn ich begriff: Was die Dame aus Linz hier trieb, war genau das Gleiche und gleichzeitig genau das Gegenteil dessen, was mein Vater in diesen

Donnerstags-Runden immer getrieben hatte. Während mein Vater die Illusion von Ordnung und Sicherheit erzeugte, erzeugte die Dame aus Linz eine Illusion von Unordnung und Unsicherheit. Mit ihrer korpulenten Erscheinung, der lauten Stimme und ihren bunten Ringen und Tüchern stellte sie Ordnung und Kontrolle infrage und erzeugte Labilität. Sie forderte die Sinne und das Unbekannte heraus und spielte mit der Veränderung und der Unsicherheit, der Vorbotin der Erneuerung. Sie, die Nachtclub-Magierin aus der Linzer Vorstadt, erhob ihren von scharfen Getränken aufgedunsenen und von einem Goldring abgewürgten Zeigefinger, schob ihn mit der vulgären Selbstverständlichkeit einer Urologin in die gequälten Innereien meines Vaters und rührte in ihnen herum.

Ich sah ihn verfallen. Ich war entsetzt und beschämt. Ich war schockiert, mit welch erbärmlicher Kleinheit und Angst er sich an das Leben klammerte und welch lächerliche Kleinigkeiten es schon zuwege brachten, ihn ins Unheil zu stürzen.

Aber nun verstand ich, wie das funktionierte. Ich sah zum ersten Mal, was ich später im Leben noch so oft sehen sollte: dass man in der Tat nie sicher sein kann, wie wirklich das ist, was einem die Sinne vorführen. Auch und besonders im echten Leben nicht. Ganz wie bei diesen billigen Zaubertricks waren die Sinne auch im echten Leben immer irrbar. Und sehr vieles an diesem realen echten Leben war nichts als Illusion. Gemachte Illusion, Trickmagie, die um nichts mehr wert war, als die Zauberei der Linzer Dame.

Wovor hatte mein Vater Angst? Davor, zu erkennen, zugeben zu müssen, dass er nicht hin-, sondern wegschaute? Dass er davonrannte? Dass er sich verschanzte und notdürftig am Leben hielt, indem er andere aussaugte wie ein Vampir der Liebe?

Zum ersten Mal in meinem Leben fixierte ich ihn mit einem Blick, der wohl etwas Erwachsenes hatte und es war verletzend zu sehen, wie er nun sogar vor meinem Blick zurückwich. Jetzt war er wirklich in Gefahr gekommen. Ich sah, dass er nicht bloß mit ähnlichen Methoden wie die Linzer Dame operiert hatte, sondern dass seine Methoden noch viel schlimmer gewesen waren. Betrügerischer, krimineller, gerissener im Hintergehen der Opfer, verlogener, egoistischer. War es ihm immer nur darum gegangen, in ruhigen Wassern zu treiben und das befürchtete Unbekannte fernzuhalten? War es ihm nie um die Gäste gegangen, sondern immer nur um sich selbst? Hatte er sie als menschliche Schutzschilder benutzt, als lebende Sandsäcke, um sich hinter ihnen zu verschanzen, sie zu mästen, um sie bei der Stange zu halten und sie bei Bedarf den möglichen Angreifern zu opfern? Ja. Hatte er.

Es waren seine Zaubertricks. Er zauberte mit frittierten Teigstücken, mit Graukäse und sauberen Tischtüchern. So billig, dass es wehtat. Er inszenierte eine Illusion von Sicherheit und saugte sie gierig in sich auf, gierig, rest- und rücksichtslos. Eine Sicherheit, die auf Aniskekse und Schnaps aufbaute, auf schmierige Höflichkeiten, auf verlogenes Gelächter und gebückte Verstohlenheit. Und ich war der, den er am meisten betrog und missbrauchte. Mich hatte er als Handlanger seiner Betrügereien ausgebeutet, ohne mich einzuweihen.

Jetzt wandte sich die Dame aus Linz direkt an ihn. Sie hielt ihm den schwarzen Zylinderhut vor die Nase. Sie drehte den Kopf und lächelte mir ermunternd zu. Hatte sie meine Gefühle erraten? Ermutigte sie mich, mich selbst ernst zu nehmen und weiter vorzudringen? Aber wie denn? Das konnte nicht sein. Sie konnte keine Ahnung haben, was sie ausgelöst hatte. Sie lachte feucht aus gurgelnder Kehle und forderte meinen Vater auf, zu überprüfen, ob der Hut leer sei und sodann einen Gegenstand seiner Wahl hineinzulegen. Irgendetwas von persönlichem Wert, das nur nicht aus Gold oder Kupfer sein durfte.

Meine Sicht hatte sich bereits für immer verändert. Ich beobachtete nicht mehr die Runde oder die Zauberin, sondern ihn. Mit lächerlich ausladenden Bewegungen wie in steifem Tanz nahm er einen graugrünen Flussstein vom Wandregal, präsentierte ihn theatralisch zwischen Daumen und Zeigefinger, behauptete, es handle sich um einen ganz besonderen Talisman und ließ ihn mit schlaffer Feierlichkeit in den Hut fallen. Dann dunkelte sein Blick ein. Es war angerichtet.

Jetzt war ich an der Reihe. Die Dame aus Linz überreichte mir den schwarzen Stab und forderte mich auf, damit den Hut zu berühren und gleichzeitig »Abrakadabra« zu murmeln. Langsam und gedämpft sollte ich sprechen, sagte sie, aber deutlich. Ich sah die Dame aus Linz an. Meinen Vater, dessen Blick ich in solchen Situationen immer gesucht hatte, sah ich nicht an. Ich war schon unterwegs. Ich war aufgebrochen.

Ich holte Atem, stockte, dachte nach, fürchtete, vergessen zu haben, was ich sagen musste, wusste es aber, Abrakadabra, und jetzt sagte ich: »Abara Da Kabar.«

Jetzt war Stille. Keine Reaktion. Es war, als ob im Raum der Ton abgedreht und die Bilder angehalten worden wären. Meine Worte waren verklungen und hatten eine Leere hinterlassen, die dröhnte und den Raum taub machte und das Licht dünn. Ich war gelähmt wie die Leere, die mich umgab. Hob jetzt eine Sinfonie an, die mit einer Pause begonnen hatte? Hatte ich etwas von gewaltiger Wichtigkeit falsch gemacht und dabei etwas ganzflächig ausgelöscht? Keiner in der Runde regte sich, nur die Herzchirurgin lächelte ungläubig: Ihr Kopfschmerz war verschwunden.

Da brach Gelächter los. »Abrakadabra muasch sog'n«, spottete der Franz, »willsch an rechcht'n Zaub'r, derrfsch nit stott'rrn«, wieherte er, seine urtümlichen Krachlaute ausstoßend.

Ich bewegte meine Lippen stumm. Stumm blickte ich an der Gestalt meines Vaters hoch, die wie ein Turm perspektivisch schräg in Richtung Zimmerdecke verlief. Sein Kopf verdeckte die Sicht auf die Glühbirne wie eine Sonnenfinsternis, während das Gegenlicht rund um seine schwarze Gestalt zerstob. Sein Gesicht dämmerte langsam aus dem Schwarz heraus und zeigte etwas, das ich noch nie gesehen hatte. Einen Ausdruck, für den ich noch heute kein Wort zur Verfügung habe. Verwunderung? Erstauntheit? Die fremdartige Ruhe vor dem letzten Augenblick? Ungläubigkeit darüber, dass ich, sein kleiner Diener gegen die Angst, ihn nun töten wollte? Getötet hatte? Gerettet hatte? Hatte das Warten ein Ende?

Die Sonnenfinsternis war zu Ende. Ich durchschaute plötzlich mehr, als für kleine Söhne gut ist. Die Wucht der Situation schleuderte mich auf die Gegenseite meiner Empfindungen. Schon lange vorher hätte ich ihn gerne gehasst, konnte es aber nicht, weil ich ihn retten musste, bei ihm sein, und, wenn es sein musste, mich mit ihm gemeinsam von den Ungeheuern zerfleischen lassen, deren Kratzen und Rumoren vom Nebenzimmer her durch die Wände zu hören gewesen war. Jetzt wäre die Gelegenheit da gewesen, ihn endlich hassen. Aber ich konnte wieder nicht. Es war vorbei.

Ich sah ihn an. Seine ewige Freundlichkeit war nichts als Verlogenheit gewesen, seine Hilfsbereitschaft nichts als Feigheit, seine Gastfreundschaft Betrug und Ausbeutung. Aber es war schon wieder gut, wenn auch unbefriedigend, denn ich hätte ihn so gern gehasst, um mich leer zu machen. Ich versuchte Anlauf zu nehmen und ihn mit Anlauf zu hassen. Ich gab mir zu bedenken, was er verbrochen und wie er seine Gäste und mich als Nutztiere gehalten hatte. Wie er sie gemästet und sie hergerichtet hatte, sich an ihnen zu vergehen. Wie er Mitleid erregt und Schuldgefühle erzeugt hatte, um auf seine Opfer zugreifen zu können. Ich hielt mir vor Augen, wie er mich entführt hatte in seine psychopathische, suizidale Welt. Ich versuchte, seine Schwäche abstoßend zu finden und ich wollte ihn verachten. Ich wollte ihm vorwerfen, dass er all die Ausbeutung nur der schnellen Selbstbefriedigung wegen begangen hatte, einer Selbstbefriedigung, die therapeutisch wirkungslos war und immer nur die Gier nach Wiederholung der immer selben wirkungslosen Selbstbefriedigung gesteigert hatte. Aber ich konnte nicht. Ich fühlte ein bisschen Mitleid, aber Hass war da keiner.

Als er ein paar Jahre später mit den bauchigen, milchig-smaragdgrünen Wassergestalten des Inn vier Kilometer abtrieb, hatte ich längst verstanden, dass er mir hinterlassen, was ihm selbst so sehr gefehlt hatte. Die Sprache.

Aber zumindest die Donnerstags-Runde, die Herzchirurgin ausgenommen, wollte ich hassen. Diese überheblichen Angeber, die ihren Hohn über mich geschüttet hatten, obwohl sie selbst am allerwenigsten verstanden. Diesen endlos auf und ab rennenden Berg-Schwachkopf mit seinem abstoßenden Gejaule wegen seines Köters, den er zutreffend als »g'scheiter wia i« bezeichnet hatte. Und diesen selbstherrlichen Grobklotz von einem Knochenzähler, der andere über das Jenseits belehrte und doch nur fraß und soff. Und dieses aufgeblasene Olympia-Arschloch, das sich immer Zehntelsekunden vor allen anderen sah und tat, als stünde er im Rampenlicht, obwohl sein ganzes Wesen verriet, dass er immer schon zu spät dran gewesen war.

Ich war erwacht. Meine Wut war ausbruchsbereit, ich wollte sie ablassen. Aber ich konnte nicht. Ich war hassneutralisiert. Gehemmt, nein, besser gesagt irgendwie gelöst. Etwas hatte den Boden aufgeweicht, der hart sein musste, damit Hass sich abstoßen und auf sein Objekt stürzen konnte. Irgendeine Ausschüttung im Gehirn hatte meine Hassbasis überschwemmt und aufgeweicht. Wie gern hätte ich Hass als Mittel zur Befriedigung eingesetzt. Wie gerne hätte ich diese leichten Opfer erniedrigt und beleidigt, um mich dabei zu entspannen. Aber mein Magazin war leer. Ich hatte keinen Hass zur Verfügung. Da war etwas anderes: Ich war verliebt.

Irgendwie glücklich. Das war ein Gefühl, das ich nicht kannte. So musste sich der Himmel anfühlen. Nicht der blaue Dunst über dem Planeten, sondern der Himmel. Ich hatte drei Wörter ausgesprochen und obwohl ich sie irgendwie verstottert hatte, war ich dabei mit einer Quelle in Kontakt geraten, mit einer Kraft, die ich nur indirekt wahrnahm, aber mit meinem ganzen Wesen und allen Sinnen gleichzeitig. Besser gesagt glitt diese Kraft zwischen meinen Sinnen hindurch, als ob sie für ein unbekanntes Wahrnehmungsorgan geschaffen wäre. Wenn ich sage, dass es im Raum heller wurde, ist das gleich richtig oder falsch, wie wenn ich sagte, es sei dunkler geworden. Ich spürte diese Kraft und es war meine eigene. Ich bestand aus demselben Material wie das, was hier in Bewegung geraten war. Drei Wörter. Von diesen drei Wörtern und von nichts anderem war ich mit diesem Kraftstrom verbunden worden. Mit der vom Kehlkopf her in die Mundhöhle strömenden Atemluft hatte ich eine besondere Lautfolge kreiert und in den Raum entlassen. Ein an der Kehle stöhnendes »A«, ein durch geschlossene Lippen geschossenes »B«, wieder ein »A«, dann ein mit der Zunge am Gaumen tremolierendes »R«, ein »A«, ein mit der Zunge am vorderen Gaumen gestopptes und wieder freigegebenes »D« und so weiter. Ich atmete diese Skizze aus Schallwellen hinaus in den Raum, wo sie davonflog. Ein Lautgebilde, ein Stempel aus deformierter Luft, der das Wesen einer zeitlosen Wirklichkeit entfaltete, nicht obwohl, sondern gerade weil ich mich verstottert hatte. Das sollte ich erst viele Jahre später verstehen, als ich beim Straßenkehrer saß. Einstweilen spürte ich nur die Kraft. Sie war wie ein pharmazeutischer Stoff, dessen Wirkung mit einem Blitz begann und dann nicht mehr nachließ.

Ich war acht, plötzlich erwachsen geworden, und staunte: Mit diesen drei Wörtern hatte sich etwas aus meinem Körper entladen. Eine Fracht war auf ein Trägerobjekt verladen worden und hatte mich auf dem Luftweg verlassen. Etwas, das vorher dagewesen war, war nun weg. Ich hatte etwas buchstäblich ausgedrückt, hinausgedrückt. Ich hatte dadurch an Gewicht verloren. Ich hatte etwas gesagt und also etwas in die Welt gesetzt, wodurch ich leichter wurde und die Welt schwerer. Das war nicht nur Schall gewesen, das war Substanz, die etwas wog.

Ich hatte etwas geschaffen und das Geschaffene war wie ein Beweis, dass es mich gab. Ich hatte dabei ein nie gekanntes, nie geträumtes Krafterlebnis, das zwischen allen meinen Sinnesorganen hindurchging und ich nicht sagen konnte, ob diese Kraft strömte oder leuchtete, ob sie prickelte oder nach etwas roch, ob sie eine Quelle hatte, orange oder grün war und ob sie auch ein Elektrogerät hätte antreiben können. Eine Kraft, die alles erfasste, aber selbst nicht fassbar war.

Das Lautmuster dieser drei Wörter hatte sich mit einem Muster gedeckt, das irgendwo in meinem Inneren und draußen im Raum bereits vorhanden gewesen war. Jetzt war ich gleichgeschaltet, ich spürte die Entsprechung, die wie Erinnerung war. Ich bestand aus dem, woraus alles bestand. Es war das Wort und ich war das Wort. Die Abspaltung war aufgehoben. Ich war rückverbunden. Ich kann das nicht anders, oder besser, oder schöner sagen. Die Sprache hatte mich in eine Sphäre gehoben, in die sie selbst nicht reichte. Oder was weiß ich. Ist doch egal. Ich meine, meine jetzige Verkehrssprache, mit der ich hier und jetzt schreibe, reicht jedenfalls nicht in diese Sphären.

Ich stand da in dieser gebannten Donnerstags-Runde, die keine Ahnung hatte, warum sie so gebannt war, die wahrscheinlich nicht einmal bemerkte, dass sie gebannt war, und ich lächelte wie nach einem Liebesakt mit der Ewigkeit. Wenn ein Wort traf, das wusste ich nun, dann zerplatzte etwas in mir und Bilder entwichen wie Seifenblasen. Ich hatte ein treffendes Wort, drei davon, ausgesprochen und es machte mich eins mit dem einzigen Stoff, aus dem alles bestand. Als hätte ich die Formel für das große Ganze ausgesprochen, eine Formel, die das genetische Muster des Urstoffes hörbar machte und mich mit diesem Urstoff verband. Wenn etwas ausgedrückt war, war es erledigt. Etwas Gesagtes musste nicht mehr gesagt werden. Es war geschaffen.

Ich war geboren. Und ich war zu einem Sucher nach dem treffenden Wort geworden. Zum Sucher nach Worten, die Lichter aufblitzen ließen. Ich hatte etwas blitzen gesehen und wusste, da draußen gab es für alles das richtige Wort. Ich hatte damit nichts Großes im Sinn. Es ging mir nur darum, diesen Rauschzustand wieder zu erleben. Ich wollte einfach nur dieses Gefühl wiederholen. Dieser eine kurze Kontakt mit dem Rauschmittel und seiner Wirkung hatte mich für immer abhängig gemacht, süchtig nach Entsprechung durch Sprache. Darin steckte es sogar hörbar: Ent-sprechung kam von Sprechen und meinte das Ent-fernen, das Abtrennen, die Befreiung aus der Sprache durch Sprache. Ich habe von diesem Augenblick an nur noch für dieses Ziel gelebt. Ein einziges treffendes Wort hatte mich unheilbar krank gemacht. Ich war zu einem Schreiber geworden. Aber zu einem richtigen. Zu einem, der nie schrieb.

Ich verschwieg dieses Wissen. Es war zu groß, als dass ich es mit jemandem teilen hätte können. Ich trug es insgeheim mit mir herum. Ich war wieder abgetrennt von dieser Quelle, doch ich wusste, dass es sie gab. Ich hatte sie gesehen und gekostet und ich war überzeugt, dass ich wieder auf sie zugreifen können würde, weil es die Mittel gab und ich sie nur finden musste. Treffende Wörter. Nichts weiter. Diese geheime Gewissheit belustigte mich, während ich durch die Gegend spazierte und sah, wie dieses Wissen mir die Angst nahm. Ich sah den Anderen dabei zu, wie sie im Dunkeln tappten und mischte mich nicht ein, selbst, wenn ich etwas zu sagen gehabt hätte. Ich betrieb diese Zurückhaltung als Genussmittel, als Lustgewinn durch Verzicht. Im bloßen Wissen um die Kraft der Sprache wurde das Schweigen zum Genuss. Es war wie eine ungeöffnete Süßigkeit, die ich nur über die Vorfreude genoss.

Ich traumwandelte durch die Stadt und durch die Auen. Vorbei war die Betretenheit, mit der ich hinter meinem schweigenden Vater hergetrottet war. Jetzt war ich alleine unterwegs und betrat mit jedem Schritt Neuland.

Ich hatte mir ein Schulheft unter den Arm geklemmt, dessen Umschlag die comichafte Zeichnung einer prähistorischen Szene zeigte. Im Zentrum stellte sich ein Tyrannosaurus Rex auf die Hinterläufe und prahlte mit seinen Stummel-Armen, bespickt mit Krallen, die das Maß für Recht und Ordnung seiner Epoche waren. Er unterstrich diesen Gesetzeszustand mit einem Schädel, der nur aus einem Kiefer mit Augen bestand, dicht bepackt mit Zähnen wie großkalibrige Patronen. Sein Schädel sah aus wie das Magazin einer lebenden Massenvernichtungswaffe, die er in den Nacken warf und dabei Mühe hatte, ihr Gewicht wieder abzufangen, ohne sich das Genick zu brechen. Rechts unterhalb stand eine Hominiden-Mutter mit ihrem Kind, das vielleicht drei, vier Jahre alt war. Es saß von ihrem Arm umschlungen in ihrer linken Hüfte. Der Hintergrund zeigte ein weites Tal in vorzeitlicher Unberührtheit, in dem seltsame, riesenhafte Pflanzen wuchsen und überdimensionale Tiere grasten. Außerirdische Geschöpfe, die nur der Fantasie von Kindern oder Göttern entstammen konnten. Ein rötlicher Schimmer lag über diesem Heimatland der Gene, der von einem am gebirgigen Horizont emporschnellenden Vulkan ausging. Und es lag die Ruhe einer Zeit über dem Bild, die noch nicht damit begonnen hatte, ihren Lauf zu nehmen. Es war die archaische Ruhe vor dem Beginn der großen Wanderung der Arten, dem Auszug der Evolution, der wechselseitigen Wirksamkeit von Bedingung und Bedarf im Staffellauf der Generationen, einer Reise der Formen, die immer weiter aus dem Tal weg und nie wieder zurückführen würde.

Die junge Hominiden-Mutter trug ein Fell, das von ihren Schultern bis über die Oberschenkel reichte und mit einem Riemen an der Hüfte befestigt war. Ihr Haar fiel in mehreren mächtigen Strähnen bis an die Hüften und ihre ausgestreckte rechte Hand zeigte in die Ferne, während sie ihr Kind anstrahlte und dabei die vollen Lippen zuspitzte. Im Schatten unterhalb ihrer Stirn glommen sanfte Augen. Es war ein Blick, der bekannt erschien und frei von Epochen war. Der Kleine war von einem Lachanfall gebeutelt und wirkte überhaupt wie aus unseren Tagen. Sie war ungemein attraktiv. Ich muss sagen, säße ich nicht hier, um alles abzulegen, hätte ich kaum Lust einzugestehen, dass meine erste große Liebe eine Hominidin war und ich bis zur Adoleszenz in sie verliebt blieb.

Ich hatte also dieses Heft unter dem Arm und einen Bleistift mittlerer Härte in der Tasche und alles war bereit, festgehalten zu werden, abgebaut und gewonnen wie ein Bodenschatz. Alles war bereit, durch treffende Sprache in Rauschgefühle verwandelt zu werden. Alles erwachte zum Leben. Das Steinchen am Wegrand lag nicht einfach nur da, es lauerte geduldig, wartete, absichtsvoll warf es winzige Kanten aus Schatten und schnitt schwarze Muster aus dem gelblichen Sonnenstaub, wie ein Insekt in der Wüste, das seine Falle aufgestellt hat. Und der Staub glomm nicht nur gelblich über den dunklen Tiefen zwischen seinen einzelnen Körnern. Er ließ das Gold gären und sieden und lag weich und bunt und kostbar über seiner eigenen Geschichte, aus der er hervorgegangen und zur Ruhe gekommen war. Bäume neigten ihre Köpfe subversiv nach einander wie sarkastische Pensionisten und tuschelten in misslungener Unauffälligkeit. Am Horizont wusste ich unsichtbare, geschäftige Wärter wie am Ausgang eines gut besuchten Zoos. Die Stadt brüllte und ächzte funktionierend und hinter allem und jedem wirkte eine geheimnisvolle Kunst, ein unermesslich kreatives System, in dem jedes kleine Detail etwas über das große Ganze sagte.

Ich wollte in meinem Leben nur noch das tun, was mir einmal so gut gelungen war. Ich wollte ausdrücken und Entsprechung hervorrufen wie in der Donnerstags-Runde. Es gab so vieles, das gesagt werden wollte. Das Gesagtwerdenwollende stand Schlange und ich spitzte den Bleistift mittlerer Härte.

Doch ich sagte nichts. Nichts war gut genug sagbar, auch aufgeschrieben zu werden. Zu kostbar war die Kraft treffender Worte, sich leichtfertig an ihr zu versuchen. Mein Heft blieb leer. Voll mit einer köstlichen, prickelnden Leere. Ein grell weißes, unberührtes Stück Freiheit aus Papier. Wertpapiere der Vorfreude. Blankoschecks für die Glückseligkeit. Denn ich ahnte: In allem, was ich in treffende Sprache fassen würde, spiegelte ich mich selbst. Mit jedem treffenden Wort würde ich mich selbst aufs Neue zur Welt bringen.

Aber ich schrieb nicht. Ich war ein Schreiber im Geiste. Einer, der nie den Anfang machte. Alles war zu kostbar, um auch eingesetzt zu werden. Alles war zu schade und zu energiegeladen, und so blieb ich in der Vorfreude stecken und im Wissen, es zu wissen und zu können. Mit diesem leeren Schulheft trug ich die Gewissheit spazieren, dass es Wörter gab, die die Kraft besaßen, etwas in die Welt zu setzen oder etwas aus der Welt zu entfernen. Dieses leere Heft mit der Hominidin auf dem Umschlag war voll mit all dem Ungesagten, das zu sagen gewesen wäre. Es war das umgedrehte, durch scheinbare Leere verschlüsselte Manuskript meines Lebens, in dem sich alles spiegelte, was ich war. Es war ein lebendes Tagebuch, das sich selbst laufend auf den neuesten Stand brachte. Ich hatte zu ahnen begonnen, dass ich selbst nur aus Wörtern bestand. Aber ich schrieb kein einziges. Ich schwebte im Bereitschaftsmodus durch mein neuntes Lebensjahr und durch die Auen am Inn und hatte den dienstlichen Beobachterblick aufgesetzt. Ich war angeworfen wie ein Motor, der summte, sich aber keinen Millimeter vom Fleck bewegte.

Wie ein Musikstück, das mit einer Pause beginnt, die trotz Lautlosigkeit Musik ist, so hatte ich mein Leben als Schreiber mit einer Schreibsperre begonnen. Oder sagen wir Schreibpause, denn das Musikstück beginnt auch nicht mit einer Musik-Sperre. Doch die Pause dauerte an und wurde chronisch. Dafür begann ich Bücher zu fressen. Ich wollte sehen, ob die Schreiber leiden mussten und ob sie am Schreiben litten oder am Nichtschreiben. Und ich sah bald, dass sie alle litten. Die echten Schreiber litten ausnahmslos alle. Die anderen, die glücklich waren beim Schreiben und bei einem Gläschen Wein in einem schönen Büro mit Aussicht die Ausübung ihrer Kunst genießerisch zelebrierten, die spielten Schreiben.

Ein echter Schreiber wusste nicht einmal, ob sein Büro eine Aussicht hat. Ein echter Schreiber konnte nicht schreiben. Er beherrschte keine Kunst. Er beherrschte gar nichts. Er kämpfte gegen das Ertrinken. Ein echter Schreiber war ein Krankheits-Fall, ein Opfer von Symptomen, ein Schmerzpatient, der jeden Satz unter widrigen Bedingungen und unter massiven Beeinträchtigungen erleiden musste. Ein echter Schreiber war damit beschäftigt, das Nichtschreibenkönnen zu überwinden, weil er in das Unsagbare vordrang und doch nur die Instrumente des Sagbaren zur Verfügung hatte. Ein Schreiber musste pathologisch sein, er musste gestört sein. Traumatisiert von einem Mangelzustand, dessen Lösung und Ausgleich er suchte. Ein ausgeglichener Mensch, der die Welt toll, das Leben schön, die Menschen nett fand, disqualifizierte sich als Schreiber wegen geistiger Gesundheit. Zufriedenheit und Normalität waren Ausschließungsgründe. Niemand wollte dieses eitle Gestammel von der schönen Kindheit im trauten Heim lesen und achtzig Seiten über den Besuch einer Tante am Familiensonntag. Ein Schreiber musste ein bisschen wahnsinnig sein, damit sein Text ein bisschen wahnsinnig sein konnte, um die Suche des Menschen nach dem Ende des Wahnsinns glaubwürdig abzubilden.

Das war es doch, oder? Das war doch der Kern der Auseinandersetzung, der Kern dessen, was zu sagen war, wofür die richtigen Wörter zu suchen und zu finden waren. Die Suche. Die Suche nach dem Weg zurück, der nach vorne verlief und dennoch zurückführte. Wer da schon war, da vorne, der brauchte nicht zu schreiben, brauchte keine Worte mehr, brauchte keine Kunst, denn Kunst war nur die Verortung des Suchenden und die Darstellung seiner Suche. Das

Leiden der Schreiber schreckte mich nicht ab. Im Gegenteil. Ihre Not bestätigte mich. Die Hölle, durch die sie gingen, zog mich an.

Ich ließ mich von den großen Sprach-Alchemisten, die allesamt wahnsinnig waren, in die Sphären des Unheimlichen ziehen, die so tief waren, dass sie etwas Verbotenes zu haben schienen. In manchen Texten sprachen nicht die Wörter, sondern ihre Zwischenräume, da lag etwas dahinter, das von selber sprach. Das machte mir Angst. Gleichzeitig begann ich, Bücher zu verbrennen. Die schlimmsten Bücher, jene, die mich mit sich in diese fremde Tiefe rissen, verbrannte ich wegen der Schuldgefühle, die es mir bereitete, wenn ich meine Gier sah, mit der ich sie verschlang. Ich verschlang sie und dann verbrannte ich sie, um die Spuren meines Vergehens zu verwischen, als hätte ich in einem Beichtstuhl onaniert, als hätte ich einen Beichtstuhl vergewaltigt und dann angezündet.

So. Das war Innsbruck. So ging Innsbruck für mich zu Ende.

11

Als ich Jahre später nach Wien ging, nahm ich nichts mit, nicht einmal meinen Namen. Von beiden elterlichen Seiten hatte man mich mit Vornamen überschüttet und so hieß ich laut Taufschein Franz Ignaz Nepomuk Fridolin Fennes, verkehrstauglich verknappt auf Frido Fennes. Der Mädchenname meiner aus der Steiermark stammenden Mutter war Baumhackl. Nachdem mein Vater gestorben war und ich vor meinem Aufbruch stand, beschloss ich, von nun an Franz Ignaz Baumhackl zu sein. Ich war wie ausgewechselt. Ich war entspannt, mein Spiegelbild gefiel mir und ich hatte keine Eile. Ich war wie jemand, den so leicht nichts vom Hocker holte.

Ich ließ nicht nur Innsbruck hinter mir, sondern fast alles, was ich damit verband. Meine verehrte Großmutter, die in einem anderen Jahrhundert über die Berge gekommen war, war versunkene Geschichte und so fern wie der Wilde Westen. Ihr Sohn, mein Vater, das Elendskind vom Gaswerk, der Späher mit dem Lächeln, und meine Mutter, die so viel konnte und wusste, aber nie die Zeit gefunden hatte, es auch zu leben und nie aufhörte, keine Zeit zu haben – alle waren sie zu einem chemisch inaktiven Relikt einer Kindheit geworden, die selbst als Ganzes zurückblieb und nun aus der Entfernung lächelte, während ich zurücklächelte. Nur ein einziges Etwas nahm ich aus meiner Kindheit mit: das Heft. Mein leeres Tagebuch.

Da war ich also in der Großstadt und dachte, zum ersten Mal in einer Stadt zu sein. Es duftete wie in Istanbul und ein Kaffeehaus war etwas ganz anderes als ein Café. Das waren Paläste, in denen Zeitungspapier raschelte und es nach Essen roch. Da saßen bekannte Gesichter hinter großen Zeitungen und wurden vom Kellner gleich behandelt wie die unbekannten. Ich konnte es nicht fassen: Da saß Thomas Bernhard vor seinem erkalteten Kaffee und schmunzelte in die Luft. Ich sah H.C.Artmann, ein bescheidenes Männchen mit großen Augen. Sie lebten da als Menschen ohne Dargestelltheit. Ihre Zeitungen knisterten, die Minuten vergingen und sie bestellten Faschiertes mit Erdäpfelpüree oder Beinfleisch mit Apfelkren. Sie aßen mit einer Gabel in der Faust und mit dem Gesicht viel zu nahe am Teller, wie ich zu Hause. In den ersten Wochen und Monaten hatte ich das Gefühl zu landen, Boden unter die Füße zu bekommen, draufzukommen, dass alles viel realer und normaler war. Ich hatte mein Bergvolk verlassen, das sich noch immer mit einer Jahrhunderte zurückliegenden Niederlage bei einer Massen-Messerstecherei identifizierte und sich seiner Handschlagqualität rühmte, und war in den slawischen Osten gezogen, wo der Balkan begann, wo das Verruchte und das Geisteskranke zwischen den Rauchschwaden in der Luft hing, wo sich in den Weinschänken Unbekannte in den Armen lagen und den Tod besangen wie einen Kumpel: Verkauft's mei G'wand i foahr in Himmel … Da wusste ich: Ich war doch nicht verrückt. Oder war es einfach normal, verrückt zu sein? Hier gab es noch viel verrücktere Normale, als ich es war. Und es gab auch so manche, die sich, wie ich, mit der Sprache angelegt hatten.

Ich aber, Franz Ignaz Baumhackl aus Innsbruck, der Schreiber, der nie geschrieben hatte, legte das Schreibenwollen ad acta und wurde Journalist.

Ich dachte, das sei doch viel lockerer. Ich dachte, journalistisches Schreiben habe auch etwas mit Schreiben zu tun, sei aber nicht so anstrengend, weil man bereits bestehende Geschichten bloß umsetzen müsse und der Aufwand des freien Erfindens wegfalle. Bei der freien Erfindung konnte man ja eben nicht einfach alles schreiben, sondern musste im Gegenteil alles ausschließen, um nur das eine zu schreiben. Und dieses Eine musste so dicht sein und so echt, es musste so tief aus dem Inneren des Lebens kommen und aus der Verbindlichkeit des Unterbewusstseins, dass es mehr Wahrheit enthielt als irgendwelche aufgezählten Tatsachen. Die erfundene Wahrheit der Literatur musste wahrer sein als die tägliche Realität und das war mir einfach zu dicht oder was weiß ich. Vielleicht hatte ich ja nur keine Ahnung, wie ich es technisch angehen musste. Wie auch immer.

Bald stellte sich aber heraus, dass der Journalismus fast nichts mit Schreiben zu tun hatte und fast alles mit dem Herbeischaffen von Schreibbarem, denn die Geschichten waren keineswegs bereits vorhanden, sondern mussten erst einmal erkannt und aufgetrieben werden. In diesem Handwerk ging es auch kein bisschen um jene Sprachmagie, die ich einmal erlebt hatte. Aber auch hier im Nachrichtengeschäft gab es den Anspruch auf etwas, das man Wahrheit nannte. Journalistische Wahrheit, das war eine spitze, harte Form der Tatsächlichkeit, die wie ein Eispickel eingesetzt werden konnte, um vorgeschobene Scheinwahrheiten zu durchbrechen, was mir sehr sinnvoll erschien und meinen Weltschmerz bediente.

Ich dachte, diese Wahrheit sei etwas zum durch die Gegend schleudern, etwas, das man auf den Tisch knallen musste wie eine schwere Handfläche. Ich dachte, die Wahrheit sei etwas, das man mit äußerster Brutalität packen, auf ihren schmerzhaftesten Kern zusammenschleifen und scharf machen musste wie ein Sprengmittel. Ich war überzeugt, Wahrheit müsse verletzen, die Verletzung sei es nämlich, die die Einsicht bewirke und die Diskussion nach sich ziehe und nicht die Wahrheit selbst. Da hielt ich es mit Bernhard und ich sagte es mit professioneller Gefühllosigkeit: Nur die ungeschminkteste, die respektloseste und verletzendste aller Wahrheiten war wirklich wahr.

Das war sehr journalistisch. Ohne es zu wissen befand ich mich wie hineingeboren in den Innereien dieses Handwerks, das etwas mit Widerstand zu tun hatte, das seine Geschütze nach oben richtete, auf die Starken und Mächtigen, die es sich auf Kosten der Unteren richten wollten. Aber journalistische Wahrheit war oft auch ein heikles Konstrukt und eine selten restlos geklärte Mischsubstanz aus Tatsächlichkeit und tatsachenorientierter Angeblichkeit, die mit Meinungen und Spekulationen vermengt und eingeordnet, gerahmt und aufgehängt wurde und dabei nie ihren Vermutungscharakter verlor.

Das ging nicht anders. Schon deshalb, weil man sich als Autor von seinem eigenen Inhalt distanzieren musste und alles, was man schrieb, mit einem Konjunktiv verzieren, um dem Auge des (Medien)-Gesetzes vorzumachen, man selbst vertrete die im Artikel vertretene

Meinung gar nicht und habe eigentlich mit seinem eigenen Artikel nichts zu tun. Man befand sich im Hochspannungsfeld zwischen Glauben, Wissen und Beweisbarkeit und weil man in der Regel mehr glaubte, als man wusste und mehr wusste, als man beweisen konnte, war man immer in Gefahr.

Man musste ernsthaft auf der Hut sein. Mir gefiel das. Ich war gern ernsthaft auf der Hut. Man durfte keine Angriffsflächen bieten. Man stand von allen Seiten unter Beobachtung. Wer seine journalistische Mission ernst nahm, wurde automatisch zu einem hofierten Feindbild, zu einem Ziel schmieriger Achtung und hassbeladener Attacken. Und es war populär und bequem, den Medien die Schuld an fast allem zu geben. Der Sündenbock-Reflex ging so weit, dass man fast von einem medialen Antisemitismus sprechen musste, der nicht nur von schwächeren Bildungsschichten und Soft-Akademikern ausging, die sich das Prädikat »medienkritisch« gegeben hatten. Sie nannten jede unterhaltsame Aufbereitung Sensationslust, stießen das Schimpfwort »Boulevard!« aus und hielten Langeweile für Seriosität. Unter den medialen Antisemiten galt es als Zeichen von Aufgeklärtheit, den Medien Voreingenommenheit und bezahlte Verlogenheit nachzusagen und sie als Handlanger sämtlicher Weltverschwörungen zu sehen. Und es gab wenig Informanten, die nicht etwas im Schilde führten und die Medien mit einseitigen Angaben oder Lügen genau dazu animieren wollten, was sie ihnen vorwarfen.

Okay, was war schon einfach im Leben. Ich hatte meine Sprach-Erleuchtung längst vergessen und auch die Hominidin war in den Wogen meines neuen Lebens verschwunden. Nun war ich in den Krieg eingetreten und ich liebte ihn. Es ging um journalistische Wahrheit und die war keine Tochter der Zeit, sondern eine Nadel im Heuhaufen. Das Spiel lautete: Finde die Nadel, während dich alle mit Heuladungen zuschütten. Ich fuhr alle Antennen aus. Ich lauschte mit den Ohren, *was* Informanten erzählten und mit meinem ganzen Wesen, *wie* sie es erzählten. Ich musste lernen, Wahrheit zu erkennen. Sie hatte einen bestimmten Klang. Wahrheit hatte etwas Anspruchsloses, etwas Primitives. Sie war schwer zu mimen, wenn man auf

Glaubwürdigkeit Wert legen musste, denn Wahrheit legte keinen Wert auf Glaubwürdigkeit. Wahrheit war fantasielos und unausgeklügelt. Sie war nicht vorbereitet und sie scherte sich um nichts. Sie wollte nicht einmal Widersprüche vermeiden, denn sie war ohnehin wahr, funktionierte von allen Seiten, auch, wenn sie verrückt wirkte und absurd klang. Wahrheit schmeckte wie das banale Leben, das keinen Erklärungsbedarf kennt. Aber sicher sein konnte ich nie, wenn ich diesen vorgebrachten Informantengeschichten lauschte. Die mit Abstand rundesten und von fast unheimlicher Glaubwürdigkeit durchdrungenen Geschichten erzählten psychisch Bedrängte mit geweiteten Augen und echter Betroffenheit. Ihre Geschichten sahen aus, schmeckten, rochen und klangen wie die Wahrheit – und stimmten dennoch nicht.

Heute ist es wieder so heiß, dass die Luft dröhnt. Vorhin dachte ich schon, Maurice sei zurück, doch es war nur der Achtjährige, der mir Essen und Trinken vor die Tür gelegt und sich gleich wieder verzogen hat. Seit ich nicht mehr spreche, sagt er auch nichts mehr und ist verschüchtert. Aber er beobachtet mich genau.

Ok. Wo war ich jetzt? Ja: Gefühlsduselei hatte keinen Platz in dieser Nachrichten-Branche. Hier wurde nicht geträumt, hier wurden Träume beendet. Mir gefiel das, ich ging auf. Die besten Journalisten waren allürenfreie Handwerker, die auch aussahen wie Handwerker. Ungeschminkte Frauen und schlecht gekleidete Männer mit intellektueller Gewaltbereitschaft. Unsentimentale Arbeiter. Die Posen und Pirouetten der Bedeutsamkeit waren einer Minderheit vorbehalten, die Traumberuf spielte und ihre zur Schau getragene Alleskönnerei zusätzlich mit kosmetischer Schönheit auf die Spitze des Hervorragenden trieben.

Dieses Geschäft war insgesamt etwas ganz anderes, als ich erwartet hatte, aber seine Dynamik hatte mich voll erfasst und war in mein Blut übergegangen. Die Jahre gingen dahin und begannen sich ähnlicher zu werden. Viele von diesen gerissenen, tragischen, lustigen Zeitungsfritzen zählte ich zu meinen Kampfgefährten. Viele von ihnen hatten mehr vom Leben gesehen, als für harmonische Abende gut war. So manchem von ihnen hätte man substanzielle Vorwürfe machen können, was die Unwegsamkeiten zwischen den schönen Werten und dem schlechten Wetter betraf.

Doch die Caffè-Latte-Medienkritik verstand gar nichts. Ihre Anwürfe waren allesamt lauwarme Luft und intelligent wie ein veganer Lippenstift. Sie sagten gern, »die Medien« seien gekauft, »die Medien« steckten unter einer Decke und lögen mit allen Tricks der Tiefenpsychologie, gelenkt von ihren großen Schattenherrschern. Nie drang zu diesen selbstsicheren Herrschaften durch, dass die Medien nicht ge-kauft, sondern ver-kauft waren. Dass sich über die Jahre fast unmerklich eine irreversible Untergrabung des medialen Auftrages vollzogen hatte und gerade die politischen Qualitätsmedien von Beobachtern der Demokratie zu Auffüllern der Seiten zwischen den Inseraten verkamen.

Das war zügig und unscheinbar über die Bühne gegangen. Relevante Zeitungen gerieten in die Hände falscher Eigentümer und schon hatte sich die Zocker-Finanz in der Branche eingenistet. An die Stelle von Verlegern, die eine Mission gehabt hatten, traten jetzt Aktiengesellschaften mit Tausenden Eigentümern, die ihr Geld nicht investierten, um Meinungsvielfalt und Aufklärung zu finanzieren, unabhängig aufklärerisch zu informieren oder gar Zeitungen zu retten, sondern, natürlich, um es zu vermehren. Weltweit agierende Großkonzerne kauften alles, was sich nicht gegen Geld wehren konnte und bald hatten nicht mehr Journalisten oder Verleger das Sagen, sondern Verkäufer und Sanierer.

Zunftneutrale Manager in blauen italienischen Anzügen und rosa Hemden tauchten auf und bewegten sich im Laufschritt durch das Haus. Wir grinsten herablassend, aber sie fusionierten, kauften und verkauften Zeitungen mit derselben Ruckartigkeit, mit der sie schon Aluminiumplatten, Immobilien oder Krautköpfe verkauft und die Krautkopffabriken saniert hatten. Der Vorstand der neuen Eigentümer saß in seiner Zentrale in irgendeiner Hauptstadt und schrieb Rundmails in respektvollem Ton und kollegialer Offenheit. Man sehe sich gezwungen, Alarm zu schlagen, weil, wie Sie wissen, geschätzte KollegInnen mit Binnen-I, der Gewinn im abgelaufenen Jahr nur knapp fünfhundert Millionen Euro betragen habe. Das war zwar nicht weniger als im Jahr davor, sondern mehr, doch das alarmierende Problem war, dass sich die Geschwindigkeit, mit der sich der Gewinn vergrößerte, verlangsamt hatte. Nun wurden die Mitarbeiter in den vielen Ländern im Ton des Bedauerns, und als säße man im selben Boot mit den Entscheidern, davon in Kenntnis gesetzt, dass die wirtschaftliche Entwicklung möglicherweise den Verkauf oder die Schließung mancher der Hunderten Titel weltweit erzwingen werde. Aber es sei noch nichts entschieden.

Die Sanierer in den blauen Anzügen, die selbst jährlich ausgewechselt wurden, brachten die Zahlen auf Vordermann. Sie mussten nur das Geld aus den Redaktionen abziehen und in die Marketingabteilungen umleiten. Die Blätter wurden dünner, die Geschichten langweiliger, die »Produkte« insgesamt lauter und bunter. Und sie wurden harmlos und irrelevant.

Das Sanierungskonzept funktionierte. Unter anderem, weil die Journalisten funktionierten und es noch immer gut konnten, auch mit halber Belegschaft und doppelt so viel Arbeit bei halbierter Gage. Und das, obwohl jederzeit das Aus drohte, weil Jahr für Jahr der Gewinnzuwachs erneut zu langsam sein konnte, denn weniger als fünfzehn Prozent Zuwachs war eine Wirtschaftskrise. Die »Produkte« sahen nach wie vor gut aus und wirkten wie gehabt. Erst nach Jahren begann es öffentlich aufzufallen, wie ausgedünnt und substanzlos alles geworden war. Das Geld floss in die Konzernzentralen zur Gewinnausschüttung und aufwendige Recherchen, an deren Ende seriöser Weise vielleicht keine Geschichten herauskamen, wurden undenkbar. Der ausholend recherchierende Journalismus verschwand, die Kartelle wurden größer, die Politik hatte versagt. Die Politik hatte funktioniert.

Die Welt hatte sich gedreht. Aus dem Real-Journalismus entstand ein Retro-Journalismus, der das, was er einst war, nun mimte. Journalismus wurde zur Behauptung von Journalismus. Ausgewogenheit zu einem Mittel der Darstellung von Ausgewogenheit. Jetzt diente Differenziertheit der Demonstration alter Qualität. Jetzt wurde Objektivität gemimt, um sie zu zeigen. Fairness war keine Kultur-Geste, sondern ein Mittel zur Darstellung eigener Größe. Aus handwerklicher Technik war darstellende Kunst geworden, und die war ein Werbemittel.

Um die Schlagkraft der Werbung zu steigern, mussten die Zuwachs-Manager viel mehr Geld in Recherchen investieren, die nach innen auf die eigenen Leser zielten. Die Millionen flossen in ihre Durchleuchtung und Beobachtung, während sie scheinbar hofiert wurden, weil man sie für etwas anderes brauchte. Der Kunde war zwar König, ja, aber der Leser war nicht der Kunde. Der Leser kaufte nur ein Exemplar der Ausgabe und bezahlte dafür fast nichts. Keine Zeitung konnte davon leben. Der wahre Kunde und der wahre König war die Inseraten-Wirtschaft. Die Leser waren nur als Herde wichtig, deren Größe preisbildend für Inserate war und nur davon lebte ein Medium. Auf der Prioritätenliste dieses neuen Konzernachrichtengeschäftsmodells lag der Leser ziemlich genau an letzter Stelle.

Die Verlagskartelle wussten, wie die Herde zu unterhalten war, ohne sie zu behelligen, denn sie wussten so viel über ihre Zielpersonen, dass so mancher Geheimdienst vor Neid erblassen konnte. Sie wussten genau, wann ihre Zielpersonen lasen, wo sie waren, wenn sie lasen, was sie aßen, wenn sie lasen, wie viele Minuten sie lasen und wie viele Wörter pro Minute sie lasen. Sie wussten, was sie lasen, warum sie es lasen, wie weit sie in eine Geschichte hineinlasen, an welcher Stelle und warum sie aufhörten, eine Geschichte zu lesen. Sie wussten, in welcher Schleife ihr Blick unbewusst über eine aufgeschlagene Seite glitt und so konnten sie Blickfänger entlang dieser Route platzieren, um ihnen aufzulauern. Sie mussten die Leser nötigen, Notiz zu nehmen, aber ganz unmerklich, denn sie durften ihnen keinesfalls auf die Nerven gehen. Schon gar nicht mit zu viel nackter Realität. Immerhin lasen sehr viele Zielpersonen ihre Zeitung beim Frühstück und da durften sie ihnen weder den Appetit, noch den Optimismus für den Tag nehmen. Also lieferte man ihnen Häppchen des Bösen von weit außerhalb ihrer eigenen Welt, für die sie nicht verantwortlich waren. So konnten sie herzhaft hassen, während sie sich selbst liebten. Dazwischen streute man Informationen, die die Leser schon kannten, um ihnen das Gefühl zu geben, sie seien informiert. Man berichtete irgendetwas aus ihrer eigenen Umgebung und suggerierte damit, sie befänden sich in den wichtigen Gegenden an den Orten des Geschehens. Man servierte ihnen Kommentare, die ihre eigene Meinung trafen und ihnen das Gefühl schenkten, sich mit den Meinungsmachern auf Augenhöhe zu befinden.

Ich war voll dabei und lenkte mein ganzes Talent in die Show. In meiner Berichterstattung gab ich dem Unsympathischen mehr recht, als es hatte, und demonstrierte mit meiner scheinbaren Nähe zur falschen Seite rücksichtslose Tatsachenfixiertheit. Wenn ich das Böse dagegen verteidigte, als böser dargestellt zu werden, als es war, wurde es dadurch nicht weniger böse, sondern ich wurde wegen meiner Ausgewogenheit glaubhafter und das machte das Böse erst wirklich böse.

Auch wenn man unabhängig war, musste man in diesen neuen Zeiten des Retro-Journalismus Unabhängigkeit mimen. Dargestellte Ausgewogenheit gewährleistete, dass die Hauptschlagader des Handwerks pulsierte: die Glaubwürdigkeit. Glaubwürdige Überlegenheit und Selbstsicherheit, glaubwürdige Unkäuflichkeit und Ideologiefreiheit, glaubwürdige Unvoreingenommenheit. Das absolut Wichtigste war, dass die anderen etwas glaubten.

Ich war begeistert, wie verrückt das alles war. Und ich goss zusätzlich Öl ins Feuer, um alles noch verrückter zu machen. Ich provozierte Interviewpartner, damit sie ungehalten wurden und das Publikum den Kopf schütteln konnte. Dann forderte ich vom Gesprächspartner ein, meinen ruppigen Umgang sportlich zu nehmen. Wenn mir ihre Antworten zu ausweichend waren, drohte ich mit dem Abbruch des Interviews, obwohl sie es zuvor ohnehin nicht hatten geben wollen, ich sie aber mühsam überredet hatte. Vor den Interviews ordnete ich an, wo sie zu sitzen hätten und forderte sie auf, von einem Sessel auf den anderen zu wechseln, nur um klarzumachen, wer hier das Sagen hatte. Ich lockte sie in die Falle, etwas zuzugeben, was ich nur vage aufgeschnappt, aber nicht annähernd beweisen konnte. Dazu legte ich einen amtlich wirkenden Packen Papier auf den Tisch, der wie ein Akt voller Belastungsmaterial wirkte, und beachtete ihn nicht mehr weiter, während ich mit stechendem Blick Suggestivfragen stellte.

Das Spiegelkabinett der Scheinbarkeiten, in dem sich das Match zwischen Politik und Medien abspielte, trieb mitunter Blüten, die von oben nach unten wuchsen. Einmal fuhr ich in ein Kaffeehaus in der Nähe des Parlaments, um einen Abgeordneten zu treffen, der mit mir über etwas streiten wollte, was er die Wahrheit nannte. Er trug einen Steirer-Anzug, hatte ein rot-blau geflecktes Gesicht und war von einer arithmetischen Laune seiner Partei von einer ländlichen Bauernkammer in das Hohe Haus gespült worden, wo er mit postalkoholischer Rauflust die Vertreter anderer Parteien vom Rednerpult aus als Schwänze und Löcher beschimpfte und dann verdattert den Kopf schüttelte und glaubhaft ahnungslos die Augen aufriss, weil er nicht verstand, welche »Ausdrücke« der Parlamentspräsident ihn zur Rücknahme aufgefordert hatte, bevor er ihm einen Ordnungsruf erteilte. Diesem Mandatar ging auch die ganze Medienscheiße sowas von auf den Arsch, dass er beim Interview mit mir darauf pfiff, was man ihm beim Medientraining einzuschärfen versucht hatte. Dort hatte man ihm dringend nahegelegt, in den Medien auf keinen Fall einfach die Wahrheit zu sagen. Doch gleich eingangs unseres Gesprächs ging die Gerechtigkeitswut mit ihm durch und er machte aus dem diskreten Tipp des Medientrainers einen Frontalangriff: »Bei euch, bei die Medien«, stänkerte er, dürfe man ja sowieso auf keinen Fall die Wahrheit sagen. Ich zitierte ihn mit dieser Aussage, worauf er von seinem Club-Chef attackiert wurde.

Er hatte nämlich die Wahrheit gesagt. Jetzt wurde er noch wütender und drohte mit einer Klage. Er behauptete öffentlich, ich, der Vertreter der Lügenpresse, hätte ihn falsch zitiert, denn er habe gar nicht die Wahrheit gesagt. Doch ich hatte seine Aussagen auf Band. Weil aber Tonaufnahmen als Beweismittel vor Gericht grundsätzlich nicht zugelassen waren, handschriftliche Notizen aber schon, legte ich vorsichtshalber nachträglich einige Zettel mit Notizen zum Gespräch an. Ich beging also eine Beweismittelfälschung, um bei Bedarf dem Gericht glaubhaft zu machen, dass der Kläger entgegen seiner nunmehrigen Behauptungen sehr wohl die Wahrheit gesagt hatte.

Aber nicht alles war so lustig. Das Eis war ernsthaft dünn geworden. Der Hass auf die Medien war echt und er war groß und er erreichte neue Dimensionen, seit er sogar von Regierungsspitzen befeuert wurde. Die Presseabwehr hatte generalstabsmäßige Formen angenommen, wurde auf Hochschulen gelehrt und in sündteuren »Coachings« trainiert. Pressestellen wurden zu Presseverhinderungsstellen. Unsere wichtigste Gegenmaßnahme war absolute Fehlerlosigkeit, die von einer handwerklichen Normalität zum Überlebensprinzip wurde. Es gab keine kleinen oder großen Fehler, sondern nur Fehler, und die durften nicht gemacht werden. Welches Triumphgeheul gleich losbrach, wenn wirklich etwas falsch berichtet wurde! Wenn man allerdings nicht angreifbar war, genoss man jede Kritik, man genoss es vor allem, von den Richtigen gehasst zu werden. Mit gelangweilter Ignoranz gab man der Kritik großzügig Bühne und ließ sie so ins Leere laufen, sodass der Eindruck entstand, sie sei an die falsche Adresse gerichtet.

Obwohl ich tirolerisch sozialisiert worden war, war ich weggezogen. Ich hielt Andreas Hofer für einen Kriegsverbrecher und auch Nichttiroler für Menschen, aber diese hochalpine Handschlagqualität, die etwas mit rücksichtsloser Ehrlichkeit zu tun hatte, war so tief in mir verwurzelt, dass ich mich schlecht fühlte, wenn ich sah, wie generalstabsmäßig man die preisbildende Herde hinterging. Aber gleichzeitig litt ich keinen Mangel an krimineller Energie und langte unter Einsatz meines ganzen Potenzials zu. Ich verteidigte meine Medien-Branche pauschal und wütend gegen alle Vorwürfe von außen. Selbst wenn sie zutrafen, riss ich sie in Fetzen und beschimpfte ihre Urheber als unqualifizierte, narzisstische, einseitig ernährte Schwachköpfe, die wegen chronischem Mangel an tierischen Fetten nur Mist redeten.

Mit den Jahren war ich zu einem waschechten Wiener geworden. Jetzt verspürte ich eine ferne, theoretische Liebe zu Tirol, wie zu einer

Urlaubsdestination aus einem Hochglanzprospekt. Ich tanzte auf den doppelten Böden des Wiener Parketts und unterhielt mich prächtig. Ich soff und fraß, um Ausgleich zu finden. Die Medien-Kartelle wurden stärker, ihre Service-Berichterstattung florierte und noch immer taten alle so, als wäre nichts geschehen.

Doch längst war in den Innereien des alten Echtholz-Journalismus etwas zugrunde gegangen: der ureigene, genetische Widerstand. Der kompromisslosen Berichterstattung war das Wasser erfolgreich abgegraben worden. Die alten Kämpfer fühlten sich als Veteranen, die nur noch Sozialdienst leisten durften. Sie machten Kaffeekränzchen-Journalismus und gaben wehmütig zu, dass ihnen der Krieg fehlte. Aber gut. Das waren Sentimentalitäten.

Manche Journalisten benahmen sich wie Ordnungshüter und verschwiegen Informationen, von denen sie dachten, sie könnten zu unerwünschten Reaktionen führen. Sie sagten, wenn wir schreiben, dass die Hilfsorganisation Geld veruntreut, dann versiegen die Spenden für die Kinder mit den großen Augen. Diese guten Kollegen stellten informationspolitische Überlegungen an, anstatt Journalismus zu betreiben. Sie dachten, gegen den Weltuntergang anschreiben zu müssen, anstatt einfach über den Weltuntergang zu berichten. Sie wussten nicht, wie unwichtig sie doch waren. Und sie wussten noch weniger, wie wichtig sie waren. Diese Medien-Leute dachten, ihr Informationsrecht beinhalte auch das Recht auf Nichtinformation. Sie hielten sich für die Unterschlagung von Information autorisiert.

Einmal kam eine Meldung der Austria Presse Agentur zur politischen Wetterlage in einer Phase, als die deklariert fremdenfeindliche und dementiert antisemitische Freiheitliche Partei Österreichs angeblich drauf und dran war, zur größten Kraft des Landes zu werden. Nun gab es eine aktuelle Umfrage, von der die Aussendung berichtete: Bei der Frage, welche Partei in Zukunft eine führende Rolle im Land spielen werde, führe die FPÖ – und das mit einer deutlichen Mehrheit von 29 Prozent gegenüber der SPÖ (15 Prozent). Im letzten Absatz der Aussendung wurde ein Meinungsforscher erwähnt, der erklärte, dass dieses Umfrage-Ergebnis mit kursierenden Umfragen zu tun habe und mit den jüngsten Wahlen. Die Wähler würden lesen und hören, dass die FPÖ in vielen Erhebungen Platz eins erreiche und dementsprechend antworteten sie auf die Frage, wer künftig eine wichtige Rolle spielen werde. So.

Und was wurde nun berichtet? Es wurde kein Wort davon berichtet, dass neue Meinungsumfragen sich aus alten Meinungsumfragen speisten und daher nichts mit der Realität zu tun hatten, sondern sie berichteten, dass die FPÖ zukünftig eine noch wichtigere Rolle spielen werde. Eine Umfrage hätte das ergeben.

Ich staunte und stockte. In meinem Hinterkopf hörte ich ferne Tiroler Alarmglocken bimmeln. Die Frage stellte sich nun von selbst: Wie hoch war der Realitätsgehalt einer Berichterstattung, die daraus bestand, das behauptete Ergebnis einer angeblichen Meinungsumfrage mit einer sogenannten Analyse eines angeblichen Experten aufzulockern, sie sodann mit den Auskenner-Kommentaren sogenannter Politik-Berater einzuordnen, mit den Bemerkungen »prominenter« Journalisten, die sich offen als Kanzler-Fans gaben, zu verzieren und diesen Cocktail als die de facto ins Haus stehende politische Entwicklung zu verkaufen? Wie »gemacht« war also journalistische Wahrheit? Und wie berechtigt war diese Frage, obwohl sie vornehmlich von rechtspopulistischen Selbstdarstellern aufgeworfen wurde?

Was von dem, was Medien produzierten, war auch ohne Medien wahr? Wie wirklich war Öffentlichkeit? Wie gemacht war die öffentliche Wirklichkeit? Wie hoch war der Realitätsgehalt einer in dieser gemachten Öffentlichkeit geführten, also »gemachten« Diskussion? Und wie unmöglich war es, als journalistisches Medium n i c h t zu lügen?

Mir dämmerte, dass ich Zeuge einer tiefen Veränderung in der journalistischen Welt geworden war. Was war passiert, seit ich mit meinem leeren Heftchen unter dem Arm und dem halbweichen Bleistift im Mund die Auen am Inn durchstreifte, auf der Suche nach dem Zauber einer Sprachmalerei, die von der Fantasie und der freien Erfindung lebte und doch wirklicher war als jede Tatsachenaufbereitung? Jetzt hatte ich in einer solchen Wirklichkeits-Fabrik angeheuert, in der Telefone klingelten, Köpfe rauchten, es nach Druckerschwärze stank und knatternde Laufbänder durch die Halle kurvten. Ich befand mich in einer Non-Fiction-Traumfabrik. Mediale Öffentlichkeit war etwas medial Gemachtes, etwas auf den Hunger der Herde Zugeschnittenes, ein Kunstprodukt, das von sich aus nicht existierte. Aber das war etwas ganz anderes, als die Caffè-Latte-Medienkritik sich zu wissen einbildete, wie sie sich einbildete, ihre Kreuzschmerzen mit Yoga zu heilen, die sie sich beim Yoga zugezogen hatte.

Na ja. Was soll man sagen. Es war halt Krieg. Jede Berichterstattung war Kriegsberichterstattung. Und das Problem war, dass, wie in vielen Kriegen, jeder recht hatte. Jede Kriegspartei, jedes Lager, hatte eine wahre Geschichte. Die Opfer-Medien wie die Medien-Opfer. Die Angreifer wie die Verteidiger und die Gegenangreifer. Selbst die Aggressoren hatten wahre Geschichten und meist, zumindest tief im Inneren, nachvollziehbare Motive, die im Grunde legitim waren, auch wenn ihre Mittel es nicht waren. Und viele Kollegen versanken im Alkohol. Viele verschuldeten sich hoffnungslos, weil sie dachten, denselben Lebenswandel an den Tag legen zu müssen wie ihre Interviewpartner. Sie dachten dazuzugehören, obwohl sie nur dabei sein und zuschauen sollten.

Okay. Genug jetzt. Ich hör auf damit, sonst bekomme ich Kopfweh. Ich habe schon Kopfweh. Ich war in den Journalismus gegangen, weil ich dachte, das sei einfacher als Gedichte zu schreiben. Und obwohl das mehr als ein Irrtum war, konnte meine Entscheidung nicht richtiger gewesen sein. Denn dieses Handwerk lehrte mich etwas Wichtiges und Großes, von dem ich davor keine Ahnung hatte. Etwas, das mir, solange ich im Wachzustand war, jeden einzelnen Augenblick zum Gewinn wurde: Hinschauen.

Ich meine richtig hinschauen. Genau hinschauen, und zwar ganz genau. Das genaue Hinschauen hat die Welt vor meinen Augen vollkommen verändert. Es war, als hätte ich als Sehbehinderter erstmals eine Brille aufgesetzt und entdeckt, dass nichts in der Welt so ist, wie es auf den ersten Blick aussieht, und fast nichts so, wie die anderen es darstellen. Richtiges Hinschauen machte die Realität echter. Dieses

Handwerk hatte von mir verlangt, professionell hinzuschauen und die Wahrheit aus einem Milieu von Unwahrheiten herauszuformulieren. Es ging um das Formulieren. Es war eine sprachliche Operation, die Wahrheit von Unwahrheit trennte. Nur die Sprache war verantwortlich, ob etwas wahr war oder nicht. Nicht der Sachverhalt war entscheidend, sondern die Sprache, die ihn wiedergab.

Wir befanden uns ja mitten im Geschäft mit der Wahrheit. Sie war ein Verkaufsprodukt in unterschiedlichsten Editionen und immer neuen Zuschnitten. Ich trieb mich auf den Marktplätzen des Scheinbaren und Angeblichen herum und versuchte, sie systematisch herauszufiltern. Und das Handwerk machte in seiner kaltschnäuzigen Art, die Dinge auf den Boden zu holen und sie unbeeindruckt auf ihre Tatsächlichkeit einzudampfen, nicht einmal vor dem großen Begriff seiner Heiligkeit der Wahrheit Halt. Die Wahrheit. Wow. Was war das denn schon? In keiner Weise, wozu dieser Begriff so endlos aufgeblasen wurde, dass man ihn ohne Pathos gar nicht verwenden konnte. Wahrheit wurde als Begriff vom Gesamtzustand universeller Letztgültigkeit oder so irgendetwas Trunkenes gehandelt. Oder als Gipfel der Ehrlichkeit, als Ende der Religion, als Endzustand beseitigter Unklarheit, als das Licht des Unaussprechlichen.

Na ja, jedenfalls wurde so getan, als würde Wahrheit jenseits der Sprache liegen, dabei bestand sie aus nichts als Sprache. Stutzte man die Wahrheit mit der gebotenen journalistischen Respektlosigkeit auf das zusammen, was sie war, kam etwas so Banales heraus, dass es fast wehtat. Wahrheit war schlicht eine Aussage und kein Zustand. Wahrheit war eine Aussage über das Wetter oder über eine graue Maus. Dass sie grau war, war weder wahr noch unwahr, solange nicht ausgesagt wurde, sie sei grau. Ihre Farbe konnte nicht wahr oder unwahr sein, sondern nur die Beschreibung der Farbe. Es gab schlicht und ergreifend keine wahre Farbe, sondern nur wahre Worte. Wahrheit war ein Produkt der Sprache. Sie war kein Sachverhalt, sondern eine Aussage über den Sachverhalt. Sie war eine zutreffende Behauptung, nichts weiter. So banal. Fast langweilig. Eigentlich enttäuschend. Herrlich. Und so elastisch.

Gott sei Dank war Buddha nicht religiös. Er forderte seine Hörer auf: »Bezweifelt, was ich sage.« Er riet von Gläubigkeit ab, um den Weg für das Begreifen frei zu machen. Er empfahl, alles, auch ihn selbst, zu hinterfragen, es so lange zu drehen und zu wenden, bis man an einen Punkt des selbstständigen Verstehens gelangte. Er empfahl nichts anderes, als genau hinzuschauen.

Nichts anderes habe ich gemacht. Mag sein, dass ich übertrieben habe. Ich neigte zu Übertreibungen, weil ich dachte, das fördere die Verständlichkeit. Aber ist es überhaupt möglich, übertrieben genau hinzuschauen? Ich frage nur. Michaela Halbmond hatte sowas gesagt. Das hätte bedeutet, dass es Dinge gab, die man besser nicht wusste. Das konnte ich mir aber nicht vorstellen. Michaela hatte gesagt, nimm es nicht so genau. Buddha wiederum, bezweifle was ich sage. Bei solchen Auswahlmöglichkeiten blieb mir nur mein eigener Weg. Also nahm ich wie ein Insekt Kurs auf das Licht, ohne zu wissen, ob es nicht bloß Feuer war. Aber so war das Leben. Ich meine, ich war am Grenzzaun gestanden und hatte genau hingeschaut. Also, was sollte ich denn noch machen?

12

Am Tag nach dem Zoo-Besuch erwachte ich vor Morgengrauen. Ich fuhr gleich los in die Südsteiermark, noch bevor die anderen Menschen erwachen und auch losfahren würden, denn ich bevorzugte die leeren Straßen. Schon der bloße Beschluss, runter zum Haus zu fahren, war befreiend wie ein Urlaubsantritt. Es bedeutete Ferien vom Beben und Grollen der Stadt, das aus undefinierbaren Tiefen kam und man nicht wusste, ob es überhaupt von irgendwo herkam oder einfach da war. Ein Beben, das einen von innen her erzittern ließ wie die alten Wohnhäuser in den oberen Stockwerken zitterten, wenn unten im Erdreich die U-Bahn einfuhr. Zum alten Bauernhaus in die Südsteiermark zu fahren war besänftigend wie eine Heimkehr. Loslassend tauchte ich in die Harmlosigkeit einer kleinen Welt fern der Schauplätze, an denen so viel Licht und so viel Schatten produziert wurde und alles so laut und wichtig war, dass es überall hin übertragen werden musste, ja vielleicht gar Geschichte machen würde.

Ich liebte dieses Haus und den Ort, an dem es stand. Ich liebte die Einfalt, die Schuldlosigkeit und Ruhe, die es umgab. Hier war es einfach lächerlich, up to date zu sein und zu wissen, wie man die USA regieren müsste. Der Duft der alten Tage bäuerlichen Daseins hatte sich noch immer nicht aus der Küche verzogen. Wenn man sie betrat, roch es salzig nach Geselchtem, nach Würsten oder irgendwie nach Räucherkammer. Früher dachte ich, in solchen Stuben dufte es nach Selchfleisch, doch irgendwann wurde mir klar, dass es da einfach nach Rauchfang roch und dass Selchfleisch auch nur einfach nach Rauchfang roch und nicht nach Geselchtem, schlicht, weil es wochenlang im Rauchfang gehangen war. Das war erhellend für mich. Ah ja, sagte ich dann, so einfach ist das.

Wenn ein bisschen Niederdruckwetter war, roch es also nach Rauchfang und ich liebte diesen Duft, denn er setzte Märchenbilder von der guten alten Bäuerlichkeit frei, aber nicht nur das, er konnte auch viele andere Assoziationen wecken. Manche Besucher aus der Stadt, eingeladene Freunde oder deren mitgebrachte Begleiter, teils Menschen, die mit sechzehn Jahren zum ersten Mal eine Kuh gesehen hatten und zusammenzuckten, wenn sie Geräusche vom Dachboden her oder aus dem nahen Wald vernahmen, Geräusche, die immerhin wie mittelschwere Schritte sein konnten, unter denen es knisterte und knarrte, manche dieser mich besuchenden Stadtmenschen also sagten, wenn sie diese Stube betraten, es rieche hier nach Brettljause. Ok, sagte ich dann, wir können ja gern später oder morgen zur Buschenschänke gehen, gleich da oben auf der gegenüberliegenden Seite des Hügels, direkt über den Kamm oberhalb des Hauses zu erreichen. Zu Fuß natürlich, gab ich bekannt, nicht mit dem Auto. Mit dem Auto müssten wir runter ins Tal, dann rechts geradeaus und dann wieder rechts hinauf an der anderen Seite desselben Hügels. Das sei die zehnfache Strecke, nein, nein, sagte ich dann, irgendwie sado-pädagogisch, wir gehen lieber zu Fuß, wie es die Eingeborenen immer gemacht haben. Die Stadtmenschen nickten dann höflich hinnehmend, aber kommentarlos, nur manche schlugen sich demonstrativ auf meine Seite, um Landlust zu zeigen und sagten dann, ja sicher gehen wir zu Fuß, ist doch gesund und man sieht die Gegend.

Die Südsteiermark hatte etwas vom Flair der Dritten Welt. Und so war die Reise von Wien zum Haus wie eine Rückkehr in die Vertrautheit ferner Gegenden und alter Zeiten, in denen es nach heiler Welt roch, nach Wiedergutgemachtem und Abgeheiltem. Wie in den fernen Gegenden der sogenannten Dritten Welt, wo dieses Flair alter Tage fast überall war, weil diese fernen Gegenden hinter den Expansionsanfällen der entwickelten Welt zurückgeblieben waren, abgehängt, aber auch verschont von der Erneuerungsmanie, die jedes Jahr zwei Mal alles verändern und erneuern musste, um die Gefahr des Zusammenbruchs des erst kürzlich Veränderten und Erneuerten hintan zu halten. Der nicht stattgefundene Fortschritt in dieser Dritten Welt hatte sich im Lauf der Zeit in eine atmosphärische Antiquität verwandelt, in köstliche Nostalgie, die man als Genussmittel zu sich nehmen konnte, wenn man Urlaub vom Funktionieren machen wollte, durfte und konnte. Für diesen Zweck war diese tropische Beschaulichkeit, die in Wahrheit ein tropischer Stillstand war, sehr angenehm. Auch in den Küchen aller anderen alten Bauernhäuser der Südsteiermark, die noch nicht kaputtrenoviert waren, roch es nach diesem alten Stillstand. Es war ein Duft, der wie gutes Fleisch daherkam, aber doch nur kalter Rauch war.

Wenn ich von Wien kommend die Autobahn verließ und nun von der Bundesstraße hinaufbog in die Weinberge, fiel etwas von mir ab, das ich Angst nenne und ich weiß nicht, ob es nur die Angst war, die von Verkehrslärm verursacht wurde und Fluchtreflexe erzeugte. Je näher ich dem Haus kam, desto ruhiger wurde ich jedenfalls und ich empfand Komplizenschaft mit den Spinnen, in deren dichtes Netz ich griff, wenn ich mich in dcr Dunkclhcit zum Türschloss vortastete. Ihr Netz war Siegel und Schutz und Beweis für eine intakt gebliebene Harmlosigkeit, für die Abwesenheit von Gewalt, von kultureller Kriminalität, von körperlicher, geistiger und seelischer Abwegigkeit. Und hier war die Abwesenheit nervöser Körperschaften, die Fristen setzten und Sanktionen für ihre Nichteinhaltung exekutierten. Am Dachboden knurrte etwas. Es raschelte und knisterte, und jemand oder etwas hielt, gewarnt vom Drehen des Schlüssels im Schloss, inne. Dann wieder Schritte, flinke leichte oder auch erstaunlich gewichtige. Ein Ächzen in den Balken und dann Stille. Anwesenheit und Abwesenheit in einem. Das alles war beruhigend. Es bewies, dass die Welt doch noch stand und man nur geträumt hatte. Die Welt funktionierte noch und es gab keinen Grund zur Angst, außer der ganz normalen, gefressen zu werden.

Diesmal spürte ich diese Nostalgie schon bei der Abfahrt in Wien. Es zog mich auf die alte Route über die Triester Straße zur Südautobahn, vorbei am »Philips-Haus«, wo seinerzeit ganze Schlangen von Autostoppern ihre Daumen hinaushielten. Nach vierzig Kilometern, bei Wiener Neustadt, war die neue Hochgeschwindigkeits-Autobahn schon wieder zu Ende und es ging, eingeklemmt zwischen Lastwägen, die nicht oder nur unter Lebensgefahr zu überholen waren, auf die Wechselgegend zu und auf der anderen Seite hinunter nach Hartberg und dann auf der berüchtigten Sparautobahn nach Gleisdorf, wo schwarz rauchende Autowracks, vollgestopft mit Gastarbeiter-Familien, unter dem dumpfen Knall von Bomben an entgegenkommenden Fernlastern zerplatzten und Hunderte Meter der Autobahn in Kriegsschauplätze verwandelten. Aber weil alte Zeiten immer die guten alten Zeiten sind, waren selbst solche Bilder Zeugen einer seligen Vergangenheit, an deren Nachmittagen die Sonne noch gelblich glänzte und nicht so weiß wie heute, und es eine Zukunft gab, in die man unterwegs war, welche mittlerweile selbst zur Vergangenheit gehörte.

Jetzt regnete es in das Morgengrauen hinein und ich kurvte durch von der Autobahn vergessene Dörfer. In einer grau-grün glänzenden Ortschaft, in der es wohl auch feucht war, wenn es nicht regnete, hielt ich vor einem alten Greißler-Laden. Hundert Meter tief unter einer Autobahnbrücke, die wie die am Himmel befestigte Schiene einer Schwebebahn aussah, deren lautloser Fernverkehr in eine andere Zeit lief und mehr an futuristische Luftfahrt als an Straßenverkehr denken ließ. Ich kaufte mir zwei schwammige Semmeln mit Extrawurst, die mir eine vertrauenserweckende Frau mit privater Miene zubereitete wie das Jausenbrot ihrer Schulkinder. Sie musterte mich freundlich wie einen verirrten Exoten, von dem sie gern etwas von der Welt draußen erfahren hätte, doch zu bescheiden war, nachzufragen. Mir war kalt, meine Füße waren nass und ich genoss es, den Witterungsverhältnissen ausgesetzt zu sein. Ich fand es romantisch zu frieren, wenn es kalt war und nasse Füße zu spüren, wenn es regnete. Ich hasste perfekte Ausrüstungen. Ich konnte es nicht leiden, bei jeder kleinsten Abweichung von den durchschnittlichen Idealbedingungen sofort eine aufklappbare Spezialerfindung aus intelligentem Gewebe hervorzuholen, um die Abweichung zu eliminieren und mich dabei perfekt ausgerüstet zu fühlen. Jetzt fühlte ich mich lebendig, weil ich unterlegen war. Mir war kalt und ich war unterwegs in einer fremden Gegend und ich suchte etwas, das nur in mir selbst zu finden war und also war ich einsam und heimatlos und genoss mein Selbstmitleid, genoss aber auch die Privilegiertheit, die von zwei handgemachten Wurstsemmeln ausging, die ich mir leisten konnte.

Ich wusste schon, dass es zu Ende ging. Ich wusste, dass es aus war, seit ich mit dem Lamborghini an der Ecke Bäckerstraße/Lugeck gestanden war, er knurrend wie ein Kampfhund, ich in meiner eigenen Sackgasse angekommen, beide unschlüssig, in welche Richtung es nun gehen sollte. Da wusste ich schon, dass es, für mich jedenfalls, zu Ende ging. Im Theater war das Licht angegangen und hatte das Spiel abgebrochen. Die Lust auf Sprache hatte mich seinerzeit in dieses Geschichtenmacher-Handwerk gebracht und jetzt, wo ich diese Sprache mit den Mitteln dieses Handwerks für tot erklärt hatte, war die Geschichtenmacherei selbst tot. Fast schien es mir wie ein klassischer Fluch aus dem Märchen, wo alles stirbt, was in Berührung mit dem Geheimnis kommt. Das mit der Cover-Geschichte war vorbei, denn sie war Wirklichkeit geworden. Ich wollte nicht mehr so tun, als ob es ernst wäre, wenn es wirklich ernst war. Ich wollte nicht mehr Krieg spielen, wenn wirklich Krieg war.

Die Verkäuferin sah mich besorgt an wie eine Mutter, die etwas bemerkt hat, sich aber nicht einmischen will, um es nicht noch schlimmer zu machen und lieber stumm daran leidet. Ich sagte, ich fahre in die Steiermark und sie antwortete, aber Sie sind doch schon in der Steiermark. Ich sagte, ich fahre in die Südsteiermark und sie antwortete, aber die Südsteiermark gibt es doch gar nicht.

Ich erinnere mich nicht an ihre Augen, während sie das sagte und so weiß ich nicht, was sie damit sagen wollte, aber nur auf die Fachbegriffe der Geografie Bezug nehmen, die keine Südsteiermark, sondern nur die Ost- und die Weststeiermark kannte, in der Mitte getrennt von der senkrecht von Norden nach Süden fließenden Mur, wollte sie wohl kaum. Ich sagte ok, ich fahre jetzt.

Ich lenkte den Wagen aus der grau-grün glänzenden Ortschaft hinaus und war erleichtert, dass der Regen nicht nachließ. Er prasselte gegen die Windschutzscheibe und würde verlässlich weiterprasseln. So entspannt und ohne Eile prasselte nur ein Regen, der nicht ans Aufhören dachte. Als ich mit nassen Füßen dagestanden war und die mütterliche Verkäuferin Wurstsemmeln zubereitete, war es mir wie an einem regnerischen Morgen vor vierzig Jahren, als ich mit einer streng nach Leder riechenden braunen Schultasche am Rücken, an deren Kanten man sich wehtun konnte, unbeteiligt auf die Jause wartete, um dann zur Schule zu gehen. Ich weiß nicht, ob dieses Bild eine Erinnerung war, oder nur ein Erinnerungsgefühl, aber ich habe etwas wie Trauer gespürt. Als hätte ich etwas falsch gemacht, etwas, das zu einem Verlust führte und zu einer Verlorenheit, als wäre es ein Vergehen gewesen, auf die Jause zu warten, um dann durch den Regen zur Schule zu gehen. Links und rechts erhoben sich auf steilen Hängen Nadelwälder, die dunkel waren vor Nässe und die Straße schlängelte sich leer durch die Landschaft.

Wir lebten in eigenartigen Zeiten. Vieles hatte sich geändert und manches davon so schleichend, dass es kaum bemerkt wurde. Vieles hatte sich auf den Kopf gestellt, nicht nur, dass die Reichen jetzt dünn waren und die Armen dick. Der seit Menschengedenken unangefochtene Leitsatz, Wissen sei Macht, hatte unter unscheinbaren Abläufen seine Gültigkeit verloren. Wissen war keine Macht mehr. Das Unwissen war an die Macht gekommen. Das Unwissen hatte real die politische Macht übernommen. Zum einen, weil eine vom Unwissen geprägte, mit Unwahrheiten versorgte Mehrheit bestimmte, wer mit welchem Programm regieren und so tun durfte, als würde er die heraufbeschworenen Phantome der Gefahr bekämpfen. Und zum anderen, weil die Regierenden selbst zunehmend aus bildungsfernen Schichten kamen, keine Fremdsprachen konnten, die Welt nicht bereist hatten und die Geschichte nicht gelesen, Personen, die nicht genau wussten, was ein Staat war und schon gar nicht, was Demut vor dem Amt und vor der höheren Aufgabe sein sollte. Sie wussten nur, was eine Partei war. Sie waren Machthaber, die Gräben in der Gesellschaft aufrissen und die Gruppen gegeneinander ausspielten, die Institutionen aufeinanderhetzten und öffentlich aggressiv wurden, wenn man sie fragte, welches Buch sie gerade lasen.

Das Unwissen war nicht nur kein Hindernis, um an die Macht zu kommen, es war zum Betriebsmittel einer Sprachrohr-Demokratie geworden, die in einer gemachten Wirklichkeit lebte und sich aus einem Macht-Dreieck speiste, das hochgradig allergisch auf jede Art von Faktentreue war. Da war der Souverän, die Unwissenheit in Person, der über die Macht verfügte; da war sein Repräsentant, der die Unwissenheit bediente und da waren die Sprachrohre, die für Beschallung zuständig waren, denn es war auch eine Beschallungs-Demokratie.

Ich dachte an Michaela. Ich stellte sie mir vor, während der Semmering bereits hinter mir lag und ich auf Mürzzuschlag zurollte. Ich sah mich im Süden von Mali neben ihr sitzen, bei ihren eingeborenen Mande-Freunden, die Jowulu sprachen und aus alten Konservendosen Vergorenes tranken, das sie aus den drahtigen Büschen der Umgebung brauten, indem sie den Ansatz wochenlang in einem Bottich in der Hütte stehen ließen, bis es zu blubbern begann und die Sauce nach ranzigem Schweiß stank, aber ihre Wirkung tat. Um mir selbst besser zu vergegenwärtigen, in welchem System wir lebten, stellte ich mir vor, den Eingeborenen die Geschichte vom Unwissen zu erzählen, das in meinem Land an die Macht gekommen war. Geschichten waren für dieses Volk mehr als Geschichten. Sie liebten Geschichten, sie lebten von Geschichten, sie hatten immer von Geschichten gelebt. Mittels Geschichten hatten sie ihr Wissen an die Generationen weitergegeben. In ihren Reihen gab es virtuose Geschichtenerzähler, die alle in ihren Bann zogen und sie waren hingesunkene Zuhörer, die den Geschichten erst ihre Räume gaben. Ich sah, wie sie mir einen Becher mit dem widerwärtigen Gesöff reichten, sich gespannt zurechtsetzten und die Augen zum Zeichen ihrer Bereitschaft weiteten oder verengten. Michaela schmunzelte. Mürzzuschlag zog vorbei.

Nun, seit das Unwissen die Mehrheit erlangt hatte, erzählte ich, lebte das ganze Land unter seinem Diktat. Es war ein seltsam legal wirkender Putsch gewesen, durch den die Unwissenheit an die Macht gekommen war. Die Putschisten hatten es geschafft, immer mehr der Unwissenden durch anhaltende Beschallung zu einigen und sie mittels einer Gemeinsamkeit zu einer Gruppe zu verkleben, die mehr Macht bekam, je größer sie wurde. Dieser Klebstoff hieß Angst. Es war ein Superkleber. Eine Despotie der Angst entstand. Ihre Errichtung war nur deshalb erfolgreich gewesen, weil das große politische Kunststück gelungen war, Angst zu erzeugen, obwohl kein Grund dafür vorhanden war. Die Idee, Unwissenheit als politischen Rohstoff zur Herstellung von Macht zu nutzen, konnte nur so funktionieren.

Doch wo die Angst hernehmen? Sie ergab sich nicht aus Unsicherheit und Armut, sie musste sich aus Sicherheit und Reichtum ergeben. In diesem Fall aus einem Reichtum, der sagenhaft war. Denn das Land war so reich, dass selbst die Armen reich waren. Es gab mehr sauberes Trinkwasser, als sie verschütten konnten und die Fruchtbarkeit der Erde war so groß, dass sie zurückgedrängt werden musste, weil alles überwuchert wurde. Wenn in diesem Land eine Person bloß beschimpft wurde, kam die Polizei. Wenn jemand bei einem Spaziergang stolperte und hinfiel, kam ein Helikopter und flog ihn zur Krankenstation. Zum Essen, Trinken und Spielen gab es nicht nur alles, was benötigt wurde, sondern auch alles, was erwünscht war und all das gab es nicht nur einmal, sondern in vielen verschiedenen Ausführungen gleichzeitig. Es ging ihnen mehr als gut und es war in Ordnung, unwissend zu sein, denn ihre Unwissenheit war harmlos. Nur anfällig war sie. Sie kannte keine Immunabwehr und war leicht infizierbar.

Aber, fragte ich in die Runde, wovor konnte jemand Angst haben, der alles hatte und dem niemand etwas anhaben durfte, weil er von bewaffneten Leibwächtern und mit Hubschraubern ausgerüsteten Leibärzten beschützt wurde? Meine Mande-Zuhörer lauschten entspannt. Die Geschichte hatte erst begonnen und sie fühlten sich nicht zum Antworten aufgerufen. Sie nippten an ihren Blechdosen, ohne ihre Blicke von mir zu nehmen.

Ganz einfach, antwortete ich selbst. Sie haben Angst, all das wieder zu verlieren. Denn die Beschallung zeigte Wirkung. Man hatte unaufhörlich wiederholt: Euer Reichtum ist in Gefahr, aber wenn ihr uns eure Macht leiht, werden wir die Gefahr für euch abwenden. Dieses Versprechen wirkte wie ein Wachstumshormon und die zusammengeschaltete Angst-Gruppe wuchs und wuchs und begann, Mehrheiten zu erlangen.

An der Wahlurne zählte nicht, von wem eine Stimme kam. Alle waren gleich und alle Stimmen wurden in einen Topf geworfen. Diese Töpfe waren wie Schmelzkessel, in denen Gleichheit durch Gleichmacherei erzeugt wurde. Jede Stimme zählte gleich viel, egal, ob sie aus Motiven abgegeben wurde, die der Realität oder der Einbildung entsprangen, ob sie durch wahre oder falsche Information zu ihrer Meinung gelangt waren und ob sie überhaupt eine Meinung hatten. Es war einerlei, ob sie für ein Programm oder ein Gesicht stimmten und ob sie für ein Gesicht stimmten, weil sie es wollten oder nur, um ein anderes zu verhindern. Die Stimme zählte alles, die Qualität der Stimme zählte nichts. Was immer diese Stimmen wollten, erfuhr seine Berechtigung schon allein dadurch, dass sie es wollten. Und das war nicht nur rechtens, sondern unantastbar. Sie konnten wollen was sie wollten, denn sie waren der Souverän. Repräsentanten und Sprachrohre konnten nur versuchen, sie zu stimulieren, etwas anderes zu wollen. Aber das war lebensgefährlich.

Michaela schmunzelte ihr Glitzerschmunzeln. In die Gesichter vieler Zuhörer trat eine ernste Konzentriertheit. Kapfenberg musste schon vorbei sein.

Das Drei-Kräfte-System der Wohlstandsverlustangst-Republik bestand also aus dem unwissenden Souverän, seinem bis auf Widerruf bestellten Repräsentanten und den weithin hörbaren Sprachrohren, die die beiden Erstgenannten stimulierten und umgekehrt von den beiden Erstgenannten stimuliert wurden. Die Unwissenden waren von den Sprachrohren in die Mehrheit und an die Macht angststimuliert worden, die ihrerseits von den amtierenden und angehenden Repräsentanten, den Kandidaten, stimuliert worden waren.

Ob ein Kandidat zu einem Repräsentanten wurde, entschied sich in den Sprachrohren, denn sie beschallten den Souverän und dieser entschied scheinbar selbst, ob der Kandidat etwas gesagt hatte, was er, der Souverän, für die Wahrheit hielt. Die Kandidaten zahlten Unsummen für das Erlernen von Fertigkeiten im Umgang mit den Sprachrohren und den rätselhaften Mechanismen dessen, wie sie funktionierten. Einfach etwas zu sagen, was sie zu sagen gehabt hätten, war absolut tödlich. Es ging nicht darum, was sie zu sagen hatten, sondern darum, was das Gesagte im Hirn der Zielperson, des Souveräns, auslöste.

Niemand verstand, was genau mit dem Wesen einer Aussage passierte, wenn sie die Lippen des Sprechers einmal verlassen hatte und ihren Weg zum Ohr des Hörers angetreten war. Armeen von Sachverständigen, Wissenschaftlern, Praktikern, Beobachtern und Gurus hatten sich die Beantwortung der Frage zum Lebensinhalt gemacht, wie man etwas sagen musste, damit es so vorteilhaft rüberkam wie beabsichtigt. Meist gab es schon eine Kluft zwischen dem, was sie sagen wollten und dem, was sie sagten. Doch zwischen dem, was sie sagen wollten und dem, wie es verstanden wurde, lagen Welten. Das war in persönlichen Gesprächen schon immer so gewesen, aber in der Beschallungsdemokratie war alles noch viel gefährlicher geworden, weil hier jede Aussage durch eine Verbreitungsmaschinerie geschickt wurde, die von großer Komplexität und nicht durchschaubarer Psychologie geprägt war. Jede kleinste Abweichung konnte zur Katastrophe führen. Wer vor der Kamera schwitzte, war erledigt. Wer zu schlecht oder zu gut gekleidet war, war entweder ein Hinterwäldler oder ein Geck. Wer einmal stotterte, konnte nach Hause gehen. Und da war die Rede noch gar nicht davon, warum er eigentlich gewählt werden wollte. War er aber ein sogenannter Medien-Profi, konnte er einige punktgenaue Sprüche aufsagen, schnellten seine Werte in die Höhe. Es war eine Werte-Demokratie, eine Demokratie der Umfragewerte.

Der Verleiher der Macht des Unwissens und Souverän der Sprachrohr-Demokratie war von Gesinnung meist ein Alleinherrscher und duldete wenig Widerspruch. Wenn ein Repräsentant Repräsentant bleiben wollte, dann musste er ihm, dem Souverän, in allen Belangen recht geben und glaubhaft versichern, die ihm eingeredete Angst sei berechtigt und werde Punkt für Punkt sehr ernst genommen, wie auch seine Forderungen Punkt für Punkt gerechtfertigt seien, die sich aus dieser Angst ergaben und natürlich verwirklicht würden, auch, wenn ihre Verwirklichung ausgeschlossen, weil unmöglich war. Aber die Gunst dieses schwierigen und gefährlichen Souveräns zu erlangen war einfacher, als sie zu erhalten. Denn seine Gläubigkeit war größer als seine Geduld.

Dasselbe galt für die Sprachrohre. Wenn ein Sprachrohr etwas durchgab, was der Souverän nicht hören wollte, entzog er ihm die Aufmerksamkeit und das Sprachrohr verlor seine Sprachrohrfunktion umgehend. Wenn ein Repräsentant dem Souverän widersprach und erklärte, er hätte keine Ahnung und würde nur Stumpfsinn reden, von dem gar nichts umgesetzt werde, dann lief sein Mandat aus, denn die Aufbietung von Tatsachen war tödlich. Er musste den Unwissenden strikt recht geben und vor allem musste er den Sprachrohren recht geben, denn auch sie duldeten wenig Widerspruch und stimulierten ihn in Grund und Boden, sodass er seine unwissenden Machtgeber nicht mehr erreichen konnte, um ihnen recht zu geben, was sein endgültiges Ende bedeutete.

Nackte Wahrheiten waren staatsfeindlich und systemgefährdend. Die Unwissenheit der Machtverleiher war zur Existenzgrundlage des Staates geworden und ihre Stimulierbarkeit zur Grundvorausetzung der Sprachrohrdemokratie. Den Vorgang der Stimulierung nannte man öffentliche Diskussion, und die Treueschwüre an die Gunst des Unwissens nannte man Wahlversprechen. Beratung war unmöglich, die Repräsentanten mussten einflüstern, um sich selbst am Leben zu erhalten. Die Wahrheit war zu einer Abmachung geworden. Wahrheit war ein Verhandlungsergebnis zwischen Unwissenheit und Unwahrheit.

Die Mande-Gastgeber-Runde sog alles auf, stellte ich mir vor, während Bruck näher kam. Manche blickten aus engen Schlitzen, manche aus inquisitorisch geweiteten Augen, als ob sie sich angegriffen fühlten und Partei ergreifen wollten. Eine alte Dame nahm ihre Tabakpfeife aus dem Mund, drehte ihren Kopf zu Michaela Halbmond hin und nickte fast unmerklich. Michaela zeigte keine Regung. Ich hatte das Wort.

Dieses System der Angst und des Unwissens funktionierte praktisch reibungslos. Es hatte eine Eigendynamik entwickelt, die es unangreifbar machte, weil jeder Angriff auf das Unwissen, auf die

Korruption des Unwissens und die kriminelle Energie des Unwissens als Angriff auf die freie Demokratie galt. Das war auch korrekt und daher die beste Absicherung. Jedes Durchbrechen des Systems bedeutete den Untergang aller drei Säulen und jeder Versuch, es zu durchbrechen, war ein feindlicher Akt gegen das Gemeinwohl. Also erlangte das regierende Unwissen überperiodische Kraft und ein Ende dieses Regimes war schwer vorstellbar. Denn ihr Vehikel, die Gleichmache von Wissen und Unwissen, die Gleichmache von Stimmen, war nicht wegdenkbar. Da gab es kein Zurück. Es gab einfach keine guten oder bösen Stimmen. Die Mehrheit hatte die Macht und Punkt. Man konnte das nicht ändern. Und man konnte das auch nicht ändern wollen. Auch und besonders jene konnten es nicht ändern wollen, die selbst zu den Regime-Opfern zählten, weil sie gegen das Unwissen auftraten. So war es eine perfekte Ausweglosigkeit.

Ich sah mich in die Zuhörerschaft blicken und warten. Die Mur floss mit mir durch Peggau nach Süden.

Ich fragte: Und was konkret bedrohte ihren Reichtum? Wovor genau hatten sie Angst? Gespannte Gesichter. Bereit für die Enthüllung.

Ich verriet es: Vor euch.

Die Jowulu-Leute blickten sich gegenseitig und dann mich an. Manche zeigten mit dem Zeigefinger fragend auf ihre eigene Brust.

Ich nickte und grinste.

Da lachten sie verhalten und strahlten ein bisschen, manche applaudierten zögerlich, als würden sie aus Höflichkeit über einen Witz lachen, den sie nicht verstanden hatten.

Sie haben Angst, dass ihr alle kommt, sagte ich. Sie wurden dahingehend beschallt, dass ihr alle kommen wollt, um ihren Reichtum zu holen. Sie sind keine schlechten Menschen. Aber sie sind der Souverän und sie können nicht alle nehmen. Wenn alle kommen, ist ihr Reichtum weg und ihre Kultur ist auch weg. Und sie haben eine schöne Kultur.

Meine Zuhörer nickten verständnisvoll. Manche zeigten offenes Mitgefühl mit dem fernen Volk, andere schmunzelten unbeteiligt, noch immer nicht ganz verstehend.

Aber das Beste kommt erst, sah ich mich sagen. Sie überlegen, wie sie sich vor euch schützen könnten und ziehen in Erwägung, euch Geld zu geben, damit ihr erst gar nicht kommt. Wenn ihr versprecht, nicht zu kommen, wollen sie euch im Voraus etwas geben. Weniger natürlich, als sie befürchten, dass ihr ihnen wegnehmen würdet. Aber immerhin. Sie wären bereit, sich bei euch von ihren eigenen Befürchtungen freizukaufen.

Jetzt brach Gelächter los. Sie neigten sich zueinander und drückten sich gegenseitig die Stirn an die Schultern. Sie waren schon ziemlich betrunken.

Der Regen hatte aufgehört und die Landschaft um Peggau dampfte wie ein Freiluft-Waschsalon, in dem sämtliche Obersteirer ihre Wäsche ausgekocht hatten. Ich schüttelte den Kopf über mich selbst. Wie ein Teenager hatte ich taggeträumt, bei den Eingeborenen in Mali zu sitzen und ihnen ein Gleichnis-Märchen zu erzählen, nur um mir vorstellen zu können, neben Michaela zu sitzen und gescheit zu sein.

Noch einmal sah ich die Jowulu-Leute, wie sie dasaßen und mit ausgehängten Blicken und schräg gelegten Köpfen dem Ende der Geschichte nachflogen und sich nicht rührten, als würden sie über den Nachspann hinaus im Kino sitzen bleiben. Dann nickten sie anerkennend und dankten ihrer weißen Schwester, manche nannten sie Mama, dass sie diesen lustigen Mzungu, einen Hellhäutigen, mitgebracht hatte. Und Michaela schmunzelte. Südlich von Graz brach die Sonne durch.

Ich hatte die Wetterscheide überschritten, an der die scharfe, alpine Obersteiermark endete und die weiche, mediterrane Südsteiermark begann. Unten fuhr ich von der Bundesstraße 69 auf die Bundesstraße 74 und kurvte einige Kilometer bis nach Steingraben, wo ich an der Tankstelle hielt, weil ich den Seppl-Bauern entdeckt hatte, der an der Zapfsäule stand und seinen Kanister mit einer Mischung für die Kettensäge füllte.

Zu Begrüßung wollte ich etwas wie »Ja hallo!« rufen, »nix do Benzin fladern!«, oder sowas, und ein bisschen über das Wetter reden und ob genug Regen war. Der Seppl-Bauer war auch Jäger, aber ein richtiger. Keiner, der im Morgengrauen seinen Trinkkumpanen niederstreckte, weil er etwas rascheln gehört hatte, sondern einer, der mit der Natur näher bekannt war. Sein Kreuz war gebogen von vierzig Jahren Straßenbau und abends zusätzlich Landwirtschaft, aber sein Blick war wie Quellwasser. Er war niemals betrunken, wenn er in die Natur hinaustrat, um etwas zu erledigen. Er kannte alle Tiere seines Revieres persönlich. Er wusste, seit wann und wo genau das Raben-Paar lebte, seit es sich in der Gegend angesiedelt hatte; er kannte alle Behausungen der niedergelassenen Füchse, die Anzahl der Familienmitglieder und den gesundheitlichen Zustand der Kinder. Wenn er zu mir kam, um den besten Spitzwegerich der Umgebung zu pflücken, tat er das schweigend und konzentriert und er wirkte zurückgenommen, als lausche er einer Stimme, obwohl es nur ein Spitzwegerich war. Entschlossen, diskret, verstohlen, machte er schnell, als würde er das Kraut schächten, und das ganze Schauspiel hatte etwas geheimnisvoll Indirektes, Gleichnishaftes. Man konnte sich vorstellen, wie er sich erst verhielt, wenn er dieser Natur ein größeres Tier entnahm.

Einmal war ich Hals über Kopf nach Wien aufgebrochen, weil die Nachrichtenlage Unverzüglichkeit einforderte, und hatte weder das Haus versperrt, noch das Licht abgedreht. Irgendwann kam der Seppl-Bauer vorbei, löschte das Licht und versperrte die Tür. Dann befestigte er eine saftige Mistel über der Haustür, was er öfter in meiner Abwesenheit machte, denn das gelbliche, korallenartige Gewächs mit den milchigen Perlen hielt das Böse fern. Er mahnte mich nicht, selber aufzupassen, sondern sorgte für meinen Schutz.

Ich stoppte neben der Autowaschanlage der Tankstelle und stieg aus. Ein Straßenkehrer in signaloranger Arbeitsjacke säuberte den Gehsteig mechanisch wie ein Automat. Er strich mit seinem Besen über den perlenden Kies, aus dem sich kleine, dünne Staubwolken verzogen. Sein breitkrempiger Strohhut ließ mich an Mexiko denken, obwohl manche Bauern auch hier in der Gegend früher solche Hüte getragen hatten. Als ich ihn passieren wollte, geriet mein Schritt in die Bewegung seines Besens und ich stolperte. Ich streckte meine Hände dem Boden entgegen und schon stanzten sich anthrazitgraue, scharfkantige Steinchen in meine Handballen, wurden aus den Stanzlöchern gerissen, schürften weiter über die Handflächen und überzogen sie mit dreckigen, nassroten Risswunden. Im Fallen versuchte ich meinen Oberkörper noch zu drehen, schrie dabei »He!«, schlug mit der Schulter auf, drehte mich noch weiter und kam auf dem Rücken zu liegen. Über mir stand die perspektivisch aufragende, tiefschwarze Silhouette des Straßenkehrers mit der großen Ellipse über der Schulter, die von der Sonne umglüht war. »He!«, schrie ich noch einmal, diesmal aggressiver, als hätte er mich nicht gehört, aber auch, weil er nichts gesagt hatte und etwas wenig Anteilnahme zeigte. »Siehst du nix?«

Der Straßenkehrer stand einige Augenblicke unbewegt und ließ seinen Schatten auf mir ruhen. Seine Erscheinung war ein in das Sonnenlicht geschnittenes schwarzes Loch im Himmel, dessen Besenstiel wie ein Speer schräg über seine Schulter hinaus in den Himmel zeigte. Dann neigte sich die auf seiner Schulter sitzende Ellipse zur Seite und seine schwarze Gestalt verschwand im durchbrechenden Sonnenlicht. Der Straßenkehrer war gelöscht und ich sah nur noch heißes, weißes Licht. Ich schloss die Augen. Da schwammen grüne Blasen mit violetten Rändern durch einen rötlich leuchtenden Schleier, wie Blut unter dem Mikroskop. Aber ich hörte ihn. Er sagte: »Du bist es, der nichts sieht, oder?« Und dann noch: »Du schaust nur blöd.«

Der Seppl-Bauer blickte von seinem Tankkanister auf, entdeckte mich, wie ich am Boden liegend Anstalten machte, mich unter Einsatz der Ellbogen aufzurichten, um die zerschundenen Hände nicht gebrauchen zu müssen. Er runzelte die Stirn. »Oba!«, rief er, »Aufpass'n, Nochba! Wieda amol im Laund?« Er hatte meinen Sturz nicht mitbekommen und wohl auch den Straßenkehrer nicht gesehen. Der hatte seine mechanischen Besenschwünge wieder aufgenommen und war bereits in der Kurve verschwunden, die von der Tankstelle bergab nach rechts bog.

Oben im Haus überschüttete ich meine Handballen mit Schnaps. Es war eigenartig, aber diese Verletzungen waren der einzige Beweis für die Begegnung mit dieser seltsamen Erscheinung. Ihn selbst hatte ich genau genommen nicht gesehen, nur einen schwarzen Abzug von ihm. Zunächst sah ich eine Schatten werfende Schablone im Gegenlicht und dann gar nichts mehr. Nur noch Gegenlicht, in dem die Schablone verschwunden war. Das grelle Licht hatte seine Anwesenheit gezeigt, ihn selbst aber unsichtbar gemacht. Interessant, dachte ich mir, genau genommen gab es diesen Straßenkehrer nur in meiner Einbildung. Es gab keinen Beweis, dass ich ihn getroffen hatte. Selbst die Wunden an meinen Händen bewiesen nur, dass ich gestürzt war.

Doch ganz so war es auch wieder nicht. Immerhin hatte er mit mir gesprochen und er hatte sogar etwas gesagt, das mich nun nicht recht loslassen wollte. Einfach, weil er recht hatte. »Du bist derjenige von uns beiden, der nichts sieht.« Ich mochte ihn. Ich nannte ihn »den Seher«.

Elektronisches Vogelgezwitscher signalisierte den Eingang einer Textnachricht auf meinem Mobiltelefon. Ich zögerte. Da gab es einen echten, lebenden, zwitschernden Vogel, der exakt wie mein Mobiltelefon klang, wenn es den Eingang einer Nachricht meldete und ich wollte mich nicht ständig von ihm täuschen lassen. Jedes Mal, und zwar ausnahmslos jedes Mal, wenn dieser Vogel zwitscherte, und das ging den ganzen Tag, zwang er mich an eine eingehende Nachricht zu denken, auch, wenn ich das längst kannte und wusste. Doch sein Gezwitscher klang dermaßen ident, vor allem die ersten drei Töne, dass die immer gleiche Falschreaktion unumgänglich war. Ich wusste, das war wieder der Vogel, aber ich dachte dennoch an eine Nachricht. Diesmal aber täuschte ich mich andersrum. Da war eine Nachricht: »Ich mag ein Krokodil-Steak.«

13

Ich betrat das dämmrige Vorzimmer im Mezzanin des Altbaus, in das kein direktes Tageslicht fiel, nur das leblose Grau aus dem Stiegenhaus. Die Wandlaterne rechts über der Garderobe leuchtete schläfrig gelb und so schwach, dass sie gerade einmal eine kleine Kreisfläche auf die rubinrote Tapete warf und eher die Wand schmückte, als den Raum erhellte. Als Paul mir den Tipp gab, Hans Reich zu kontaktieren, war ich noch auf dem Sprung gewesen, eine Story aus dem Ärmel zu schütteln. Ich hatte eben erst begonnen, in der Sprachmaterie zu wühlen und zu schauen, wie ich es angehen konnte. Da wäre mir ein bisschen Streit unter Prominenten ganz gelegen gekommen. Vielleicht wollte Reich ja, hatte ich gedacht, etwas Abfälliges über Chomsky sagen, der sich über Reich angeblich lustig gemacht und ihn in der linguistischen Gesellschaft isoliert hatte, wegen seiner Meinung, die Sprachväter hätten das Ur-Alphabet vom Himmel abgelesen. Mittlerweile hatte sich mein Zugang zum Thema grundlegend geändert und ich wusste nicht mehr, was ich hier eigentlich noch wollte. Aber ich war gekommen.

Hans Reich saß im Halbdunkel seines Arbeitszimmers zusammengesunken in einem Ohrensessel aus rissigem Leder, blickte von einem Buch auf, deutete mit dem zittrigen Zeigefinger auf den Besucherstuhl, der schräg zu seinem Schreibtisch stand, und nickte.

Ich setzte mich und wartete. Er blätterte nach vor und zurück, schien zwei Textstellen miteinander zu vergleichen und unterstrich schließlich Satzteile mit einer Füllfeder. Sein Zimmer war gesäumt von mächtigen Bücher-Portalen aus geschnitzten Tropenhölzern und sah aus wie eine Bibliothek aus dem neunzehnten Jahrhundert, die seither von niemand außer ihm selbst betreten worden war und daher auch von niemandem gepflegt worden sein konnte. So war es der Zeit allein vorbehalten gewesen, die Unberührtheit dieses Raumes stufenlos und ruhig hinüberzublenden in eine edle Heruntergekommenheit, die das Recht des Alters auf würdevollen Verfall in Anspruch nahm. Es roch nach verwittertem Papier und dem kalten Moder von angeschimmeltem und wieder getrocknetem Leder. Obwohl es draußen Sommer war, war es drinnen kalt wie in einem Keller und so finster, dass sich die hohe Zimmerdecke in der Dämmerung verlor, als würde die Nacht hereinbrechen. Schwere Vorhänge verdeckten große Holzkastenfenster, die auf die Berggasse hinuntergingen. Man sah fast nichts, außer Reich selbst. Er saß am Rand des Lichtkegels seiner Schreibtischlampe und versuchte, seine Tintenfeder zu schließen, doch die Kappe schnappte nicht ein.

»Verzeihen Sie«, sagte er abgelenkt und am Rande ruhiger Ärgerlichkeit, während er am Schreibgerät herumdrückte und seine Finger sich dabei tiefgrün färbten.

»Aber ich bitte Sie«, hob ich eine Handfläche, »sehr gern, machen Sie nur.«

In der Wohnung oberhalb bellte gedämpft ein Hund. Dann ächzte der alte Parkettboden unter jedem der beschwerlichen Schritte, die sich aus einem anderen Zimmer kommend dem Gebell näherten. Hans Reich legte die Füllfeder unverrichteter Dinge weg und spähte hinter seinen Gedanken hervor: »Nun sind Sie also doch gekommen?«

»Ja«, sagte ich.

Er blickte mich an und wartete.

Ich überlegte, wie ich anfangen sollte. Ich konnte ja nicht sagen, ich wüsste nicht, warum ich gekommen sei und dann sagte ich: »Ich weiß offen gesagt nicht, warum ich gekommen bin.«

Er schwieg wie ein alter Professor, dem jetzt einmal alles recht war.

Reich war eine Erscheinung der alten Wiener Intelligenz, die im achtzehnten und neunzehnten Jahrhundert von den Pogromen in Osteuropa nach Wien getrieben worden war und die Stadt zu einer geistigen Metropole gemacht hatte. Bis dahin hatte sich der Glanz der kaiserlichen Reichshauptstadt auf eine eingebildete K.u.k.-Salon-Gesellschaft beschränkt, in der mehr Ansehen genoss, wer mehr zu flüstern wusste. Hans Reich war nach dem Zweiten Weltkrieg aus London zurückgekehrt, wohin er 1938 geflüchtet war. Dieser Mann war ein Universalgelehrter alter Schule, nur eines war er nicht: Linguist. Was ich über ihn gehört hatte, war nicht nur ein bisschen falsch, sondern vollkommen falsch. Es stimmte alles einfach nicht.

Ich sagte, ich hätte gehofft, er könne mir etwas über das Innenleben der Lautsprache sagen. Nicht über das technische Bauwerk, denn dort sei wohl nicht zu finden, was ich suchte. Ich würde ihre inneren Kräfte meinen. Ich hätte gehört, er, Reich, habe die Meinung vertreten, die alten Seher hätten das Ur-Alphabet vom Himmel abgelesen und das habe mich interessiert, weil ich in der Literatur schon darauf gestoßen war, dass die alten, vorvedischen Inder den Ursprung der Sprache genauso erklärten und offenbar die Sternbilder meinten.

Er musterte mich mit der technischen Konzentration eines Mediziners. Er schien sich zurückzuziehen, zumindest stieg er nicht auf meinen Ansatz ein und schwieg. Um nicht schon wieder eine Pause entstehen zu lassen, sprach ich weiter. Ich müsse zugeben, dass mein bescheidenes Verständnis von der Sache es mir nicht erlaube, zu einem Schluss zu kommen. Was die Wissenschaft zu wenig wisse, wisse mir die Mystik zu viel. Die wüsste nämlich einfach alles und das komme mir dann doch auch wieder seltsam vor. Dabei sei mein Problem ein vergleichsweise einfaches. Oder auch nicht. Ich verstünde ja nichts.

Er hob die Brauen.

Ich nickte und richtete mich im Sessel auf. »Sehen sie, Herr Professor, ich habe etwas erlebt, das ich nie für möglich gehalten hätte, einfach, weil es so verrückt war. Ich bin Journalist und ich habe im gegenständlichen Fall nicht wie gewöhnlich meine Leser manipuliert, etwas zu glauben, sondern mich selbst. Ich habe mich von mir selbst dazu bringen lassen, etwas Erfundenes zu glauben, obwohl ich es selbst erfunden hatte und ich habe es plötzlich geglaubt, nur weil es knallig formuliert war. Als würde ich etwas Falsches in die Zeitung hineinschreiben und es dann nur deshalb glauben, weil es in der Zeitung steht. Meine eigene Erfindung wurde auf einmal wahr, weil ich sie in flotte Zeitungssprache gekleidet hatte.«

»Von welcher Geschichte sprechen sie?«

»Wenn sie erlauben, hole ich ein bisschen aus. Ich saß in der Redaktionskonferenz und kündigte einen Artikel über mangelhafte Sprachkompetenz von Politikern an. Aber die Dynamik der Diskussion nahm mich mit und bei der Suche nach einer inhaltlichen Zuspitzung hörte ich mich plötzlich sagen, dass die Sprache kaputt sei. Das Kommunikationsmittel Sprache sei als Werkzeug schadhaft. Da stutzte ich zunächst einmal. Aber als ich dann den Arbeitstitel formulierte und die These plakativ auf den Punkt brachte, trat sie plötzlich in Kraft: ›Der Sprachfehler. Das Kommunikationssystem, das den Menschen zum Menschen macht, funktioniert nicht‹. Da hallte es in meinem Kopf wie in einem leeren Saal. Es war, als würde das Kleiden in Sprache Tatsachen schaffen. Ich hatte etwas Vergleichbares einmal als Kind erlebt, nur umgekehrt. Damals kam ich drauf, dass die Sprache alles konnte, jetzt bin ich draufgekommen, dass sie nichts kann.«

Reich holte ein leeres Blatt Papier aus einer Lade und legte es vor sich hin, griff nach der Füllfeder, ließ sie aber dann doch liegen und lehnte sich in seinem Sessel zurück.

»Wissen Sie«, fuhr ich fort, »diese Idee war elektrisierend, weil sie so klar vor mir lag und weil die daraus zu ziehenden Schlüsse so umfassend sind und die Konsequenzen so endlos. Was daraus folgt, ist unermesslicher, als alles Unermessliche zusammengenommen. Das wurde mir unheimlich. Das sprengte den Rahmen einer Zeitungsgeschichte und ich begann mich unwohl zu fühlen, irgendwie persönlich bedroht. Also wollte ich mir die Geschichte wieder ausreden, ich wollte sie wieder wegargumentieren, widerlegen, irgendwie ad absurdum führen. Etwas so Verrücktes sollte sich doch wieder aus der Welt hinauserklären lassen. So ein Unsinn, sagte ich mir, so ein gutklingender Unsinn. Ich wollte das Herbeiformulierte wieder hinwegformulieren. Dorthin zurück formulieren, wo es herkam, ins das Reich der Fantasie. Doch das funktioniert nicht.«

Ich saß da und bekam zu wenig Luft. Ich versuchte durch mehrere tiefe Atemzüge hintereinander meine Lunge mit Luft zu füllen, während Reich fremd an meinen Augen vorbei blickte.

»Die Idee von der Funktionsuntauglichkeit des Systems Sprache löst sich nicht auf«, fuhr ich fort, »sie ist da. Sie ist in mir. Es ist keine Idee. Es ist eine zwingende Tatsache. Und es liegt nicht am körperlichen Sprachorgan. Es hat andere Ursachen.«

Wieder versuchte ich erfolglos durchzuatmen. »Es gibt einfach zu viele Beweise dafür, dass die Sprache gescheitert ist. Besser gesagt, dass der Mensch an dem gescheitert ist, was er die Sprache nennt.«

Hans Reich erhob sich, ging vier, fünf Schritte zum Fenster, schob den schweren Vorhang etwas zur Seite, dass sich schräge Lichtbahnen in die Dämmrigkeit schnitten, und blickte hinunter auf die Berggasse, wo eine dick in Lumpen gewickelte Frau ihren Supermarkt-Einkaufswagen vor sich herschob, der vor persönlichen, in alte Plastiksäcke verpackten Habseligkeiten überquoll, zwischen denen Bündel alter Zeitungen steckten. Sie beschimpfte zwei Polizisten als Schergen des Polizeistaates, die sie offenbar angesprochen hatten. Reich ließ den Vorhang los und kehrte von seinen Gedanken begleitet zum Schreibtisch zurück. Er berührte seine kaputte Füllfeder, ließ sie aber liegen. Dann setzte er sich wieder und wartete wie ein Therapeut, der seinen Klienten einfach reden lässt, was immer da kommen mochte, nichts kommentierte und auch nach langen Pausen das Wort nicht ergriff.

Ich knetete und rieb meine Handflächen und diesmal gelang es mir durchzuatmen. »Anfangs«, sagte ich, »habe ich mich gewundert, dass die Sprachwissenschaft nicht sagen kann, was Sprache ist.«

Er nickte. »Keine Wissenschaft hat ihre großen Fragen beantwortet.«

Es erleichterte mich, dass er überhaupt etwas sagte. Hatte die Medizin das Geheimnis des Organismus enthüllt? Hatte die Physik durchschaut, welche Kraft nun wirklich alles zusammenhielt? Natürlich nicht. Die Erkenntnisgewinne der Wissenschaften beruhten überwiegend auf der Entdeckung immer neuer Fragen und so erkannten sie immer mehr, was sie alles nicht wussten. Sie vermehrten vor allem das Unwissen.

Reich saß gebückt wie ein Greis, der nur noch verstand, was er verstehen musste, das aber mit der Schärfe alter Menschen, die nie aufgehört haben, ihr Hirn zu gebrauchen und dabei immer tiefer und einfacher wurden, während sie immer weniger redeten, aber immer mehr sagten. Reich sagte gar nichts.

Ich machte eine längere Pause. Ich hatte mich entspannt und Pausen machten mir nichts mehr aus. Ich sah Reich an, der mich beobachtete. Er wirkte, als würde er noch immer aufmerksam zuhören, obwohl ich nicht sprach.

»Ja«, sagte ich. Und dann war wieder Stille. Die Gesprächspausen hatten ihr peinliches Vakuum verloren und taten sogar gut. Der Gesprächsstoff, der jetzt beschwiegen wurde, stand in einem entspannten Reifungsprozess und war stille Reflexion. Ich hatte mein formelles Verhalten abgelegt und unterhielt mich einfach mit ihm, laut nachdenkend, ohne Angst, Unsinn zu reden.

Ich sagte: »Was ich mit eigenen Augen sehe und was ich definitiv weiß, muss ja nicht bewiesen werden. Ich sehe in aller Eindeutigkeit, dass der Mensch sich einer Kommunikationstechnik bedient, die er nie hinterfragt hat. Er beforscht ihre Mechanismen und Formen, er dreht und wendet alles hunderttausend Mal. Er fragt sich, wie sie funktioniert, die Sprache, aber nicht, ob sie überhaupt funktioniert. Er hat sie nie hinterfragt. Er versucht das Kommunikationssystem zu durchschauen, ist aber nie auf die Idee gekommen zu fragen, ob es überhaupt ein Kommunikationssystem ist.«

Reich war wieder in seiner Therapeutenstellung und blickte seinen Therapeutenblick. Einen Augenblick bildete ich mir ein, den Anflug eines Lächelns in seinem Ledergesicht erkannt zu haben. Oben bellte gedämpft der Hund.

»Warum passieren ständig Dinge, von denen niemand will, dass sie passieren?«, fragte ich. »Es ist doch offensichtlich, dass es keine erfolgreiche Kommunikation gibt und dass alles in der Welt an der misslungenen Darstellung von Realität scheitert. Wer will denn schon Krieg?«, fragte ich. »Niemand, oder fast niemand, außer vielleicht drei wahnsinnige Blutsäufer. Fast hundert Prozent der Menschheit, Herr Professor, sind brave, bescheidene Wesen, die sich danach sehnen, leben zu dürfen, arbeiten zu dürfen und innerhalb ihrer Gemeinschaft halbwegs frei zu sein. Die meisten würden nicht einmal etwas stehlen.

Sie halten alle Gesetze unterwürfig ein und hoffen, von diesen Gesetzen im Gegenzug selbst beschützt zu werden. Sie sind einfach nicht die Ursache für das Blutbad, das diesen Planeten tränkt«, sagte ich, »es liegt nicht an den falschen Menschen, sondern an den falschen Wörtern. Alle suchen nach den richtigen Wörtern und niemand weiß, dass es sie gar nicht gibt. Und so kämpft man sich Tag und Nacht durch Diskussionen und Verhandlungen, um Verständnis zu vermitteln oder zu erlangen, bis der nächste Krieg ausbricht, im Kleinen oder im Großen. Krieg ist die Folge misslungener Kommunikation«, sagte ich, »eine Meinungsverschiedenheit ist ein Streit um Worte. Streit ist eine Friedensverhandlung. Warum ist überall Krieg, obwohl niemand Krieg will? Weil Krieg die Weiterführung von gescheiterten Friedensverhandlungen mit endgültigen Maßnahmen ist. Krieg will erzwingen, was Wörter nicht geschafft haben.«

Ich machte eine Pause. Ich blickte auf die ausgestreckten Finger meiner Hände. Dann sagte ich: »Die Welt sucht nicht nach Lösungen, sondern nach einer Sprache.«

Reich erhob sich und ging über den knarrenden Parkettboden wieder zum Fenster. Er machte ein skeptisches Gesicht, als würde noch etwas fehlen. Er schob den Vorhang zur Seite. Seine Hände griffen am Rücken ineinander und er nahm breitbeinig Aufstellung. Er wog seinen Kopf nach links und nach rechts, um den verspannten Nacken zu dehnen oder seine Gedanken zu durchmischen. Ich starrte ihn an wie ein Hund, der ihm einen Ball vor die Füße gelegt hatte und nun wartete. Reich blickte hinunter auf die Gasse und diesmal kam eine Modepuppe mit hochgesteckten, weißblonden Haaren und perfekt kommunizierendem Outfit aus Make-up, Kleidern und Tasche vorbei, das einzig durch sein mutiges Farbenspiel aus Rosa, Himbeer und Weiß etwas schrill wirkte, aber nicht, weil die Dame mindestens achtzig Jahre alt war.

Reich schien seinen Gedankengang beendet zu haben, blickte auf und sagte: »Ich würde ihnen gern etwas zu trinken anbieten, Tee oder Kaffee vielleicht, aber ich habe nichts.« Es klang, als würde er sagen, er könne da nicht sehr behilflich sein, wir säßen im selben Boot.

Auf halbem Weg vom Fenster zurück blieb er stehen und stellte seine Diagnose: »Sie haben Feuer gefangen.« Dann setzte er seinen Weg fort und nahm am Schreibtisch Platz. »Was werden Sie jetzt machen?«

»Ich werde mich vom Feuer leiten lassen«, sagte ich.

Reich hatte indirekt alles bestätigt. Ich wusste, dass ich nicht wahnsinnig war. Nichts, was ich gesagt hatte, war von der Hand zu weisen gewesen. Er hatte so wenig gesagt, weil dem nichts hinzuzufügen gewesen war.

»Aber es geht hier nicht nur um Krieg und Frieden«, sagte ich, »es geht hier um absolut alles. Kaputte Sprache, kaputte Welt, kaputte Menschen. Wir sehen etwas, aber wir verstehen es erst, wenn wir es sprachlich nachbilden. Alles, was wir verstehen, verstehen wir nur durch Beschreibung. Alles, was wir erkennen, erkennen wir durch Übereinstimmung mit bereits Beschriebenem. Jeder konkrete Gedanke ist nur deshalb so konkret, weil er in Wortsprache formuliert wurde. Und das betrifft einfach alles. Die Verstandeswelt besteht aus nichts als Sprache, die abbildet und wiedergibt. Wenn die Sprache und daher die Kommunikation nicht funktioniert, dann ist nichts so, wie wir dachten, dass es ist. Absolut nichts. Wenn die Sprache defekt ist, dann leben wir in einer Welt, die es nie gegeben hat. Dann haben wir eine Vorstellungswelt aufgebaut, die real nicht existiert. Aber das ist noch lange nicht das Schlimmste.«

Ich schwieg wieder. Mittlerweile genoss ich diese Pausen. Ich fühlte mich wohl und bei Reich gut aufgehoben. Er hörte zu. Er unterbrach mich nie, nicht einmal, wenn ich schwieg. Er nahm mich ernst. Er wusste, wovon ich redete. Und er schien schon im Vorfeld zu wissen, was ich als nächstes sagen würde. Als würde er mich begleiten, ohne mich zu berühren.

»Das Schlimmste ist etwas anderes«, fuhr ich fort. »Wissen Sie, anfangs, als ich entdeckte, dass die Sprache kaputt ist, dachte ich immer nur daran, was das für den Austausch mit anderen Menschen bedeutet, für den Dialog. Sehr viel, ja. Aber ich hatte die Sprache auf ihre wechselseitige Mitteilungsfähigkeit reduziert. Dabei ist sie viel mehr.

Es geht hier nicht um Auffassungsunterschiede und Auslegungsfragen und um Missverständnisse, über die man streiten kann. Das gegenseitige Verstehen ist nicht so wichtig, wenn man das wirklich große Problem betrachtet.«

Reich schwieg. Mir dämmerte seine Meisterschaft in Gesprächsführung. Blicke aus dem Hintergrund, absichtsvolles Schweigen, absolute Aufmerksamkeit wie unsichtbares Nicken. Er hatte meinen Redefluss in eine Richtung gelenkt, die ich davor selbst nicht kannte. Er blickte auf das leere Blatt Papier vor ihm, dann schaute er wieder mich an.

Ich blickte auf die inneren Flächen meiner Hand, drehte sie um und betrachtete sie von außen, als würde ich Handschuhe probieren. »Das größte Problem bin ich selbst«, sagte ich, »ich. Das, woran ich mich selbst erkenne. Auch mein Selbstbild ist Ergebnis einer Beschreibung wie alles andere. Ich habe keine Identität, wenn es keine Beschreibung dieser Identität gibt. Die Sprache identifiziert mich. Sie zeichnet mich und grenzt mich von meiner Umgebung ab. Sie stabilisiert mich. Sie gibt mir Kontinuität und macht mich wiedererkennbar. Sie beschreibt das Zentrum, in dem meine Eindrücke stattfinden. Die Sprache erschafft mich. Sie weist mich aus. Nur durch sie weiß ich, dass es mich gibt. Ich bestehe aus Wortkombinationen.«

Ich drehte meine Handflächen nach innen und wieder nach außen und betrachtete sie. »Ohne Sprache gibt es mich nicht«, sagte ich. Ich sah die Linien und Falten und je genauer ich die Haut meiner Hände ansah, desto fremder erschienen sie mir und je öfter ich meine Hände drehte und sie wieder ansah, desto fremder wurden sie mir, wie die Hände eines fremden Wesens, wie Hände, von denen ich nicht wusste, was sie im nächsten Augenblick machen würden. Ich sagte: »Ohne Sprache gibt es mich nicht, und mit der Sprache gibt es mich falsch.«

Ich blickte zu ihm auf und lächelte. »Denn sie funktioniert nicht.«

Er lächelte.

»Ja, ich werde mich vom Feuer leiten lassen«, sagte ich, » ich werde mit den Tieren sprechen. Ich werde die Menschensprache verlassen.«

»Dann werden sie sehr einsam sein.«

»Ja.«

Er schwieg.

»Ich bin Ihnen dankbar, dass Sie mich empfangen und ernst genommen haben.«

Er sagte nichts.

»Ich werde die Sprache aus großer Entfernung betrachten und aus nächster Nähe.«

»Aus der Nähe sehen Sie nichts«, sagte er, »je näher sie rangehen, desto weiter entfernen sie sich. Je genauer sie hinschauen, desto mehr löst sich alles auf.«

Ich schwieg. Ich war entspannt und hatte keine Eile. Er griff nach seiner kaputten Füllfeder, aber jetzt ging gar nichts mehr. Die Tinte war eingetrocknet.

Er sagte: »Sie können der Sprache nicht auf den Grund gehen, indem sie den Bedeutungen ihrer Wörter nachjagen und immer genauer präzisieren. Wörter rufen in jedem etwas anderes wach. Stellen sie sich vor, sie müssten mit einem Gesprächspartner schon im Vorfeld des Gesprächs Einigkeit erzielen, was alle im Gespräch verwendeten Wörter genau bedeuten. Dazu müssten Sie auch die Bedeutung der Wörter abklären, die sie zur Abklärung der Bedeutungen verwenden wollen, wie auch die Bedeutungen jener Wörter, die sie zur Abklärung der Abklärung einsetzen und so weiter. Sie bewegen sich rückwärts. Je näher sie hingehen, desto weiter entfernen sie sich.«

»Ein Dilemma«, sagte ich ruhig.

»Ein Trilemma«, nickte er.

Alles war echt. Ich hatte mir nichts eingebildet.

14

Ich trat durch das Haustor auf die Straße und unerwartet heiße Luft schlug mir wie ein Polster entgegen, als wäre ich im Süden aus dem Flugzeug gestiegen. Grelles Tageslicht stach in meine viel zu weiten Pupillen, es war trocken und höchst angenehm. Ich fühlte mich leicht, stark und unternehmungslustig. So musste sich ein Hund fühlen oder ein Pferd oder ein Kind, das aus einem Käfig gelassen wird und zunächst einmal aus dem Stand in die Luft springt, um dann einen kleinen Sprint hinzulegen. Ich ging bergauf in Richtung Votivkirche. Ich griff nach dem Mobiltelefon, tippte ein »Hunger?«, zögerte, und löschte die Nachricht wieder.

Da riefen mich unmittelbar hintereinander zwei Personen an, die ich kontaktiert hatte, um Termine für Recherche-Gespräche zu fixieren, was ich schon völlig vergessen hatte. Zuerst ein Psycholinguist, dann eine Installationskünstlerin. Ich versicherte beiden, es täte mir leid, ich sei verhindert und so weiter und versprach, mich wieder zu melden, sobald ich die Recherchen wieder aufnehmen würde.

Diese Leute konnten mir nicht mehr helfen. Der Psycholinguist würde von der Macht der Worte schwärmen, fassungslos vor Bewunderung, weil sie sowohl verletzen wie auch heilen konnten. Er würde Beweise anführen, dass die Energie positiver Wörter nicht nur Pflanzen und Tiere besser gedeihen ließ. Er würde von einer neuen Studie berichten, aus der hervorging, dass Reiskörner selbst in gekochtem Zustand signifikant langsamer verfaulten, wenn man sie mit positiv besetzter Sprache berieselte, während ihre Artgenossen der Vergleichsgruppe schneller zerfielen, weil man sie beschimpfte.

Und erst die Installationskünstlerin mit den grünen Haaren. Sie türmte alte Dia-Projektoren auf, die Menschengesichter an die Wand warfen und sie platzierte überall alte Tonbandgeräte, die rückwärts abgespielte Stimmen wiedergaben, was wie ausgerutschtes Gezwitscher klang, unterlegt von einem finsteren, bremsenden Ächzen wie alte schwere Möbel, die sich dagegen sperrten, über einen Bretterboden gezogen zu werden. Das sei eine Installation, sagte sie, mit der sie, wie sie sich ausdrückte, »die Beziehung des Gesellschaftsmenschen zu seiner Partnerin Sprache aus dem Kontext des Alltags herausgelöst und isoliert« habe. Sie wolle mit diesem Projekt, an dem sie acht Monate Tag und Nacht gearbeitet habe, dem, wie sie sagte, »unbedarften Betrachter einmal vorführen und bewusst machen, wie das Schweigen des Sprechens eigentlich aussieht und wie vor allen Dingen vice versa das Sprechen des Schweigens im sozialen Kontext des Mediums Mensch in Beziehung zu seiner kommunikativen Umwelt in Erscheinung tritt«. Gott.

Jetzt tippte ich doch ein: »Hunger?«, und drückte auf »Senden«.

Welchen Sinn machte es noch, Leute abzuklappern, die etwas über die Sprache sagten? Alle wussten etwas über sie, auch, wenn sie doch nur das rätselhafte Wunder stilisierten und ihre eigene Faszination als Leistung darstellten. Sie waren aufgewühlt von dem, was Sprache konnte, aber nie davon, was sie nicht konnte.

Ich hatte noch viele andere Leute kontaktiert, jetzt kümmerte ich mich nicht mehr darum. Jetzt, im Moment der Erhebung durch Hans Reich, wollte ich am liebsten in einem Gastgarten sitzen und mit Michaela Halbmond erfolglos auf einen Kellner warten, während sie die seidenpapierenen Lippen bewegte und einmal über etwas anderes redete oder gar nichts. »Ja!«, piepste es jetzt, »wenn ich zurück bin, melde ich mich. Verstanden!?«

Zurück? Ich schrieb: »Verstanden? Nein. Was denn? Wenn du wann von wo zurück bist?«

Die Antwort kam nach wenigen Sekunden: »a) du musst nichts verstehen, ich mach das schon, b) weiß noch nicht, bald, c) aus Kamerun.«

Sie war in Kamerun und nicht da vorne um die Ecke. Sie war wieder bei ihren Mande-Leuten in Afrika. Sie war eine echte Entdeckerin. Sie redete nicht mit gekochten Reiskörnern, sie war auf eine ganz andere Art unwirklich. Und plötzlich wieder so weit weg. Scheinbar plötzlich. Ich meine, der Realitätsgehalt meiner Erinnerung an sie war ohnehin schon unscharf geworden. Da waren wir ins Gespräch versunken am Gehsteig im Straßenlärm gestanden und hatten gestikuliert, dann tauchte sie im Verkehr unter wie in einer tosenden Brandung und jetzt war sie wieder zu Hause. Sozusagen. Bei ihren Leuten.

Ich tippte ein: »Pass auf dich auf. Ich muss mit dir doch noch ein verhörähnliches Interview machen.« Als ich auf »Senden« drückte, kam bereits eine weitere Nachricht von ihr herein: »Ich muss jetzt abdrehen, bin schon am Einsteigen. Schreib mir trotzdem was.«

Einsteigen hieß wohl, dass sie in ein Flugzeug stieg, aber wo es war und wohin es flog, ging nicht daraus hervor. Sie konnte noch in Wien sein und ich konnte sie knapp verpasst haben. Ich hatte ja auf ihre Nachricht mit dem Krokodil-Steak nicht geantwortet und sie vielleicht nur deshalb verpasst. Oder sie war in Lissabon oder Paris oder Madrid odcr sonst wo und war eben umgestiegen. Aber nein, fasste ich mich, sie hatte doch geschrieben, sie sei in Kamerun. Also gut, wo immer sie war und ob ich es wusste oder nicht, was die technischen Möglichkeiten anging, würde ich sie innerhalb von Sekunden erreichen. Nur jetzt nicht. Jetzt war sie im Flugzeug und dieses erhob sich gerade in die Luft.

Ich steckte das Telefon weg und blickte in die Gasse, an deren Eingang ich stand. Sie verlief geradeaus in die Tiefe und bog dann leicht nach links. In der Biegung verdünnte sich die linke Häuserfront und verschwand, während die rechte an Gesicht gewann. Die Häuser standen grau, schwarzgrau, gelbgrau oder graugrün verblasst in einer Brandung aus Lärm wie am Ufer eines Flusses, auf dem röhrende, rauchende Blechgehäuse trieben. In der nächsten Quergasse war der Fluss leer und es war dörflich still, aber auch hier starrten die grauen Häuserfronten wie jene am Flussufer. In der übernächsten Gasse strömten gehende Menschen ineinander und die Häuserfronten mit den symmetrischen Waben aus Fenstern über ihnen sahen aus wie überdimensionale Lochkarten.

Als junger Reporter war ich einmal hierhergekommen und hatte erlebt, wie viele unterschiedliche Welten sich in einer einzigen solcher

Gassen befanden, von denen die Stadt voll war, grau, anonym, die Fenster zahllos in Kolonnen neben- und übereinander wie auf Lochkarten von anno dazumal. Hinter je zwei Fenstern befand sich eine Welt. Hinter dem Fensterpaar im dritten Stock des Hauses siebenundfünfzig, Tür zwölf, hatte sich eine Geschichte zugetragen, die zu hören ich mich in diese Wohnung erfolgreich eingeladen hatte. Ein greiser Kriegsveteran, der nie aufgehört hatte, im Schlaf Befehle auszustoßen und im Wachzustand trotz schwerer körperlicher Versehrungen stramme Haltungen einzunehmen, während er ein Grunzen von sich gab, das, wenn es nach irgendeiner Sprache klang, am ehesten russisch war, lebte da mit seiner Frau und einer Tochter, die selbst an die sechzig war und es praktisch nie in ihrem Leben geschafft hatte, außer Haus zu gelangen. Wenn sie ihren inkontinenten, im Befehlston sabbernden Vater pflegte, schlug er oft mit dem Gehstock nach ihr, den er wie einen Säbel schwang. Er schien seine Erlebnisse an der Front nachzustellen, hielt die beiden Frauen wie Kriegsgefangene und behandelte seine Kriegsgefangenen schlecht. Nicht selten entzog er ihnen aus nichtigen Gründen das Essen, das meist ohnehin nur aus schimmeligem Brot und Kohlsuppe bestand, die in der Regel dünn und kaum gesalzen war, ein Gericht, das ich später in meinem Artikel als Stalingrad-Menü bezeichnete. Im Winter durften die Frauen kaum heizen und beim täglichen Appell, zu dem sie antreten mussten, bellte er hasserfüllte Kommandos, die mit einem weinerlichen Wimmern durchzogen waren. Eines Tages war seine Tochter nicht pünktlich zum Morgenappell erschienen und so schritt er ohne zu zögern zur Bestrafung der ganzen Truppe, wie das die Gepflogenheiten der militärischen Disziplin im Ernstfall einforderten. Er befahl seiner Frau sich hinzuknien und exekutierte sie mit einem russischen Revolver, bevor er sich selbst in den Kopf schoss. Beide müssen an die neunzig gewesen sein. Seine Tochter hatte überlebt, weil sie zu spät gekommen war.

Wenige Wochen später war ich in derselben Gasse auf Nummer vierundneunzig, Tür neun. Hinter diesen beiden Fenstern lebten zwei schwule Männer in einer glücklichen Beziehung. Wenn der eine abends von der Arbeit heimkam oder von einem Wochenende bei seinen Eltern in Prag, wartete der andere schon sehnlich darauf, dass die Tür aufging, denn bei ihm ging die Tür anders auf, als bei anderen. Und dann fielen sie sich in die Arme, fuhren sich mit den Fingern durch die Haare, tauschten strahlende Blicke und jeder nahm das Gesicht des anderen zwischen die Hände, bevor sie sich leidenschaftlich küssten. Auch die Mutter eines der beiden Partner lebte in diesem Haushalt und sie war der Grund für meinen Besuch. Die Dame war vierundachtzig Jahre alt und handelte mit Haschisch und Marihuana. Sie war eine entschiedene Gegnerin der neuen Chemie-Drogen aus den schmutzigen osteuropäischen Keller-Labors, die Minderjährige als aschgraue Zombies an Straßenecken erstarren und in ihren Verrenkungen wie tot aussehen ließen. Die betagte Hasch-Dealerin war in der Woche davor aufgeflogen, zum ersten Mal nach fünf Jahrzehnten, weil ein Bekannter eines ihrer Kunden, ein Junkie, den sie selbst nicht kannte, bei einem Polizei-Verhör auch ihren Namen genannt hatte, um in Ruhe gelassen zu werden. Der Boulevard hatte sich genüsslich der »Drogen-Oma« gewidmet und berichtet, sie habe nicht nur ihre Kinder, sondern auch ihre Enkel versorgt und zu Dealern ausgebildet, als diese noch minderjährig waren und sie, die Alte, lebe wie eine Königin, umsorgt von Dienern, die Angst vor ihr hätten. Auf den Punkt gebracht sei sie etwas wie ein weiblicher Alpen-Escobar im Greisenalter. Ok.

Ich war also dort, um die Frau zu porträtieren, denn nichts, was die Krawallblätter behauptet hatten, entsprach der Wahrheit. Absolut nichts, nicht einmal ihr Alter, denn sie war vierundachtzig und nicht dreiundachtzig. Und sie hatte schon deshalb keine minderjährigen Enkel zu Dealern ausgebildet, weil sie keine Enkel hatte. Ihr Sohn war schließlich schwul, glücklich und so bieder, dass er beim Kaffee-Kränzchen auf gebügelte Spitzen Wert legte und niemals Drogen anrührte. Das einzige, das diese Blätter korrekt wiedergaben, war ihr Name, und den hätten sie aus medienrechtlichen Gründen nicht nennen dürfen. Aber gut. Egal.

Als ich wieder ging, dachte ich, sieh einer an: eine Gasse – zwei Welten. Und als ich ins Freie trat, blickte ich hinunter auf die Häuserschlucht mit den mehrreihigen Fenster-Kolonnen und war fremdartig berührt. Hinter den vertuschenden Häuserfronten befanden sich nicht nur zwei Welten, sondern unzählige. Hinter jedem einzelnen der Fensterpaare lag eine andere Welt mit eigenen Gesetzen und unentrinnbaren Bedingungen. Hinter jedem der Fensterpaare gab es andere Wirklichkeiten, bedeutete ein und dasselbe etwas völlig anderes. Wenn man hier »Rot« sagte, sah jeder etwas anderes. Der posttraumatische Kriegsverbrecher; die greise Dealerin, die nie erwachsen geworden war; der glückliche Schwule, der mit allem, was er verkörperte und tat, gegen diese Mutter protestierte – jeder sah sein eigenes Rot. Wenn man hier »guten Morgen« sagte, nahm es hinter jedem Fensterpaar auf einen anderen Morgen Bezug. Und alle antworteten auf einen anderen Morgen Bezug nehmend. »Guten Morgen« in der Welt siebenundfünfzig/zwölf. »Guten Morgen« in der Welt vierundneunzig/neun. Es bedeutete etwas dermaßen anderes, dass es nicht übersetzbar war. Hinter jedem Fensterpaar dieser Lochkartenschlucht wurde eine eigene Sprache gesprochen. In jedem Loch der Lochkarte befand sich eine eigene Welt mit einer eigenen Weltsprache, die nicht übersetzbar war. Und jeder einzelne Mensch hinter ein und demselben Fensterpaar sprach eine eigene, persönliche, unübersetzbare, einzigartige Welt-Sprache.

Wenn die Fensterpaare der Lochkartenschlucht in der Finsternis gelblich leuchteten, sah man es: es war eine Galaxie, eine Batterie aus zahllosen Gestirnen, die in der All-Nacht leuchteten, jeder in seiner eigenen unendlichen Planeten-Einsamkeit. In den Lichtpunkten verbargen sich bewohnte Welten und so viele Sprachen, wie es Sprecher gab. Und wenn es wieder hell war, strömten die Sprecher aufeinander zu und aneinander vorbei und sagten »guten Morgen«, wenn jemand »guten Morgen« gesagt hatte, oder sie sagten als erster »guten Morgen«, worauf jemand nickte und ebenfalls »guten Morgen« sagte. Sie nickten, sie schüttelten nicht etwa den Kopf, sondern nickten, um die Bedeutung der gewählten Aussage mit einer Geste zu unterstreichen. Und dann nickten beide in erzielter Einigkeit, dass die Verständigung erfolgreich abgewickelt worden sei.

Die Welt funktionierte nur noch scheinbar. Flugzeuge schwebten sinkend über die Stadt Richtung Schwechat und brachten Kongressteilnehmer oder Touristen. Alles lärmte in der gewohnten Ordnung, die Menschen sagten »guten Morgen, alles bestens«, und nickten. Im Parlament hoben sie unter Klubzwang die Hand. Die einen verwiesen auf den CO_2-Ausstoß, die anderen verlangten den Netzausbau für die digitale Revolution, oder wiesen einen Zusammenhang zwischen Migration und Terrorismus zurück. Im Straßenverkehr starben viel weniger Menschen und fast niemand wurde noch ermordet, außer einigen Ehefrauen. Im Fernsehen wurde getanzt und gesungen und gebastelt, jemand gewann das Cup-Finale und die meisten glaubten, man befinde sich innerhalb des Verfassungsbogens und vor allem glaubten sie, man könne alles ausdiskutieren. Niemand schöpfte Verdacht. Niemand sah es kommen, niemand sah, dass es schon gekommen war. Mir war, als wäre ich selbst unsichtbar geworden. Dabei war ich nur aufgewacht. Ich starrte in die scheinbare Ereignislosigkeit zwischen den Häuserfronten mit den vielen geschlossenen Fenstern und war aufgewacht. Ich gähnte sogar.

Die indigoblaue Tür meines Zimmers knarrt leise und ein unscheinbarer Spalt öffnet sich. Ganz unten am Boden sehe ich ein Auge des Achtjährigen. Er sieht nach mir. Er kümmert sich um mich. Als mein Blick sein Auge trifft, verschwindet es. Er hat mit mir die Ebene gewechselt. Seit ich schweige, schweigt auch er und blickt bedeutungsschwer.

Wo war ich eben stehengeblieben? Ja: Ich stand also da, blickte in die Lochkartengalaxie und nun dämmerte mir, ich könnte tot sein. Ja wirklich, das, was ich sah, konnte, ja musste, das Jenseits sein. Ich hatte nicht bemerkt, dass ich gestorben war, dachte ich, und ärgerte mich darüber. Nun litt ich unter den widrigen Bedingungen, in die man geriet, wenn man den Vorgang des Sterbens übersehen hatte. Ich war tot und hatte nicht erkannt, dass ich tot war. Nun dachte ich, ich sei tot und bildete mir dabei ein zu träumen, ohne zu wissen, ob Tote im Jenseits eigentlich träumten. Dazu mussten sie ja auch schlafen. Und ob Tote nun im Jenseits auch schliefen, hatte ich mich nie gefragt. Da war jedenfalls diese schwere Langsamkeit wie im Traum, die überräumliche Akustik, die sinnlichen Gleichzeitigkeiten, die multiperspektivischen Misch-Ebenen aus Zeiten und Orten und die ungebundenen Geisterpersonen mit den lauten Stimmen.

Aber ich war nicht zum Leben erwacht und ich war auch nicht im Traum erwacht. Ich war im Tod erwacht. Ok, dachte ich, was immer der Unterschied ist, so ist das also. Wenn du geboren wirst, stirbst du in die Welt hinein, stirbst eine Zeit lang in der Welt dahin und dann stirbst du wieder aus der Welt hinaus. So einfach ist das. So irre. So anders.

15

Als ich am nächsten Tag erwachte, war ich krank. Ich litt an einer psychischen Übelkeit, die mir jede Wehr nahm. Ich litt an einer seelischen Reisekrankheit, die mich Stunden regungslos im Bett liegen und in den farblosen Raum stieren ließ, durch den schwarze Löcher schwebten, die Schwindel verursachten, wenn mein Blick sie festhalten wollte.

Meine Wohnung ging nach hinten in einen Innenhof, der nicht viel größer war als ein Lichtschacht, in dem nur ein Baum Platz hatte, der sich einsam nach oben schob, einem kleinen Viereck aus Himmel entgegen. Die Wohnung lag im ersten Stock und wurde praktisch nie vom Sonnenlicht direkt erreicht. Nur während der Sommerzeit gab es an späteren Vormittagen für einige Minuten eine Konstellation, die es einigen Strahlen erlaubte, durch ein Fenstereck zu gelangen und einen wie Bernstein leuchtenden Fleck auf den alten Parkettboden im Wohnzimmer zu werfen. Aber der Hof war frei von Verkehrslärm. Im Parterre lebte eine muslimische Familie und ich liebte die frühen Sonntag-Nachmittage, an denen ich mich halbschlafend tagträumend von der Geräuschkulisse, die aus ihrer Küche drang, in ferne Länder entführen ließ. Über dem friedlichen Geklirre und Geklapper lag der leidende Singsang des Radiopredigers, der Suren aus dem Koran rezitierte, untermalt von einer schläfrig miauenden Oboe und ich sah mich im Hotel eines orientalischen Landes, wo ich eben angekommen war und meinen Jetlag behandelte, indem ich bekifft einfach die Ferne genoss. Jetzt, nachdem ich den ganzen Vormittag regungslos im schweißkalten Bett liegend meine zähe Hirnmasse durchwühlt hatte, um ein bisschen zu ergründen, warum mein inneres Gerüst derart ins Wanken geraten war und jeden Augenblick kollabieren konnte, überlegte ich, was ich Michaela antworten sollte. Ich wusste es nicht.

»Warum freue ich mich so, in Wien zu sein?«, hatte sie aus einer fernen, sonnigen Welt herübergefragt. Sie hatte mir mehrmals eine Textnachricht geschickt und ich hatte ihr die ganze Zeit nicht geantwortet. Nun war sie zurück aus Afrika und ich biss mir auf die Unterlippe. Jetzt käme es gut, dachte ich, mit meiner Antwort ein bisschen frech zu sein, um eine Laune vorzugeben, die gut genug war, ihrem eigenen Lebensgefühl angemessen zu sein. Ich stellte mir vor, nicht nur artig frech zu sein, sondern wirklich frech, so, dass sie ein bisschen empört sein konnte und ich sie im nächsten Augenblick schnappen und festhalten würde, während sie strampelnd versuchte, ihre Empörung aufrecht zu erhalten und sich mit der größtmöglichen Gewaltlust aus der Umklammerung zu lösen. Aber mir fiel nichts ein.

Ich dachte an Mufwene. Am Anfang, als ich noch an einer Zeitungs-Story arbeitete, hatte ich ja eine lange Reihe möglicher Auskunftspersonen kontaktiert und längst hatten sich manche zurückgemeldet, teils mit Gesprächszusagen, teils mit schriftlichen Antworten auf gestellte Fragen, teils, weil ich mich nicht mehr gemeldet hatte, sie aber hofften, in die Zeitung zu kommen und sich nun nach dem Fortgang der Recherchen erkundigen wollten. Unter den Rückmeldungen befand sich auch eine ausführliche Antwort von Noam Chomsky und eine von Salikoko Mufwene, ein international anerkanntes Linguisten-Kaliber aus Chicago.

Mufwene vertrat die Ansicht, Sprache sei etwas Lebendes, und das nicht nur bildlich. Sie weise erstaunlich viele Parallelen zu biologischen Existenzformen auf. Sprache wachse, breitete sich aus, passe sich Bedingungen an, verändere sich ständig, färbe auf andere Sprachen ab, stecke sie an. Wenn sie nicht hochkomme, gehe sie ein. Wenn sie es schaffe, hochzukommen, überwuchere sie andere wie Unkraut und verdränge sie. Werde sie eingeschleppt, könne sie zur Plage werden. Mufwene arbeitete an Konzepten, mit denen das Sterben von Sprachen aufzuhalten wäre, denn fast täglich starben kleine Regionalsprachen, auch einfach deshalb, weil sie keine Schrift kannten und mit ihren Sprechern dahingingen. Mufwene schlug vor, beim Schutz von Sprachen nach den Prinzipien des Artenschutzes vorzugehen.

Sprachenschutz war Tierschutz. Artenschutz. Eine Sprache war ein Lebewesen. Nicht ganz selbstständig, aber halbautark wie ein Virenstamm. Sie lebte in, von und mit ihrem Wirt.

Zunächst lief es mir nur ein bisschen kalt über den Rücken. Wenig später stand ich an der Grenze zum Gespenstischen, als ich in der Hirn-Wissenschaft auf etwas stieß, das, wie ich meinte, Mufwenes Gedanken bekräftigte und weiterführte: Sprache konnte sich im Kopf selbst umsiedeln. Sie konnte aus ihrem Sprachzentrum ausziehen und sich anderswo im Hirn niederlassen und weiterarbeiten. Nach der herkömmlichen wissenschaftlichen Einschätzung waren die nach ihren Entdeckern Broca und Wernicke benannten Hirnbereiche jene Orte, an denen Sprache stattfand. Hier wurde massenhaft registriert, analysiert, übersetzt und zugeordnet, wurden Befehle erteilt und alles in die Wege geleitet oder blockiert, was man Sprache nannte. Hirnforscher hatten nun aber Fälle bei Kindern bis zu fünf Jahren beobachtet, deren Sprach-Zentren durch Gewalteinwirkung von außen zerstört worden waren, aber die Kinder konnten dennoch sprechen. Die Sprache, diese riesige Fabrik von einem Organ, die ein Drittel der gesamten Körperenergie verbrauchte, war einfach abgewandert. Sie war aus den zerstörten Fabrikhallen ausgezogen, hatte sich an einem neuen Produktions-Standort niedergelassen und ihre massenhaften Schaltungen wieder aufgenommen.

Ich staunte. Das war keine Geistergeschichte. Das waren nüchterne Beobachtungen der Wissenschaft, die nichts als Beweise akzeptierte. Wer hatte die Sprachproduktionsanlage denn umgesiedelt? Wer hatte sie aus ihrem zerstörten Zentrum evakuiert und umorganisiert, damit sie anderswo ihre Geschäfte wieder aufnehmen konnte? Wie war es möglich, dass sie nicht an ihren Platz gebunden war? Wie konnte es sein, dass sie selbst nicht zerstört war, wenn die Körperstelle zerstört war, mit der sie agierte? Wenn die Lunge kaputt war, konnte man auch nicht mit den Ohren atmen. Die Sprache war ein Lebewesen, das in einem Organ des Menschen lebte, aber nicht das Organ war. Sie war wie ein Organ im Organ. Oder ein autonomes Programm im Organ.

Jetzt hatte ich es. Ich spürte das nahe Ende von irgendetwas. Plötzlich verspürte ich Lust, meinen alten Namen wieder anzunehmen: Frido Fennes. Aber es war unwichtig, wie ich hieß.

Es war Zeit. Ich grub in meiner Dokumenten-Schuhschachtel nach dem Reisepass. Ich stieß auf Geburtsurkunde, Taufschein, alte Meldezettel und Schulzeugnisse. Auf uralte Rechnungen, die seinerzeit wichtig genug gewesen waren, aufgehoben zu werden; auf einen in Nylon gewickelten Garantieschein für einen Kassettenrekorder, mit dem man durch gleichzeitiges Drücken zweier krachender Tasten aufnehmen konnte, was gerade im Radio lief. Da waren mehrere dunkelgrüne Reisepässe aus Zeiten, in denen Ein- und Ausreisestempel die besten Souvenirs waren und man schwer enttäuscht wurde, wenn ein Grenzbeamter vergaß, seinen Stempel in den Pass zu knallen, oder wenn der Stempel zu trocken und sein Abdruck nicht gut genug sichtbar war. In der Schuhschachtel war auch eine Urkunde für den sechsten Platz unter acht Teilnehmern bei einem Basketball-Turnier der Volksschule, und das Heft.

Das Tagebuch. Da war es wieder. Von den Jahren unter dem Gewicht der Dokumente gepresst wie eine trockene Blume, sauber und leer wie eh und je. Ich hatte es seit vielen Jahren nicht mehr gesehen. Mit der sehr einfach colorierten Zeichnung auf dem rauen, graublauen Umschlagskarton war es zu einer Antiquität geworden und wirkte wie ein Comic-Heft aus dem Vintage-Laden. Die Hominidin lächelte über dem Tal, in dem die Saurier grasten oder die Köpfe reckten, und aus den Bergen im Hintergrund sprühte das Feuer der Vulkane. Das Heft. Mein Tagebuch, in dem kein einziges Wort stand. Meine Literatur des Ungesagten, die Literatur des Gemeinten, die alles zeigte, woran sie sich versucht hatte und gescheitert war, und dennoch erhaben über dem Scheitern schwebte, rein und unberührt und fehlerlos. Ich betastete das Dokument, sog seinen Duft in meine Nase. Und war weiter entfernt denn je, einen ersten Satz oder auch nur ein Wort hineinzuschreiben. Es stand einfach alles schon drinnen. Buchstaben hätten es nur verunreinigt. Schrift hätte seinen Inhalt reduziert. Ich schob es in die Innentasche meiner Jacke und verließ die Wohnung.

16

Es war grau und ungewöhnlich kalt. Dieses Wetter passte zur Stadt, zum Lärm, zu den Häuserschluchten, zur Obdachlosigkeit am Straßenrand. Diese Stadt war unter grauem Himmel am glaubwürdigsten und angenehmsten. Sie schien in dieses Wetter hineingebaut zu sein und in ihrem Original zu ruhen. Ich zog wohlig schaudernd die Schultern an, vergrub die Hände in den Jackentaschen und ging bergab in Richtung Karlsplatz, um dann weiter über die Mariahilfer Straße Richtung der pyramidenähnlichen Hauptbücherei zu gelangen. Ich wollte noch einmal in das Lokal, in dem wir vergebens auf einen Kellner gewartet hatten, einfach, um noch einmal ein bisschen da zu sein. Ich wollte den Naschmarkt nur überqueren, um der zähflüssigen Touristenmasse auszuweichen, die sich an den kegelförmigen Bergen aus künstlich gefärbten Oliven vorbeiwälzte, an dem in Speck gewickelten Schafkäse, an den in Speck gewickelten Datteln und an dem in Speck gewickelten Speck. Doch dann bog ich doch ein, stoppte an einem Obststand und kaufte drei dunkelrote Baby-Honigbananen aus Thailand. An der nächsten Lücke bog ich wieder hinaus auf die Wienzeile, warf einen Blick durch das Fenster in das Raucherzimmer des Kaffeehauses an der Ecke, entdeckte keinen Bekannten und ging weiter.

Bald stand ich vor dem Lokal. Es war geöffnet, schien aber verlassen wie eh und je. Auch der Gastgarten war leer. Seit wir uns gesehen hatten, waren sicher viel weniger Tage vergangen, als es mir schien. Mir war, als würde ich von einer langen Reise zurückkehren und abgebremst werden vom Unveränderten und Altbekannten, das von den Bildern nichts wusste, die während der Reise auf mich eingestürmt waren. Von der emaillierten Blechtafel lächelte die Hausfrau mit den roten Lippen und lud zum Biertrinken ein, auf der schwarzen Tafel darunter waren unverändert die leeren Behauptungen aufgelistet, was es hier nicht alles zu essen gab. Alles war, wie wir es gesehen hatten. Ich hatte ihr nie geschrieben, die ganze Zeit nicht.

Aber ich hatte sie bei mir gehabt. Dass es sie gab, dass sie wirklich existierte, war wie eine Reservesüßigkeit im Hinterkopf, so kostbar, dass ich sie nicht öffnen wollte. Ich trug sie mit mir herum und jedes Mal, wenn mir einfiel, dass die Süßigkeit echt und nicht eingebildet war, blitzte es in mir. Sie war eine Überraschung, die jedes Mal aufs Neue überraschend war, wenn sie mir in den Sinn kam und wie Schwachstrom durch meinen Körper floss. Doch es war kein kindliches Auskosten hinausgezögerter Schokoladen-Vorfreude.

Da war auch etwas Ernstes. Eine Hemmung, die eine Geschichte hatte. Die schuldhaft und erwachsen war, wenn auch unreif. In mir war eine Unsicherheit, es nicht zusammenzubringen. Ich meine einfach gute Laune oder so, positive Stimmung, sprühende Energie, die sie zum Lachen brachte. Das wäre ihr angemessen gewesen, aber ich war so angeschlagen. Ich war wirklich nicht in der Lage, charmant und witzig zu sein, während ich den Bach hinuntergehen sah, was mich ausgemacht hatte. Und so hatte ich mich – mit ihr in petto – vor ihr verkrochen.

Ich betrat das Lokal. Kein Kellner. Niemand da. Doch. Rechts hinten im Halbdunkel an der mit uralten Plakaten übersäten Wand saß die einzige anwesende Person: Michaela. Sie sah mich ruhig und stumm an. Sie trug ein eng anliegendes Oberteil, das ich, als jemand, der von Mode nichts versteht, irgendwo zwischen Pullover und Mantel ansiedeln würde, mit einem großzügigen Kragen aus Alpaka-Flaum, der ihr Gesicht umspielte, aber eigentlich doch weder Pullover noch Mantel war, sondern etwas, das am ehesten an eine um die Schultern geworfene Decke erinnerte, worin ich gleich die Idee eines afrikanisch motivierten Designers sah. Es wunderte mich nicht, dass sie da war, aber glauben konnte ich es auch nicht.

»Komme ich zu spät?«, fragte ich und ihre Lippen spannten sich zu einem Schmunzeln. Sie schüttelte langsam den Kopf. Ich setzte mich ihr gegenüber und blickte sie an. Ging doch. Wovor hatte ich Angst gehabt? Ich sah ihr in die Augen und sie fraß mich nicht: »Ich hab dir etwas mitgebracht, weil es hier doch nichts gibt«, sagte ich und holte die Honigbananen hervor.

Das wirkte.

»Magst du?«, fragte ich, »soll ich dir eine schälen?«

»Ja, später«, lächelte sie.

»Ich habe dir in Gedanken allerhand erzählt, während du weg warst«, sagte ich, um irgendwas zu sagen.

»Ja«, antwortete sie leise und nickte. In ihrem Blick war amüsiertes Staunen, bildete ich mir ein. Ich bildete mir ein, in ihrem Ton und in ihren Augen zu lesen, sie hätte erstens gewusst, dass ich mit ihr in Gedanken redete, dass sie es zweitens ebenso gemacht hatte und sich drittens über unser vom Himmel gefallenes Zusammentreffen nicht wunderte. Sag ich halt. Ich weiß es nicht, ich meine nur. Was weiß man schon. Ich hab sie nicht gefragt. Aber ganz blind bin ich auch nicht.

»Und deinen Jowulu-Menschen habe ich erläutert, während du mit ihnen unter einem Baum gesessen bist und ich neben dir, was für ein System es ist, in dem wir hier leben.«

Das sollte lustig sein, doch ich versuchte nicht einmal zu lächeln.

»Ja?«, sagte sie.

»Ja.«

Dann ließ ich diese Pausenfüllerei und machte auf: »Schön, dass du da bist.«

Sie nickte.

»Es hat mich noch einmal hierher gezogen. Was hast du eigentlich in Kamerun gemacht, wenn …?

»… noch einmal?«

»… du doch alles schon entdeckt hast? Gibt es da noch was zu forschen, oder besuchst du nur Bekannte und feierst mit ihnen Geburts- und Todestage bei grauenhaftem Gebräu aus vergorenen Wander-Büschen, das in Strömen fließt, während die Gäste mit Masken aus Elefanten-Kniescheiben tanzen, bis sie auszucken?«

Ihre Lippen dehnten sich und zeichneten weiche Klammern um die Mundwinkel. »Ja. Ich war so halb privat«, sagte sie und es klang wie eine schnell noch erledigte Nebenbemerkung.

Ich wartete und nur, weil ich wartete, fuhr sie fort, meine Frage zu beantworten.

»Es laufen schon noch einige Projekte, bei denen es um Dialekte geht oder darum, die Sprache den Kindern in der Schule auch in Schriftform, mit lateinischen Buchstaben halt, beizubringen«, sagte sie. Und nach einigen Augenblicken: »Ich habe seit einiger Zeit in Wien und in London zu tun und bin jetzt für eine Woche wieder nach Afrika, um, wie du treffend vermutest, bei einem großen Fest dabei zu sein, eine Art Massenhochzeit, bei dem grauenhaftes Gebräu fließt.«

Ich entspannte mich und zeigte offen meine Hingerissenheit. »Du bist so toll. Wie kann man bitte eine Sprache entdecken? Ich meine, man kann irgendwo ein schönes Plätzchen entdecken oder am Markt eine unbekannte Frucht, aber eine Sprache? Was macht ihr da, um sie zu schützen, damit sie nicht ausstirbt? Sie kann doch sterben, oder?«

Ohne es zu wollen, war ich schon wieder in ihr Fach abgebogen, anstatt bei ihr zu bleiben. Aber jetzt hatte ich schon gefragt und sie antwortete. Während sie sprach, lagen ihre Finger lang und feingliedrig übereinander auf einem bunten Terminkalender und hielten einen vergleichsweise massigen Kugelschreiber. Ihre Hände mussten kalt sein. Sobald sie über ihr Fach referierte, sah ich sie am Rednerpult eines Kongresses mit höflicher Bestimmtheit das eine vom anderen abgrenzen.

»Kennen wir uns?«, fragte ich und sie verstand.

»Weiß nicht, ja.«

»Ich glaub' schon.«

»Aus dem Mittelalter?«

»Du warst eine Hexe und ich irgendwie anders regimefeindlich gelagert und ich hab dich vom Scheiterhaufen gerettet und wir sind gemeinsam über die Häuser.«

»Er muss schon gebrannt haben, ich sehe Flammen.«

»Darf ich ganz offen sein?«

»Ja. Sicher.«

»Ich glaube, das geht viel weiter zurück. Du erinnerst mich an eine Hominidin.«

Ihre Brauen hoben sich und sie wartete auf die Pointe.

»Schreck dich nicht«, sagte ich, »sie war sehr attraktiv. Meine erste Liebe.«

Das gefiel ihr, konnte aber noch nicht alles gewesen sein.

»Aber das Lustige ist«, sagte ich, »dass sie meine erste Liebe in diesem, jetzigen Leben war.«

»Nicht in der Vorzeit?«

»Na ja, warte. Schau: Als sie beschloss, von den Bäumen zu steigen, musste sie lernen, lange und schnell zu laufen, weil sie ja in den Käfig zu Säbelzahntiger und Konsorten hinabgestiegen war. Dabei erhitzte aber ihr Körper und jetzt brauchte sie ein Kühlsystem. Also legte sie ihr Fell ab, um schwitzen zu können. Nun aber gab es nichts mehr, worin sich ihr Baby festkrallen konnte, also musste sie es auf den Arm nehmen. Sie entschied sich, ihr Kind auf den linken Arm zu nehmen, damit es ihrem Herzen nahe sein und es pochen hören konnte. Und die freibleibende Rechte benutzte sie zum Arbeiten. Sie hat die Menschheit zu Rechtshändern gemacht. Nur wegen der Liebe.«

In Michaelas Augen war ein Glimmen, das wollte, die Geschichte möge noch weitergehen. »Und?«, fragte sie.

»Die Hominidin hat ihr Baby angestrahlt und sich mit ihm unterhalten«, fuhr ich fort, »sie hat Gesten mit Lauten kombiniert und ihr Kind in die Welt eingeführt. Sie hat ihm gezeigt, wie und welche Pflanzen man sammeln konnte und welche nicht, wann und wovor Gefahr drohte, wann und wo es besonders schön war. Sie, diese Hominidin, war es, die die Sprache erfunden und die Menschheit aus dem Dschungel herausgeführt hat. Sie hat ihr Kind bei seinem Gebrabbel abgeholt und weggeführt in die Tiefen der Lautsprache und in die Welt der Ideen. Sie ist die Mutter der Sprachen. Von ihr stammt, was wir die Muttersprache nennen. Und du bist eine Inkarnation von ihr. Ich zeig sie dir.«

Michaela lächelte zärtlich, während ich das Heft herauszog. »Das hast du schön erzählt«, sagte sie, »und es hat sich bis heute nichts daran geändert. Mütter machen das heute ganz gleich und wenn du einem Baby einen Finger reichst, greift es heute noch ganz fest zu, wie beim Fell seiner Mama.«

Ich legte das Heft vor ihr auf den Tisch. »Das ist mein Tagebuch«, sagte ich stolz, »es steht kein einziges Wort drin. Es ist das Buch der ungesagten Wörter. Es steht einfach alles über das Leben drinnen, in dieser Reinheit der Seiten, siehst du?« Ich fächerte die Seiten auf. »Das Gesagte kann immer nur ein winziger Bruchteil des großen Ungesagten sein«, erklärte ich, »auch wenn viel geredet wird. Das Gesagte versucht sich immer am Unsagbaren. So berichtet es von der Unzulänglichkeit und zeigt die Unfertigkeit des Menschen. Aber im Ungesagten bleibt es vollkommen. Es bleibt ganz und rein.«

Sie nahm es in die Hand wie das Kunstwerk eines Kindes, betrachtete das Titelblatt mit der Hominidin vor der prähistorischen Kulisse und blätterte sich dann vorsichtig durch die leeren Seiten. Sie staunte in sich hinein. Dann sagte sie: »Ich mag es.«

»Und das«, sagte ich und klopfte mit dem Finger auf das Bild am Umschlag, »ist sie.« Sie betrachtete das Bild mit der Andacht, die man großen Werken entgegenbringt. Dann blickte sie mich an, als hörte sie etwas in der Ferne.

»Es stammt vom Ende meiner Kindheit«, sagte ich. »Ich war acht, als ich es anlegte, um aufzuschreiben, was wichtig war. Um den Dingen Ausdruck zu geben und sie festzuhalten. Es ist das Manuskript meines Lebenswerkes. So bin ich. Ein Schreiber, der nie geschrieben hat, weil das Nichtschreiben es noch am besten umfasst. Verzeih mir, vielleicht interessiert dich das gar nicht.«

»Hör auf!«, fuhr sie hoch, »Du weißt genau, dass es mich interessiert.«

»Wenn ich das Bild betrachtete«, fuhr ich fort, »erinnerte ich mich an meine entfernten Vorfahren. Ich habe sie gespürt, weil ich müde war von der endlosen Wanderung, um das mit prähistorischem Pathos zu sagen, weil ich Heimweh hatte nach dem Schoß der tausend Generationen. Da habe ich die Leere in dem Tagebuch als meine eigene Leere empfunden und habe zu spüren begonnen, dass ich selbst nur durch Beschreibung existierte. Und das, was ich über mich wusste, wer und was ich war, verschwinden würde, wenn die Sprache verschwände. Ich habe das immer schon gespürt. Aber du hast es mir letztens bewusst gemacht. Du führst mich aus dem Dschungel heraus.« Ich lächelte.

Ihre beiden Handflächen lagen schützend übereinander auf dem alten Schulheft. »Das klingt aber nicht nach Journalismus. Wolltest du nicht eine Zeitungsstory machen?«

»Ja. Aber der Stoff ist über die Ufer getreten, während du weg warst. Es gibt eine Riesenüberschwemmung.«

»Ich hätte nicht fahren sollen«, scherzte sie, aber ihre Augen scherzten nicht mit, »jetzt glaubst du, dass alles Sprache ist und daher alles falsch ist und alles nichts ist.«

»Gehen wir ein bisschen?«, fragte ich.

»Ja. Wollte ich schon vorschlagen.«

»Aber läufst du jetzt nicht in Kürze mitten im Satz davon?«

»Nein. Ich müsste nur schnell was kaufen und etwas aufgeben, wenn wir an einer Post vorbeikommen, aber das muss nicht sofort sein. Wir könnten in den Prater. Die Hauptallee runter zum Lusthaus, da gibt es am Wasser ganz alte Bäume.«

Wir verließen das Lokal, ohne uns zu wundern, dass es hier einfach nie einen Kellner gab und es daher nur aussah wie ein Lokal, wie die Kunst-Installation von einem Lokal. Draußen im grauen Wien, der einzigen Stadt der Welt, in der das Grau etwas Wohliges hatte, gab ich den Wissenden und erzählte ihr etwas über sie. Ich erklärte ihr, wie gern sie auf Reisen gehen würde und wie sehr sie es liebe, zurückzukehren und alles unverändert und stabil vorzufinden, wie diese Gasse hier, die völlig unbeeindruckt von ihrer Abwesenheit gleichgeblieben sei, wie lange sie auch weg gewesen sein mochte und wie viel exotischer Bilderreichtum sie durchströmt haben mochte. »Du liebst die Heimkehr ins Vertraute.«

Sie hatte nicht zugehört, winkte nur kurz und streng, um mir zu bedeuten, ich solle schnell machen, jetzt sei die Straße zum Überqueren frei. Sie ging voraus, abwechselnd schnelle Blicke nach links und nach rechts werfend, mir einen Arm nach hinten reichend und mit der Handfläche wackelnd, um mich zu beschleunigen, denn sie hatte ein Buchgeschäft entdeckt und steuerte darauf zu.

Sie hatte das Steuer übernommen, seit sie den kleinen Jungen in mir gesehen hatte, der die ganz großen Sachen in sein Heftchen hineinschreiben wollte, dem aber nie etwas eingefallen war, und der dennoch nie aufhörte, gut auf das Heftchen aufzupassen, aber auf dumme Gedanken kommen konnte, wenn sie nur kurz wegfuhr. Im Buchgeschäft fragte sie nach Joseph Conrads »Herz der Finsternis« in englischer Originalfassung. Sie wollte es jemandem als gehobenen Afrika-Führer schenken und während die Buchhändlerin im Computer nachsah und ich beruhigend anmerkte, sie könne bei Nichtverfügbarkeit des gewünschten Titels ersatzweise auch jedes andere kardiologische Werk anbieten, ergriff Michaela meine Hand und drückte sie einmal kurz zum Zeichen, ich solle still sein und kurz warten, während sie der Buchhändlerin zunickte, sie möge die Bestellung durchführen. In zwei bis drei Werktagen, so die Frau, werde das Buch da sein und dann melde sie sich telefonisch.

»Du beantwortest meine Fragen nicht«, sagte sie, wieder auf der Straße und zeigte geschäftig auf die übernächste Straßenecke, wo sie das paketgelbe Logo der österreichischen Post entdeckt hatte und im Begriff war, darauf zu zusteuern.

»Doch, wenn du mir zuhörst, schon.«

Sie hielt an, blickte mir in die Augen und demonstrierte Zuhören. Ich sagte: »Mit ›noch einmal herkommen‹ habe ich gemeint noch einmal schnell, bevor ich in die Südsteiermark fahre.«

»In die Südsteiermark. Schön. Ok, also lass mich jetzt nur noch schnell den Brief aufgeben.«

Die Postfiliale war ein Geschenk für Nostalgiker, oder, anders gesagt, für schizoide Persönlichkeiten, die das Vergangene nicht recht loslassen wollten, weil sie die Hoffnung noch immer nicht aufgegeben hatten, doch noch in den Vollgenuss der nur gekosteten Mutterbrust zu kommen. Egal. Diese Postfiliale war offensichtlich vergessen worden, als man Filialen im ganzen Land schloss und den verbleibenden Rest zu lichtdurchfluteten Versand-Supermärkten umbaute, in denen es alles zu kaufen gab, nicht nur Kuvert-Variationen und Schreibtisch-Bedarf, auch Mobiltelefone, Kaugummis und Schokoriegel.

Diese vergessene Filiale hier hatte noch etwas von einem Amt. Es roch nach altem Holz, nach Tinte und scharfem Klebstoff und der dumpfe Doppel-Knall eines massigen Stempels signalisierte in unregelmäßigen Abständen beschlussmäßige Erledigung und autoritäre Verlässlichkeit. Der Schalter war bewehrt mit einem Schild aus Glas, aus dessen Mitte ein kreisrundes Stück geschnitten und abgehoben auf drei Bolzen befestigt war, damit man sich hörbar unterhalten konnte. Dahinter, viel zu tief in seinem Kobel versunken, saß ein für Pakete zuständiger, rundlicher Mann mittleren Alters, der weder Ärmelschoner trug noch ein Monokel noch einen nach oben gezwirbelten Schnauzbart, aber ein gelangweiltes Lächeln.

»Sind wir hier in der Post-Zivilisation angekommen?«, fragte ich.

Michaela blickte zur Decke, als hätte sie nichts gehört. Der Mann ließ seine Gesichtszüge demonstrativ hängen und machte aus seinem gelangweilten Lächeln ein müdes Lächeln.

»Mein lieber Herr«, sagte ich, während ich Michaela an der Hüfte berührte und sie sanft in Richtung des zweiten Schalters schob, neu eintretenden Kunden in den Weg, die sich mit ahnungsloser Miene an ihr vorbeidrängen wollten, »ich will sie ja nicht über Gebühr langweilen, aber haben sie sich schon einmal vorgestellt, wie eine Welt aussehen würde, in der die Post nicht funktioniert?«

Der Mann antwortete: »Wieso? Funktioniert sie denn?«

Ich: »Was, die Welt oder die Post?«

Er: »Die Post kann funktionieren, auch wenn die Welt nicht funktioniert. Gerade wenn die Welt nicht funktioniert, muss die Post unbedingt funktionieren. Aber umgekehrt geht gar nicht. Wenn die Post nicht funktioniert, kann die Welt nicht funktionieren.«

»Danke, mein Herr«, sagte ich, »ich teile ihre Auffassung. Sind Sie, wenn man fragen darf, ein pragmatisierter Postbeamter oder gibt es das nicht mehr und sie sind kein pragmatisierter Postbeamter, sondern ein in einem zivilen und also privaten Dienstverhältnis stehender Postangestellter, der nichtsdestotrotz den schönen Tag mit zutreffenden philosophischen Einschätzungen zubringt?«

Der Postangestellte wollte antworten, aber ich ließ ihn nicht. Ich mochte ihn, ich zeigte ihm Einhalt gebietend die Handfläche: »Es hat zwar nichts mit ihnen persönlich zu tun, wie sie überzeugt sein dürfen, aber ich sehe mich doch zur Feststellung veranlasst, die Post könne keineswegs funktionieren. Sie hat nie funktioniert und sie kann gar nicht funktioniert haben. Die Kutschen von Fargo sind umsonst durch den alten Westen gefahren. Und die Buben in den Schützengräben zu Stalingrad hätten ihre Bleistiftstummel gleich in ihren Hugo-Boss-Uniformen stecken lassen können.«

Der Poststempel schlug dumpf und kraftvoll wie ein Hammer auf das Tintenpolster und unmittelbar danach auf das Kuvert, das Michaela mit einem zurückgenommenen Nicken der Dame am Schalter hingeschoben hatte und nun dankend lächelte.

»Wir leben in einer Welt, in der die Post nicht funktioniert«, setzte ich fort, »und zwar überhaupt nicht. Es ist eine Post, die nicht nur manchmal einen Brief verliert, sondern niemals auch nur einen einzigen zugestellt hat. Alle schreiben Briefe und alle Briefschreiber glauben, dass alle Briefe ankommen und sie denken, auf angekommene Briefe zu antworten und tragen diese Antwortbriefe zur Post und halten es für selbstverständlich, dass die Antwortbriefe ankommen. Und sie denken, dass nur manchmal in extrem seltenen Fällen ein Brief erst nach sechzig Jahren zugestellt wird, wie gelegentlich der Zeitung zu entnehmen ist, aber in diesen berichtenswert seltenen Fällen kommt der Brief ja letztlich wie alle anderen auch an und dann denken alle, auch dieser Brief sei angekommen.«

Der Postangestellte nickte fachmännisch mitdenkend und harrte der weiteren Ausführungen. Michaela hatte das rechte Bein angewinkelt und auf die Zehenspitzen gestellt, parierte mit dem Oberschenkel die von der Schulter hängende Handtasche und tastete sich durch den Inhalt. Dann holte sie einen Stift hervor, drehte daran, spannte ihre Lippen und überzog sie mit einer rosa glänzenden Pflege, weil sie vermutlich auf die häufigen Wechsel zwischen mittelwest-afrikanischen und mittelwest-europäischen Luftbedingungen reagierten. Ich fuhr fort: »Wenn sich nun herausstellt, dass in der Geschichte der Post noch nie ein Brief angekommen ist, stellt sich auch heraus, dass eine für funktionierend gehaltene Welt pure Einbildung war. Ihrem Vetter in Amerika geht es nicht so, wie sie dachten, dass er ihnen geschrieben hat. Ihre Brieffreundschaft mit der liebenswürdigen San Su aus Asien gibt es nicht.«

»Jetzt werden Sie sicher auch nicht zögern zu erläutern«, sagte der Angestellte, »was es denn dann ist, was hier Tag für Tag und Tag und Nacht in Millionen Säcken und Boxen in Lastwägen, Zügen und Flugzeugen überführt und präzise an die angegebenen Ziele geliefert wird. Was wird hier also nach zwei Tagen oder sechzig Jahren zugestellt?«

»Mit Vergnügen, mein Herr. Hier wird etwas zugestellt, das wir für echt halten, das dem Echten aber nur ähnlich ist. Es ist wie in der Musik, wie ich es gern vergleiche, wo nur der ganz richtige Ton richtig ist, der fast richtige aber schon ganz falsch. Dasselbe Prinzip berichtet man ja auch vom Fußball oder vom Lotto, wo es heißt, knapp daneben sei auch vorbei.«

Der Beamte erhob sich und reichte mir die Hand wie zu einer Gratulation. »Ich danke ihnen. Ich teile das.«

»Ich habe zu danken«, erwiderte ich, »sie sind der kompetenteste nichtpragmatisierte zivile Postangestellte, mit dem ich je das Vergnügen hatte, das Zustellungswesen von Botschaften jedweder Art zu besprechen und vom Gesprächsergebnis den Zustand des Globus abzuleiten.«

Hinter mir war eine Warteschlange entstanden, in der sich jemand räusperte und ich trat mit Michaela wieder auf die Straße.

»Ich bin ein Irrer, oder?«, sagte ich.

»Ja.«

»Magst du was essen?«

»Ja. Später.«

In der Hauptallee roch es feucht und sauerstoffreich nach dem Holzsaft der Rosskastanie. Dreirädrige Fahrradrikschas erinnerten sehr entfernt an die Kutschen jener Zeit, als neben dem Eingang zum Schweizerhaus in einem Bretter-Pavillon regelmäßig an Sonntagvormittagen ein Herr van Beethoven Klavier spielte.

»Hast du Joint, Bruder?«, rief ein türkischstämmiger Teenager, der von zu viel Weißbrot und zu grell leuchtenden Zucker-Limonaden aufgeblasen war wie eine Luftpuppe. Der Angesprochene, ein dürrer, zerfranster Skateboard-Fahrer, hob seinen abwesenden Blick und der Dicke schärfte nach: »Gibst du die Joint, mein Bruder!« Als der Dürre nur seinen nach unten zeigenden Daumen hob, ließ der Dicke wieder von ihm ab und sagte achtlos: »Ich ficke deine Mutter.«

Wir spazierten dahin. Sie blickte mich an und wollte etwas sagen, aber da läutete ihr Telefon. Sie warf einen Blick auf das Display und würgte den Anruf ab. Ich sagte nichts. Ich fühlte mich schweigend auch wohl. Radfahrer kamen uns entgegen, Jogger überholten uns, ein Polizeiwagen patrouillierte im Schritttempo, vom Wurschtel-Prater her drang der quietschende, ächzende Lärm einer uralten Hochschaubahn; russische Saatkrähen saßen auf Beobachtungsposten in den Bäumen und ignorierten sich gegenseitig wie Spione. Sie hakte sich ein und ich nahm ihre Hand und steckte sie zu mir in die Jackentasche. »Du bist die Antithese mit den kalten Fingern, die nie was zu essen bekommt«, sagte ich.

»Was?«

Ich hielt an, blickte sie an und lachte, als hätte ich etwas Lustiges gesagt. »Wenn du etwas sagst, höre ich es nicht nur. Ich erlebe es. Es kommt über mich.« Ich zeigte auf mein Ohr und sagte: »Es geht nicht da rein«, dann legte ich die Hand auf den Oberbauch, »es kommt gleich direkt über den Bauch und von hier strahlt es überallhin. Du wirkst auf mich wie funktionierende Sprache.«

Ich steckte die Hand wieder in die Tasche und richtete meinen Blick geradeaus nach vor und wir gingen weiter. »Ich mag es, wie du alles verstehst. Ich habe überhaupt keine Angst vor dir, obwohl du eine so starke Frau bist.«

»Wovor hast du Angst?«, fragte sie und ich dachte, sie hätte mich nicht richtig verstanden, aber das war ein Irrtum. Sie hatte nur ein Stichwort aufgegriffen und das Thema weitergedreht.

»Ich habe keine Angst«, erklärte ich.

Jetzt hielt sie an. »Natürlich hast du Angst. Du fühlst dich von einem Szenario bedroht, das nicht einmal die Bibel kennt. Die Sprache funktioniert nicht, die Welt gibt es nicht, hat es nie gegeben, uns, ich meine dich und mich, gibt es nicht. Also. Wovor hast du Angst?

»Wäre ich ein ängstlicher Mensch, würde ich nicht hinschauen, sondern Gedichte schreiben.«

»Ich habe nicht gesagt, dass du ein ängstlicher Mensch bist, sondern gefragt, wovor du Angst hast. Darf ich eine Antwort haben?«

»Vor dir, Antithese.«

Normalerweise glänzte sie als Ganzes, einfach, weil sie ein gelingendes Leben lebte und weil alles an ihr funktionierte. Alles lief gesund, rund und ohne Reibung dahin. Sie wusste, wer sie war, was sie konnte, was sie wollte, was sie tat. Sie war völlig unsüchtig. Selbst von der feinsten Schokolade reichte ihr ein kleines Stück, das aber genoss sie hingerissen und ohne Scham. Sie war einfach ein schönes Kultur-Wesen, äußerlich wie innerlich. Ihr Normalzustand befand sich weit entfernt von jedem Kampfmodus. Sie schien in der Natur keine Feinde zu haben. In ihren Augen war ein Schmunzeln, weil sie durchschaute, dass alles nur ein Spiel war. Sie lächelte zurückgenommen wie eine wohlwollende Zuseherin und schien auf natürliche Art drüberzustehen, ohne es zu bemerken. Das gab ihr eine Kompetenz, die alles durchdrang. Eine Größe, von der ich mich gern durchschauen ließ. Wenn ich einen Satz begann, sah ich sein Ende schon in ihren Augen, oder gar auf ihren Lippen, wenn sie ihn nur aus Höflichkeit nicht zu Ende sprach. Aber sie zögerte nicht, Grenzen aufzuzeigen. Und das tat sie jetzt. Ich hatte im plumpen Ausweichversuch mehrfach ihr Niveau unterschritten. Das muss enttäuschend und verletzend gewesen sein. Ihr Gesicht nahm einen reservierten Ausdruck an und dann lächelte sie pädagogisch. Sie war nicht beleidigt. Sie war zum ersten Mal böse auf mich.

Wieso passierte immer alles gleichzeitig? Wieso war sie gerade jetzt vom Himmel herabgeschwebt mit ihrer Silbermähne, wo ich doch gerade aufgebrochen war? Ich war drauf und dran, mitten in einem Unwetter in See zu stechen, mich aufzumachen zu den Anfängen der Menschheit – und sie erzeugte in mir das Bedürfnis, mit ihr Kuchen zu backen. Meine Fixierung auf das ganz Große machte mich klein. Bei ihr war es entgegengesetzt und vielleicht ergänzend: Ihre Liebe zum Kleinen machte sie so groß. Sie bedrohte meine Großspurigkeit mit einem Apfelstrudel. Mit einer gesunden Seele. Mit ihrem fehlerfreundlichen Durchblick.

Selbstverständlich sah sie, wie gestört ich war. Die Sache mit der kaputten Welt durch kaputte Sprache war verrückt und bedrohlich, vielleicht bestechend, ja, aber wahnsinnig. Das Psycho-Gespinst eines lädierten Journalisten, der der Sprache die Schuld daran gab, dass er selbst nicht funktionierte und das zu einem globalen Existenzproblem empordramatisierte, um besser verdrängen zu können. Aber ich glaube nicht, dass sie so über mich dachte. Diese derbe Art passte nicht zu ihren geistigen Manieren und zu ihrer inneren Schönheit, die ihr diese natürliche Prominenz gab, diese Zurückgenommenheit, die eine verzichtete Überlegenheit verriet, eine nicht in Anspruch genommene, aber vorhandene Größe.

Aber sie sah alles und sie verstand noch viel mehr.

Ich hielt da nicht mit. Ich hatte mich von meiner verklemmten Mangel-Seite gezeigt. Gerne hätte ich das rückgängig gemacht, ins Humoristische gekippt, signalisiert, sie ernst zu nehmen und ihre Frage nachträglich seriös beantwortet.

Ich verstand es normalerweise nicht schlecht, eine aus dem Ruder laufende Situation zu korrigieren, etwas zurückzunehmen und es wieder gut sein zu lassen. Doch da war nichts mehr zurückzunehmen. Es lag ja nicht an meinen Worten, sondern daran, was ich mit ihnen zu verbergen versucht, mich dabei aber verraten hatte. Gerne hätte ich sie in alles eingeweiht, schon allein, weil ich ihr damit noch viel näher gekommen wäre. Aber ich war steif wie ein Brett. Ich war in meiner Kleinheit ertappt, nicht mit ihren sozialen Kompetenzen mitzuhalten und das lähmte mich. Ich stand bloßgestellt da wie im Rampenlicht. Bloßgestelltheit wirkte wie Rampenlicht und ich schaffte es nicht, mich nun gleich ganz zu zeigen, wo ich doch ohnehin durchschaut war. Stattdessen versuchte ich mich zu verstecken, was alles noch viel unrettbarer machte. Ich gab mich stoisch, als würde ich alle

Peinlichkeit an mir abprallen lassen, als würde alles von selbst an mir abprallen und ich müsse dabei nicht einmal eine Hand heben. Als wäre ich erhaben über den Verdacht, getan zu haben, was ich getan hatte, als müsse ich nicht einmal in Abrede stellen, es auch so gemeint zu haben, wie ich es gesagt hatte. Vor den Augen ausgerechnet dieser Frau war mein Ist-Mensch durch die Fassade des Soll-Menschen gebrochen und ich schwieg, um Ahnungslosigkeit und reines Gewissen vorzugeben. Um zu suggerieren, dass ich drüberstand und das alles gar nicht kommentieren müsse, weil es so absurd war.

Und ich spürte, dass sie alles verstand. Natürlich verstand sie, dass ich in Wahrheit nicht gelogen hatte. Dass nur mein Getue unsicher und verlegen gewesen war, dieses Getue aber doch die Wahrheit gezeigt hatte. Sie sah, dass ich wie ein Kind die Wahrheit log, anstatt sie einfach auszusprechen. Sie sah, dass mir der Mut zur Schwäche fehlte und ich sah mit Entsetzen, dass mein Schweigen nicht funktionierte, weil es nichts auflöste, sondern alles konservierte. Ich hielt es nicht aus, vor dieser Person Makel gezeigt zu haben und wollte im Boden versinken, zeigte aber nur weitere Makel, weil ich gestisch weiterzulügen versuchte. Jetzt musste auch klar sein, dass es pure Angeberei gewesen war, als ich so vollmundig behauptete, es zu mögen, von ihr durchschaut zu werden, weil ich nichts zu verbergen hätte. Nun aber konnte ich es vergessen, ihr je wieder glaubhaft zu machen, dass es mir Sicherheit gab, von ihren Blicken bestrahlt zu werden, was die volle Wahrheit und nichts als die Wahrheit war und was ich noch nie zuvor erlebt hatte.

Wenn hier jemand etwas nicht verstanden hatte, dann war ich es. Das weiß ich jetzt. Ich wollte Stärke zeigen und erntete nur Liebe für mein Schwachsein. Sie empfand es nicht einmal als Schwachsein. Sie hatte so viel verstanden. Ihr war natürlich auch klar, dass da noch etwas anderes sein musste. Etwas Größeres, das ich ihr verschwieg. Anstatt dass ich einfach erklärte, nicht darüber sprechen zu wollen, hatte ich versucht, zu vertuschen, dass ich nicht darüber sprechen wollte. Dabei hatte ich mich allerdings ungeschickt angestellt. Gerade mit dieser Ungeschicktheit aber hatte ich in ihren Augen nur meine

Offenheit bewiesen, denn ich wollte ja nicht lügen, sondern nicht sprechen. Sie hat mir das kein bisschen übel genommen. Im Gegenteil.

Aber ich war außer Tritt geraten. Ich ertrug es nicht, ertappt und dafür gestreichelt zu werden und wollte davonlaufen, um mich für immer zu verkriechen. Ich baute mich vor ihr auf, sah sie an und wollte nun doch noch etwas wie Format zeigen. Jetzt aber sagte ich etwas wirklich ganz Falsches, etwas, das in keiner Weise hierher passte, weil es keinen Bezug und keine Basis hatte und wenn, wäre es zu früh, zu spät, überflüssig und falsch zugleich gewesen. Ich sagte: »Schau, ich bin ein Irrer, ein Wegelagerer der schönen Dinge, ich bin verstaubt und verschwitzt und ich habe keine Manieren. Ich esse auf Supermarkt-Parkplätzen und in der Nacht weine ich. Ich würde dich auf rohen Händen tragen. Du aber brauchst einen aufgeräumten Hochschullehrer, der in seiner Freizeit regelmäßig Klavier spielt.«

Ihr Mund war offen, ihre Augen geweitet: »Spinnst du?«, sagte sie, »kannst du jetzt aufhören, so einen Blödsinn zu reden?«

»Ja ok«, sagte ich, und fiel innerlich ganz zusammen.

Ich dachte, ich hätte Dinge gesagt, die anders bei ihr angekommen waren, als ich sie gemeint hatte. Für sie war das alles unwichtig und längst erledigt. Aber für mich war es ein Riesenunterschied, ob etwas Gesagtes unwichtig geworden war, oder etwas Gemeintes. Ob etwas Ehrliches erledigt war, oder etwas Gelogenes. Und ich hatte nicht gelogen. Auf ihre Frage, wovor ich Angst hätte, hatte ich gesagt: »Vor dir, Antithese.« Und das war die pure Wahrheit. In den tieferen Schichten meiner Wahrheit wollte ich ihr mit dieser Antwort nicht einmal ausweichen. Ich hatte in aller Offenheit eingeräumt, vor ihr Angst zu haben, denn sie war die Antithese, und das war Wort für Wort nichts als die Wahrheit: Sie war das funktionierende Leben. Mit ihrer gesamten Erscheinung, mit allem, was sie war und tat, widersprach sie meiner Theorie von der Kaputtheit und bedrohte meinen Plan. Sie hätte die Macht gehabt, mein Denken zu drehen, besonders, wenn sie ein bisschen früher gekommen wäre. Ja, ich hatte Angst vor ihrer Vernunft, vor der Macht ihrer Einschätzung, vor ihrem kristallklaren Blick. Alles an ihr hätte sich mit Sicherheit gegen meine gestörte Ernstmacherei gewandt und dem hätte ich wenig entgegenzusetzen gehabt. Treffend hatte sie gefragt: Wovor hast du Angst? Ich hätte nur antworten müssen. Nicht bloß wahrheitsgetreu, sondern auch ehrlich.

Aber nun hatte die Sprache ihr zersetzendes Werk auch auf sie ausgedehnt. Jetzt war es genug. Wütend und schlagartig löste ich mich aus meiner Unterwürfigkeit vor der Sprache, die fast religiöse, jedenfalls aber perverse Ausmaße angenommen hatte. Ich richtete mich auf. Weg war die Angst, gegen sie aufzumucken. Das Maß war voll. Wer war sie denn überhaupt, diese Sprache? Ich ging daran, mit ihr Schluss zu machen. Seit ich denken konnte, hatte ich nur für sie gelebt und nun begann ich, mit ihr abzurechnen.

In Wahrheit war es von Anfang an eine sinnlose, enttäuschende Liebe gewesen, die immer schon demütigend gewesen war und nicht erst gegen Ende hin. Einmal, vor ganz langer Zeit, als ich sie kennenlernte, hatte sie mich geküsst und von da an war ich ihr mein Leben lang nachgelaufen, Lichtringe sehend, nach denen ich langte und dabei immer weiterlief, ohne auf den Boden zu achten und nie aufhörte, ihr immer weiter nachzulaufen. Aber sie ließ mich nie wieder an sich ran. Kein einziges Mal. Sie ließ mich nicht einmal in ihre Nähe. Ich vernachlässigte mein Leben, um an den Lichtringen dran zu bleiben und dabei ließ ich mir einfach alles von ihr gefallen. Hinter jeder Art ihrer Hinhaltung vermutete ich einen Sinn, ein Versprechen, wenn auch ein sehr verborgenes. Oder ich fand es einfach verzeihlich, dass sie mir nicht einmal ein Zeichen gab. Wenn ich müde und erniedrigt war und nicht mehr in der Lage, noch mit ihr zu rechnen, fand ich dennoch die Bereitschaft, ihren Umgang einfach hinzunehmen, ohne Reaktion, nur, um sie nicht noch böser zu machen und meine Restchancen damit ganz auszuknipsen, oder besser, meine einseitige Hoffnung nicht ganz aufgeben zu müssen. Sie hatte mich doch geküsst, das musste doch etwas heißen. Ich klammerte mich an Hoffnungen, die eingebildet und aussichtslos waren. Ich drückte beide Augen zu, um das Offensichtliche nicht zu sehen: dass diese erbarmungslose, sadistische Ignoranz, die sie an den Tag legte, mit Liebe einfach nichts zu tun hatte. Nie etwas zu tun gehabt hatte, nicht einmal mit Freundschaft. Es war eine einseitige Liebe gewesen, in Wahrheit nur eine Liebesbedürftigkeit. Eine naive, blinde, einseitige, tiefe Liebe, die sehr echt gewesen war, jetzt aber sehr echt zu Ende war.

Jetzt sah ich es. Ich hatte mir etwas eingebildet. Ich hatte die Sprache als Himmelsleiter betrachtet und alles an ihr aufgehängt, was mich von Kind an beschäftigte, meinen Erwachungsvorgang, meine Wünsche, meine Träume, die guten und die bösen, meine Bestimmung, alles. Aber: wer war sie denn schon, diese Sprache? Was war denn dieser Buchstaben-Salat aus sechsundzwanzig notorisch wiederkehrenden Einzelgeräuschen in Wahrheit? Was konnte sie denn wirklich so Großartiges, diese Himmelsleiter-Sprache?

Gleichzeitig erschienen mir meine Vorwürfe seltsam: Hatte die Sprache jemals behauptet, etwas Besonderes zu sein? Hatte sie jemals Liebe verlangt oder in Aussicht gestellt? Was konnte sie dafür, dass ich sie so hoch gehoben und so viel in sie hineingeträumt hatte? Und: Was hatte sie gemacht? Mich geküsst? Wirklich? War die Sprache etwas, das Küsse verteilen konnte? So ein Unsinn.

Sie, die Laut-Sprache, war etwas völlig anderes. Sie war, wenn man das eitle Kunst-Getue drum herum abzog, etwas sehr Unromantisches: eine Werkzeug-Erfindung des Frühmenschen zur Verbesserung seiner Überlebenschancen, in erster Linie seiner Jagdtechniken, denn überleben hieß zunächst einmal essen und nicht gefressen werden. Sprache war kein Spielzeug, sondern ein Werkzeug gegen Mangelzustände und Gefahren. Sie machte die Koordination unter Jägern komplexer und ihre Strategien gerissener. Sie ermöglichte ihnen, immer intelligentere Fallen zu stellen, die Größeren und Stärkeren zu hintergehen, sie um die Realität zu betrügen und in den Abgrund zu locken.

Jagen war angewandte List. Jagen war das Erzeugen von Schein und Hinterhalt, war, die Beute etwas Falsches glauben zu machen und von der anderen Seite her anzugreifen. Sprache war ein Instrument der Fallenstellerei. Krieg war etwas ganz Ähnliches. Die Sprache verfeinerte diese Techniken.

Sprache war die Intelligenz der systematischen Irreführung. Sie war vertonter Hinterhalt. Das betraf natürlich nicht nur das Jagen selbst, sondern alles, was dem Überleben diente. Und nicht nur das. Mit dieser Fähigkeit der strategischen Irreführung konnte der Mensch auch den kleineren Gefahren und bloßen Unannehmlichkeiten ausweichen. Die Sprache lehrte den kleinen, kraftarmen Menschen, sich selbst zu inszenieren, zu überhöhen, sich größer zu machen, als er war, um den tatsächlich Großen und Starken glaubhaft etwas vorzumachen. Sprache war ein Mittel des Davonkommens mit allen Tricks. Hat sich daran etwas geändert? Was denn?

Natürlich, man konnte die Sprache auch als lustige Freizeitbeschäftigung einsetzen. Sie war ein vielseitiges Instrument und funktionierte auch als Mittel der Unterhaltung ganz gut. Selbst als reines Genussmittel war sie bestens brauchbar. Weil Sprache doch in ihren Genen ein Mittel der Selbstüberhöhung war, genossen viele Menschen es einfach, sich selbst sprechen zu hören, denn sprechend erschienen sie sich naturgemäß größer, als sie waren. So gingen sie ihrer eigenen List auf den Leim. Andere benutzten die Sprache auch zum Vertreiben der Zeit und oft genossen sie dazu Speisen und Getränke. Denker rauchten sich mit ihr ein. Dichter betranken sich mit ihr. Träumende Reim-Poeten spielten mit ihren Wortgirlanden wie mit einem Glocken-Spiel, das Tiefes suggerierte, aber doch nur klingeling machte. Ich irre geistig durch die Gegend, manchmal steh' ich geistig still, das unbestimmt' Gefühl sich regend, gar nicht zu wissen, was ich will.

Das war die Sprache der sogenannten Reim-Kunst, der eingebildetsten Kunst der Sprachverbiegung und Sprachvernichtung überhaupt. Vergehend vor eigener Größe und mit ausladendem Pathos redete sie den reinsten Stumpfsinn. Theatralisch heulte sie das große Ganze an und brachte nichts als stumpfsinniges Wortgeklingel hervor, rhythmische Nichtssagerei, deren Wörter an den Zeilen-Enden phonetisch ineinander klappten und Interessantheit suggerierten, wo doch nur kindisches Kunststück war. All ihre Kraft galt der Verlogenheit, sie sei Gedicht, dabei war sie nichts als Gesteck. Sie spuckte Wortketten aus, die lustig wirkten, weil sie ähnlich klangen. Das war alles.

Ja, man konnte das »Kommunikationssystem« Sprache als Spielzeug einsetzen, aber das war nicht ihr Erfindungszweck. Ihr Erfindungszweck lautete: Besser überleben durch verbesserte List. Beutemachen mit allen Mitteln des Hintergehens, am besten mit der Technik des intelligenten Trickdiebstahls. Das war am wenigsten riskant, das vermied die direkte Konfrontation, denn gegen eine herabsausende Keule oder zuschnappende Reißzähne konnte die Sprache mit ihrem feigen, falschen Klingeling auch nichts machen. Sie war ein Setzkasten für den Trickbetrug, der legitim war, denn es ging ums Überleben. Sie erzeugte Unwahrheit, das war ihr Ur-Zweck. Wahrheit erzeugte sie nicht.

17

Ich fuhr wieder los in die Steiermark. Ich hatte meinen Reisepass in der Wiener Wohnung nicht gefunden und vermutete ihn im Haus in der obersten Lade der Kommode im Vorraum, oder vielleicht in dieser bunten Stoff-Umhängetasche, die voll war mit Dingen wie nicht entzifferbaren Geldscheinen, irgendwelchen Tickets, nie abgesandten und selber mit nach Hause gebrachten Ansichtskarten, Erfrischungstüchern aus dem Flugzeug, bekritzelten Notizzetteln, Steckern für fremdartige Stromsysteme und so weiter. Dinge, die gewöhnlich von einer Reise übrig blieben, die ich aber nicht wegwerfen wollte, weil sie potenziell irgendwann wieder gebraucht werden oder Relikt-Status erlangen konnten, aber dann meist verloren gingen oder in Vergessenheit gerieten. Diesmal nahm ich die Autobahn. Ich flog dahin, ohne mich um die Überwachungselektronik zu kümmern, mit der die Autobahn voll war.

Ich hatte mein Verhältnis zur Sprache geklärt. Ich sah mich am Punkt angekommen und der lag genau gegenüber. Sie war das Gegenteil dessen, was ich mein Leben lang gedacht hatte. Aber dafür war sie nicht verantwortlich. Was konnte ein Hammer dafür, wenn der Handwerker ihn streichelte und von ihm geküsst werden wollte? Ich kannte mich aus. Alles, was in dieser Phase passierte, bestätigte und bestärkte mich. Ich wandte mich gegen sie. Ich würde mich von ihr trennen, um sie von hinten zu beobachten.

Gern hätte ich es ihr gleich erzählt. Aber das wäre unpassend gewesen, jedenfalls wagte ich es nicht. Nach dem, was im Prater passiert war, was ich aufgeführt und wie ich mich bloßgestellt hatte, zog ich es der Einfachheit halber vor, mich zu verstecken. Ich stellte mir wieder nur vor, es ihr zu erzählen und stellte mir vor, wie sie antworten würde.

Ich: »Ich hab's. Ich hab' verstanden. Soll ich es dir sagen, Frau Professor Seidenlippe, schönste Linguistin der Welt?«

Sie: »Natürlich, Lieblings-Schreiberling. Ich bin schon neugierig.«

»Also«, würde ich sagen. Aber dann hätte ich wieder gelogen. Diesmal vorsätzlich. Nicht richtig gelogen, aber ich hätte zugemacht. Ich hätte ihr nur die eine Hälfte der Geschichte erzählt, die schöne Seite der Medaille. Die andere Seite, das, was wirklich dahintersteckte, das, was ich endlich erkannt hatte, hätte ich ihr unterschlagen, um sie zu verschonen, um mich zu verschonen vor ihr, um sie nicht gegen mich aufzubringen. Ich hatte Angst vor ihrer Normalität.

Ich weiß eigentlich nicht genau, warum ich es ihr verschwiegen hätte. Ich hatte ja nur recht: Der Mensch hatte sich die Sprache angeeignet und damit zu einer Waffe gegriffen, die es ihm erlaubte, immer öfter zu essen, ohne selbst gegessen zu werden. Was ist daran schlecht, die eigenen Lebensbedingungen zu verbessern? Sprache diente wie alle anderen Werkzeuge des Menschen nun einmal zu nichts anderem. Alles, was er tat, jede einzelne Handlung, die er auf dieser Welt setzte, diente letztlich dem einen Ziel des Überlebens. Überleben hatte nie etwas anderes bedeutet, als das Übermächtige zu hintergehen, sich aus den Gefahren davonzustehlen, sich mit den Mitteln der List Vorteile zu verschaffen. Das ist kein bisschen unsauber. In der Not ist alles legal. Wenn es ums Überleben geht, wird aus der Lüge eine Not-Lüge und aus dem Töten eine Not-Tötung.

Mit der Irreführungstechnik Sprache hatte sich das zweibeinige Tier Mensch hinaufgelogen zur übermächtigen Krone der Arten. Hinweggelogen über die Evolution, hindurchgelogen durch die Epochen der Geschichte. Sein höchst erfolgreiches Rezept lautete: Erzeuge Schein, umgehe das Sein, schnappe dir, so viel du tragen kannst und renne, so schnell es geht. Denn Sprache war die Perfektionierung strategischer Missinformation. In ihrem innersten Wesen war sie Propaganda.

Das hätte ich Michaela ruhig sagen können. Vielleicht hätte sie sogar gelächelt. Sie fand meine Übertreibungen witzig. Bei diesem Punkt hätte ich richtig aufdrehen können: Als Propagandainstrument sei Sprache keineswegs kaputt und funktioniere hervorragend, hätte ich sagen können. Nicht funktionsfähig sei sie nur, wenn man ehrlich sein wolle. Dieses Lautketten-System sei eine sehr gute Nebelmaschine. Bei geschickter Handhabe garantiere sie höchst erfolgreiche Verschleierung. Dreißig Prozent der gesamten Hirn-Kapazität würden nur zum Lügen aufgewendet. Hallo? Das müsse doch reichen. Millionen Schaltungen pro Augenblick zur Irreführung? Dieses Ergebnis könne nicht ganz schlecht sein. Eine Million Jahre Hirnwachstum zur Herausbildung des hochspezialisierten Propaganda-Organs? Das klinge nicht gerade nach Affekthandlung.

Ich hätte ihr ruhig sagen können: Wie zutreffend doch das Sprichwort ist, dass der Mensch lügt, sobald er den Mund aufmacht. Alles andere ist mit dieser Sprache glatt unmöglich. Wer das Instrument der Sprache zum Einsatz bringt, bringt das Instrument der Wahrheitsverschleierung zum Einsatz. Wer spricht, lügt. Wer spricht, ist kriminell. Sprache ist akustische Falschheit, sie ist die Perfektionierung der Ausbeutung und Machtausübung trotz eigentlicher Machtlosigkeit. Sprechen ist die Ausübung erlogener Macht. Denn die einzige Macht geht von der Sprache selbst aus: von der Kraft ihrer Täuschung. Nur sie kann Kleines groß erscheinen lassen. Sie ist die Überspielung der Schwäche.

Die Sprache ist ein Gegenmittel zur Wahrheit, hätte ich sagen können, ein Heilmittel gegen Wahrheit. Sie ermöglicht die Vertuschung der Angst. Nur mit ihrer Hilfe hat der Mensch es geschafft, die Natur zu hintergehen und sich in seine Illusion von Unabhängigkeit und Sicherheit hineinzulügen. Der große Sieg der Menschenart über alle anderen Arten geht auf eine lange, erfolgreiche Geschichte der systematischen Lüge zurück, hätte ich ihr ruhig mitteilen können. Nur die Lüge gab dem Menschen die Bedeutsamkeit, die er nicht hatte, aber brauchte, um weiterzukommen, um über sich hinauszuwachsen, seine Grenzen zu sprengen, zu überleben. Nur die Unwahrheit half und hilft ihm, davon- und durchzukommen, denn ohne gesprengte Grenzen gab und gibt es kein Davonkommen. Die Sprache verfeinert seine Männchenmacherei, mit der er sich davonstehlen kann. Fazit: Der Mensch ist der erfolgreichste Nutznießer der Unwahrheit in der Geschichte der Arten. Der Mensch ist der König der Lügner. Er ist der Lying King (jetzt hätte sie ganz sicher losgekichert). Der Champion.

Der Beste von allen. Seine Erfolgsgeschichte beweist, dass nur die Lüge zum Ziel führt.

Schau, schönste Star-Entdeckerin der Welt, hätte ich offen zu ihr sagen sollen: Wären alle ehrlich, würden alle gefressen werden und die Mahlzeit wäre längst beendet. Das ist einfach nicht der Sinn der Schöpfung. Die Schöpfung ist eine Mahlzeit, ein großes Fressen, bei dem sich alle gegenseitig auffressen, aber alle mit allen Mitteln versuchen, nicht aufgefressen zu werden, sondern nur zu fressen. Das Kampfziel lautet: fressen, aber nicht gefressen werden. Das geht nachvollziehbar nur unter Einsatz guter Tricks, gerissener List, hochklassiger Lügen und glaubhafter Verstellung. All das gewährleistet nur die Sprache. Und das ist nicht böse. Die Überlebenslüge ist nicht gut oder böse. Nur wer das behauptet, ist böse, weil er doppelt und dreifach lügt.

Nur eines würde ich nicht verstehen, hätte ich ruhig sagen können: Wie in aller Welt kann er, der Mensch, können die Damen und Herren Königinnen und Könige der Lüge, ihre eigenen Lügen glauben? Das tun sie nämlich ununterbrochen.

Diese Lügen-Genesis, die Story von der wertfreien Überlebenslüge, die Story von der Lüge als Motor der Entwicklung, habe ich ihr nicht mehr mitgeteilt, denn ich war vorsichtig geworden und verheimlichte vorsorglich mehr als nötig. Sie war zu herzlich, sie spürte zu viel und man konnte ihr nichts vormachen. Sie war erbarmungslos gesund.

Ich aber musste aufbrechen zu den Anfängen der hirngemachten Welt, wo die ersten Kopf-Speicherbilder entstanden waren, die ersten Weltbilder, die ersten Selbstbilder. Ich musste die Geschichte der Verirrung und der Verwirrung rekonstruieren, die aus diesem Planeten ein Irrenhaus gemacht hatte. Ein Irrenhaus mit Abertausenden Sprachen, die niemand verstand und die zielsicher in Gewaltexzessen verschiedenster Größenordnungen mündeten. Das klang verrückt, aber das war mir egal, ich wusste, was ich tat und ich wusste, was ich wollte. Ich wusste, dass ich ein Spinner war. Aber ich war nicht wahnsinnig. Ich glaubte nicht daran, dass die Sprachenvielfalt die Ursache dafür war, dass die Menschen sich nicht verstanden. Sie war eher, wenn schon, eine Folge. Denn die Menschen verstanden sich auch innerhalb ihrer eigenen Sprache nicht, sogar noch schlechter, schon deshalb, weil sie dachten, sich zu verstehen und dieser Irrglaube alles noch schlimmer machte.

Das verheimlichte ich ihr alles, während ich über die Autobahn nach Süden raste, aber irgendetwas musste ich ihr doch sagen. Ich fuhr an einer Raststätte ab, betankte den Wagen, holte mir eine Flasche Mineralwasser und einen halbvollen Papierbecher Kaffee und tippte ins Telefon: »Ich vermisse dich.«

Eine Minute später, ich fuhr schon wieder auf dem Zubringer zurück zur Autobahn, piepste ihre Antwort herein und schon wieder wollte ich mich verkriechen. Ich hatte ganz allgemein zunehmend Angst vor Nachrichten bekommen, ich liebte leere Postkästen, musste mich immer stärker überwinden, sie zu öffnen und sank dann entspannt zurück, wenn nichts drinnen war. Aber das konnte es ja auch nicht sein. Ich gab mir einen Ruck und blickte auf die Textnachricht. Da stand: »Ich dich auch.«

Ich stoppte noch einmal und schrieb: »Du musst deine Finger warmhalten, ok?«

Und sie antwortete: »Ja, ok. Aber schön war die Geschichte von der Hominiden-Mama.«

18

In der Mitte der langen Geraden, die an der Tankstelle endete, an der ich in die Weinhügel hinaufbog zum Haus, sah ich ihn von Weitem. Zunächst als Punkt, den ich für einen der so selten gewordenen Fußgänger auf der Überlandstraße hielt. Aber als der Punkt näher kam und größer wurde, zeigte er eine Haltung, die mir bekannt vorkam und dann erkannte ich den Strohhut. Der Straßenkehrer hatte eine billige Kunstfaser-Decke um die Schultern geworfen, die eine riesige, in grellen Chemie-Farben leuchtende Obstschüssel zeigte. Er wirkte seltsamer und unwirklicher als beim ersten Mal. So weit außerhalb der Ortschaft am Straßenrand seinen Besen schwingend erinnerte er an einen einsamen Automaten, der längst über sein Ziel hinaus ins Leere lief, weil man vergessen hatte ihn abzuschalten und sein Besen nur noch Spuren im Kies verwischte.

Ich bremste, um ihn besser zu sehen, hielt an der Einfahrt zu einem Feldweg und stieg aus. Er blieb stehen und hob den Kopf. Wir blickten uns grußlos an. Jetzt sah ich zum ersten Mal das Gesicht des Straßenkehrers, den ich »den Seher« getauft hatte. Sonnengegerbtes Ledergesicht, blaue Augenschlitze, schmale Lippen, glatte, blauschwarze Haare. Er zog den Strohhut tiefer ins Gesicht, legte den Besen über die Schulter und senkte seinen Kopf, während er kehrtmachte und losging.

Er bog in den Feldweg, der schnurgerade wie ein schwarzer Spalt zwischen zwei Feldern lag, auf denen der Mais dicht und übermannshoch stand und in der Sommerhitze knisterte. Ich folgte ihm. Die dunkle Schlucht zwischen den Äckern lag tiefer als die Straße und war wie ein Streifen Nacht. Überall sonst war das Licht so grell, dass die Farben bleichten. Die Luft dröhnte von Insekten, die in Höchstgeschwindigkeit wirre Schleifen flogen, plötzlich wie durch Stromausfall stillstanden und im nächsten Augenblick wieder eingeschaltet waren. Sie kannten nur Stillstand und Vollgas. Der Straßenkehrer sagte nichts und drehte sich nicht nach mir um.

Schon jetzt nach wenigen Metern kam ich mir vor wie ein Tourist auf einer fernen Insel im Schlepptau eines Eingeborenen, der mich mitnahm in sein vorzeitliches Dorf. Ich musste nichts verstehen. Alles, was ich zu tun hatte, war, ihm zu vertrauen und vielleicht zustimmend zu nicken, als würde ich etwas verstehen. Die Bundesstraße entfernte sich nach hinten und bald war sie nur noch ein nasses Rauschen, das näher kam und sich wieder entfernte, wenn die Reifen eines Kraftwagens schmatzend über den heißen Asphalt zogen, und sich das Geräusch in der Taubheit der nächsten Ortschaft verlor. Der Mais ragte wie ein endloses Lanzen-Heer in den dünnen Himmel und stand kategorisch und emotionslos wie eine Hunderttausendschaft von Leibwächtern links und rechts der Passage, die sie geöffnet hatten, um den Seher durchzulassen und den Fremden, der unter seinem Schutz stand und deshalb nicht nur unbehelligt in die Tiefe dieser bewachten Hinterwelt vordringen durfte, sondern auch die Sicherheit genoss, die von dieser Armee ausging. Von links her näherte sich ein bauchiger Hügel, dessen Bild im Rhythmus meiner Schritte wackelte und ganzflächig mit dem Wein der Römer bepflanzt war. Danach öffnete sich halb rechts leicht abfallend der Stein-Graben. Ein malerischer Kessel, der so heimelig klein war, dass er gerade den paar Hütten Platz bot, aus denen dieser Streu-Hof bestand, der wie ein winziges Dorf aus vergessenen Büchern wirkte. Das Tal des Sehers zeigte sich in lieblichem Himmelblau, Wiesen- und Wäldergrün, Blumenbunt und Höhlenbraun und es döste idyllisch in der Mittagshitze. Oben in der Ferne krähte ein Hahn und spannte seinen Lautbogen über das gesamte Tal, als gelte es, Tragödien zu beweinen. Vom Frauenberg her vermeldete Gebimmel die Stunde.

Dieser Ort war schon bevölkerter gewesen. In früheren Jahren hatten sich hier nacheinander bis zu sieben Priester angesiedelt gehabt, teils mit ihren Freundinnen, teils nur mit dem, was sie am Leib trugen. Einer nach dem anderen waren sie aus den Pfarrhöfen der Umgebung davongegangen, durchtränkt von den Schnäpsen, tappend wie auf dünnem Eis, mit erhobenen, kraftlosen Gesichtern, deren gelblich wächserne Haut rotblau durchädert war, hatten sie sich in das Asyl des Sehers gerettet und den Steingraben im Volksmund zum Tal der gefallenen Pfaffen gemacht. Von der Kanzel waren sie ins Fleisch zurückgekehrt und hatten sich probeweise mit dem anderen Geschlecht vereinigt, doch waren die Frauen bald eine nach der anderen davongelaufen, hatten das Tal der Aussätzigen verlassen, ohne sich noch einmal umzudrehen. Aber auch die Zurückgelassenen zogen einer nach dem anderen wieder ab, weiß der Teufel wohin. Nur einer war geblieben.

Der stand in seiner speckig glänzenden Kutte mit hochgerecktem Körper da und starrte mit kranken, verständnislosen Augen auf den Fremden, den der Seher da mitgebracht hatte. Ich nickte mit der deplatzierten Freundlichkeit eines Touristen, dem der wahnsinnige Eingeborene jetzt nur deshalb die Gedärme nicht herausriss, weil er Eintritt bezahlt hatte und unter dem Schutz des Fremdenführers stand. Der ehemalige Pfarrer litt offensichtlich an einer Leberkrankheit, denn das Weiß seiner Augen leuchtete in schockierendem Zitronengelb und er streckte beschwörend seinen rechten Arm in die Höhe, dessen Finger er (oder die Gicht) zu einer drahtigen Kralle verbogen hatte und zeigte seine Zähne. »Am Anfang war das Wort«, sagte er höhnisch, mit überraschend wohlklingender Radiostimme. Er riss seinen Mund auf und wieherte vor Lachen. Er hörte abrupt auf, senkte seinen Kopf, riss seine gelben Lichter auf und sagte: »Und das Wort wurde Fleisch.«

Ich hielt an. Auch der Seher drehte sich um und fixierte die Szene. Er legte seinen Kopf schief, als suchte er das Bild nach einem Fehler ab. Der Pfarrer ließ die erhobene Hand langsam sinken und schloss den Mund. Die Hitze lag wie eine Decke über dem Tal und machte die Geräusche stumpf und echolos. Grillen kreischten wie durchdrehende Zahnräder. Der Lärm war infernalisch, schwoll wellenartig an und ab, machte hämmernde, blecherne Schleifgeräusche, bildete interne Geräuschfiguren aus, die sich vom Lärmteppich lösten und erhoben wie Rauchschwaden, Pirouetten drehten, in ein herannahendes Stampfen gerieten, überrollt wurden und zusammenfielen. Es dröhnte wie in einer überhitzten Metall-Fabrik, in der alles aus den Fugen geriet.

Ich blickte den Seher an. Der drehte ab und ging weiter zum hinteren Ende des Hofes, wo seine Hütte grau verwittert am Waldrand lehnte. An der Vorderseite befand sich, zwei Bretter-Treppen über der Erde, eine überdachte Veranda und an der rechten Querseite ein kleiner Zubau. Dahinter lag ein Kräutergarten, der mit absichtsvollen Steinschlichtungen umspielt war. Am Platz vor dem Haus befand sich eine mit großen, ovalen Flusssteinen eingefasste Feuerstelle ohne Sitzgelegenheiten und weiter rechts, wo der Lattenzaun des Gemüsegärtchens begann, stand eine alte Eiche, die ihren Schatten über das Wrack eines bis zur farblichen Unkenntlichkeit vergilbten Kleinwagens der Marke NSU warf, das wie von Treibsand erfasst schräg aus der Erde ragte.

Ich saugte jedes Detail auf. In jeder Kleinigkeit erblickte ich ein mögliches Zeichen, das es zu deuten galt. Die Natur sprach mit mir durch jedes Geräusch, durch jede Lichtveränderung, durch jede Regung der Luft. Ein uraltes Gefühl stieg in mir auf. Ich ließ mich im Schatten der Veranda des Sehers nieder.

Vom Inneren des Hauses drangen Geräusche her, wo der Straßenkehrer Vorbereitungen zu treffen schien oder auch nur Tee oder Kaffee kochen wollte. Dann trat er auf die Veranda, musterte mich und schien zufrieden. Er setzte sich in einen hölzernen Schaukelstuhl am Ende der Veranda und blickte über den Kräutergarten hinweg nach hinten in den Waldschatten. Dabei verengte er seine Augen zu noch engeren Schlitzen, als sie ohnehin schon waren, wie um etwas zu entziffern. Nichts mehr an ihm erinnerte noch an einen Straßenkehrer.

»Man hat dich nicht richtig gefüttert«, sagte er ruhig wie ein Arzt, der die Diagnose mit tröstender Unbeteiligtheit bekanntgibt. »Möchtest du essen?«

Ich hatte keinen Hunger und schüttelte den Kopf.

Der Seher schmunzelte, als hätte ich sein Latein nicht verstanden. Dann fragte er: »Siehst du schlecht in der Nacht?«

Ich grinste gespielt und stellvertretend für ein »Du etwa nicht?«

Er betrachtete mich ruhig wie ein Werkstück und biss sich auf die Unterlippe. »Wir werden deine Blödheit brauchen«, sagte er freundlich. »Wir werden dich brauchen, wie du bist, und da du blöd bist, sollst du blöd sein, sonst funktioniert es nicht. Du darfst nicht versuchen, gescheit zu sein. Verstehst du das?«

Ich lächelte überlegen.

»Ich meine, du bist zwar blöd, aber nicht nur. Das Problem ist eher, dass du so spinnst. Du spürst etwas, du willst etwas, aber du verstehst nichts und stürmst los, weil du spinnst. Du siehst immer nur Brüste. Du bist auf dem Weg, aber du erkennst nichts, weil du immer nur Brüste siehst.«

Die Kutte mit den Gichtfingern servierte Tee und Brote mit Verhackertem, Zwiebelringen, Pfeffer und einer Spur Paprikapulver. »Kraftfutter«, sagte die Radiostimme, »am Anfang war das Kraftfutter«, stieß er energisch in Richtung Himmel und schüttelte dazu die erhobene Kralle. Er beugte sich wieder vornüber und goss Tee ein. »Du wirst es brauchen«, bemerkte er noch, bevor wieder sein asthmatisches Lachen losbrach und in ein dünnes, stimmloses Pfeifen auslief.

Dann trat Entspannung ein. Alle schwiegen wie im Urlaub und der Nachmittag ging dahin. In meinem Kopf war es angenehm ruhig und ich fragte mich nicht einmal, was ich hier machte. Die Sonne ließ langsam von der Erde ab. Nun strahlte weiche Wärme vom Boden zurück, die Schatten waren mild und hell, das Licht wurde gelb und die Farben leuchteten gierig. Ich fühlte mich wohl wie schon lange nicht mehr.

Der Seher lehnte in seinem Schaukelstuhl, die gestreckten Beine lagen übereinander auf dem Geländer der Veranda, seinen Hut hatte er tief ins Gesicht gezogen. Jetzt nahm er ihn ab und sah mich an: »Was hast du erfahren?«

»Was?«

»Was hast du erfahren? Du bist doch der Zeitungsmensch, oder nicht? Was haben sie dir erzählt?«

»Ach so«, sagte ich, »na ja, was. Ich meine, nicht viel. Ich habe die Gespräche wieder abgesagt. Also, ich habe dies und jenes gelesen und ein bisschen geredet, aber ich war erst am Anfang.«

Er runzelte die Stirn im Versuch, meinem Gestammel zu entnehmen, was ich sagen wollte.

»Was hast du erfahren?«, fragte er energischer, »was weißt du über sie?«

Jetzt verstand ich. Ich überlegte nicht lange: »Der Mensch hat sie der Natur entnommen«, sagte ich, »aber sie ist keine Entdeckung, sie ist eine Erfindung, ein künstliches Erzeugnis.«

»Ja?«

»Ja. Das Ur-Artefakt des Menschen.«

Das Gesicht des Sehers zeigte keine Regung: »Und wie geht das, der Natur entnehmen?«

Jetzt hatte ich etwas zum Anhalten und fühlte mich sicherer: »Der Mensch hat die Sprache aus der Natur abgebaut und er hat dabei nur gemacht, was er immer schon gemacht hat, wenn er der Natur etwas abgeschaut hat. Als er noch nichts hatte und nichts konnte, am Anfang, als er noch nackt war und nichts wusste, aber dringend etwas unternehmen musste, wenn er den nächsten Tag noch erleben wollte, tat er das einzige, das er tun konnte: Er beobachtete die Natur und wenn er etwas entdeckte, das ihm nützlich sein konnte, machte er es ihr nach. Oder er änderte es ab, damit es ihm entgegenkam.«

»Was?«

»Man stelle sich vor: Der Frühmensch blickt in die Landschaft und sieht Steine, die verstreut herumliegen und für ihn so keinen Nutzen haben. Da erkennt er: Er muss diese Steine nur in eine andere Ordnung bringen und schon beginnen sie, einen Zweck zu erfüllen. Durch bloße Veränderung ihrer Position beschützen sie ihn plötzlich als Mauer oder, wenn er mehrere Mauern kombiniert, sogar als Haus. Er entnimmt der Natur etwas und macht daraus etwas ganz anderes, oft nur durch kleine Eingriffe wie bloße Umschichtung oder Veränderung der Reihenfolge, und schon hat er es leichter im Leben.

Die Kutte hielt alarmiert inne: »Die Maurer haben ein leichtes Leben!«, stieß er hervor und bog sich vor Lachen. Der Straßenkehrer ignorierte ihn und blickte mich wartend an.

Ich hatte einen Faden gefunden und fuhr fort: »Das mit der Sprache hat ganz gleich angefangen. Der Mensch operierte dabei aber nicht mit Steinen, die er zu Mauern schlichtete, sondern mit Geräuschen und Tönen, die er zu Ketten verband. Und plötzlich waren da diese Laut-Gebilde. Sie konnten viel mehr, als einfach nur klingen. Diese Lautketten haben absolut alles verändert, wie durch Zauber. Sie haben den geistigen Menschen geschaffen.«

Ich wartete. Ich rechnete mit zynischen Kommentaren, doch niemand sagte etwas. Ich redete weiter: »Der Mensch hatte also Lautketten erfunden und fing an, alles mit einer eigens kreierten Lautkette zu versehen. Alles, was er sah, roch, spürte und hörte bekam eine Lautkreation umgehängt, ein Wort. Er machte seine ganze wahrnehmbare Welt zu einer Welt voller Worte. So legte er von seiner Echtwelt eine Kopie an, die aus Worten bestand, eine Skizze aus Buchstaben-Kombinationen. Im Gegensatz zur Echtwelt konnte er die Buchstabengebilde im Kopf ablagern und wieder hervorholen. Und weil sie als symbolische Stellvertreter für Dinge der Echt-Welt fungierten, konnte er nun indirekt auch die Echt-Welt speichern. Er hatte ein Kopf-Warenlager aus Lautkombinationen angelegt, die Dinge aus der stofflichen Welt vertraten. Eine Hirn-Skizze von der Außenwelt.«

Die Kutte riss ihre zitronengelben Augen auf: »Jetzt wird es aber spannend.« Ich machte es dem Straßenkehrer nach und ignorierte sie.

»Bis dahin war der Inhalt seines Kopfes konturlos gewesen wie Flüssigkeit«, sagte ich, »ein Strom von Eindrücken ging durch seinen Kopf, mit denen er nichts anfangen konnte, weil nirgendwo Symbolzeichen zu sehen waren, die die vorbeiströmenden Eindrücke festhielten und identifizierten. Mit dieser Erfindung von Stellvertreter-Lautketten ging es plötzlich. Alles, was ihm wichtig vorkam, stapelte er als Buchstabenkombination in seinem Kopf. Er verwandelte sein Hirn in eine Lagerhalle voller symbolischer Stellvertreter der Außenwelt, die er jederzeit zum Einsatz bringen konnte.«

Ich machte eine Pause. Der Seher blickte drein, als würde er meinen Puls messen.

Ich sagte: »Wörter selbst sind nur Passwörter. Sie selbst beinhalten gar nichts. Sie öffnen nur etwas.«

Der Straßenkehrer blickte mich an, als hätte er nichts gehört. Er schien meinen Gesamtzustand skeptisch zu betrachten.

Ich fuhr fort: »Aber das war nur die Ausgangslage. Jetzt ging der Zauber erst richtig los. Denn jetzt konnte er seine gespeicherten Waren betrachten und sie drehen und wenden. Er konnte sie mit anderen Speicherungen vergleichen und dabei ganz neue Entdeckungen machen. Und er konnte von diesen in seinem Hirn gemachten Entdeckungen wiederum neue Vorstellungen ableiten, die er auch gleich alle speicherte. Kurz und gut: er hatte seinen Beruf gewechselt und aus seinem Kopf seinen Hauptarbeitsplatz gemacht. Der Keulenschwinger war zum Denker geworden.«

Die Kutte schlug sich begeistert auf die Schenkel und pfiff asthmatisch.

Ich fixierte ihn: »Der Keulenschwinger hatte fliegen gelernt. Er segelte in die fremde Ferne abstrakter Vorstellungen und kehrte nie wieder zurück. Auf seinen Schultern saß ein Computer, von dem er nicht mehr wegzubringen war, weil er ohne Computer nicht mehr leben konnte. Er rannte nicht mehr blind durch die Gegend und dem Säbelzahntiger in den Säbelzahn, sondern arbeitete zu Hause an seinem Computer. Er wurde vom Jäger zum digitalen Lagerarbeiter. Er verglich seine Lagerwaren systematisch und da begann er wiederkehrende Muster zu entdecken, die ihm draußen in der Natur nie aufgefallen waren. Beim Wetter, bei den Jahreszeiten, beim Verhalten von Jagdwild – überall gab es Kreisläufe, die wiederkehrten und die er jetzt nur deshalb entdeckte, weil er alles gleichzeitig betrachten konnte. So konnte er beginnen, Ereignisse, die in der Vergangenheit in Abständen wiedergekehrt waren, mit denselben Abständen auch in der Zukunft zu erwarten und vorauszusehen, denn warum sollten sie aufhören, nur weil ein Lagerarbeiter etwas bemerkt hatte. Jetzt begann er vorausschauend zu planen und diese Technik machte ihn unschlagbar. Muskelkraft und Reißzähne verloren ihre Macht. Tag und Nacht arbeitete er nun mit seinem Hirn-Kasten und überprüfte, rechnete, tüftelte und plante. Er konstruierte theoretische Lösungen für praktische Probleme. Dann ging er hinaus und setzte das Hirn-Konstrukt in die Welt und da war es verwirklicht und funktionierte auch tatsächlich so, wie er es sich ausgedacht hatte. Es funktionierte. Er hatte begonnen, in einer hirngemachten Welt zu leben.«

Ich stoppte, um zu sehen, ob sie nahmen, was ich sagte. Beide lauschten und ließen mich reden.

Und ich redete: »Er hatte begonnen, in einer virtuellen Stellvertreter-Welt aus Symbolzeichen zu leben. Eine abstrakte, verstehende Sicht war entstanden und ein innerer Dialog hatte sich entfacht. Sein Bewusstsein erwachte. Das machte ihn unerreichbar für alle anderen Arten und so überlegen, dass er sich nur noch selber besiegen konnte. Nie mehr würde er erfrierend auf das Ende der Eiszeit warten oder auf die Evolution, bis sie ihm nach hunderttausend Jahren ein dickeres Fell überzog. Er würde einen Ofen erfinden, einheizen und dann Flugzeuge bauen und in den Süden fliegen.«

Die Kutte strahlte keuchend. Der Straßenkehrer musterte mich wie ein Medizinmann, der sich meine Beschwerden angehört hatte und nun alles kommentarlos stehen ließ. Jetzt schwiegen wir wieder alle zufrieden wie im Urlaub. Irgendwann begann die Kutte Holzscheite auf der Feuerstelle zu türmen. Es wurde Abend.

Dämmerung zog auf wie Nebel. Dann kroch die Dunkelheit herein wie freigewordener Schlaf und löschte die Umrisse der Umgebung. Nur die Bäume blieben stehen, weil sie dunkler waren als die Nacht. Der Wald füllte sich mit Geräuschen.

»Jetzt, in der Dunkelheit, werden wir Licht haben«, sagte der Seher, »wir werden Licht machen. Ich wiederhole«, sagte er, »wir werden Licht haben, obwohl es dunkel ist. Verstehst du das?«

Die Kutte mit der Radiostimme entzündete ein Streichholz und hielt es an die Späne. Das Flämmchen leckte am Holz und erlosch wieder. Die Kutte blickte mich an und streckte mir die Handfläche entgegen. »Gib mir dein Heft. Ich brauche Papier zum Anzünden.«

Ich grinste gespielt: »Weißt du schon, dass ich dich nicht leiden kann?«

Die Kutte lachte und nickte anerkennend.

»Zeit für das Ende der Dunkelheit«, sagte der Seher und legte Feuer an den Scheiterhaufen. Zögerlich und ungeschickt angelten sich kleine Flammen empor, verloren Halt, stürzten zurück und zogen sich erneut hoch. Dann sprang das Feuer an und stülpte eine gelblich lodernde Glocke aus Licht und Wärme über den Vorplatz der Hütte. »Wir sind es, die Licht haben, obwohl es dunkel ist. Wir sind es, die es warm haben, obwohl es kalt ist. Verstehst du das?«

»Das verstehe ich gerade noch«, sagte ich. Ich hatte begonnen, mich sicher, aber provoziert zu fühlen und spürte Lust, zurückzureden.

»So ist das also mit der Sprache?«, fragte er lauernd.

»Wieso habe ich das Gefühl, dass du es besser weißt?«, schnappte ich zurück.

»Hast du nicht anständig recherchiert, Herr Zeitungsfritzen-Journalist?«, fragte er, »Hast du nicht alle gefragt? Die Philosophen? Die Dichter? Die Künstler? Sogar die Politiker? Ja?«

»Sicher, mein Straßenkehrer«, sagte ich, »alle habe ich gefragt. Ich bin doch der Fragensteller, weißt du das nicht?«

»Und haben sie dir nur ihr Unwissen beschrieben?«

»So ist es, mein liebster Straßenkehrer.«

»Lassen sie Ahnungen anklingen, als spürten sie etwas, aber würden einfach nichts zwischen die Finger kriegen, weil man den Geist der Sprache nicht verpacken und herumreichen kann? Weil man den Geist der Sprache nur schauen kann? Willst du nicht noch einmal fragen?«

»Ich habe schon gefragt.«

»Und?«

»Sie wissen es nicht.«

Der Seher schwieg und wartete.

Ich begann mich müde zu fühlen. Mir fiel auf, dass das Geschehen viel Kraft kostete. Ich ermüdete seltsam schnell. Fast konnte ich zuschauen, wie ich schwächer wurde. Ich sagte: »Hör zu, Seher. Ich verbrauche Kraft, die nicht nachkommt. Vielleicht verbrauche ich auch Zeit, die nicht nachkommt. Ich frage dich: Warum entfernst du mit dem Besen den Straßendreck im Sulmtal?«

Der Straßenkehrer lächelte zum ersten Mal. Ich spürte eine fremde Nähe. Er sagte: »Ich entferne gar nichts. Ich mache Ordnung. Verstehst du das, Dummkopf?«

Ich wusste mit seinen Ausfälligkeiten nichts anderes anzufangen, als irgendwie mitzuspielen, dagegenzuhalten, auch wenn ich nichts anderes zusammenbrachte, als unbeholfen frech zu sein. Mir war klar, dass hinter seinen Kraftausdrücken mehr stecken musste. Ich schüttelte den Kopf und grinste. »Ordnung durch Chaos, oder?«, sagte ich, »du bist ja ein richtiger mexikanisch-südsteirischer Chaos-Straßenkehrer. Wie sollte ich dich nicht verstehen?«

Die Kutte riss ihr Maul auf, streckte ihr Gesicht zum Himmel und wieherte fast lautlos, dass man nur ein dünnes Keuchen hörte.

Der Seher blickte mich nachdenklich an. »Du wirkst nur so blöd, weil du so blind bist«, erklärte er ruhig, »du leidest an Gewohnheit.«

»Gewohnheit?«

»Gewohnheit ist eine Krankheit. Sie macht dir vor, dass etwas selbstverständlich ist. Das Selbstverständliche ist etwas ad acta Gelegtes. Es hat seine Lebendigkeit verloren. Deine ganze Sprache ist so. Etwas ad acta Gelegtes. Sie wird nicht gesprochen, sondern nachgeahmt. Sie besteht aus toten Hülsen und deine Gedanken können nichts anderes als tote Hülsen ausspucken, denn sie sind tote Hülsengedanken. Deine Sprache ist in einer Selbstverständlichkeits-Starre gefangen und vergeht sich in ihrer Selbstverständlichkeitsstarrheit an sich selbst. Durch Austausch von toten Selbstverständlichkeiten zur toten Selbstbefriedigung. Das ist nicht die Sprache, sondern das, was aus ihr geworden ist. Verstehst du das, Schwachkopf? Verstehst du, dass du dich von der Macht der Gewohnheit festhalten und unterdrücken lässt, Herr Wissens-Einholer aus Wien?«

Ich war entspannt, ich kannte mich aus. Er wollte mich in eine bestimmte Ecke hineinprovozieren, um mich auf etwas vorzubereiten. Seine Angriffe waren ohne Wut und so technisch dahergesagt, dass es mir leicht fiel, sie nicht persönlich zu nehmen. Aber das war vielleicht ein Fehler, glaube ich. Oder ich weiß nicht. Es kam sowieso, was kommen sollte.

Er hob den Arm und nickte kurz wie zu meiner Besänftigung. »Schau einmal«, sagte er, »durchschaue die Selbstverständlichkeit. Sie gibt vor, etwas verstanden zu haben, aber sie versteht gar nichts. Sie verhindert das Verstehen. Was soll das eigentlich heißen, etwas versteht sich von selbst? Was für ein Unsinn, nicht? Die Gewohnheit ist nicht bloß eine Macht, sie ist ein tödliches Gift. Sie lullt dich ein und entführt dich in die Umnachtung.«

Der Straßenkehrer blickte zum Himmel und dann wieder zu mir. »Du sollst nichts für selbstverständlich nehmen, sondern alles selber verstehen. Ich erzähle dir jetzt etwas. Aber glaube mir nichts. Du sollst nicht glauben. Du sollst nur schauen.«

Die Kutte blickte mich herablassend an, als hätte sie mir eben einen Knochen spendiert.

»Du sollst schauen, nicht denken«, sagte der Straßenkehrer. Er beobachtete mich, als würde er auf etwas warten. Sein Blick führte Probebohrungen an meinem ganzen Körper durch. Dann sagte er: »Atme.« Nach einigen Augenblicken wurde er energischer: »Du sollst atmen habe ich gesagt, Spinner, verstehst du nicht? Du sollst atmen.«

Ich verstand nicht. Ich atmete ja. Die Kutte hatte einen kurzen asthmatischen Lachanfall und nickte hastig. Der Seher machte ein säuerlich konzentriertes Gesicht und ich gewann den Eindruck, mir selbst im Weg zu stehen. Er richtete sich auf und überlegte kurz. Dann fragte er: »Hast du etwas, das ganz zu dir gehört? Etwas, woran du dich anhalten kannst?«

Ich musste nicht überlegen. Ich holte mein Tagebuch hervor. Er nickte. Zum ersten Mal stimmte er mir zu. Sein Wesen veränderte sich. Jetzt befand es sich plötzlich in einem Aktiv-Modus, den ich nicht verstand. Er beugte sich zu mir vor. Auf einmal schien er unter Spannung zu stehen und flüsterte: »Ich sage dir etwas. Hör gut zu, aber sei ja nicht gescheit, sei blöd wie du bist, Zeitungs-Dummkopf.« Aber es kam nichts.

Er sagte nichts. Er richtete sich auf, blickte vertuschend um sich, als wollte er einem unsichtbaren Zuseher weismachen, er hätte sich nie vornübergebeugt. Er blickte hinauf in die Nacht, wo seine Gedanken aufbewahrt schienen und setzte an, zu sprechen, als würde er vom Nachthimmel ablesen, der wie eine schwarze Lochkarte über der Welt lag, durch deren zahllose Einstiche das Licht des Universums drang. Über uns funkelte eine unendliche mathematische Skizze mit Formeln und Brüchen und geschweiften Klammern, Quaternionen, symmetrischen Differenzen, Pfeilen, Bögen, Tangenten. Haufen aus Lichtpunkten wie hingekritzelte Randnotizen, wie kosmische Erläuterungen der ewigen rechnerischen Gegebenheiten.

Der Seher senkte wieder seinen Blick in meine Richtung: »Ich sage dir, was Sprache ist. Pass auf, du kannst dich verbrennen.«

Ich schwieg. Die Kutte grinste. Ich blickte nach oben zum Himmel.

Er sah mich an und sagte: »Hierher«, sagte er, »nicht dort oben. Schau dich hier unten um. Was siehst du hier in der Welt, in deiner eigenen Umgebung?«

Ich schaute in die Gegend.

»Was du siehst«, sagte er, »ist nicht zufällig da und niemand hat es dort hingestellt.«

»Echt nicht?«, muckte ich auf wie ein Pflichtschulkind, »ich dachte, das alles hat jemand dort hingestellt.«

Er ging nicht darauf ein und antwortete nur: »Nein, niemand hat es dort hingestellt. Es tritt aus dem Inneren heraus in Erscheinung wie ein Baum aus der Erde und aus dem Programm seines Samens. Alles äußerlich in Erscheinung Getretene hat so ein inneres Programm, das auf eine Idee zurückgeht. Alles, was du siehst, ist das sichtbar gewordene Abbild einer Idee und ihres Plans. Was du siehst, ist die umgesetzte Idee. Ist ihre Übertragung von innen nach außen, von ihrer feinen, inneren Stofflichkeit in eine gröbere, äußere Wirklichkeit. Die Eruption der Idee.«

Er hielt an, um zu sehen, ob ich folgte. Ich blickte ihn möglichst ausdruckslos an.

»Nun«, sagte er, »der Unterschied zwischen innen und außen ist kein großer. Der Stoff, aus dem alles besteht, bleibt gleich, nur seine Dichte ändert sich. Das äußerlich Sichtbare ist die Verdichtung der inneren Vorstellung.

Er machte Handbewegungen, als würde er einen Schneeball formen und weitete seine Augenschlitze. »Das ist pure Physik«, sagte er, »keine Zauberei. Das ist banales Zusammenpressen des Stoffes,

Verdichten. Wie wenn du Schnee zusammenpresst. Aus losen Flocken presst du einen Ball. Aus träumendem Schneefall wird eine erwachte Winterlandschaft. Die sichtbare Welt ist ein verdichtetes Modell ihrer geistigen Idee. Sie ist das stoffliche Ergebnis einer Schaffenslust.«

Er ließ seine Hände sinken und musterte mich skeptisch: »Ist ja ganz einfach, oder? Ist ja fast langweilig. Tut ja fast weh, wie primitiv das ist. So einfach ist alles. Aus einer inneren Wirklichkeit wird eine äußere Wirklichkeit. Na bumm. Was gibt es da falsch oder gar nicht zu verstehen?«

Er blickte mich an wie ein Lehrer, der an meine Auffassungsgabe appellierte. »Die Welt ist ein Kunstwerk. Produkt eines Dranges. Ergebnis einer Lust. Sie ist des Geistes Kind. Kommst du mit, Recherchierungs-Fritze aus Wien?«

Ich wusste, dass meine Bemerkungen vor Dummheit steif und fehl am Platz waren, aber ich konnte mich nicht anders wehren und ich dachte, mich wehren zu müssen und ich wollte mich wehren. Ich wollte griffig sein wie er und dazu noch schlagfertig und witzig. »Super«, rief ich, »das freut mich außerordentlich. Die Welt ist Lust-Verwirklichung und nicht Lust-Aufschub, wie die sexualgestörten Propheten uns weismachen wollen. Alles paart sich. Die Lust schmiegt sich in den Stoff und vereinigt sich mit ihm, gebärt sich in ihm. Der Urknall ist ein Orgasmus, oder habe ich da vielleicht was falsch verstanden?«

Er überging meinen Einwurf. Die Kutte zeigte eine gespielte Maske des Entsetzens.

»Atme«, sagte der Straßenkehrer, »du musst atmen. Nur der Atem verbindet dich mit der Natur-Welt. Du saugst ihr Gas ein, entnimmst einen Bestandteil als Kraftstoff und bläst ein verändertes Gas zurück in die Natur. Das ist deine Verbindung. Ansonsten hast du keine Verbindung. Ohne Atem bist du ein Fremdkörper auf einem fremden Planeten. Deine Verbindung mit diesem Planeten wird geatmet.«

Er machte eine Pause, dann wiederholte er: »Deine Verbindung zur Welt ist keine Schnur und keine Brücke, sondern dein Atem.«

Noch einmal ließ er das ein bisschen wirken. Dann sagte er: »Auch die Sprache ist Atem. Worte bestehen aus der Luft des Atems. Sprache ist wie der Atem eine Verbindung zwischen den Zuständen«, fuhr er fort, »wie der normale Atem deine Verbindung zur Atmosphäre ist, so ist der modulierte Atem der Sprache die Verbindung von der inneren Idee zu ihrem äußeren Abbild. Die Sprache ist die Brücke vom Schneefall zur Winterlandschaft. Sie ist die Kraft, die verdichtet.

Wieder gab er seinen Erläuterungen Raum, bevor er den nächsten Schritt machte. »Du atmest die Worte aus. Im Mund formst du den Luftstrom des Atems zu schwingenden Klangmustern. Damit erzeugst du den Stoff, aus dem absolut alles ist. Modulierter Atem. Alles schwingt. Absolut alles besteht aus Schwingungsmustern, im Kleinen wie im Großen. Jeder Stoff in jedem Zustand schwingt. Ob er schwer oder leicht ist, heiß oder kalt, lebend oder tot, schön oder hässlich, kostbar oder wertlos, fest, flüssig oder gasförmig: er schwingt. Etwas anderes gibt es nicht. Stoff kann nicht still sein. Er schwingt und nur deshalb gibt es ihn. Der Kosmos schwingt und alle seine Teile schwingen. Das All ist ein gewölbter bunter Teppich und seine Muster sind Schwingungsmuster. Zu Klangbildern modulierter Atem. Der Kosmos ist ein geatmetes Klangbild. Er ist Sprache. Er ist eine Aussage. Er ist die Verlautbarung einer Idee. Er ist die Verwirklichung einer Idee durch ihre Verlautbarung. Er ist die in eine Klanginstallation verwandelte kreative Lust.«

Der Seher atmete aus und schien nicht mehr einzuatmen. Er saß lange da und keine Atemluft hob oder senkte seinen Brustkorb. Hingesunken hielt er still wie bei einer Behandlung durch einen unsichtbaren Arzt. Dann fasste er zusammen: »Das ist die Ur-Sprache. Die Ur-Sprache ist Ausdruck und Verwirklichung der geistigen Ur-Idee in Form von Klangmustern, die man Stoff nennt. Die Ur-Sprache beschreibt den Stoff nicht, sie IST der Stoff. Sie materialisiert die geistige Absicht, sie transferiert das geistige Bedürfnis in ein physisches Abbild aus schwingenden Feldern. Sie exekutiert die Ur-Lust. Die Entstehung der Welt ist ein Ur-Akt von Sprache.«

Er lauschte in die Nacht: »Die Welt klingt. Man kann sie hören. Sie flüstert. Sie ist ein Tongebilde. Sie ist der Nachklang der Ur-Aussage.«

Ich rief: »Das Universum ist buchstäblich ausgesprochener Kunststoff! Oder?«

Er ließ mich und sagte nichts dazu. Er selbst hatte mich anfangs aufgefordert, während dieser Sitzung nur ja nicht gescheit sein zu wollen, sondern blöd zu bleiben, wie ich war. Dabei war die Formulierung vom ausgesprochenen Kunststoff überhaupt nicht blöd.

Jetzt atmete er wieder normal und rekapitulierte. »Das ist die erste Generation der Ur-Sprache. Das ist die Ur-Generation der Sprache. Sie schafft. Was sie sagt, das ist. Verstehst du das, Medien-Heini aus Wien Innere Stadt? Wenn nicht, dann tu so, als wärst du im Theater. Nimm es einfach und versteh vielleicht später.«

Das war nicht schwer zu verstehen. Das Theaterstück handelte davon, dass die Sprache älter als der Mensch war. Dass sie zurückging bis an den Anfang. Dass sie selbst der Anfang war. Und alles, was danach kam, bestand aus demselben Ur-Material. Aus Sprache.

Ich sagte: »Sag ich doch, das ist kosmischer Sex. Das sind Ur-Akte der Lust. Das ist die Geilheit der Götter. Ihre verschämten Stellvertreter auf Erden nennen es unverdächtig Schaffenswille. Dabei ist es ein Fortpflanzungswille. Schaffen ist Fortpflanzen, oder?«

Ich wusste mich nicht anders zu benehmen. Ich stand unter Druck, noch immer irgendwie selbstsicher und witzig sein zu müssen, obwohl der Straßenkehrer längst seinen Modus gewechselt hatte und in tiefem Ernst versunken war. »Mein lieber Straßenkehrer«, sagte ich, »willst du damit vielleicht andeuten, dass Sprache gar nicht zum Tratschen erfunden wurde?«

Die Kutte schwieg. Der Seher betrachtete mich mitleidig. Er fuhr fort: »Die erste Generation der Ur-Sprache war also das Erschaffen durch Ur-Aussagen. Jetzt kommt die zweite Generation.«

Er blickte kurz zum Himmel und dann wieder zu mir: »Die Ur-Sprache der zweiten Generation wiederholt nur die Ur-Aussagen der ersten Generation, sie rezitiert sie. Die zweite Generation erschafft nicht, sondern gibt das Erschaffene wieder. Sie beschreibt das Geschaffene, sie ist Wiederholung der Erzeuger-Sprache. Die Sprache der zweiten Generation ist die Rückverbindung zur ersten Generation und damit zum Ursprung. Wie die Schnur im Labyrinth. Wenn du sie korrekt anzuwenden weißt, wirst du zurückverbunden. Dann erlebst du diese Gleichschaltung mit dem Original, die sich wie Erinnerung anfühlt. Und weißt du, warum sie sich wie Erinnerung anfühlt? Weil sie Erinnerung ist.«

Ich begann mich unwohl zu fühlen. Vom Magen her strahlte warme Übelkeit. Die Luft hatte zu wenig Sauerstoff und ich atmete tiefer und schneller, aber die Frische erreichte den Herd der Übelkeit nicht.

»Du zitterst, mein Sohn«, lästerte die Kutte, »möchtest du beichten?« Dann schlug er sich wie bei einem guten Witz auf die Schenkel und wieherte lautlos.

Meine Übelkeit wurde stärker und stieg hoch wie eine Wolke aus Brechreiz. Ich fühlte mich wie auf dem Rücksitz eines Wagens, der auf kurvenreicher Straße ständig abgebremst und wieder beschleunigt wurde und sinnlose Zacken schlug, als wolle er mich zum Übergehen bringen. Die in meinem Magen verankerte Weltkugel begann sich in meinem Kopf zu drehen und aus ihren Angeln zu heben. Sie kippte zur Seite und nahm mein Blickfeld mit sich.

Jetzt schwiegen alle und überließen mich meiner Übelkeit, als sei es jetzt besonders wichtig, mich beim Sterben nicht zu stören. Ich atmete immer schwerer und warf meinen Oberkörper herum, was mich nur für den Augenblick des Herumwerfens von meinem Zustand ablenkte. Ich wagte nicht, mich hinzulegen und ich wagte nicht, um ein Glas Wasser zu bitten. Ich atmete nur, weil er gesagt hatte, ich solle atmen, aber mit jedem Atemzug fachte ich die Übelkeit in meinem Magen an wie Kohlenglut mit einem Blasbalg. Und dennoch tat ich, wie mir geheißen. Ich atmete. Über einem schwarzen Loch schwebend bemerkte ich nicht, wann sich mein Zustand entspannte, ich realisierte nur irgendwann, dass die Stürme in mir nachgelassen hatten. Mein Inneres klarte auf und ich wurde ruhig und müde. Die Nacht wurde langsam alt.

Der Mond verzog sich nach hinten, als wollte er nach Hause gehen. Die Stille des Abends, die sich aus den Geräuschen des Tages geschält hatte, war einer erinnerungslosen Ruhe gewichen, die tief und fest war. Auch die Geräusche der Nacht waren verschwunden, nur da und dort murmelte ein Tier im Traum. Fast unmerklich entstieg der Dunkelheit eine zarte Frische, die mir guttat. Es roch nach Tau und nach Bevorstehendem. Ich vermied es, etwas begreifen zu wollen. Eine Eule meldete, was ihre Ahnen schon vor ewigen Zeiten gemeldet hatten. Die Kutte gähnte zusammengekauert vor der Glut, die immer tiefer in ihre Asche sank.

»Geh' jetzt und träume«, sagte der Seher. »Hast du nicht verstanden? Du sollst träumen.«

19

Das war der erste Abend beim Seher. Ich träumte danach gar nichts. Ich erwachte in meinem Haus, das sich wenige Kilometer von der Niederlassung des Straßenkehrers befand, und ich wunderte mich über nichts. Ich verspürte nur einen unbändigen Drang, zurückzukehren. Noch am selben Abend war ich wieder dort, doch das Tal des Sehers war verlassen. Ich schlenderte umher, warf einen Blick in das Auto-Wrack unter dem Baum, betrachtete den verwilderten Kräutergarten, lauschte. Nichts. Am nächsten Tag fand ich auch das Tal nicht mehr. Am übernächsten Tag war alles wieder beim Alten, als wäre nie etwas vorgefallen. Doch der Seher hatte Besuch. Auf der Stufe seiner Veranda saßen vier jugendliche Knechte mit kleinen Strohhüten am Kopf und jeder hatte einen Besen in der Hand. Mein plötzliches Auftauchen schien sie unterbrochen zu haben. Sie warteten auf den Seher, der sich an mich gewendet hatte, um mich wegzuschicken und für den nächsten Tag wieder zu bestellen. Am Abend dieses nächsten Tages fand dann die zweite und letzte Sitzung statt.

Die Kutte machte wieder Feuer, warf mit verstohlenen Blicken um sich und grinste. »Wieso träumst du in letzter Zeit nicht?«, krächzte er und lachte keuchend. Der Straßenkehrer saß entspannt auf seinen Fersen, die Ellbogen seiner gestreckten Arme lagen auf den Knien und er wirkte sehr klein. Das anwachsende Feuer spiegelte sich in seinen Augen.

Er legte sein Gesicht in Falten und holte weit aus. Er ging zurück bis an den Anfang und kam auf die ältesten Zeichen-Morphologien der Menschheit zu sprechen. Er erzählte vom großen Bogen, vom Buch der Formung, vom Alphabet der Patriarchen und solchen Dingen. Mir dämmerte, dass es nun ans Eingemachte ging. Er hatte beim ersten Mal schon die Geburt der Sprache mit der Geburt der Welt in Einklang gebracht, diesmal sollte es darum gehen, wie diese Lautkräfte genau funktionierten, die von den Buchstaben des Ur-Alphabetes ausgingen. Er nannte das die »Schaffenskraft« der Ur-Buchstaben, eine Kraft, die frei wurde, wenn Ur-Buchstaben zu Kombinationen gefügt und mit bestimmten Ur-Zahlen verbunden wurden. Diese Ketten aus Ur-Buchstaben und Ur-Zahlen waren es, von denen die Umsetzungsenergie ausging, die eine bloße Vorstellung in ein festes Ding verwandelte.

Mit dem »Bogen« meinte er den Gang der Schöpfung, beginnend bei der Abspaltung von der Ur-Einheit, weiter zur Fortpflanzung, zur Geburt, zur Entwicklung, dem Durchschreiten der Stadien des Lernens und Reifens, zur Findung von Identität und Formgewinnung, bis zur Vervollkommnung und schließlich zur Rückkehr in die Einheit. Der Bogen, den alles durchläuft. Geburt, Aufbruch, Weggang, Rückkehr. Der Bogen.

Die Kutte nahm den Schraubverschluss von einer Schnapsflasche, roch daran, riss die Augen auf, dass es zitronengelb blitzte, nickte anerkennend und reichte sie dem Straßenkehrer. Dann drehte er sich zu mir, hob einen Daumen und versicherte, der Schnaps sei von bester Fernfahrer-Qualität, direkt aus dem Handschuhfach eines montenegrinischen Sattelschleppers, der hoffnungslos in Spielfeld festsaß, weil der Fahrer angab, die Grüne Karte nicht zu finden. Der Straßenkehrer setzte die Flasche an seine Lippen, warf den Kopf nach hinten und ließ sich blubbernd den Mund volllaufen. Dann holte er einen brennenden Ast aus dem Feuer, warf den Kopf nach links und nach rechts wie ein Bär seinen schweren Schädel und stieß einen Spray aus Schnaps zwischen den zusammengepressten Lippen hervor, der sich explosionsartig entzündete. Dann griff er blitzartig nach der Feuerwolke und lenkte sie mit einer Handbewegung zur Seite, nahm einen weiteren Schluck und spie die nächste Stichflamme direkt in meine Richtung, wo sie sich unmittelbar vor meinem Gesicht in Nacht auflöste.

»Atme«, forderte er mich gereizt auf, »du sollst atmen, habe ich gesagt.« Dann blickte er mich vorwurfsvoll an und wiederholte: »Du sollst deine Beine nicht überkreuzen, Schwachkopf. Und versuche ja nicht gescheit zu sein. Wo sind wir stehen geblieben?«

Er grübelte, als hätte er den Faden verloren. Er wölbte die Lippen wie ein Zahnloser, der versucht, Essbares zwischen Zunge und Gaumen zu zerdrücken und machte dabei einen fremdartig stumpfsinnigen Eindruck.

»Ja«, sagte er zerstreut, »sagt dir der Bogen etwas? Kennst du den großen Bogen?«

Ich antwortete nicht. Ich hatte verstanden, dass seine Fragen von einer Art waren, die keine Antwort erwartete.

»Am Anfang«, sagte er, »ich meine, ganz am Anfang, war Ursuppe. Absolute Ursuppe, ja? Ur-Plasma, verstehst du? Einheit. Absolute Einheit. Weder hell noch dunkel. Es gab keine Helligkeit und keine Dunkelheit«, sagte er und wartete auf mich. Dann: »Dunkelheit gibt es erst, seit es Licht gibt. Als das Licht kam, brachte es auch die Finsternis mit sich, als sein Gegenteil. Da gab es nun die Anwesenheit von Licht und, als gegenseitige Bedingung, die Abwesenheit von Licht. Das waren die ersten Spaltprodukte der Ur-Einheit. Die Einheit wurde zur Vielheit. So. Und diese Vielheit sucht ihren Weg zurück zur Einheit. So einfach ist das, Herr Zeitungs-Schreiberling. Aus dem feinen Geist wurde grober Stoff und der grobe Stoff will sich wieder zurückverfeinern zu Geist. Das ist der Bogen. Nichts weiter. Das verstehst du doch.«

»Wir sind Spaltprodukte, die zurückdrängen«, versuchte ich diesmal ernsthafter zu sein. Doch er ignorierte es.

»Das habe ich dir gerade erklärt, Dummkopf. Der Bogen zeichnet das Gehen und Kommen. Alles drängt zurück zur Einheit. Alles. Jede Reise ist eine Rückreise. Merk dir das. Eine Hinreise gibt es nicht. Alles, was nach der Abspaltung passiert, ist Rückreise. Absolut alles. Jeder einzelne Schritt, egal in welche Richtung er geht, ist ein Schritt zurück zum Ursprung. Das ist nicht schwer zu verstehen, denn du bist nicht noch blöder, als ich dachte.«

Der Straßenkehrer verschwand in seiner Hütte und kam mit einem Buch in der Hand zurück. Sachte legte er es auf ein säuberlich ausgebreitetes Tuch neben dem Feuer und betrachtete es, als würde er auf etwas warten. Dann schlug er es auf, suchte nach einer bestimmten

Seite, ließ es aufgeschlagen liegen und erhob sich. Bei dem Druckwerk handle es sich um das »einzige wirkliche Zauberbuch der Menschheit«, sagte er. Es befasse sich mit der Magie der Laute. Es beinhalte zweiunddreißig elementare »Aspekte oder Bahnen des Wissens«, oder auch »Geheimnisse«, wenn man so wolle. Bahnen des Wissens, die, miteinander verflochten, die Matrix des Kosmos ergaben. Dabei handle es sich um nichts Geringeres als um den Bauplan und das Funktionsprogramm der Welt und des Lebens und daher handle es sich auch um die Gebrauchsanweisung für all das. Tehut habe es vollbracht.

Tehut. Da war er wieder. Ich hatte ihn im Traum getroffen, bevor mich der alte Bettler weckte und aus der Gerichtsverhandlung evakuierte. Tehut war der einzige gewesen, der unparteiisch war und drüberstand. Tehut, der Urheber des Wiegens der Herzen. Der Urheber des Messens der Zeit. Der Erfinder und Wahrer der Ordnung. Oberster Befürworter der Anhäufung von Wissen. Tehut, Zentralsekretär der Götter, Schreiber des Allerobersten Gerichtshofes, des Totengerichtes selbst, und Erfinder der Schrift.

Tehut hatte, erklärte der Seher, einen Weg gefunden, die Bahnen des Ur-Wissens auf Pergament zu übertragen. Er kreierte zweiundzwanzig grafische Symbolzeichen, die den inneren Geist je eines der Geheimnisse erfolgreich abbildeten und wiedergaben. Tehut, der Schreiber, hatte es zuwege gebracht, die Essenz dieser zweiundzwanzig elementaren Weisheiten in die Gestalt seiner Zeichen zu verwandeln. Das Ur-Alphabet war entworfen. Für die restlichen zehn der zweiunddreißig Aspekte verwendete er Zahlen, welche die zehn »göttlichen Sphären« bezifferten.

Tehut, Urknall der Literatur, hatte das kosmische Genom sichtbar und lesbar gemacht. Es bestand aus zweiundzwanzig Ur-Buchstaben und zehn Ur-Zahlen, die miteinander kombiniert jene verursachende Energie freisetzten, aus denen absolut alles entsprang. Das Buch, das auf einem Seidentuch im flackernden Schein des Feuers lag, barg das Wissen von der Kraft der Laute und den Lautwerten des Ur-Alphabetes. Es beschrieb die Schöpfungskräfte der Sprache, die alles aus dem

Ur-Zustand heraus durch Abspaltung entstehen ließen: Das Buch der Formung.

Es ließ wissen, dass schon die Aufspaltung des Ur-Zustandes in Hell und Dunkel ein sprachlicher Vorgang war. Ich bildete mir ein, im Wort »Sprache« sogar ein »Separare« durchzuhören. Aber das war vielleicht Unsinn. Egal. Egal auch, ob hinter den zweiundzwanzig Buchstaben-Geheimnissen nun die sogenannten altägyptischen Mysterien steckten und ob die zweiundzwanzig Gemälde, die dieses Geheimwissen darstellten, an den Wänden des Einweihungstempels zu Memphis zu sehen gewesen waren, oder ob das alles doch aus Äthiopien oder auch von den vorvedischen Indern stammte, die in den Sternen gelesen hatten.

Der Straßenkehrer sagte, die zweiundzwanzig Gemälde zeigten jedenfalls die Stadien des großen Bogens von der Abspaltung bis zur Wiedervereinigung und seien nicht nur erhalten, sondern auch weit verbreitet, sodass man sie seit Jahrhunderten sogar auf Spielkarten finde. Auch die Ur-Buchstaben des Tehut seien erhalten geblieben, weil sie in ein späteres Zeichensystem übernommen worden seien, das man das althebräische Alphabet nannte.

Der Seher hob die Hand und erhöhte meine Aufmerksamkeit wie mit einem Regler: »Diese Ur-Buchstaben ergeben nicht erst dann einen Sinn, wenn sie zu einem Wort verbunden werden. In diesem Ur-Alphabet hat jeder Buchstabe seine eigene inhaltliche Bedeutung, seinen eigenen Wissenshintergrund und seine eigene formierende Kraft. Bildende Kraft, ja? Schaffenskraft. Ok? Das ist eine Kraft, die etwas aus sich heraus entstehen lässt. Sie macht stofflich, was sie ausdrückt. Zu jedem dieser Laute gehört eine Zahl, die den Wert und die Kraft des Lautes näher bestimmt und eine direkte Brücke zu einem der zweiundzwanzig Geheimnisse schlägt.«

»Gibt es heute keine Verhackert-Brote?«, fragte ich.

Er blickte mich an und wartete. Er ließ einsickern, was er gesagt hatte. Ich glaube kaum, dass er mich überhaupt gehört hat. Oder er ignorierte mich.

Egal.

»Das ist keine Religion, ok?«, sagte er dann, »das ist nichts, was man glauben soll, damit es die Erlösung beschleunigt. Wir reden hier bloß von altem Wissen, das wir verstehen wollen, nichts weiter. Pass auf: Diese zehn Zahlen haben nichts mit der Anzahl deiner Finger zu tun, falls du das denken möchtest, Herr Journalist. Das Zehnersystem der Mathematik ist viel später aufgetaucht und wurde von diesem unserem Erklärungssystem abgeschaut.«

Er hob seine Hände, spreizte die Finger und weitete die Augen. Dann schüttelte er heftig den Kopf: »Die zehn Ur-Zahlen, von denen wir hier reden, sind Ausdruck der zehn Ur-Ideen. Nicht irgendwelche Ideen, sondern die zehn Ur-Ideen selbst. Das sind Ur-Absichten, kreativ zu werden. Sie sind Bedürfnis und Wille, etwas zu schaffen. Nun: Der zur Zahl gehörende Buchstabe, welcher durch Aussprechen zu einem Laut wird, der Laut also, ist bereits die physische Erscheinungsform der Idee. Denn der Laut ist stofflich. Er schwingt wie alle Stoffe.«

Er ließ die Hände sinken und nahm eine entspannte, aufrechte Körperhaltung ein, als sei etwas vollbracht. »Von der Ur-Einheit abspalten heißt: in die Welt setzen. Die Lautgebung ist die Abspaltung. Der Laut verleiht die physische Gestalt. Er ist Formgebung, Formulierung. Anders gesagt: Die Inwortefassung der Idee ist ihre Verwirklichung. Aussprechen, hinaus-sprechen, ent-sprechen, ent-koppeln. Trennen. Sprache ist Abtrennen und damit in die Welt setzen.«

Er legte den Kopf schief: »Hör zu. Die Sprache ist das Werkzeug, das abspaltet, sie ist der Spaltkeil beim Holzmachen im Universum, verstehst du Holzmachen besser, Zeitungs-Bauernschädel? Sprache ist ein Schnitzwerkzeug, das aus der Ureinheit ein Kunstwerk herausarbeitet, Herr Recherchierer-Fritz. Sprache ist kosmische Bildhauerei. Das, was dabei herauskommt, ist die Erscheinungswelt. Die sichtbare Welt ist eine Skulptur aus Sprache, ein Spaltprodukt der Ur-Einheit, bestehend aus Lautbildern. Musik. Aus dem Ur-Zustand mit Sprache herausmusiziert.«

Und nach einer langen Pause: »Alles Sichtbare ist ein Gleichnis. Zum hunderttausendsten Mal: Jeder Laut der Ur-Sprache ist ein Gleichnis. Das Abbild einer Idee, kapiert?«

»Hunderttausend Mal nicht«, widersprach ich mit routinemäßiger Plattheit, »aber zehn Mal hast du es schon gesagt. Wieso redest du immer dasselbe, wo ich doch ein Kapierer bin?« Ich deutete mit dem Zeigefinger auf meine Schläfe. »Glaubst du, ich bin zum ersten Mal im Theater?«

Er stieg schon länger nicht mehr auf meine Kommentare ein. Er musterte mich, als würde er unter Übelkeit leiden. Aber er sah, dass ich verstanden hatte und betroffen war.

Ur-Laute waren Kraftquellen des Entstehens. Die vertonten Buchstaben des Ur-Alphabetes waren Kraftwerke. Sie waren Fabriken, die Produkte auswarfen, indem sie aus Geist Schwingungsmuster herstellten. So verwandelten sie einen geistigen Inhalt in einen Stoff, denn alle Stoffe waren Schwingungsmuster. Ur-Laute waren Kompressoren, die Ideen zu Stoffen verdichteten. Zu Klangbildern gefügt ergaben sie die genetische Musik des Universums. Ur-Laute aussprechen war ein Akt des Schaffens. Ein Akt, der aus geträumtem Schneefall eine erwachte Winterlandschaft machte.

Plötzlich brauste er auf: »Hast du etwas gegen Musik?«

Ich war irritiert, wandte meinen Blick hin und her, die Kutte fixierte mich mit den krankgelben Augen und ich suchte nach einer passenden Antwort, denn »nein, ich liebe Musik« wäre sie nicht gewesen. Meine Lust zum Lästern war vorhin schon einer Betroffenheit gewichen. Jetzt steigerte sich diese Veränderung und ich fühlte mich langsam mitgenommen, gar angeschlagen. Der Körper des Straßenkehrers zuckte, als sträubte er sich gegen inneren Aufruhr, sein Atem wurde schwerer und dann riss seine Beherrschung. »Mach mich nicht schwach, du Hund!«, schrie er, »du kostest mich Kraft, du Hund, du! Ich werde müde, wenn du nicht bald etwas verstehst, du Gauner, du Verbrecher!«

Er riss die Schnapsflasche an die Lippen, aus seinem Mund fauchte eine Stichflamme, die auf mich zuraste und sich unmittelbar vor meinem Gesicht ausblendete. »Du sollst atmen!«, kreischte er, »du sollst deine Beine nicht überkreuzen!«

Nichts passte ihm mehr. Langsam dämmerte mir, dass ich selbst das Problem war und dass ich es war, an dem alles scheiterte. Ich begann, mich wie ein Kind zu fühlen, das alles falsch machte, aber nicht wusste, was genau falsch war und wie es unter dem Druck der drohenden Sanktion etwas richtig machen konnte. Ich war schuld, das verstand ich, aber ich verstand nicht, woran ich schuld war, ganz wie vor dem Traum-Gericht mit der unverständlichen Konsonantensprache. Der Seher hatte seine Stoik endgültig verloren. Seine Augen warfen nervöse Blicke durch die Gegend.

Es lief einfach nicht. Ich funktionierte nicht. Ich verstand nichts, aber ich erkannte an seiner tiefer werdenden Unruhe, dass es ernste Probleme gab. Seine Zeit oder seine Kraft oder beides schien irgendwann zur Neige zu gehen. Es tat mir leid, ihn zu behindern, ich hatte Mitleid mit ihm. Ich wollte etwas dagegen tun, hatte aber nicht die geringste Vorstellung, was. Ich sah, wie er unter immer größeren Druck geriet und seine Verunsicherung machte mir Angst. Er stürzte auf das Lagerfeuer zu, langte nach einem brennenden Ast, schleuderte ihn in meine Richtung und riss die Arme hoch. Der Ast zog eine Rauchfahne hinter sich her und sauste an meinem Kopf vorbei wie ein Meteorit. Der Seher stürzte sich auf den nächsten brennenden Ast und warf ihn nach mir. Ich stieß fremdartige Schreckenslaute aus, während ich mich zur Seite fallen ließ, um auszuweichen. Wieder riss er die Schnapsflasche an die Lippen, spie Feuer. Im Wald war Stille. In seinen Augen loderten die Schnapsflammen zeitversetzt weiter. Was hier ablief, hatte mit südsteirischer Dörflichkeit nichts mehr zu tun. Was hier ablief, war etwas ganz anderes als Kürbisputzen bei den Nachbarbauern oder eine kleine Schlägerei beim Feuerwehrfest im Nachbardorf.

Aber plötzlich war er wieder ruhig. Er hob die Hand und nickte beschwichtigend. Er atmete freier. Er verschnaufte, als würde ein Dämon von ihm abgelassen haben. Tonlos sagte er: »Die Fakten der Ur-Sprache bestehen aus Konsonanten. Ausschließlich Konsonanten. Die Konsonanten sind die Fakten. Die Vokale sind Stimmung, Ton und Farbe. Sie verbinden die Form mit der Idee. Vokale verbinden den Ausdruck mit seinem Inhalt. Den Körper mit dem Geist.«

Ich kam mir immer unfähiger vor, immer ungeschickter und beschränkter, ich wusste immer weniger, was ich tun sollte. Ich verstand nicht einmal, warum er mir vorwarf, nichts zu verstehen, denn ich hatte das Gefühl, sehr wohl etwas verstanden zu haben, war aber zu verunsichert, es auch zu glauben. Er sagte ruhig und entspannt: »Was ist, Dummkopf? Du verstehst nicht einmal, dass du kein Dummkopf bist, Dummkopf.«

Er atmete langsam und tief, um mir vorzuführen, was ich tun sollte. Er war wieder ganz der Alte. »Atme«, sagte er.

»Ich atme doch«, widersprach ich.

»Atme. Jetzt kommen wir langsam zum Punkt. Verstehst du?«

Was sollte ich verstehen? Ach ja: Buchstaben wurden mit Zahlen kombiniert und so wurden Kräfte freigesetzt. Okay, ich verstand ja. Es gab massenhaft Möglichkeiten, zweiundzwanzig Ur-Buchstaben mit zehn Ur-Zahlen zu kombinieren und das alles ergab eine Art Koordinatensystem, auf dem sich die geschaffene Welt äußerte, ein Gitter, auf dem sich die Pläne des Daseins darlegten. Diese Kombinationen aus Buchstaben und Zahlen, die ihre Änderungskräfte aktivierten, wenn sie ausgesprochen wurden, waren die Chemie des Universums. Die Brutstätte selbst. Und ich verstand: Wer es nun beherrschte, auf korrekte Weise solche Lautkombinationen zu bilden, wer also Wörter der Ur-Sprache zu formen wusste, der sprach die Sprache des schaffenden Geistes und nahm direkten Einfluss auf das stoffliche Geschehen in der Welt.

Der Straßenkehrer lächelte müde. Gedehnt fragte er im Ton einer Feststellung: »Hast du mich verstanden.«

»Ja.«

»Ja?«

»Ja.«

»Was soll das heißen?«

»Weiß nicht. Ja. Alles ist Sprache«, sagte ich.

»Halt einfach die Goschen.«

»Halt du die Goschen.«

»Sprache ist keine Sprache, du Trampel«, sagte er.

Jetzt, plötzlich, wollte ich nicht mehr, ich konnte nicht mehr. Ich wusste nicht mehr wohin und was tun. Ich begann zu resignieren und fand das tröstlich. Meine einsetzende Resignation war das erste positive Gefühl seit Langem. Ich wollte resignieren, auch, damit er nicht resignieren musste. Ich wollte mich geschlagen geben. Ich war schon geschlagen. »Ja«, sagte ich geschlagen, »was wäre das Leben, wenn alles klar wäre.«

Jetzt blickte er auf.

»Der angstfreie Mensch würde ewig leben«, sagte ich, »das wäre doch unerträglich. Ein Leben ohne Tod hätte keine Kostbarkeit. Angst macht das Leben schön. Ohne Angst könnte er niemals die Abwesenheit von Angst genießen und glücklich sein.«

Erstmals schien er meine Aussage einfach stehen zu lassen, ohne mich dafür niederzumachen: »Er braucht die Dunkelheit«, sagte er, »in der Helligkeit könnte er sein Unwissen nicht verstecken.«

»Was?«

»In der Helligkeit«, wiederholte er, »könnte er seine Angst vor dem Unbekannten nicht unterbringen.«

»Blöd, oder?«, nickte ich und presste meine Lippen aufeinander.

»Ja. Blöd.«

»Blödheit bleibt Blödheit, egal, ob es hell oder finster ist.«

»Ja. Aber kannst du in der Helligkeit blöd sein wie die Nacht?«

»Ich nicht. Du?«

»Ich auch nicht.«

»Na gut. Machen wir es?«

»Ok.«

»Schade.«

»Vielleicht.«

Eine Pause trat ein. Er blickte mich lange und nachdenklich an. In seinen Augen war etwas außerdienstlich Persönliches, vielleicht sogar etwas wie Mitgefühl. Er biss sich auf die Lippen. Dann sagte er erstmals etwas ohne Hintersinn: »Du bist in einer erbärmlichen Verfassung. Du bist völlig sprachlos. Du atmest nicht. Du bist tot. Du bist erstickt. Du bist an der Sprache gescheitert und dann hat dein Atem aufgehört. Du atmest nur sehr äußerlich. Du schlägst dich mit der toten Hülsensprache herum, aber sie erreicht dein Inneres nicht.«

Er runzelte versöhnlich die Stirn: »Das alte verlorene Wort kann nur geschaut werden. Hülsen-Buchstaben erreichen es nicht. Du scheiterst Tag für Tag erneut an der Sprache. Du bist gescheitert und die Sprache ist gescheitert und du bemerkst den Witz an der Sache nicht, dass das Problem dein Atem ist.«

Ich hatte doch gedacht, es sei vorbei, doch es war alles andere als vorbei. Ich lehnte an der Veranda und die Nacht wurde wieder alt. Die Kutte hatte sich wie immer herausgehalten. Ich fragte: »Ist dieses Ur-Alphabet dasselbe, das die alten Inder vom Himmel abgelesen haben?«

»Es deckt sich mit dem im Buch der Formung«, sagte er, »die Sternenschrift ist unverändert da. Dort oben hat man es nicht so eilig.« Er blickte in den Himmel und zog meine Augen mit hinauf in das Gefunkel. Ich erkannte gerade einmal den großen Wagen, doch vom Löwen keine Spur. Auch Steinbock, Jungfrau und die anderen aus dem kosmischen Tiergarten entzogen sich dem Zugriff meiner leeren Blicke. Von den eigentlichen Zeichen dort oben gar nicht zu sprechen. Aber ich wusste, dass sie alle dort draußen im Lichtermeer waren.

Die Pause war vorbei. Er machte eine wegwerfende Bewegung: »Du darfst dich nicht so wichtig nehmen, Angeber. Deine Story von der kaputten Sprache ist nicht so toll und dramatisch, wie du dir einbildest. Du spürst was, ja, du bist ein bisschen sensibel, aber du verstehst nichts. Du bist total zu. Du bist ein Panzer, den man auch mit Gewalt kaum knacken kann. Für dich bräuchte man Panzerknacker-Munition. Weißt du, großkalibrige, raketenartige Explosiv-Geschoße, die dir dein Gehirn rausblasen. Du solltest dir dein Gehirn rausblasen lassen. Dann würdest du wieder atmen.«

Ich nickte einbekennend. Er überlegte wie ein Automechaniker, der den Defekt am Wagen ausgemacht hat und nun über ein Provisorium nachdachte, den Kübel notdürftig zum Laufen zu bringen. Gelangweilt machte er eine wegwerfende Bewegung: »Was du willst, ist alles andere als außergewöhnlich. Alle wollen es. Jeder denkende Mensch macht es. Alle befinden sich auf derselben Suche nach der verlorenen Sprache. Niemand sucht ein Ding. Alle suchen eine

Sprache. Was denn sonst? Tu doch nicht so dramatisch, Herr Recherchierer-Angeber.«

Ich brauste auf: »Tu ich dramatisch? Ich tu ja nicht dramatisch, du tust dramatisch. Du hör auf.« Jetzt löste ich mich von ihm. Es war mir egal, wie er reagieren würde. Ich schrie ihn an: »Ich verstehe etwas! Ich bin nicht blöd, okay? Ich bin nicht blöd!«

Er blickte mich wieder lange an. Dann sagte er: »Du hast Heimweh. Wo wohnst du?«

Ich ignorierte ihn. Ich blickte zur Seite. Ich wollte gehen. Ich wollte weg sein. Ich verstand den Sinn hinter dieser Übung nicht mehr. Wenn es denn eine Übung gewesen war, war sie misslungen, vorbei, zu beenden. Es war schon eigenartig genug, mich so ausgeliefert und wehrlos zu erleben. Und es wunderte mich nicht einmal, dass ich nicht schon längst gegangen oder explodiert war, denn seine Art, mich mit Dreck zu bewerfen, schien mir keine große Kunst zu sein. Das konnte ich auch. Ich konnte ihn jederzeit auf demselben Niveau beleidigen, vielleicht noch eine Stufe drunter. Ich hatte mich ihm gegenüber geöffnet und nun stand ich ohne Deckung da und jeder Schuss, den er auf mich abgab, traf mich entweder in den Bauch oder ins Herz. Ich sah, dass er meine Wehrlosigkeit ausnutzte, aber das änderte nichts daran, dass er sie ausnutzte, schließlich hatte er sie erzeugt und aufgebaut, um sie auszunutzen. Je mehr Widerstand ich leistete, desto schärfer schoss er auf mich. Und je schärfer er auf mich schoss, desto schwächer und kleiner wurde ich. Er machte mich nieder, ich aber hatte Angst, mich zu wehren, anstatt wütend zu werden. Ich wagte nicht aufzubegehren, denn das würde seine Übergriffe nur noch schlimmer machen. Ich hatte meinen Widerstand verloren und war in eine Unterwürfigkeit geraten wie ein Hund. Ich sah mich nicht einmal berechtigt, mich zu wehren. Ich versuchte am Glauben festzuhalten, seine Demütigungen hätten einen verborgenen Sinn. Jedenfalls, so wollte ich denken, würden sie ihre Berechtigung haben. Ich war angeklagt in einer Sprache, die ich nicht verstand und Reue war nicht möglich, weil ich nicht verstand, was ich bereuen sollte. Und weil ich nichts verstand, fühlte ich mich unverstanden. Ich war wie ein Kind, das mit vorauseilender Bravheit und blinder Opferbereitschaft die Milde sucht, obwohl es keine Schuld hat. Ich hätte den Straßenkehrer gern außertourlich um eine Erklärung gebeten, doch ich hatte Angst, mich vollkommen bloßzustellen. Er hatte mich zu Boden geworfen.

»Wo wohnst du?«, fragte er.

»Ich weiß nicht.«

»Na sag schon, wo wohnst du?«

»Ich weiß es nicht. Ich habe kein Heimweh. Ich habe Fernweh.«

»Das ist dasselbe. In der Ferne suchst du dein Zuhause. Oder wohnst du in der Ferne?«

»Nein.«

»Wo also wohnst du?«

»Sag du es mir.«

»Ich sage es dir. Du hast kein Zuhause. Du warst nie zu Hause.«

Ich blickte zu Boden. Ich streckte krampfartig meine Arme durch, dass die Ellbogen schmerzten und knetete meine Finger, als wollte ich sie zermalmen.

»Jede Reise ist eine Rückreise«, sagte er, »wir reisen mit dem großen Bogen. Es gibt im Leben nur einen einzigen Weg, und das ist der Rückweg. Einen Weg nach vorn gibt es nicht. Es gibt nur den Weg zurück und auf diesem Weg sind wir. Die Menschen sind unterwegs, seit es sie gibt und sie sind unterwegs nach Hause. Seit sie von der Einheit abgetrennt und in die Welt gesetzt sind, gibt es für sie nur eine einzige Tätigkeit: Alles, was sie in ihrem Leben tun oder unterlassen, bezieht sich auf ihren Rückweg. Sie sind wie aus dem Nest gefallene Vogelkinder.«

Ich sagte nichts. Die Kutte beobachtete mich. Geboren werden hieß, aus dem Nest zu fallen. Ich war aus dem Nest gefallen. Ich war ausgestoßen worden, ausgesetzt in einem Terrarium, das, früher oder eben ein bisschen später, mit Sicherheit tödlich war. Ich wurde ohne Ausrüstung, ohne Ausbildung und ohne Vorwarnung ausgesetzt. Ich war nackt und nass, ich verstand nichts, hatte nichts und konnte nichts. Ich hatte einen Körper, der so winzig war, dass ich ihn nicht einsetzen konnte. Kurz davor war ich noch geborgen gewesen in der Unterwasserwelt. Unter dumpfem Trommelschlag hatte ich in der warmen Finsternis geträumt. Ich war da, wo ich herkam, am eigenen Ursprung. In Sicherheit. Aber plötzlich war da ein Knall, ein Beben. Das Wasser war plötzlich weg. Es wurde eng und immer enger und dann, als es nicht mehr enger werden konnte, wurde es noch viel enger. Ich wurde erdrückt. Ich erstickte. Ich hörte etwas. Ein Bersten, ein Krachen, scharf und kalt und laut. Da zerriss es mich. Kalte Luft bewegte sich. Ich lag in der erkaltenden Pfütze meiner zerplatzten Wasserwelt. Und das allererste, sagte ich mir, was du tun musstest, war siegen. Sofort. Hier und jetzt und ohne Aufschub. Du musstest sofort kämpfen und siegen. Ohne Proben, ohne Vorbereitung, ohne Waffen, ohne Hilfe. Dein Leben begann in Todesgefahr, sagte ich mir, während der Seher mich betrachtete, und niemand siegte für dich. Du warst aus deinen Träumen gerissen, auf einen fremden Planeten abgestürzt, ausgespuckt, erbrochen, ausgesetzt und ausgeliefert. Und das allererste, was du zu tun hattest, war stärker sein als du selbst, um zu siegen. Es gibt dich nur, weil du bei deiner Geburt zum ersten Mal gesiegt hast. Man hat dich aus dem Schlaf gerissen und hinausgestoßen in das Unwetter. Das kannst du nicht wollen. Du willst das nicht. Ist doch klar. Du willst wieder zurück, deine Sehnsucht ist geboren. Dein Streben nach dem Glück hat begonnen. Dein Streben nach der Wiedererlangung der verlorenen Sicherheit. Du willst den alten Zustand mit dem friedlichen Dämmer und dem Trommelschlag wiederherstellen und beginnst umgehend mit der Suche nach dem Weg zurück. Dein Streben nach dem Glück ist der Versuch, deine Geburt rückgängig zu machen. Jeder Schritt, den du in deinem Leben tust, ist ein Schritt zurück. Jede Reise ist eine Rückreise.

Meine Finger quetschten sich gegenseitig. Ich stützte meinen Oberkörper auf die gestreckten Arme. Dann griffen meine Hände wieder ineinander und verkrallten sich mit so großer Kraft, dass sie voneinander abrutschten, wieder nacheinander griffen und verkrampft miteinander rauften. Ich lächelte verlegen. Auf meine Augen legte sich eine Linse aus Wasser und machte das Sehbild groß und nass.

Der Seher kniff die Augen zusammen. Er sagte: »Um anzukommen, musst du anhalten, du musst das Unterwegssein beenden. Du hast noch nie angehalten. Du bist immer unterwegs, du bist unterwegs geboren, du bist wandernd zur Welt gekommen.«

Der Straßenkehrer belauerte meine Reaktionen. Er suchte nach offenen Stellen, auf die er einstechen konnte. Er beschimpfte mich immer hasserfüllter, als wollte er mich vernichten. Er misshandelte das Kind, das ich einmal gewesen war und jenes, das ich noch war. Und als ich irgendwann wie betäubt zum Stillstand kam, nur noch da saß und nichts mehr tat und nichts mehr spürte, schwieg er. Er legte Holzscheite in das Feuer und warf der Kutte einen Blick zu, worauf sie verschwand. In der Stille, in der nur das frisch angefachte Feuer knisterte, kam zur Reife, was angerichtet war.

Er blickte mich sachlich an: »Was immer du in der Ur-Sprache korrekt aussprichst«, sagte er, »das setzt sich um. In allem, was du auf Ur-Sprache sagst, schwingt ein ›ES WERDE‹ mit. Das ist kein Zauber. Das ist Physik. Ganz banal. Es gibt keinen Zauber. Es gibt nur Physik. Das Wort ›Zauber‹ gibt es nur unter verirrten Sprach-Toten, weil in ihrer Welt nichts funktioniert und wenn etwas zufällig funktioniert, nennen sie es in ihrer Totensprache Hokuspokus und Abrakadabra.«

In meinem Kopf blitzte es. Die Kutte tauchte wieder in meinem Augenwinkel auf und kam langsam näher, aber der Seher verscheuchte sie mit einer kaum merklichen Handbewegung. Er horchte angestrengt in die Nacht, seine Augen wurden so eng, dass sie wie geschlossen wirkten. Seine Lippen bewegten sich langsam und lautlos. Dann entspannte er sich: »Dieses Abrakadabra sollte übersetzt ›es werde‹ bedeuten, bedeutet es aber nicht, weil es unkorrekt wiedergegeben ist. Es ist ursprachlich einfach falsch. Von den Sprach-Toten nicht verstanden und falsch ausgesprochen und daher nichtssagend und wirkungslos. Kein Sprachfehler, sondern ein Sprechfehler. Wenn du ›ES WERDE‹ in der Ursprache der ersten Generation sagen willst, das echte, sich selbst verwirklichende ›ES WERDE‹, dann lautet es ›ABARA DA KABAR‹.«

Stille. Keine Reaktion. Es war, als ob der Ton abgedreht und die Bilder angehalten worden wären. Seine Worte waren verklungen und hatten eine Leere hinterlassen, die dröhnte und den Raum taub machte und das Licht dünn. Ich war gelähmt wie die Leere, die mich umgab. Hob jetzt eine Sinfonie an, die mit einer Pause begonnen hatte? An meinen unteren Lidkanten sammelte sich Salzwasser und wuchs wie eine am Augapfel klebende Wand nach oben. Da zuckten meine Lider und die Wasserwand zerfiel in Schleier, die abstürzten, meine Backen streiften, am Boden aufschlugen und zerplatzten. Im Staub sah ich ihre Krater wie durch ein im Regen verschwimmendes Fenster. Es schüttete, warm wie im Sommer. Ich lächelte.

Der Straßenkehrer schwieg lange. Dann lächelte auch er.

ZWEITES BUCH

1

Sie röhren vor Entsetzen. Sie grölen und kreischen und pressen letzte Luftreste aus ihren Lungen, bevor sie erstickend nach neuer schnappen. Ihre Augen sind aufgerissen, als wollten sie platzen und aus ihnen schreit eine Empörung, zu der nur Wesen fähig sind, die einem Blutbad zum Opfer fallen. Sie klingen, als würde man sie mit Stichwaffen niedermetzeln und noch an den Gurgeln packen, um ihr kotzendes Gebrüll abzuwürgen. So viel Inbrunst kennt nur die Todesangst. Und der Wahnsinn.

In meiner Kammer ist es dunkel. Die Hitze drückt nicht so schlimm wie in den beiden anderen Räumen oder gar in der freien Mitte des Hauses, die nicht überdacht ist. Achmed hat das Haus neu gestrichen. Früher war es schmutzig weiß, jetzt ist es strahlend hellblau und die dunkelblauen Türen und Fenster sind rosa umrahmt.

Seit Stunden höre ich die Ziegen durch die dünne Wand, die mich von ihrem Verschlag trennt. Es geht ihnen gut. Niemand tut ihnen etwas. Sie klingen einfach so. Ihr grundloses Todesgebrüll dauert schon den ganzen Tag und hat kaum einen Augenblick innegehalten. Aber es hat sich längst in den Hintergrund verzogen und in die natürliche Geräuschkulisse eingefügt. Wie über einen Lautsprecher hallt sie durch meinen Halbschlaf. Da ist auch ein pulsierendes Dröhnen, das manchmal abreißt, dann wieder da ist und irgendwie mit der schweren Hitze zusammenhängen muss. Schmeißfliegen spannen ihre dünnen Töne wie von einer Geige geschnitten durch den Raum und verbiegen sie in den Flugkurven. Dann und wann schält sich ein Krächzen und Husten aus der Lärmkulisse, ein böses Geschnaube, ein wütendes Spucken, das bald im Geschrei der Ziegen verschwindet und ich nicht mehr sicher bin, ob es auch wirklich da war. Dann ist es wieder da, schnaubend, kreischend, die Stimme überschlagend, kurz innehaltend und mit neuer Kraft wieder losbrechend. Manchmal klingt es menschenähnlich.

Oder so ähnlich könnten Menschen klingen, die vollkommen durchgedreht haben.

Dieses Dorf ist wie wild gewachsen. Es besteht aus den rotbraunen, ohnehin herumliegenden Felsbrocken, die man nur anders geschlichtet hat, um sie zu Häusern und Zaunmauern umzufunktionieren. Jetzt zeigen die Steine mehr symmetrische Ordnung als davor im Geröll, aber nicht viel mehr. Das Dorfbild hebt sich kaum von seiner felsigen Umgebung ab. Man sieht nur Konturen, wie mit einigen schnellen Strichen in die Landschaft gezeichnet.

Etwa zwei Gehstunden von der Küste liegt es auf einem Hügel in den Bergen. Formschöne Brotfladen aus Fels, manche groß wie Tische, andere wie kleine Häuser, bedecken den nach hinten flach auslaufenden Hügel wie die Schuppen einer riesigen Echse, deren Schwanz sich rückwärts ins Tal hinunterwindet. Oben, zwischen ihren mächtigen Rückenplatten, leuchtet die weißgetünchte Moschee mit ihren indigoblauen Kanten.

Der Weg durch das Dorf ist ein Eselspfad, der sich zwischen den Fels-Laiben hindurchschlängelt und nur da und dort mit einem quer eingelegten Baumstamm befestigt ist. Die alten Lehm-Ruinen liegen verlassen und zerfressen. Die paar später dazugekommenen Rohbauten mit ihren aus unfertigen Mauern ragenden Eisenstäben wirken wie vergessene Totgeburten. Die Felsbrocken, auf denen das Dorf steht und aus denen alles im Dorf besteht, sind dürr wie gebacken und scharfkantig zersplittert wie vorzeitliches Werkzeug. Wie zu Eisen gebrannter Fels und noch heiß. Die wenigen Gewächse, Knäuel aus lebendem Stacheldraht und einige drahtige Grasbüschel leben scheinbar von nichts und Hitze, denn nach Wasser schaut es hier nicht aus.

Ein weiß verspiegelter Fleck glüht am Himmel. Seine Hitze hat etwas Ernstes und hinter seinem dünn glänzenden Gegenlicht erahnt man Dunkelheit. Eine dunkle, feindliche Maßlosigkeit gegen alles Lebende, eine schweigende, reglos lauernde Arroganz, die töten will und sterben lässt. Der Fleck starrt und wartet. Lautlos und für immer. Oder leise knisternd, so leise, dass man nicht weiß, ob es knistert. Niemand würde das als Schönwetter bezeichnen. Kein Mensch würde sagen, diese Sonne lache. Sie lässt ein außerirdisches Strahlenunwetter niedergehen, das alles zu Staub macht. Viel hat sie in diesem Dorf nicht mehr zu tun.

Es stammt aus einer Zeit, als es noch keine Dörfer gab. Oder aus der Zeit danach, als die Dörfer schon vergangen waren. Ein prähistorisches, postapokalyptisches Dorf, das neben der Zeit steht. Es ist klar, dass es hier nichts gibt. Keinen Dorfplatz, kein Teehaus, keinen Laden, kein Leben, keine Stimmen, keine Kuchenstücke, keinen Wettlauf, kein Wachstum, nichts. Dieses Dorf macht gar nichts. Es wurde nicht einmal aufgelassen. Es ist einfach vergangen. Fast alle sind gestorben oder weggezogen. Die übriggebliebene Einwohnerschaft: Eine Familie, zwei Uralt-Frauen, ein Ur-Uralt-Mann, Schlangen, Skorpione, Hunde, Ziegen, Esel. Vögel. Vögel gibt es viele. An den frühlingshaften Vormittagen sprudelt die Luft vor ihren Melodien. Hier bin ich wieder.

Unten im Fischerdorf habe ich gestern Nachmittag darauf gewartet, dass das Berber-Taxi abfährt und mich in die Berge bringt. Das Fischerdörfchen mit den kleinen blauen Holzbooten hat sich in den Jahrzehnten zu einem lärmenden Zentrum entwickelt. In den dicken Staubfahnen zwischen den eintreffenden und abfahrenden Bussen, zwischen den nach fauligen Orangen und Urin stinkenden, mit Fetzen überdachten Verkaufsständen, zwischen den brüllenden, aufgebracht gestikulierenden Männern, die trotz der Hitze unter bodenlangen, speckigen Djellabas stecken, und beschallt vom kitschig verzweifelten Singsang arabischer Radiomusik, sitze ich gestern schweißverklebt auf meinem Rucksack im Straßendreck und werfe die Plastikflasche mit dem warmen Wasser abwechselnd von einer Hand in die andere.

Wann das Taxi Collective abfährt, entscheidet Allah. Der wie ausgeschlachtete Kleinbus, an dem viel mehr funktioniert, als man annehmen möchte, wartet, bis so viele Passagiere zusammengekommen sind, dass er heillos überfüllt ist, und dann fährt er los in die Berge. Der Fahrer hat das Zeichen zum Einsteigen und Abfahren schon gegeben, aber er fährt nicht. Im nach Rost und Diesel stinkenden

Blechkasten wird es immer heißer. Zwischen den Säcken und Schachteln und dem Reservereifen sitzen sieben hinter bunten Schleiern aus Viskose verborgene Frauen. In den reglosen Gesichtern der Männer steht der Schweiß.

Dann tuckert das »Taxi de Berber« los. Röchelnd stemmt es sich die neu angelegten Serpentinen hoch und das Meer verschwindet hinter den Häusern, um weiter oben als atemberaubender Rest der Welt wieder aufzutauchen, gleißend wie flüssiges Silber. Außer Hörweite der Brandung sind die Ohren versöhnt und in der Stille regt sich schläfriges Vogelgezwitscher. Bald steigt jemand aus, der ein Klopfzeichen gegeben, bald jemand zu, der am Straßenrand gewartet hat. Die Hitze ist groß, auch für hiesige Verhältnisse. Als zwei weitere Frauen zusteigen, nütze ich die Gelegenheit und klettere auf das Dach zu den zwei anderen Passagieren. Wie angenehm. Reisen auf einer Terrasse an der freien Luft und vor dem Panorama der Küste, das sich in den Kurven dreht und immer tiefer weg sinkt, dabei aber nur größer und weiter wird.

Da trifft uns der erste Hieb einer Windböe, die den Wagen zur Seite drückt und mich daran erinnert, dass es draußen im Wind nicht frischer sein muss als drinnen im blechernen Heizkessel. Die Böen kommen aus der nahen Sahara und wenn ich zu schnell durch die Nase atme, brennt ihre Spitze wie in der Sauna. Wir vermummen unsere Gesichter und pressen uns flach auf das Dach, bis das Weiß und Indigo der Moschee in Sicht kommt. Das Taxi passiert mein Dorf etwas abseits, sodass ich die letzten paar Minuten zu Fuß durch die Stille zwischen den Felslaiben und den Arganbäumen gehe.

Achmed umarmt mich. Er ist alt geworden. Lange sind sie her, die goldenen Zeiten der großen Lagerfeuer am Strand. Ein bisschen zusammengesunken ist er und vom Guten des Lebens eingeholt. Früher hatte seine hochgewachsene Erscheinung etwas Bedrohliches, wenn er jeder Kleinigkeit unverhältnismäßige Bedeutung beimaß und das mit geweiteten Augen und wild gestikulierend wissen ließ. Wir nannten ihn den »Dangerous Man«, was er mit bösen Blicken quittierte, denn es war nicht seine Absicht, gefährlich zu wirken.

Als ich ihn zum ersten Mal traf, musste ich ihm dringend drei Dirham leihen. Seine donnernde Stimme, sein sprungbereiter Körper, sein dramatischer Blick, alles an ihm machte glaubhaft, wie wichtig es war, ihn in dieser Notsituation keinesfalls im Stich zu lassen. Der Tank seines Mopeds war leer und er musste umgehend nach Banana Village, um das Haschisch zu holen. Mit zwei Dirham ging sich eine halbe Plastikflasche Sprit aus, den dritten konnte er in seiner Tasche verschwinden lassen. Er beschwatzte die verschwommen ins Nichts stierenden Hippie-Touristen fließend in fünf Sprachen und versorgte sie mit allem, was sie benötigten, und das war nicht viel: billige Zimmer, Haschisch, Mohnkapseln, Kiff. Inschallah.

Achmed hat immer alles gehalten, was er versprach. Auch in den späteren Jahren, als man zu realisieren begann, dass die endlose Party nun doch ausgeklungen war. Wenn ich wieder einmal, wie alle paar Jahre, im Fischerdorf ankam und mit einem seligen Déjà-vu aus dem Sammeltaxi stieg, es noch früh am Morgen war und Achmed sich mit wundrot unterlaufenen Augen aus dem Staub am Straßenrand stemmte, wo ihn der Schnaps hatte niedergehen lassen, anstatt zu seiner jungen Familie hinauf ins Dorf zu gehen, starrte er mich ungläubig an wie einen Geist, bevor er mir in die Arme fiel. Er wollte mir noch immer für alles einen guten Preis machen, obwohl man in den Jahren nach dem Ende der ewigen Party realisierte, dass Achmed wie die meisten der anderen Einheimischen an Ort und Stelle zurückgeblieben war, während die periodisch aus aller Welt wiederkehrenden Freunde mit der Have-a-good-time-Aura immer wohlhabender wurden.

Achmed freut sich zutiefst. Er legt seine rechte Handfläche aufs Herz und nickt ergeben. Seine Frau ist Wasser holen. Täglich geht Rkhia zwei Mal mit dem Esel und den vergilbten Plastikkanistern die drei, vier Kilometer zur Wasserstelle. Der älteste seiner drei Buben ist achtzehn und arbeitet in einem der Hotels, die aus dem Küstenboden schießen, der 14-Jährige verkauft ringförmige, frittierte Teigstücke, Donut de Maroc, am Strand und macht an guten Tagen 40 Dirham, die er seiner Mutter zur Aufbewahrung gibt. Später, wenn die Schule wieder beginnt, kann er sich damit Kleidung kaufen. Die Tochter bleibt zu Hause und macht mit ihrer Mutter Öl aus den Kernen der Argan-Frucht. Der Kleine ist auch schon acht, geht zur Schule, schmiegt sich zwischen die Beine seines Vaters und grinst verschmitzt.

Am Abend kommt der Nebel. Taucht die Welt in eine gelblich schwitzende Düsternis und verwandelt das Dorf in einen Innenraum mit stumpfen, echolosen Geräuschen. Achmed hockt auf seinem Fels-Laib genau in der Mitte, um Skorpione rechtzeitig zu entdecken. Mit einem halben Liter Wasser aus einem Plastikbecher wäscht er sich Hände, Gesicht, Hals, Nacken, Ohren und die Füße. Gewissenhaft und mit der demonstrativen Gehorsamkeit eines Kindes macht er sich fertig, vor seinen Schöpfer zu treten und sein letztes Tagesgebet zu verrichten. Dann steht er auf und nimmt Haltung an. Er ist glaubhaft bereit für alles, was sein Gott für ihn bereithalten mag. Seine schwarze Gestalt ragt in das staubige Zwielicht, seine zur Ruhe gekommene Stimme knarrt entschlossen und getröstet. Ein unterwürfig gewordener Krieger, der mit kindlicher Ehrlichkeit, mit hängenden Schultern und erhobenem Haupt sein Opfer anbietet. Ein vom Herumirren auf den Abwegen mit ledrigem Gesicht heimgekehrter alter Mann, der den Alkohol besiegt und zu seiner Familie und seinem Geburtsort zurückgefunden hat. Geboren wurde er Ende der Fünfzigerjahre, jedenfalls vor und nicht nach dem Erdbeben von 1960 und schon gar nicht 1962, wie die Behörden in sein Papier geschrieben haben. Als er acht war, jagte ihn sein Vater weg und so schlug er sich als Ziegenhirte durch Kindheit und Jugend, bis die Touristen mit den lässigen Bewegungen und dem Victory-Zeichen kamen.

Am nächsten Morgen haben sich die Ziegen beruhigt, obwohl sich an ihren Bedingungen nichts geändert hat. Jetzt gibt es nur noch das menschenähnliche Wutgebrüll. Nach kurzen Pausen stürzt es sich immer wieder auf die eingetretene Stille und reißt sie in Fetzen. Und jetzt ist auch zu hören, dass es nun doch ein Mensch sein muss.

Ich mache mich auf, der Stimme nachzugehen. Zwischen den Felsplatten gehe ich bergan, vorbei an den Steinschlichtungen, die Grundstücke einzäunen und mit Ballen aus trockenen Dornen gegen Esel und Ziegen gesichert sind. Die Stimme keucht und faucht und brüllt und man wundert sich, dass eine Apparatur aus Fleisch und Blut zäh genug sein kann, über eine so lange Zeitspanne dermaßen aggressive Geräusche zu erzeugen, ohne plötzlich tot zu sein. Ich schleiche am Rücken der versteinerten Echse nach oben Richtung Moschee und die Stimme entfernt sich. Dann suche ich einen Weg zwischen starrenden Feigen-Kakteen durch das Geröll-Dorf wieder abwärts, konzentriert darauf achtend, nichts zu berühren, denn wo immer ich anstoße, trage ich einen Stich, einen Schnitt oder eine Schürfung davon. Weiter unten irgendwann öffnet sich zwischen den knochigen Ästen eines Arganbaumes hindurch ein Blick auf sie.

Da ist sie. Wild, archaisch, ein Bündel bereits explodierter Wut. Von ihren Schultern hängt eine zerfallene Djellaba. Um Brust und Hüfte hat sie schwarze, zu dicken Würsten gewundene Decken gewickelt. Eine weitere Decke als riesigen Turban auf dem Kopf. In breitbeiniger Hocke rudert sie mit den Armen und wirft den Oberkörper vor und zurück, um ihren Schimpftiraden mehr Schub zu verleihen. Sie kreischt fremdartig, während sie einem unsichtbaren Publikum einzuschärfen scheint, dass es, das Publikum, nichts als seine Vernichtung verdiene, weil es alles falsch gemacht habe, jetzt aber endlich und zu Recht alles ganz dick zurückkomme und die endgültige Rechnung serviert werde. Ihre Stimme stolpert, stürzt, überschlägt sich, bricht und zerreißt in dünne, kratzende Spitzen, die krank keuchend fast zum Erliegen kommen, um sofort wie aufgeschreckt wieder hochzufahren und noch lauter zu brüllen als zuvor. Sie stößt sich mit beiden Beinen vom Boden ab, als wolle sie mit einem Satz auf einen Esel springen und zum endgültigen Angriff übergehen. Dann sinkt sie in ein tonloses Fauchen, nur kurz, nur, um sich erneut aufzubäumen. Ihre Worte fließen unaufhörlich in immer neuen Ketten, ohne sich merklich zu wiederholen, als hielte sie eine Brandrede, als sei das alles die Predigt einer entrückten Schamanin, die das sehnlich erwartete, unentwegt prophezeite, nunmehr endlich und endgültig eintretende Weltenende moderiert.

Eines ist sicher, denke ich mir: Wenn das keine Hexe ist, dann gibt es keine Hexen.

Achmed scheint das nicht zu interessieren. Er sagt, Maurice wolle, wie gesagt, morgen kommen, wenn es wahr sei. Er habe sich schon vor einiger Zeit brieflich angekündigt. »Dieser Maurice«, sagt Achmed und schüttelt langsam den Kopf. Er weigere sich, die neuen Kommunikationsmittel zu akzeptieren, obwohl er, Achmed, ihm gegenüber mehrmals darauf hingewiesen habe, dass die Zeiten nun andere seien. Aber gut. Sein Brief sei eine unbestimmte Zeit bei der Post unten im Fischerdorf gelegen. Erst vor drei Tagen habe der Postbeamte seinem mittleren Sohn, der mit dem Tablett voller Donuts am Strand auf und ab läuft, aufgetragen, zu Hause Mitteilung zu machen, dass ein Brief zur Abholung bereit sei. Maurice wolle, wenn er, Achmed, richtig rechne, den heutigen Tag noch in Rabat zubringen und morgen auf dem Rückweg nach Guelmim hier Halt machen. Wie abgemacht.

Maurice. Auch einer von früher. Endlich soll ich ihn treffen. Ich bin gespannt.

»Achmed«, sage ich und deute mit dem Kinn Richtung Hexe, die noch immer Gift und Galle über das Dorf niedergehen lässt, »wer oder was ist das?«

»Das ist das Kind«, antwortet er und schüttelt die Asche mit einer wegwerfenden Bewegung von der Zigarette.

»Das Kind, aha«, sage ich.

Die ungehaltene Person sei weit über neunzig und lebe neben ihrem Mann, der weit über hundert sei und von dessen zweiter Frau gepflegt werde. Gemeinsam machten sie fast vierzig Prozent der Gesamtbevölkerung des Dorfes aus.

»Was sagt sie?«

»Ach nichts«, sagt er gelangweilt. »Sie schimpft mit den Kindern.«

Sein Achtjähriger war mit einem zweiten seines Alters da oben in der Nähe ihrer Hütte herumgelaufen, weswegen sie explodiert sei, weil die Kleinen etwas stehlen könnten.

Was sie in aller Welt stehlen könnten, wo es nichts als Dornenbüsche und gebackene Felssplitter gibt?

Darum gehe es nicht, sagt Achmed und schnippt seine Zigarette von sich: »Sie sucht ständig Streit mit ihnen. Ununterbrochen sucht sie nach Möglichkeiten, die Kinder zu beschuldigen. Sie lockt sie in Fallen, um sie dann stundenlang anzuschreien. Sie ist wie ein Kind. Sie ist ein Kind.«

Am nächsten Tag hängt auch tagsüber dieser gelbliche Nebel in der Luft und das Dorf liegt wie ausgeknipst in der Tagesfinsternis. Das silbrige Loch am Himmel glänzt wie aus dem Jenseits herüber, ohne den Boden zu erreichen. Es nieselt sogar ein bisschen. Und es ist etwas kühler. Sobald es in der Hitze etwas weniger heiß ist, fröstelt einen sofort. Na ja, nieseln ist etwas viel gesagt. Der Nebel sinkt herab und seine Partikel fühlen sich auf der Haut ein bisschen kühler an und sofort stellen sich die Härchen auf.

Maurice ist früher Militärarzt bei den Franzosen gewesen und ist ganz der Alte geblieben. Das ist schon deshalb gut gesagt, weil er bereits damals vor vielen Jahren, als ich ihn kennenlernte, nicht gerade unverbraucht wirkte. »Wunderbar, mon ami«, sage ich und packe ihn an der Schulter. »Jetzt bist du wenigstens so alt, wie du schon immer ausgesehen hast.«

Da grinst er, und wenn ich mich nicht täusche, zum ersten Mal in seinem Leben. Er breitet seine Arme aus: »Autriche mon ami, la vie e très bonne?«

»Oui, Monsieur le Président du désert«, mache ich Meldung und salutiere. Er nannte mich seit jeher Autriche, weil er sich anfangs meinen Namen nicht merken konnte, geschweige denn aussprechen.

Dann sitzen wir im Kreis am Boden in der Mitte des Hauses unter freiem Himmel. Es gibt kochend heißen, heillos überzuckerten Tee und eine frische Brotflade, die in Fetzen gerissen bereit liegt, in das Schälchen mit gesalzenem Arganöl getunkt zu werden. Achmed will wissen, was Maurice in Rabat gemacht habe, aber Maurice übergeht die Frage, entweder, weil er ausweichen will oder einfach, weil er selbst schon angesetzt hat, Achmed darüber aufzuklären, dass die Leute hier im Dorf, wie die in den anderen Bergdörfern auch, von den »königlichen«, wie er betont, Behörden über die Gründe belogen würden, warum es hier oben kein Wasser gebe und die erst vor wenigen Jahren heraufgelegten Leitungen trocken bleiben. Es sei falsch, donnert er, dass der Wasserstand im großen Stausee bei Essaouira zu niedrig und daher nicht genügend Druck vorhanden sei, das Wasser in die Berge zu pumpen. Das sei eine verdammte Lüge. Die verdammte Wahrheit sei, dass die Menschen in den Bergdörfern nichts wert sein würden. Er komme gerade praktisch direkt vom Stausee. Er sei randvoll und Achmed solle doch verdammt nochmal die Augen öffnen. Gleich da unten im Fischerdorf und überall sonst an der Küste herrsche nirgendwo auch nur annähernd Wassermangel.

Achmed ist aufgestanden, steht da, nickt zu Boden blickend, die Hände wie gebunden am Rücken verschränkt und schweigt zustimmend.

Als ich Maurice kennenlernte, war seine Laufbahn als Militärarzt der Franzosen schon Vergangenheit gewesen. Ich war aus Tarfaya kommend in der Gegend von Guelmim unterwegs, als man mir von der »Kashba« erzählte, ein in jeder Hinsicht ungewöhnliches, ehemaliges Militär-Lazarett, in dem Maurice Soldaten behandelte, die von den Dämonen des Krieges befallen waren. Seit langer Zeit lag das »Hôspital« nun vergessen in der Wüste. Ich meine, vergessen ist gut, die Kashba hatte ja auch zu Zeiten ihres Vollbetriebes als militärisches Geheimnis nie eine Bekanntheit erlangt, die wesentlich über die einschlägigen Kreise hinausging, in denen man versuchte vergessen zu machen, was der Krieg angerichtet hatte. Und die dort behandelten Kämpfer unterschiedlicher Lager erinnerten sich nach ihrer Entlassung auch nicht mehr an die OP-Station. Als ich dort aus reiner Neugier auftauchte, war ihr Betrieb schon seit vielen Jahren eingestellt gewesen. Die Klinik des Vergessens war selbst in Vergessenheit geraten. Nur Maurice war geblieben.

Die Route von Guelmim zur Kashba im Kopf zu behalten, war für mich als nicht in der Wüste lebender Europäer unmöglich, denn es gab den Weg immer nur bis zum nächsten Sandsturm und ich hatte keine Ahnung, wie man sich nach Berggipfeln oder Sternen orientierte. Wenn der Sand in der Luft war, war das Bild bis zur Unkenntlichkeit verwischt und das mit Lehmmauern umfriedete Anwesen sank in eine Art winterliche Dämmerung, dass man es nur noch als Schatten wahrnahm, der in der Luft schwamm wie eine Fata Morgana.

Obwohl dieser Ort geografisch nicht sehr weit weg war von der nächsten Stadt, war er dennoch so abgelegen, dass man hier auch ein Terror-Camp betreiben hätte können, ohne von den Jagdflugzeugen der marokkanisch-königlichen Armee entdeckt zu werden, wenn sie im Tiefflug auf Patrouille nach Süden Richtung Mali donnerten. Hierher kam nur, wer genau hierher wollte. Und wenn die Patienten nach der Behandlung die Kashba verließen, waren ihnen die Dämonen genommen, aber das merkten sie nicht. Es gab keinen Unterschied, den sie bewusst als erleichternd empfinden hätten können. Die Dämonen waren einfach weg, die Menschen wirkten entspannt, ein bisschen abwesend vielleicht. Genauer gesagt schien es, als seien sie nicht selbst abwesend, sondern ihre eigene innere Mitte sei verschwunden und so hätten sie nichts mehr, wo sie anwesend sein konnten. Sie wirkten irgendwie verirrt.

Wie ein Soldat, zu dessen Versteck die Nachricht vom Ende des Krieges über Jahre nicht durchdrang, war Maurice, der Klinik-Chef, auf seinem verrosteten Sessel unter dem Vordach des Hauptgebäudes sitzen geblieben, obwohl sich vieles in der Welt verändert hatte und schon sehr lange niemand mehr gekommen war, um seine Dienste in Anspruch zu nehmen. Als ich dort ankam, sprang er auf, nahm Haltung an, salutierte und ließ sich wieder in seinen Sessel fallen. Ich fragte mich, was der Mann den ganzen Tag machte, weswegen er dasaß, was er wohl essen würde und worauf er sich vorbereitete. Ich konnte mir nicht vorstellen, dass ihn irgendetwas unterhielt oder gar zum Lachen brachte. Sein Bereitschaftsdienst schien sich in einer Zeit abzuspielen, die mit der Gegenwart längst nichts mehr zu tun hatte.

Ursprünglich war er wie gesagt mit der französischen Armee gekommen und hatte erlebt, was eine Mischung aus Wüste und Krieg hervorbringen kann. Unter anderem eine nie zuvor beobachtete Art des Wahnsinns, der die Betroffenen durch Augen starren ließ, dass einem kalt im Nacken wurde, auch, wenn man die gängigen Gesichter des Krieges schon kannte, seine Gerüche, seinen Klang, seinen Durst. Was immer diese Krieger erlebt hatten, das Schlimmste war, dass sie über-lebt hatten. Und schlimm war, dass es für diese leider nicht Gestorbenen keine Linderung gab, wenn sie nicht das Glück hatten, bei Maurice in der Kashba zu landen.

Maurice war völlig anders, als er aussah. Er wirkte wie ein verschwitzter französischer Besatzer, der alle Besetzten als Untermenschen betrachtete und bei Lust und Laune sofort einen davon umbringen würde. Doch das war weit gefehlt. Er trank nicht, er kannte kein Freudenhaus von innen, er aß kaum und er war in der Wüste hängen geblieben, weil er drauf gekommen war, dass es sich beim Feind besser leben ließ. Wenn er jemanden wirklich hasste, dann waren das jene Franzosen und deren Interessen, die zu diesem unsagbaren Blutbad geführt hatten, diesem für jeden Soldaten so beschämend unmilitärischen Gemetzel unter Unbewaffneten.

Aus französischer Sicht war Maurice nach dem Krieg verschollen gewesen und wurde irgendwann wohl für tot erklärt. Es interessierte ihn kein bisschen, wie sein ehemaliges Land ihn sah, er hatte mit dieser Zeit und mit dieser Identität abgeschlossen und die Uniform wie ein Mahnmal an eine Wand im Operationszimmer der Kashba genagelt. Warum er dennoch wie ein verkaterter Säufer wirkte, den die Hitze für die vergangene Nacht bestrafte, weiß ich nicht. Ich habe keine Ahnung. Ich habe nie gefragt, wie ein so gesund lebender Mensch so ungesund aussehen kann. Ist ja auch egal.

Für die Patienten der Kashba war er jedenfalls ein Heiliger, auch, wenn sie ihm nicht als solchen huldigen konnten. Man brachte sie ihm aus der Wüste, egal, auf welcher Seite sie gestanden waren, und er knipste ihnen die Dämonen aus. Sie alle hatten diese Augen, die nicht mit ihnen angereist, sondern dort verblieben waren, wo sich ihre Blicke ausgehängt hatten. Man hatte sie in nachtfinsteren Lehmhütten bei fünfzig, sechzig, siebzig Grad festgehalten, ihre Körper an bestimmten Stellen geöffnet, die Öffnungen mit Salz gepökelt und sie in der dröhnenden Hitze, der dröhnenden Stille, über Wochen und

Monate und teils über Jahre sitzen oder liegen und langsam wahnsinnig werden lassen. Die eigentliche Folter waren nicht das Salz, nicht die Wunden, nicht die Dunkelheit, nicht die Hitze.

Die eigentliche Folter war eine Ausgeburt höchster sadistischer Intelligenz und so einfach wie wirkungsvoll: Schweigen. Strikt und ausnahmslos und anhaltend schweigen. Tage, Wochen, Monate, Jahre. Sie gaben ihnen ein bisschen Tierfutter und schlackiges Wasser, salzten ihre Wunden, verstopften ihnen die Münder und schwiegen. Sie ließen sie alleine in den dunklen Hütten mit dem Dröhnen der Hitze und dem Unwissen, was am nächsten Tag, in der nächsten Stunde, im nächsten Augenblick passieren würde. Sie erklärten ihnen nichts. Niemand stellte Fragen. Sie warfen ihnen nichts vor, sie klagten sie nicht an, sie beschimpften sie nicht einmal. Sie schwiegen. Sie schwiegen ihren Hass. Sie folterten und mordeten, indem sie schwiegen. Genial.

Die Gefangenen saßen in der Finsternis und wussten bald nicht mehr, ob es Tag oder Nacht war. Sie vergaßen schnell, wie lange sie schon da waren und sie vergaßen langsam, wie es war, wenn Menschen sprachen. Ihre Erinnerungen an Stimmen verblassten und sie wussten nicht mehr, ob sie selbst jemals eine Stimme gehabt oder eine andere gehört hatten. Aber auch dieses Unwissen löste sich irgendwann auf. Alles versank in einer schwarzen Stimmlosigkeit. Erinnerungsbilder verloren ihre Herkunft und hörten auf, Gefühle auszulösen. Die Gefangenen vergaßen, wer sie waren. Nur die Ungeheuer schnappten nach ihnen.

Bevor Maurice mit 26 Jahren Armeearzt wurde, studierte er in Paris und Lissabon Medizin. Sein Vater hatte einige Jahre als französischer Botschafter in Lissabon verbracht, wo er mit Egas Moniz befreundet war, der ursprünglich Antonio Caetano de Abreu Freire de Resende hieß und irgendwann beschloss, sich nach dem Freiheitskämpfer Egas Moniz de Ribadouro aus dem zehnten oder elften Jahrhundert zu benennen. Moniz war portugiesischer Außenminister und davor auch Botschafter in Spanien gewesen. Aber Furore machte er nicht als Politiker, sondern als Nervenarzt und Erfinder der Psycho-Chirurgie.

Die Medizin der damaligen Zeit hatte nichts, was sie den seelischen Stürmen entgegensetzen konnte, die in geisteskranken Menschen wüteten. Nichts, mit dem sie den inneren Aufruhr ein bisschen herunterfahren konnte, der ihnen Grimassen ins Gesicht schnitt und Angstgestöhne herauspresste. Man konnte sie nur in Narren-Verliesen anbinden und auf sie einschlagen, wenn es nicht mehr anders ging. Auf der ganzen Welt suchten Forscher nach einem Schmerzmittel für die Seele. Man suchte nach einem Ansatz, einem Eingriff, einer Maßnahme, irgendetwas. Die Entdeckung des ersten psychoaktiven Medikamentes lag noch in ferner Zukunft.

Da hatte Egas Moniz eine Idee. Und sie war nicht nur ein erster Schritt, sondern gleich ein spektakulärer Durchbruch und eine Weltsensation. Moniz gelang es, die organische Quelle für den seelischen Schmerz zu deaktivieren. Mit der Logik eines Elektrikers und dem Werkzeug eines Tischlers zog er zu Felde und unterbrach die Verbindungen und Schaltungen im Gehirn, die diese Seelenstürme körperlich in Erscheinung brachten. Er durchtrennte Nervenbahnen, die den Thalamus mit dem vorderen Teil des Großhirns verbanden.

Der Thalamus war eine Art Zensurstelle im Zentrum des Hirns, ein Wachposten im Vorzimmer des Bewusstseins, der entschied, was von all den Reizen, die von den Sinnesorganen daherströmten, in das Bewusstsein zur Wahrnehmung weitergeschaltet und was abgewiesen wurde, weil es unwichtig war oder gerade nicht in das Programm passte, etwa, weil die Person sich im Schlafzustand befand. Moniz bohrte links und rechts ein Loch in den Kopf, führte ein längliches Messer ein und kappte Verbindungen zwischen Thalamus und Frontlappen. Ende der Meldungen. Das war alles.

Der Eingriff war einfach, günstig, risikoarm und wirkungsvoll. Plötzlich waren die Patienten sanft und umgänglich und schienen befreit und zufrieden. Erstmals war es gelungen, von außen in das weite Land kranker Seelen vorzudringen und mit dem Messer für Ruhe zu sorgen. Moniz erklomm den Olymp der Anerkennung und wurde mit dem vom schwedischen Erfinder Alfred Nobel gestifteten Anerkennungspreis für Medizin ausgezeichnet.

Maurice' Vater wollte seinen Sohn, der sich zur Medizin hingezogen fühlte, in die Nähe seines Freundes, des Kapazunders, bringen, was sich nicht ganz ausging, weil Moniz wenige Jahre nach seinem Durchbruch starb. Diese letzten Jahre hatte er im Rollstuhl verbracht, nachdem ihn eine klobige Kugel aus dem Vorderlader eines Mannes zu Boden gerissen hatte, an dessen Ehefrau Moniz den Eingriff vorgenommen hatte, ohne die Einwilligung der Patientin einzuholen. Der Eingriff dürfte nicht ganz problemlos verlaufen sein und hatte mehr von ihrer Lebendigkeit ausgeknipst als geplant, denn die Frau war nach der Operation, wie der Schütze später zu Protokoll gab, zu nichts mehr zu gebrauchen. Moniz war also schon tot, als Maurice nach Lissabon kam und einige Zeit an dem von Moniz gegründeten Institut arbeitete und alles lernte, was der Meister hinterlassen hatte.

Der Nobelpreis wirkte wie eine Heiligsprechung und die von Moniz erfundene Lobotomie löste einen weltweiten Boom aus. Nicht einmal ein stationärer Aufenthalt war notwendig und der Eingriff dauerte gerade einmal zwanzig Minuten. Diese Hirn-Abschaltungen waren irreversibel und verursachten Persönlichkeitsveränderungen und Störungen des Antriebs und der Emotionalität, doch sollte es bald eine riesige Nachfrage nach genau diesen Nebenwirkungen geben. Auf der ganzen Welt und besonders in den Vereinigten Staaten wurden massenhaft Menschen in willen- und emotionslose Hüllen ihres Selbst verwandelt. Die sensationelle Errungenschaft geriet in einen Siegesrausch. Fans trugen T-Shirts mit Lobotomie-Slogans, »Lobotomobile« kurvten landauf, landab durch die USA, um öffentlich vor großem Publikum im Zwanzigminutentakt die Gehirne Abertausender eingedunkelter Kriegsveteranen, widerspenstiger Hausfrauen, ja von Kleinkindern zu zerschneiden, die mit schulischer Leistungsverweigerung oder Unfolgsamkeit auf die Misshandlungen ihrer Eltern reagiert hatten.

Und für diesen Eingriff musste man nicht einmal Arzt sein, das konnten auch angelernte Helfer. Die vielseitig einsetzbare Lobotomie wurde gegen Homosexualität angewandt, gegen schwer erziehbare Kinder, gegen schwarze Demonstranten, die wohl an einer Gehirnerkrankung leiden mussten, weil sie sich an Kundgebungen gegen rassistische Unterdrückung beteiligt hatten. In überfüllten Irrenhäusern, wo zehn Aufpasser viertausend umnachtete Menschen im Zaum halten mussten, brachte die Massenlobotomie größte Erleichterungen. Viele der Insassen konnten sogar entlassen werden und der Staat sparte Millionen an Betreuungskosten. Die Stimmung kippte, als auch eine Schwester des damaligen US-Präsidenten John F. Kennedy der populären Gehirnoperation unterzogen worden war, der Eingriff aber nicht den gewünschten Erfolg brachte, sondern die Frau als Wrack zurückließ. Vorsätzliche, irreversible Verstümmelungen des Gehirns als Heilmethode gerieten außer Mode und wurden als menschenrechtswidrige Folter für verwerflich erklärt. Dazu kam, dass die ersten Psychopharmaka entwickelt worden waren.

Ich mustere Maurice, wie er am heißen Tee nippt, und grinse schweigend. Rkhia hat zu kochen begonnen und den Oktopus zerhackt, den Maurice vom Dorf mitgebracht hat. Sie facht die Glut der Feuerstelle im Vorhof an, stellt den Tontopf mit dem kegelförmigen Deckel zu, knüpft sich lächelnd das Kopftuch enger und bricht auf, um mit dem Esel Wasser zu holen. Die Hitze ist jetzt am Nachmittag nicht zurückgegangen, hat aber ihre Aggressivität verloren und steht ruhig und brütend. Der Achtjährige taucht aus seinen Verstecken und schneidet Grimassen, bevor er wieder verschwindet. Maurice blickt mich erfreut und neugierig an, nippt wieder am Tee, schmunzelt und will wissen, was das Leben so mit mir getrieben hat.

Niemals hätte Maurice jemandem das Gehirn verstümmelt, nur damit andere es bequemer hatten. Er hat Hunderte Krieger vom Netz genommen, um sie von den Ungeheuern zu trennen, die in ihnen waren, und es war ihm egal, woher die Opfer kamen und welche Uniformen sie trugen und ob sie überhaupt welche trugen. Franzosen, Spanier, Tuareg-Berber, Angehörige verschiedenster Wüstenvölker, Schwarzafrikaner, alle, die seine Hilfe benötigten. Maurice war ein Mediziner mit Haltung und Werten. Er hatte einen Schwur auf die ethischen Richtlinien des Erfinders der Behandlungskunst abgelegt, ohne im Geringsten an einen Gott zu glauben, aber mit jeder Faser seines Wesens glaubte er an die Aufgaben und Pflichten der Medizin. Als die Lobotomie längst verworfen war, fuhr er dennoch damit fort, die Entmenschten zu behandeln, die nun vermehrt aus den Gebieten südlich der Sahara zu ihm gebracht wurden. Folteropfer aller Art aus den verschiedensten Kriegs- und Konfliktgegenden. In stundenlangen Zeremonien systematisch Verstümmelte, Langzeitgruppenvergewaltigte Frauen, Menschen, die man an ihre massakrierten Angehörigen gefesselt hatte, wochenlang, bis sie verfault waren. Kindersoldaten, die am Beginn ihrer Ausbildung übungsweise ihre Eltern abschlachten mussten, deren Köpfe aufpfählen und davor drei Tage salutierend verharren, um sich mental auf ihre Karriere vorzubereiten, bevor sie mit Kalaschnikows und Macheten, vollgepumpt mit Kat und Schnaps, auf waffenlose Dörfer losgelassen wurden. Für diese Menschen hat Maurice getan, was zu tun war und das war mehr als alle anderen zusammen getan hatten.

Mehr jedenfalls als all die schöngeistigen Problem-Versteher mit den sauberen Fingernägeln, die in den multinationalen Gremien saßen und Resolutionen verabschiedeten. Mehr als die höflichen Streitschlichter von den Elite-Unis, die mit notorischer Schulmäßigkeit das Gespräch mit allen Seiten suchten und dabei geduldiges Zuhören demonstrierten. Maurice hat mehr getan als all diese gut gekleideten Positiv-Rassisten, die mit ihren gebügelten T-Shirts und den zischenden Funkgeräten am Hotelbuffet ihre Blicke nach Bewunderern schweifen ließen, sich ein ausgedehntes, von Spendern finanziertes Frühstück genehmigten, um dann, am späteren Vormittag, im Elends-Lazarett vorzufahren, um den starr dreinblickenden Ex-Kindersoldaten mit ihrem Respektgetue zu kommen und sie mit ihrer Opfer-Bewunderung zu belästigen. Maurice hat mehr geholfen als sie alle zusammen. Er war ein wilder Hund und einer der großen Humanisten, denen ich begegnet bin.

Wir, Achmed, Maurice und ich, beschließen, ein bisschen durch das Dorf zu spazieren. Die Sonne ist weg, das Licht weich und gleichmäßig verteilt und man kann es im Freien genießen, obwohl die Hitze jetzt von den Felsen zurückstrahlt. Achmed hat mehrere Plätze, von denen er seine Blicke über das unbewegte Bild schweifen lässt und dabei leise Melodien pfeift, bei denen ich mich wundere, wie man gleich so orientalisch klingen kann, obwohl man einfach nur drauflos pfeift. Wir schlendern an der Hauptruine des Dorfes vorbei, die abgenagt auf die Hälfte ihres ehemaligen Mauerwerks auf der Anhöhe steht wie eine archäologische Sehenswürdigkeit und setzen uns auf einen Felsen neben der trockenen Wasserstelle, die Achmed den modernen Brunnen nennt. Es ist ein grabsteinförmiger Betonklotz, aus dem ein Wasserhahn ragt, der trocken und metallisch kreischt, wenn man an ihm dreht. Der Achtjährige kommt mit heißem Tee gelaufen, den ihm seine Mutter für die Herren in die Hand gedrückt hat. Wir nippen an den heißen Gläsern und schweigen das ausführliche Schweigen alternder Männer, die begonnen haben, wissend zurückzublicken.

»Weißt du noch, wie du k. o. gegangen bist, alter Mann?«, frage ich Maurice und sein Gesicht zerplatzt lachend.

»Werde ich nie vergessen. Hättest du nicht mit dem natürlichen Instinkt eines Banditen und Schmugglers reagiert, wäre ich flöten gegangen.« Wir kichern wie Teenager und Achmed, der die Geschichte nicht kennt, wartet, sie serviert zu bekommen.

Als ich Maurice zum zweiten oder dritten Mal getroffen hatte, musste ich ihn aus einer Zwickmühle befreien, ohne zu wissen, dass es eine Zwickmühle war, aber sowas spürte man damals einfach, auch wenn man nicht bemerkte, dass man etwas spürte. Wir waren auf orangen Plastiksesseln vor einem Straßencafé in Agadir gesessen, es war ein schöner, leuchtender Vormittag, aber Maurice kollabierte aus nie ergründeten Ursachen. Er saß da, schien zufrieden, verlor plötzlich das Bewusstsein und kippte seitlich vom Sessel. Der Lokalbesitzer und anwesende Gäste halfen, ihn mit kaltem Wasser wieder zu sich zu holen. Er schlug die Augen auf, blickte verschwommen an uns vorbei in den Himmel und machte abwinkende Bewegungen, als handle es sich um einen Fehlalarm und alles sei in Ordnung. Die Szene zog Blicke an. Von der gegenüberliegenden Straßenseite wechselten zwei diskret wirkende Männer zu uns herüber und boten an, sich nützlich zu machen. Maurice versuchte Normalität zu signalisieren und winkte wieder ab. Ich bedankte mich für die Freundlichkeit, versicherte, meinem Onkel gehe es wieder gut und die beiden entfernten sich wieder. Aber ich fuhr mit Maurice ins Krankenhaus, wo ich seine Identität erneut verschwieg. Ich legte meinen Reisepass vor, bezeichnete Maurice als meinen Onkel, zog zweihundert Dirham aus der Tasche und sagte, hier sei eine Vorauszahlung für die Behandlung, keine Angst, wir sind keine Touristen, die ohne zu zahlen abhauen, Inschallah, Hamdulillah und so weiter, und das war's dann. Im Nachhinein stellte sich mein Sicherheits-Reflex als goldrichtig heraus.

Maurice war davon überzeugt, dass einer der beiden diskreten Typen von der Straße, dieses hässliche, untersetzte Muskelpaket von einem Franzosen, mit Sicherheit ein Geheimdienstler gewesen sei und ich ihn, Maurice, mit meinem Touristengetue um Haaresbreite vor dem Zugriff der staatlichen französischen Verbrecherbande bewahrt hätte, die ihn noch immer als Deserteur führte. Ich hielt das für ein Symptom seines über die vielen Jahre chronisch gewordenen Verfolgungswahns, in dem er noch immer glaubte, dass die Franzosen keine wichtigeren Feinde zu verfolgen hätten und noch immer auf der Suche nach ihm waren, obwohl sie ihn nach aller Vernunft längst vergessen haben mussten. Er aber wurde noch immer nervös, wenn Augen auf ihn gerichtet waren. Jedoch, und das muss ich ihm lassen, das Restrisiko eines Zufallsfundes durch einen Dienstler war nicht gänzlich auszuschließen. Wie auch immer. Jedenfalls hatte ich ihm, dem Verräter und Staatsfeind der Grande Nation, das Leben gerettet. So lautete seine Diktion.

Alternde Männer, die es ihnen gezeigt haben, nippen an kleinen Teegläsern.

»Könntest du dir vorstellen, es wieder zu machen?«, frage ich ihn.

»Was wieder machen?«

Ich sage nichts. Nach einigen Augenblicken des Nachdenkens und nach einem Schluck Tee antwortet er: »Weißt du, was ich mir vorstellen könnte, wieder zu machen? In Paris leben. Da wäre ich gern wieder einmal.«

»Wie lange warst du nicht da?«

»Dreißig Jahre? Mehr.«

»Und wieso gehst du nicht hin?«

»Ich kann nicht. Ich habe die Sünden der Wüste begangen. In Paris würde ich nicht sündigen, das könnte ich gar nicht.«

»Weil du so rein bist. Oder weil Paris so unrein ist?

»Das hebt sich gegenseitig schön auf, nicht wahr?«

»Welche Sünden hast du begangen? Bist du überhaupt Christ? Oder meinst du, weil du desertiert bist und sie noch immer ein Auge auf dich haben?«

»Ich habe in die Keller geblickt«, sagt er. »Ich habe hin- und nicht weggeschaut. Ich habe gesehen, in welche Wesen sich Menschen verwandeln können, wenn ihnen bestimmte Dinge genommen werden. Ich meine nicht Häuser, Geld, Angehörige, Freiheit, Sinn oder das Leben selbst. Das sind alles Kleinigkeiten. Ich meine Dinge wie Identität. Die Möglichkeit, sich zu identifizieren, vor den anderen und vor sich selbst. Ich kann nicht mehr nach Paris gehen. Verstehst du das?«

»Nein.«

Er nickt.

»Redest du von der Kashba? Kriegst du auf deine alten Tage falsche Gewissensbisse?«

»Du verstehst wirklich nichts«, sagt er.

»Nein«, entgegne ich. »Doch: dir leuchtet das milde Licht der Abendsonne. Ich kann dir nur raten, da zu bleiben, es zahlt sich nicht mehr aus, umzufallen. Vielleicht braucht man dich noch.«

Er blickt mich nachdenklich an.

Achmed zuckt kaum merklich zusammen und senkt den Kopf. Die Hexe.

Über ihren bogenförmigen Buckel vornübergeneigt wie vor einen Karren gespannt, stapft sie von unten her auf uns zu. Ihr Haupt ist klein, ledrig und schwarz wie ein Schrumpfkopf, der in bitterer Miene vertrocknet ist und auf einem übernatürlich langen, nach vorne gestreckten Teleskop-Hals sitzt, wie der Fühler eines menschenähnlichen Wesens. Mit jedem Schritt zieht sie an wie ein Lastentier, rhythmisch wippend den Körper Schritt für Schritt bergan stoßend, durchtrainiert wie ein Bergsteiger, alt wie ein ganzes Jahrhundert, ignorant, eingeschnappt, über alle gegen sie gerichteten Komplott-Pläne im Bilde, gegen alles gewappnet, in latenter, kontrollierter Rage, tierhaft entschlossen, Gegenmaßnahmen zu ergreifen und bereits unterwegs, sie zu exekutieren.

»Achmed«, flüstere ich, »sprich sie an, reden wir ein bisschen mit ihr.« Doch Achmed, der sein Leben lang ansatzlos mit Unbekannten lebhaft zu kommunizieren gewusst hat, reagiert nicht einmal und verharrt zusammengezuckt.

Die Hexe ist schon ganz nah. Sie würdigt uns keines Blickes. Sie ignoriert uns nicht einmal und das so glaubhaft, dass ich nicht sicher bin, ob sie uns überhaupt sieht. Langsam kommt der Abend, die Luft ist angenehm lau.

Sie stoppt. Wenige Meter von uns entfernt in einer völlig anderen Welt. Mit verdoppelt großen Augen fixiert sie eine Stelle am Boden vor ihren Füßen, lässt ihr Bündel von der Schulter fallen und sinkt in den Staub. Da liegen einige Münzen. Sie mustert sie strafend, zieht ihre Unterlippe wie eine Kuh, die Regentropfen auffangen will, wirft ihren Kopf ins Genick, starrt zum Himmel und stutzt, als hätte jemand etwas gesagt. Dann holt sie eines ihrer Tücher vom Kopf, wickelt die Münzen ein, federt hoch, geht in Stellung für ihre Marschrichtung und nimmt ihren zügigen Lastentier-Schritt wieder auf.

Achmed erwacht langsam aus der Starre. Er habe die Münzen vorhin schon entdeckt gehabt, erklärt er. Er sei sicher, die Alte hätte sie am Morgen dort fallengelassen, um die Kinder zu verlocken und nachher des Diebstahls beschuldigen zu können, denn die Kinder hätten die Münzen auf alle Fälle an sich genommen, hätten sie sie gefunden.

»Maurice«, sage ich, »das wäre die richtige OP-Schwester für dich.« Maurice blickt ihr nach und scheint mich nicht einmal gehört zu haben.

Am Abend sitzen wir alle gemeinsam mit Achmeds Familie im Hof des Hauses um den Tajine-Topf herum und tunkten unsere Brotstücke in die Sauce. Die Kinder sind aufgeregt, weil so viel Besuch da ist und Achmeds Frau Rkhia besteht darauf, dass ich restlos verdrücke, was sie für mich aus dem Topf fischt und vor mir auf das alte Plastik-Tischtuch mit den ausgebleichten Blumen legt.

Am Vormittag habe ich mich geweigert, meine Wäsche von ihr waschen zu lassen. Sie hat das zunächst nicht verstanden, Achmed aber auch später nicht. Mein Verhalten war atmosphärisch heikel und gastrechtlich grenzwertig. Aber weil ich ihn seit ewig kenne, erlaube ich mir manchmal, mich ein bisschen einzumischen, wissend, dass er meine Geste als Zeichen brüderlicher Nähe nehmen würde. »Deine Frau geht mit den Ziegen«, habe ich gesagt, »sie bäckt Brot, sie kocht, putzt, schlägt bis Mitternacht Argan-Kerne auf, sie wäscht mit der Hand und sie geht mit dem Esel kilometerweit ein paar Liter Wasser holen, während du Zigaretten rauchst und dein Sohn dir den Tee nachträgt.«

In seinem Gesicht hat es gezuckt. Seine Augen haben sich geweitet wie damals, als er noch der Dangerous Man war. Er hat Luft geholt, um mit einer cholerischen Oberhaupt-Verfügung die Diskussion zu beenden, noch bevor sie beginnen konnte. Ich habe meinen Zeigefinger auf seine Nase gerichtet: »Vielen Dank, mon ami. Mit diesem Wasser wird meine Wäsche nicht gewaschen.« Achmed hat es einfach hingenommen, aus blinder Toleranz und weil er die Europäer doch kannte und ich sein verrückter Gast-Bruder war.

Jetzt kommandiert seine Frau mit mir herum. Zum Essen kommen! Da soll ich sitzen, dies soll ich trinken, das soll ich essen. Ganz wegessen! Sie fischt Stücke vom Oktopus aus der Tajine, legt sie vor mir auf den Tisch und zeigt autoritär mit dem Finger drauf, während sie mich wortlos ansieht.

Nach dem Essen muss ich langsam zum Thema kommen, weiß aber nicht recht wie. Der erste Versuch am Nachmittag war schon danebengegangen und Maurice hatte über Paris zu reden begonnen. Wenn er aber meine Berührungsangst bemerkt, würde ich mich verraten. Nach einigem Hin und Her entschließe ich mich für die Strategie, einfach drauflos zu reden wie über alles andere, schließlich muss ohnehin alles offen raus.

»In deiner Kashba ist es still geworden, oder?«, sage ich und erschrecke, weil schon mein erster Satz verdächtig sinnlos war, denn in der Kashba war es schon vor Jahrzehnten still gewesen, als ich zum ersten Mal hinkam. Ich tu so, als hätte ich mich versprochen und korrigiere: »Ich meine, fehlt dir der Rummel manchmal? Was machst du dort den ganzen Tag? Wartest du noch immer auf Patienten?«

»Ich lese. Oder ich schaue in die Luft. Früher habe ich nichts gesehen, wenn ich in die Luft geschaut habe. Doch was da alles ist. Mir wird nicht langweilig. Ich gehe da nicht mehr weg. Ich bin zu alt.«

»Du meinst, du fühlst dich zu alt, junger Mann. Würdest du wieder operieren?«

»Die Zeiten haben sich geändert.«

»Aber die Kriege haben nicht aufgehört. Wenn sie dir heute die Leute brächten, von weiß ich woher, Burkina, Côte d'Ivoire ...«

Er lässt die Mundwinkel hängen und wiegt den Kopf. »Nur wenn es nicht anders geht, so als Notmaßnahme wie früher vielleicht.« Aber heute gebe es viele andere Möglichkeiten in der Medizin und die alten Methoden seien längst aus der Welt. Unethisch.

»Unethisch, aha«, sage ich sarkastisch, »ach, diese schönen Ethik-Versteher in Paris und New York. Ach, diese Einwände der Menschenrechts-Träumer und akademischen Harmonie-Experten.« Ich reiße nachäffend die Augen auf, lege mir die flache Hand auf die Stirn, als würde ich erst jetzt etwas begreifen: »Ach! Das Leben muss man achten? Ah ja? Ist ja interessant. Hätte ich mir nie gedacht. Und man darf es nicht einmal schief anschauen, weil es eine zarte Pflanze mit Bewusstsein ist?«

Maurice grinst.

»Ist die neue, ethische Schönwelt ein Wellness-Tempel und ein Beauty-Ashram?«, frage ich Richtung Himmel und blicke ihm dann direkt in die Augen: »Hast du nicht zahllosen Menschen geholfen, egal, was die wohlerzogenen Herrschaften in den Polstersesseln der Ethik-Gremien in den Glitzermetropolen entschieden haben? Bist du nicht vor Ort im Schlamm gestanden, während die Ethik-Herrschaften leider nie dazu gekommen sind, die ferne Welt zu bereisen, die sie mit ihren mehrheitsfähigen Polstersessel-Ideen regeln wollten? Hast du nicht mehr getan als diese ganze verlogene, geldgierige Slogan-Heilkunst der sogenannten Schulmedizin mit ihren eitlen Industrie-Nutten und Auftragsforschern, die jedem dahergelaufenen Pharma-Vertreter aus der Hand fressen?«

Ich springe auf und parodiere eitle Vornehmheit: »Ach! Wir hätten hier ein Mittelchen, aber wir dürfen es nicht einsetzen, weil es unseren ethischen Richtlinien widerspricht und deshalb müssen die armen Kranken leider in ethischer Richtlinien-Sauberkeit weiterverfaulen.«

Ich beuge mich zu Maurice hin und fahre ihn an: »Was ist mit dir, Wüstenhund? Du kennst doch die Bedingungen, unter denen die einzige Richtlinie das nackte Davonkommen ist. Wir haben eine Methode, doch wir dürfen sie nicht anwenden, weil sie der Illusion widerspricht, dass Menschen wie Menschen behandelt werden? So ein Scheißdreck. Was war denn mit deinen Patienten, bevor sie zu dir kamen? Haben die denn ihren Wüstenurlaub nicht recht genossen? Hat in ihren Menschenrechts-All-Inclusive-Clubs vielleicht eine Kleinigkeit nicht funktioniert?«

Maurice lacht über meine Wut.

Achmed gefällt das. Er nickt heftig. Eine Anklage, die von unten nach oben geht, hat automatisch seine Zustimmung. Er murmelt etwas in Richtung seiner Frau, worauf sie sich erhebt, weggeht und mit einem Glas schwarzbraunem Honig zurückkommt. »Nimm das«, sagt er und reicht mir einen Teelöffel mit dem schwarzen Gold der Berge. »Das ist gut. Das ist Berber-Medizin«, erläutert er und macht mit der Hand Kreisbewegungen über seinem Brustkorb und Bauch, um den Wirkungsbereich der Arznei zu beschreiben. Aber diesmal wird der Honig zu meiner Beruhigung eingesetzt. Ich nehme den Löffel, schlucke den Honig, mache ein überraschtes Gesicht, nicke anerkennend und fahre fort, ohne mein Wutniveau zu senken.

»Wissen die multinationalen Hochkommissare der schönen Werte, was da draußen abläuft? Wissen sie, wie sich da draußen im Gebrodel alles vermischt? Haben sie eine Ahnung, was Krieg ist? Wissen sie, dass Krieg etwas ganz anderes ist, als das, wogegen sie seinerzeit lustig demonstriert haben? Wissen sie, dass Krieg einen Klang hat? Einen Geruch? Dass, wenn Krieg ist, unmissverständlich klar ist, dass Krieg ist, weil er in der Luft liegt, auch, wenn gerade nicht geschossen wird? Wissen sie, dass das Leben aufleuchtet, wenn Krieg ist? Gierig und feierlich aufleuchtet und die Stunden wertvoll sind und gefeiert werden wie nie zuvor? Haben diese gutaussehenden Friedensforscher und vegetarischen Wiedergutmachungs-Expertinnen mit Binnen-I eine Ahnung, dass es im Krieg die heißesten Partys gibt? Dass eine halbe Flasche Schnaps und nichts zu essen ausreicht für alle Gäste und für ein verwegenes, endgültiges Fest, das am Leben hängt und den Tod akzeptiert, der vor der Tür steht und eine Freude erzeugt, die nur der Krieg erzeugen kann? Eine glühende, geisteskranke Feierlichkeit, die in den Augen der Festgäste flackert, die selig zugreifen und selig loslassen und leben, weil es kein Morgen gibt, und nicht, als ob es keines gäbe? Und wissen diese höflichen Lächler, dass, wenn der Krieg vorbei ist, die Feste wieder langweiliger werden?«

Maurice' Einwand klingt fast wie eine Verteidigung: »Woher sollen sie das wissen? Waren sie da? Haben sie den Krieg gesehen oder auch nur den Leuten zugehört, die ihn gesehen haben?«

»Sag' ich doch«, ziehe ich das Wort wieder an mich, »wenn alles vorbei ist, ja, dann kommen sie und erklären alles. Dann kommen sie, die nach Flughafen-Parfüms duftenden Mitglieder der Gremien, mit ihrer Achtung vor dem Leben und der Mappe unterm Arm. Dann sitzen sie in den wieder eröffneten und besser als je zuvor beleuchteten Restaurants und in den provisorischen Gastgärten und sind schockiert, dass die Augenzeugen des Krieges »Peace is boring« sagen und die neue Unbedrohtheit ein bisschen lau finden. Die nach Flughafen-Parfüm duftenden Neuankömmlinge, die alles schlichten wollen, sind dann vor den Kopf gestoßen, obwohl sie doch aus ihren Büchern wissen sollten, dass, wer so redet, mit Zynismus auf das Trauma reagiert. Oder haben sie etwa nicht aufgepasst?«

Ich mache wegwerfende Bewegungen. »Wie sollen diese Ethik-Macher auch verstehen, dass mit dem Kriegsende etwas vorbei ist, was Wehmut rechtfertigt? Wehmut wegen des Zusammenrückens beim

Überleben, wegen der menschlichen Nähe, gemeinsam über den Rand geschaut zu haben.«

Maurice ist ernst geworden und grinst. Es ist schon lange finstere Nacht. Alle zwanzig Sekunden leuchtet Achmeds Gesicht orange auf, wenn er an der Zigarette zieht. Der Achtjährige ist beeindruckt vom Ton meines Vortrags und imitiert verstohlen meinen Gestus. Dabei weitet er die Augen und macht den Mund hohl.

Die Geselligkeit des Abends geht langsam zu Ende und Stille kehrt ein.

»Du solltest ein Buch schreiben, Autriche«, sagt Maurice. »Es gefällt mir, wie du redest.«

»Ich werde das Gegenteil tun«, antworte ich.

Er blickt mit offenen Ohren, als hätte er etwas durchgehört. Er wirkt wie ein Tuareg. In den vielen Jahren in der Wüste ist er zu einem halben Tuareg geworden, oder einem ganzen, was weiß ich, er lauscht mit großen Augen und herrschaftlicher Gelassenheit und wenn er spricht, scheint nur sein Mund zu sprechen, während alles andere an ihm schweigt. Dabei sieht er aus wie ein versoffener Kampfpilot, den man gerade aus dem Luftwaffenstützpunkt hinausgeprügelt hat, weil er seinen Jet an der Spitze eines schwarzen Rauchstreifens am Horizont versenkte. Er spürt, dass ich etwas anderes sagen will. Ich habe ihn und seine Tätigkeit in der Kashba übertrieben heftig verteidigt, obwohl niemand sie kritisiert hat.

Ob es möglich wäre, andere Bereiche im Gehirn zu lobotomieren, wechsle ich das Thema. Ob man auch andere Bereiche des Rechenzentrums unter der Schädeldecke stilllegen könne? Theoretisch ja, meint er. »Wieso?«

»Das Broca-Zentrum? Das Wernicke-Zentrum? Beide?«, frage ich.

»Keine Ahnung. Ist sicher noch nie gemacht worden. Wozu auch? Man kann ja auch einfach das Maul halten.«

»Das ist nicht dasselbe«, sage ich. Jetzt ist meine Schwellenangst verschwunden und ich fühle mich freier. »Wenn du den Mund hältst, dann redet das Hirn weiter. Unaufhörlich und immer drängender.«

»Ja und?«

»Ich frage nur, ob du denkst, dass man gezielt Zentren zerstören kann, um deren Funktionen stillzulegen.«

»Das Zentrum würde ich nicht zerstören. Wenn schon, dann müsste man den Kabelsalat drumherum kappen und das Areal vom Netz nehmen.«

»Ja, das meine ich ja.«

»Aber …«, er macht eine wegwerfende Handbewegung und zischt, »Pfffff, was dann passiert, steht nicht einmal da oben in den Sternen.«

Wir blicken hinauf in den Nachthimmel, der ganz klar ist und so viele Sterne zeigt, dass man sie nicht fassen kann. Man sieht sie und sie sind dennoch zu viele, um wahrgenommen zu werden, als würde man an zu viel Sauerstoff ersticken. Rkhia und die Kinder sind zu Bett gegangen, Achmed hat sich auf einer Decke ausgestreckt und scheint ebenfalls eingeschlafen.

»Du bist also Journalist geworden«, stellt Maurice nachdenklich fest und vergleicht diese Tatsache mit seinen Erinnerungen an mich, »das passt zu dir. Man hat damals schon gemerkt, dass du mit der Sprache spielst.«

»Ich wollte schreiben, weil ich aber nicht konnte, bin ich Journalist geworden.«

»Du konntest nicht. Aha?«

»Mir ist nichts eingefallen.«

»Muss man bei der Zeitung nicht schreiben?«

»Nicht wirklich.«

»Ich habe auch schon öfter begonnen, einen Roman zu schreiben. Weißt du, du sitzt in der Wüste und denkst dir, ist doch schade, wenn alles mit dir verschwindet. Du treibst mit dem Fluss ab und möchtest einige Dinge ans Ufer schleudern, damit sie zurückbleiben.«

»Ja und? Das klingt ganz nach Schreiben. Hast du?«

»Nur so Gekritzel. Nicht befriedigend. Notizen. Wenn ich sie durchlese, kommt nicht zurück, was ich hineingelegt habe.«

»Schreib einfach wie du sprichst«, sage ich, »du solltest nicht Schriftstellerei spielen, sondern einfach draufloserzählen, als würdest du dich mit dem Papier unterhalten.«

»Ah«, ruft Maurice und hebt eine Handfläche, »das ist gut, das probiere ich. Nur schreiben. Nicht Literatur machen. Einfach nur schreiben.«

»Genau. Ganz ohne Posen. Schreibe, dass du in einem Fluss abtreibst und einige Dinge ans Ufer schleudern möchtest, damit sie zurückbleiben. Schreib, du sitzt in der Wüste und denkst dir, ist doch jammerschade, wenn alles mit dir verschwindet … und schon geht es dahin.«

Er grinst pessimistisch, als würde er im Geiste seine Notizen sehen und dem Unternehmen wenig Chancen einräumen. »Na ja, klingt einfacher, als es ist. Man denkt, man kann seine Sprache. Aber nur, bis man versucht, etwas zu schreiben.«

»Ja. Aber da bist du schon richtig. Ein richtiger Schreiber kann nicht schreiben. Genau das ist sein Schicksal. Er erleidet seinen Text wie eine Krankheit. Weißt du, ich bin in der Zeitung gesessen und habe es witzig gefunden, wenn Menschen in öffentlichen Funktionen ihre eigene Muttersprache nicht beherrschten. Das ist sehr weit verbreitet. Fast niemand kann seine eigene Sprache wirklich. Klare, korrekte Sätze bringen eigentlich nur Sekretärinnen zusammen. Wenn Menschen fehlerlose Sätze sagen, fallen sie auf. Besonders lustig fand ich es, wenn die Elite der Gesellschaft, die Mächtigen und Wichtigen, ihr Gestammel von sich gab. Sie wirkten wie aufgetakelte Analphabeten, die sich ihren Status erschlichen haben.«

Maurice lacht und nickt. »Das stimmt. Wenn jemand grammatikalisch unkorrekt ist, wirkt er gnadenlos dumm, und je höher sein gesellschaftlicher Status ist, umso dümmer wirkt er.«

Er findet das Thema anregend. Er holt sich eine von Achmeds Zigaretten, obwohl er gewöhnlich nicht raucht. Aber jetzt will er zur Feier des Tages und der interessanten Diskussion eine Ausnahme machen. Er zündet sie an und pafft unbeholfen wie ein Zwölfjähriger, während er mir zunickt und mich zum Weitererzählen ermuntert.

»Ja«, sage ich, »wenn ich so zurückblicke, muss ich sagen, dass ich mit der Zeit immer weniger Spaß verstand, wenn es um korrekte Sprache ging. Ich war intolerant und hielt alle für blöd und ungebildet, auch wenn sie nur kleine Fehler machten. Und ich begann mich daran zu stoßen, solche Leute in Entscheidungspositionen zu sehen, besonders in der Spitzenpolitik. Ich wurde zu einem Sprach-Faschisten.«

»Schwache Köpfe gibt es überall«, sagt er.

»Ja. Dennoch taten mir ihre Sätze weh, ihre Fallfehler, ihre verschluckten Satzreste, ihr wirrer Einsatz von Vor- und Fürwörtern. Ich hörte alles, was nicht passte, jede Kleinigkeit. Bald schien mir, als hörte ich überhaupt nur noch das Falsche, das Nichtssagende, das Verschwommene und Danebenliegende. Und dann begann mir noch etwas anderes die Brust einzuengen, das ich bis dahin als Normalität empfunden hatte: wie wenig von einem Thema übrig bleibt, wenn es in eine sogenannte mediale Diskussion gerät. Von einer wichtigen Frage bleibt ein kümmerlicher, zerkauter, ausgespuckter, lauwarmer, virtueller Rest, von dem der Politiker behauptet, er werde ihn als Auftrag mitnehmen. Es ist deprimierend, wie wenig Realitätsgehalt öffentliche Diskussionen haben. Das sind keine Gespräche. Sie laufen ab, als würdest du ein paar Plakatwände mit einigen Sprüchen hin und her schieben oder Transparente abwechselnd hochheben. Mehr ist es nicht. Aber genau diese sogenannte mediale Diskussion ist es, womit sich die Masse der Menschen eine Meinung bildet, bevor sie zur Wahl geht.

»Das war auch schon so, als ich noch in Frankreich war, vielleicht nicht ganz so arg wie heute.«

Ich nicke. »Na jedenfalls dann, später, irgendwann plötzlich, habe ich bemerkt, dass die Menschen gar nicht schuld sind.«

»Oho? Das ist eine gute Nachricht. Aber wer ist dann schuld?«

»Ja, habe ich auch als gute Nachricht empfunden. Das war eine versöhnliche Neuigkeit. Sie hat mich zu einem Menschenfreund gemacht. Vorher hatte ich bloß Freunde unter den Menschen. Ich hatte bemerkt, dass es nicht am Menschen, sondern an der Sprache liegt. Mir ist bewusst geworden, dass sie als Werkzeug nicht funktioniert. Sie funktioniert aber als System der Falschinformation, als Propagandamittel. Sie funktioniert hervorragend, wenn man eine Politik machen will, mit der man alle hinters Licht führt, um Macht zu erlangen und zu erhalten. Dazu muss man Geschichten erzählen, die aus einem wahren Kern bestehen, eingebettet in eine gekonnte Mischung aus verdrehter Darstellung und gänzlicher Verheimlichung. Der wahre Kern erzeugt Glaubwürdigkeit und verführt dazu, auch den Rest zu glauben und dann auf eine bestimmte Weise an der Wahlurne zu reagieren. Ich meine, in der Politik wird ganz gut gelogen, technisch gesehen. Bei den unterschiedlichsten Arten und Techniken des Lügens sind die Spitzenpolitiker nicht so schlecht.«

Er schüttelt den Kopf und lacht laut. »Noch mehr gelogen als in der Politik wird nur im Theater.«

»So ist es«, sage ich und muss auch lachen, »im Theater wird, abseits der Bühne jedenfalls, überhaupt nur gelogen.«

Maurice klatscht sich auf die Oberschenkel: »Theaterleute lügen nur dann nicht, wenn sie auf der Bühne stehen und ihren Text korrekt wiedergeben. Die eigentliche Scheinwelt des Theaters ist abseits der Bühne«, sagt er.

»Eben. Kein Theater-Mensch würde sagen, dass die Sprache defekt ist. Nein, ein Theater-Mensch ist bestürzt von ihrer Schönheit, er ist so fertig, dass er nur noch flüstern kann. Ihre göttliche Musik wühlt ihn auf und macht ihn sprachlos«, sage ich.

Maurice raucht schon wieder. »Ist das das Kreuz des Südens?«, fragt er und zeigt mitten in das weihnachtshafte Gefunkel am Himmel.

»Ich glaube, das ist eher der Große Wagen. Aber du bist doch hier der Wüstenmensch, der sich nach den Sternen orientieren können sollte.«

»Ja, der Große Wagen, was weiß ich. Und das ist die Venus, oder nicht?«

»Verdammt, ich hab keine Ahnung. Abendstern. Morgenstern. Ist sie nicht beides? Die Venus wandert doch auch, oder ist sie ein Fixstern? Aber was heißt ›Kreuz des Südens‹, das sieht man doch nur am Äquator, nicht? Oder ab dem Äquator Richtung südliche Halbkugel oder eben Hemisphäre, oder so«, sage ich.

»Ja. Immer das gleiche. Ich habe mir mein Leben lang nicht gemerkt, wer sich da oben um wen dreht und warum der Mond wegen der schrägen Erdachse zu- und abnimmt. Und ob man die Uhr wegen der Sommerzeit vor- oder zurückdreht.«

»Nach vor. Aber dann wird es früher dunkel, oder? Wenn du die Uhr vordrehst, wird es früher spät und daher früher dunkel.«

Er blickt mich skeptisch belustigt an. Er lässt das mit der Sommerzeit dahingestellt und mustert mich, um einzuordnen, was in den Jahren aus mir geworden ist: »Du bist also ein Schreiber, dem nichts einfällt, und ein Journalist, der mediale Diskussionen tödlich findet.«

Jetzt bin ich so weit. Ich antworte erst nach einer längeren Pause. Ich rede lange und ruhig und Maurice unterbricht mich nicht. Er spürt, dass jedes Wort aus den inneren Fasern meines Wesens kommt. Ich erzähle ihm alles. Ich erzähle ihm von der Redaktionskonferenz, in der ich von meiner eigenen Überschriften-Sprache manipuliert wurde und ich erwähne Personen, die ich während meiner Recherche getroffen habe, die Wurstsemmelverkäuferin, Michaela Halbmond, Hans Reich, den Straßenkehrer. Am Ende sage ich: »Was wir sehen, ist nicht die Welt, sondern was die Sprache aus ihr macht. Unser Bild von der Welt ist so unzutreffend, wie unsere Sprache kaputt.«

Ich lehne mich rückwärts halb liegend auf meine Ellbogen und lasse meinen Kopf nach hinten hängen: »Der Mensch«, sage ich, »jeder einzelne, fühlt sich im Leben selten wirklich verstanden und versteht selbst selten etwas wirklich. Schau, was gleich los ist, wenn du einmal das Gefühl hast, dich mit einem Menschen zu verstehen. Dann sagst du ganz angetan: ›Wir verstehen uns so gut.‹ Du bist ergriffen von diesem seltenen Ausnahmezustand und fragst: ›Sind wir denn seelenverwandt?‹ Du spürst, dass diese angenehme Seltenheit des gegenseitigen Verstehens interessanterweise etwas ist, das außerhalb der Sprache abläuft, unabhängig von den verwendeten Wörtern. Der eine beginnt einen Satz, der andere weiß schon, wie er endet. Der eine sagt etwas ganz diffus und unbeholfen – der andere versteht es trotzdem. Die Ebene, auf der Verständnis stattfindet, ist nonverbal. Weißt du, was ich meine?«

»Gleich. Du sagst es jetzt gleich.«

»Wir leben in einer Scheinwelt, die von einer Scheinsprache projiziert wird. Diese Sprache erzeugt kein Verständnis, sondern verhindert es.«

»Ja«, sagt Maurice und blickt zu den Sternen, »du bist ein heller Kopf, Autriche, warst du immer schon. Selbst als du zugekifft warst und Unsinn gestammelt hast, hat man bemerkt, dass du nachdenkst.«

Ich sage nichts.

Es ist schon spät und Maurice wird langsam weich. Er schwebt in einem Auflösungszustand zwischen unserem Gespräch, seinem Blick ins überfüllte Firmament und dem sich anschleichenden Schlaf. »Du sprichst von der Liebe, mon ami autrichienne«, resümiert er. »Es stimmt alles, was du sagst, aber alles, was du da sagst, handelt von der Liebe, nicht wahr?«

Ich mag ihn. Ich schweige.

»Die Liebe ist immer das Problem«, sagt er und gähnt, »immer. Obwohl sie nicht da ist, macht sie immer Probleme. Wenn sie nicht da ist, ist sie ein Problem, weil sie nicht da ist und wenn sie da ist, ist das Problem, dass sie nicht wirklich da ist und dass sie, obwohl sie kaum wirklich da ist, gleich wieder weg ist. Die Liebe ist das Schönste, das es nicht gibt.«

»Das ist gut«, unterbreche ich ihn, »die Liebe ist das schönste, das es nicht gibt. Vergiss diesen Satz nicht. Wenn du wieder in der Kashba bist, schreibst du ihn auf und drumherum erzählst du eine Geschichte, ungekünstelt, als würde niemand zuhören.«

»Ja«, fährt er fort, »die Liebe wird immer nur ersehnt, gesucht, geschnuppert. Man erstarrt, wenn sie kommt, man beginnt zu leuchten, der Magen flimmert, das Blut perlt, man verliert die Orientierung und dann die Besinnung. Sie ist ein Schmerzmittel des Himmels. Sie verzückt, weil sie dir die Angst nimmt. Sie lässt dich in den Garten blicken.«

»Ja«, sage ich, »die Liebe lockt dich in die richtige Richtung, sagt man. Sie ist ein Treibstoff für die Heimreise.«

Maurice nickt. »Aber mehr ist sie dann auch wieder nicht. Wenn du die Liebe hast«, sagt er, »dann hast du eine Richtung. Und wenn du die Liebe verlierst, hast du keine Richtung mehr. Dann suchst du eine. Dann treibst du in den Strömungen des Flusses. In Wahrheit suchst du nicht die Liebe, sondern eine Richtung. Und die Liebe zeigt sie dir. Du suchst deinen Weg und die Liebe ist die Wegweiserin und Reisebegleiterin. Sie rüstet dich aus, bereitet dich vor, macht dich gesund und stark und mutig und gut. Sie macht dich sogar schön. Sie impft dich gegen tropische Krankheiten, sie besorgt dir das Visum, sie kauft dir Duty-Free-Whisky, sie macht dich fit für die Reise. Sie gibt dir die Sicht und die Kraft, richtig zu handeln. Sie löst Knoten auf, weil sie vereinigt. Sie führt dich ins Paradies und wenn du angekommen bist, brauchst du keine Führerin mehr. Im Paradies gibt es keine Liebe. Wozu auch. Du bist ja schon da. Dort brauchst du keinen Treibstoff und den ganzen Scheiß. Bla, bla, bla, was wissen wir denn schon.«

Ich muss lachen. »Du hast völlig recht.«

»Gibt es ein Thema, über das so viel geredet wird, und das so wenig verstanden wird wie die Liebe?«, fragt er.

»Natürlich gibt es das«, sage ich, »die Abwesenheit von Liebe.«

»Eben. Am besten versteht man etwas, wenn man es verliert. Wenn man den Übergang von der Anwesenheit der Liebe zu ihrer Abwesenheit miterlebt, dann versteht man etwas. Und am allerbesten versteht man es, wenn man die Liebe davor gar nicht gekannt hat, sie einen erfasst und einem bewusst macht, dass man sie zuvor nicht gekannt hat, während sie sich schon wieder verabschiedet und man einsieht, dass man die Liebe nicht verloren hat, sondern man selbst es ist, der verloren hat. Und man versteht erstmals in dieser Klarheit, dass man immer schon verloren hat. Man verliert nicht wie in einem Spiel, weil das Glück gerade woanders ist. In der Liebe verliert man, weil man immer verliert.«

Ich höre den fernen Donner in seinen Worten und warte, ob er weiter aufmacht. Doch Maurice schweigt.

Vom Himmel hängen Lichtkugeln wie an unsichtbaren Fäden im schwarzen Raum über der Erde, so tief herunter, dass sie zur Landschaft gehören und nicht zum Himmel. Maurice streckt sich an Ort und Stelle auf seiner Decke aus. Ich tue es ihm gleich und die Entspannung fließt durch meinen Körper wie heißer Tee. So liegen wir schweigend in den Nachthimmel über uns blickend und als ich mich langsam aufzulösen beginne, seufzt Maurice. Er hat mich verstanden. Er sagt: »Du bist wahnsinnig.«

Ich sage nichts.

»Deshalb bist du also gekommen.« In seiner Stimme liegt bittere Ernüchterung.

Ich schweige.

»Du willst dich selbst abstellen? Das ist schade. Was ist aus dir geworden?«

Ich antworte nicht.

»Denkst du vielleicht, es gibt ein Zurück?«, fragt er gereizt.

»Ein Zurück?«, erwidere ich, »was wissen wir denn? Was wussten die Portugiesen, die Vorfahren deines Meisters, bevor sie aufs Meer hinausfuhren? Sie wussten, dass die Erde eine Scheibe mit brennenden Rändern ist, von denen jeder abstürzt, der wahnsinnig genug ist, sich dem Horizont zu nähern.«

»Hörst du den Unsinn, den du redest? Bist du jetzt Seefahrer?«

»Was wissen wir denn schon über Rückwege? Mit dieser Logik wären die Leute damals nie in See gestochen. Doch sie haben sich auf sich selbst verlassen und nicht auf die Welterklärer mit ihrer zusammenfantasierten Märchenwissenschaft, die über zwölfarmige Jungfrauen an den Fabel-Flüssen fremder Welten referierten. Aber die Entdecker-Typen haben gesagt: ›Wie wär's, wenn wir selber nachschauen?‹ Hatten sie ein Retourticket? Gab es ein erkennbares Zurück? Keine Spur. Die Menschen haben sich immer nach vorne bewegt, ohne an das Zurück zu denken, mon ami, sonst wären sie keinen Meter weit gekommen. Haben unsere Vorfahren denn gesagt ›Oh! Halt! Vorsicht! Wer weiß, was hinter der nächsten Hügelkette liegt, lassen wir es lieber?‹ Haben sie gesagt ›Oh, nicht falsch verstehen, wir würden Afrika schon gern verlassen unter gewissen Auflagen wie etwa eine Rückreisegarantieversicherung‹? Eine solche Einstellung hat zu keinen Entdeckungen geführt.«

»Aber sie haben immer zu überleben versucht. Sie haben sich nie umgebracht, um zu schauen, ob sie wirklich tot sind.«

»Das Leben war immer schon lebensgefährlich. Und außerdem gibt es einen Weg zurück.«

»Denkst du, du kannst etwas erklären, wenn du tot bist?«

»Wir sind nicht tot. Wir sind Makulatur. Wir sind Attrappen. Wir sind das Produkt einer Sprache, die ein Instrument der Irreführung ist.«

Maurice wechselt die Ebene. »Der Krieg ist vorbei.«

»Da irrst du dich, mon ami. Selbstverständlich ist er nicht vorbei. Genau davon rede ich doch. Man nennt das so harmlos den ›Krieg der Worte‹. Aber es sind genau diese Worte, die den echten Krieg auslösen. Wir befinden uns in einem Weltkrieg der Worte und überall auf dem Planeten lodern regionale Brandherde in allen Größenordnungen. Überall sprechen die Fäuste, weil die Worte ausgegangen sind.«

Maurice fährt hoch. »Du willst dich umbringen und das als die große Tat eines Entdeckers verkaufen. Wer oder was hat dich wahnsinnig gemacht? Bist du unbefriedigt? Brauchst du stärkere Drogen? Einen Psychiater?«

Jetzt bin ich es, der die Ebene wechselt. »Pass auf, ich bin zu niemandem so offen wie zu dir. Ok, ich hätte vielleicht die Augen nicht so weit aufmachen sollen, aber ich habe sie aufgemacht. Jetzt ist alles verraten und zerredet. Das Spiel mit dem Schein funktioniert nur, solange es nicht durchschaut ist.«

»Ich schulde dir etwas, nicht wahr?«, fragt er sarkastisch, »deshalb hast du die alte Geschichte erwähnt.«

»Das kommt mir entgegen, aber deshalb frage ich dich nicht. Ich frage dich, weil du es kannst und weil du mehr vom Leben weißt, als alle anderen, die es auch könnten.«

»Ich sollte dich erschießen.«

»Kommt dir nicht bekannt vor, wovon ich rede? Du hast doch längst verstanden, dass zwischen deinen Kashba-Patienten und mir nicht viel Unterschied ist. Du hast vorhin selbst gesagt, dass nichts so schlimm ist wie der Verlust der Identität.«

»Wer hätte das gedacht?«, sagt er die Luft ausstoßend. Er dreht sich zur Seite, stützt sich auf einen Ellbogen, zündet sich eine weitere von Achmeds Zigaretten an, bläst den Rauch in die Luft, ohne ihn inhaliert zu haben und legt den Kopf schief. Er zieht erneut an der Zigarette, nimmt sie aus dem Mund, betrachtet sie prüfend, als funktioniere sie nicht richtig und bläst den Rauch auf die Glut, die jetzt hell aufleuchtet.

»Ich glaube an gar nichts«, sagt er, wieder ruhiger, »ich meine, religiös und so. Ich kenne auch die Schriften nicht. Aber sie drücken dir doch schon in der Grundschule hinein, dass der Turmbau zu Babel ein Gleichnis für den Versuch der Menschen ist, mithilfe der Sprache in das Reich Gottes vorzudringen, wo sie nichts verloren haben, weil es ihnen nicht gehört und weil der Besitzer es nicht leiden kann, wenn jemand kommt. Die Menschen benützen die Sprache als Steigeisen oder als Leiter oder Lift oder Rakete oder scheiß drauf was immer, um in den Himmel zu gelangen, ohne eingeladen zu sein. Und weil Gott sich aber in seiner Hoheit bedroht fühlt, zerschmettert er ihnen die Leiter. Die Sprache zersplittert in Tausende Sprachen, sodass alle verwirrt sind und keiner mehr etwas versteht. Das bedeutet also, dass Sprachenvielfalt Kommunikation verhindern soll. Wenn das so ist, dann ist das alles gottgewollt und kein Defekt. Oder?«

»So ist es. Aber nur dann, wenn es den Gott gibt, den die Gott-Erklärer beschreiben. Dann ist Gott selbst es, der die Menschen in die Irre führt. Dann ist die Geschichte vom Turmbau zu Babel höchstselbst ein Werk der Irreführung durch Sprache. Die Sprachverwirrung ist unecht, sie ist eine List Gottes, sich die Menschen vom Leib zu halten. Göttliche Propaganda, systematische Falschinformation. Gott lügt, damit er seine Ruhe hat und ihm diese mühsamen Gestalten nicht zu nahe kommen. Er hat die Erb-Lüge als Waffe gegen sein eigenes Werk erfunden und eingesetzt. Der Allmächtige musste die Menschen täuschen, denn er ist ein Gott mit einem Selbstwertproblem, er hat ein Hoheitsproblem in seinem eigenen Himmelreich. Er ist eifersüchtig, herrschsüchtig, selbstsüchtig. Süchtig nach Lob, süchtig nach Ehre und Auszeichnung. Er will ununterbrochen gepriesen werden, er will die Brust voller Orden hängen haben, er ist narzisstisch und sadistisch. Er ist alles, was er den anderen als Sünde auslegt. Er fühlt sich erhoben, wenn seine eigene Kreation vor Selbsthass und Schuldbeladenheit auf die Knie sinkt und darum bittet, ewig zu brennen. Er, Gott, ist eine sehr unfertige, sehr ungöttliche, unmenschliche Persönlichkeit, die keinerlei Größe hat. Er ist kein Gott, er ist eine schlechte Erfindung.«

Ich verschnaufe. »Es ist ganz klar: Die Lüge vom Turmbau zu Babel stammt nicht von Gott, sondern von den Gott-Erklärern, die sich als seine Stellvertreter ausweisen. Die sind es, die sich zu Recht bedroht fühlen und zu Recht um ihren Einfluss fürchten, sollte Sprache richtig funktionieren. Denn nur von ihr, der richtig funktionierenden Sprache, geht alles Wissen und alle Macht aus.«

Ich verschnaufe wieder. Ich bekomme schlecht Luft und versuche durchzuatmen. »Ich sage dir etwas: Wenn der Himmel bewohnt ist, dann sicher nicht von einem allmächtigen Psychopathen.«

»Und jetzt kommt der Held, lässt sich zu einem Tier umoperieren und deckt auf, dass die Geschichte vom Turm in Babel ein böses Märchen ist.«

»Du verstehst noch immer nicht. Diese Sprache, die, wie du richtig sagst, Kommunikation verhindert, löst Gewalt aus, die niemand will und die niemand versteht. Glauben wir den religiösen Lügnern, die diesen Gott mit ihrer eigenen kranken Fantasie und nach ihrem eigenen Vorbild erfunden haben, dann bringt Gott selbst den Krieg in die Welt, nicht die Menschen. Dann ist er ein Idi Amin des Himmels, ein besinnungsloser Blutsäufer, der die Befreiung der Menschheit im Keim erstickt, der seine Menschenkinder im Wahn festhält, damit sie sich gegenseitig zerfleischen. Aber ich glaube diesen Unsinn nicht. Ich glaube, dass alles viel banaler und langweiliger ist und ganz normal nach herkömmlichen Naturgesetzen abläuft. Ich glaube, dass dieses Sprachenchaos die Folge eines einfachen technischen Defektes ist, den man nur eruieren muss. Es ist etwas Medizinisches und nichts Religiöses. Es geht um irgendeinen mechanischen oder genetischen oder was weiß ich welchen Scheißfehler, primitiv wie bei einem Auto, das rumpelt und stottert, aber alle glauben, dass es normal funktioniert, weil sie noch nie ein funktionierendes Auto gesehen und gehört haben. Gott hat mit Babel nichts zu tun. Gott interessiert sich nicht für Autopannen.«

»Du bist wahnsinnig, Autriche«, sagt er, »geh' schlafen.« Dann dreht er sich um und zieht sich die Decke über die Schulter.

Ich lasse ihn. Ich erhebe mich und verlasse das Haus. Die Morgenfinsternis ist still und leicht und kurz davor, sich zu verflüchtigen. Der Himmel im Osten grünt wie Moos, noch zu zart, um den schwarzen Raum zu färben. Das Drängen der Sterne weicht zurück. Die Natur ist erholt und bereit zum erneuten Aufbruch. Wenn wir reisen, denke ich, dann reisen wir nicht in die Ferne. Wir sind schon in der Ferne und reisen zurück nach Hause. Ich will meine Füße vertreten und gehe los. Aber schon an der nächsten Ecke lasse ich es wieder bleiben. Es ist zu finster und ich kann mit jedem Schritt an eine messerscharfe Felskante stoßen oder mit meinen billigen Sandalen auf Dornen treten, die wie rostige Nägel sind. Ich stehe da und rühre mich nicht und lausche lange.

Als ich wieder ins Haus trete, schläft Maurice zusammengerollt. Beißende Rauchschwaden und ein orange aufglühender Punkt zeigen an, dass Achmed bereits wach ist und bald sein Morgengebet sprechen wird. In der Küche, durch deren halb geöffnete Tür gelbes Licht dringt, werkt schon seine Frau und bald wird der Duft von frischem Brot durch das Haus ziehen. Achmed starrt ins Nichts. Er hat den Beschluss gefasst, etwas zu erledigen. Er werde jetzt gleich hinunter ins Dorf und warten, ob der eine von der Wasserbehörde auftauche, sagt er gespannt. Er werde ihn zur Rede stellen. Nachdrücklich klopft er mit dem Zeigefinger neben sich auf den Boden. Er werde damit drohen, zum Triumvirat zu gehen, wenn nicht bald das Wasser komme. Wütend zieht er an der Zigarette und ist entschlossen, sein Recht einzufordern.

Als ich wieder erwache, ist auch Maurice weg.

2

Ich nehme den Esel und gehe los. Vorne an der Ecke, von wo aus der Blick sich auf den Bauch des Hügels öffnet und dahinter ins Leere abhebt, in den Luftraum über dem Tal, setze ich mich auf seinen Rücken und er spaziert mit mir zwischen den Fels-Fladen und den eisenhaften Dornenbüschen über die Landschaft. Sein Kopf nickt im Rhythmus seiner Schritte. Er lässt ihn hängen, als würde er sich Sorgen machen. Doch seine scheinbar traurige Sanftheit entspricht nur dem Eselhaften an ihm und in Wahrheit ist ihm alles egal. Er mischt sich nicht ein, er kann ja für nichts etwas. Er ist gut und cr ist da, bedingungslos und verständnislos, als würde er blind darauf vertrauen, dass alles wieder eingerenkt sein werde wie seine holzigen Gelenke. Er gibt keinen Laut von sich. Er scheint explizit zu schweigen, als wolle er nichts Falsches sagen und damit die Dinge womöglich noch verschlimmern. Wenn ich absteige, weicht er nicht von meiner Seite. Er würde alles hinnehmen, was immer ich tun würde, jede Unart. Ich könnte ihn misshandeln, ohne seine Loyalität zu gefährden.

In seiner Ergebenheit ruht tiefe Unabhängigkeit. Er lässt sich zu nichts zwingen. Was er tut oder unterlässt, macht er in der Autonomie und Freiwilligkeit seiner Existenz als Esel und das scheint die Quelle seiner Persönlichkeit. Er trägt mich gern auf seinem Rücken, doch die Geschwindigkeit wählt er selbst. Für ihn gibt es kein Schnell und kein Schneller. Der einzige Gang, der ihm geläufig ist, ist der Spaziergang. Schritt für Schritt führt er meine Geschwindigkeit an die seine heran und Schritt für Schritt komme ich erneut bei ihm an. Ansonsten zeigt er sich unbeeindruckt und desinteressiert und hat nichts beizutragen.

Er biegt mit mir um einen Felsvorsprung, hinter dem sich tief unten das weite Tal zeigt. Braun und unaufgeräumt dehnt es sich bis an die Füße der Berge, deren Gipfel im Horizont schwimmen wie hinter unsichtbaren Flammen. In der Mitte des Tales liegt ein einsames Anwesen aus Lehmhütten, die die Farbe ihrer Umgebung haben und mit einer Steinschlichtung umzäunt sind. Ich verenge meine Augen und versuche auszumachen, ob es dort Lebenszeichen gibt, da entdecke ich ganz in meiner Nähe einen Mann, der im Schatten eines alten Arganbaumes auf seinem Esel sitzt. Ich erkenne ihn an seiner seitlich weghängenden Haltung. Er hat mich schon länger beobachtet und bewegt sich nicht, sondern blickt überlegen aus seinen Augenschlitzen, wie gelangweilt, mich wieder einmal dabei zu ertappen, etwas im Schilde zu führen, ohne ihn zu bemerken.

Meine Bedrücktheit erlischt. »Sallah!«, rufe ich, »du Terrorist! Da genießt du Allahs Schatten unter dem Baum und wer wird die Ziegen melken und sich um den armen, kranken König kümmern, wenn keine Steuern fließen?«

Sallah grinst politisch. »Komm in den Schatten, ich habe Zigaretten«, sagt er geheimnisvoll, als würde er einen Putsch planen, dabei aber die Annehmlichkeiten des Lebens nicht vergessen. Er hebt die Hand und ich nicke.

Früher, in seinen wilderen Jahren, war Sallah einer, der Sandvipern auflauerte, als wäre er die Sandviper und nicht sie. Und wenn sich diese giftigen Sprungfedern vor ihm in Sicherheit bringen wollten, hechtete er nach ihnen, packte sie am Genick und verkaufte sie an Leute, die ihr Gift und ihr Blut bei rituellen Handlungen vergossen.

Zum ersten Mal getroffen habe ich ihn an einem sonnigen Vormittag vor vielen Jahren im Souk von Essaouira, in einem stickig nach Wolle und Henna stinkenden Teppichladen, der in seiner eigenen dunklen Buntheit ertrank. Damals, als alles noch so echt und exotisch war, als Sallahs Schlangen noch den alten Riten dienten und noch lange nicht zu etwas herabgewürdigt waren, das man angstlüsternen Touristen um die Schultern hing, die sich gegen Bezahlung damit fotografieren ließen. Sallah war mit einem uralten Teppich zu dem Händler gekommen, um das Familienstück zum Verkauf anzubieten, als ich dazu stieß.

Ich war jugendlich verzaubert vom lärmenden Mittelalter auf den Straßen. Die grelle, frühlingshafte Februarluft war erfüllt von den im Wind verbogenen Schreien riesiger Möwen und vom hölzernen Gehämmer der Bootsbauer im Hafen. An der Ecke vor dem Teppichladen kauerte eine Bergberberin zwischen nachtgrünen Büscheln süßer Minze, symmetrisch angeordneten Häufchen halbgrüner Zwetschken und einigen Knollen Knoblauch und schien unter ihrem Hut zu schlafen. Entrückte Figuren, von denen speckige Fetzen ehemaliger Kleidung hingen, starrten aus milchig trüben Augen und hoben mahnend die Hände wie Propheten. Bizarr entstellte Krüppel standen dem Menschenstrom gegenüber und schienen den Grund für den Aufruhr nicht nachzuvollziehen, von dem es oben in den Bergen, woher sie kamen, keine Kunde gab. In ihre verkrusteten Hände fiel vereinzelt eine Münze. Am alten, mit Indigo getünchten Brunnen stand die Zeit still, obwohl es immer neue, kleine Kinder waren, die ihre Mütter beim Wasserholen umschwänzelten. Harzige, beißend scharfe Duftwolken von verbranntem Haschisch zogen von den Teehäusern heraus auf die Gassen und vermischten sich mit dem Duft heißer, brauner Brotfladen, die sich auf blauen Holzpulten stapelten. Von den blechernen Lautsprechern der Moscheen hallten die überdehnten Klagen der Prediger über den Marktlärm hin.

Sallah saß neben seinem aus den Bergen mitgebrachten Teppich am Boden und sah mich mit schweigender Belustigung von der Seite an.

Ich lächelte weltgewandt. Die Situation schien mir passend, meine neue Kiff-Pfeife herauszuholen und zu stopfen, denn der Teppichladenbesitzer hatte auch mir ein Gläschen Tee serviert.

»Which country? Ah! Autriche! Nemsa! Bruno Kreisky? I love you!«, brüllte er, küsste seine zu einem Punkt zusammengeführten Fingerspitzen und spreizte sie mit einer wegstoßenden Bewegung.

»Weißt du, was ein fliegender Teppich ist?«, fragte Sallah.

»Ja sicher«, sagte ich gepresst, während ich eine riesige Rauchwolke aus dem Mund ließ und ihm die Pfeife reichte. Er nahm sie, zog kurz daran und legte sie zur Seite, als hätte sie nicht funktioniert.

»Aha«, sagte er. Er fixierte mich. Unter der übergroßen, hochgeklappten Kapuze seiner Kutte glänzte ein kaltes Lauern in der Dunkelheit. Er zeigte achtlos auf seinen Teppich, der als Knäuel vor ihm lag.

»Möchtest du fliegen?«

»Ja sicher«, sagte ich. »Wie viele können da mitfliegen?«

Sein ohnehin ruhiges Wesen war völlig zum Stillstand gekommen. Die Reglosigkeit, die ihn umgab, kam sonst nur bei satten Wildtieren vor. Meine Witzelei wurde vom Raum verschluckt. »Setz dich drauf«, sagte er.

»Und der fliegt?«, verlangte ich eine Bestätigung. »Ja. Schon. Oder?«

Er wartete.

»Oder?«, wiederholte ich, »Ich meine echt, mit solchen Vorstellungen habe ich überhaupt kein Problem.«

»Setz dich drauf«, sagte Sallah und alles an ihm war Stillstand.

Draußen lärmte das Mittelalter. Drinnen im Halbdunkel stank fettige, gefärbte Wolle und durch mein Hirn zog ein bunter Kaugummi gedehnter Zeit. Dieser Kapuzenmann aus den Bergen hatte mich zu etwas aufgefordert und jetzt wartete er. Er rührte sich nicht mehr. Er hielt sich vollkommen heraus und ließ mich mit meiner Entscheidung alleine. Der Teppichhändler schien ein bisschen nervös geworden, blickte zu Boden, räumte herum und brachte die Teegläser auf dem winzigen Tisch in irgendeine andere Konstellation. Ich war nicht sicher, ob sein Wegschauen ein heimliches Schmunzeln verbarg. Sallah selbst schmunzelte sicher nicht, er wartete.

Na jedenfalls, um das abzukürzen, machte Sallah mich, das Weltenbummler-Großmaul, mit seiner Sicherheit so unsicher, dass ich es letztlich nicht wagte, mich auf seinen Teppich zu setzen. Danach war ich über Jahre tief bestürzt, eine solche Gelegenheit ausgelassen zu haben.

Mein Esel hält im Schatten des Baumes bei Sallahs Esel und nun lassen sie ihre Köpfe in gemeinsamem Desinteresse hängen. Mein Teppichfluglehrer von damals ist uralt geworden, doch seine Augen nicht.

Und er raucht noch immer. Gierig und tief wie eh und je saugt er die schwarzgrauen Verbrennungsgase filterloser Ducados in seine alte Lunge. Er reicht mir eine, aber ich habe längst die kulturelle Selbstsicherheit erlangt, dankend abzulehnen, ohne dass es falsch rüberkommt.

»Wie sieht es mit dem Wasser aus hier oben?«, frage ich, wissend, dass es schlecht aussieht, aber ich möchte wie ein einheimischer Bergbewohner mit dem Wichtigsten beginnen. Er nickt passiv. Er steht drüber oder er hat aufgegeben. Der Schlangenfänger und Rebell in ihm ist verschwunden und er hat aufgehört, mit nichtsahnender Miene vieldeutige Fragen zu stellen und dann subversiv zu grinsen. Er verzichtet auf Begrüßungszeremonien und lange Einleitungen. Er tut, als hätten wir uns gestern zuletzt gesehen.

»Meister«, sage ich und er lächelt, »du hast mir das Fliegen beigebracht. Könntest du mir auch das Schweigen beibringen? Aber ich meine etwas anderes, als den Mund zu halten.«

»Ich weiß, was du meinst.«

»Glaubst du, man kann das Hirn zum Schweigen bringen?«

»Was kann dein Hirn dafür?«

»Wenn mein Mund schweigt, redet mein Hirn weiter. Es tritt keine Stille ein, im Gegenteil, der Lärm wird immer lauter.«

Er mustert mich horchend. Er zieht an seinem Zigarettenstummel, den er mit spitzen Fingern seitlich an die Lippen hält, um sich nicht zu verbrennen. Dann lässt er ihn achtlos fallen und scheint zu überlegen und einzuordnen, was er da hört. »Dein Herz ist schwer. Dein Lachen ist verschwunden. Was ist mit dir?«

Mir fällt nichts ein. Auch kein Witz über den König.

»Du hast Angst«, sagt er.

»Ich habe zu viel geredet.«

Er seufzt wie ein Großvater, stützt seine gestreckten Arme auf den Nacken seines Esels und streckt sein Kreuz. Er blickt aus dem Baumschatten hinaus in das reine Blau, das sich schon jetzt anschickt, dünner zu werden, weil die Hitze steigt. »Als ich ein Kind war, ging ich mit meinen Eltern durch die Wüste. Zagora, Tamanrasset, Timbuktu. Mit dem Salz. Mit der Karawane.«

Er zeichnet mit der flachen Hand einen Zick-Zack-Kurs in die Luft, um die Route der Karawane zu beschreiben. »Meine Mutter hat mir oft ein Stück Ziegenhaut oder Kamelhaut in den Mund gesteckt. Das war trockene Haut, die an den Kanten scharf war wie ein Messer, und wenn ich den Mund aufmachte, tat es weh.«

»Sie hat dich zum Schweigen erzogen?«

»Sie hat gesagt, sprechen ist wie Gift. In kleinen Mengen im richtigen Augenblick kann es dich heilen. Zuviel davon kann dich töten. Wenn du es ständig nimmst, macht es zumindest unglücklich. Sie wollte, dass wir Kinder nur dann reden, wenn es wichtig war.«

»Ja«, sage ich.

»Verschwendung macht leer, alles verliert seinen Geschmack und seinen Sinn und man wünscht sich zurück, wo man vorher war.«

»Ja.«

»Es ist wie mit dem Essen«, sagt er, »nur wenn du es gewohnt bist, wenig zu essen, wirst du auch in der Not genug haben. Viel essen legt keinen Vorrat an. Es macht schwach.«

»War deine Mutter eine Blaue?«, frage ich.

»Ja. Sie war schön. Groß und ernst und wenn sie lachte, leuchtete sie.«

»Was war dann?«

Er zündet sich die nächste Zigarette an. Das ist umständlich, die Streichhölzer sind von minderer Qualität, brechen ab oder ihr Schwefelkopf entzündet sich einseitig und wenn die Flamme kommt, ist der Wind da und die Flamme wieder weg. Dann zieht er hastig, doch es raucht nicht. Aber jetzt hat es geklappt und er saugt die Abgase gierig in sich hinein. »Irgendwann war sie verschwunden. Sie haben sie verschleppt. Sie war eine Heilerin. Sie war mächtig. Die Leute sind vor ihr gesessen, Männer, Frauen, alte, junge, sogar Prediger, und alle haben ihr mit glänzenden Augen gelauscht. Für die Franzosen waren solche Leute gefährlich. Auch für die Spanier. Deshalb haben sie alle umgebracht, damit sie an ihre Anhänger herankamen.«

»Sie haben deine Mutter umgebracht?«

»Sie haben sie verschleppt und ich habe sie nie wieder gesehen.« Er wendet sein Gesicht ab, wie um es zu verstecken.

»Aber sie haben dein Volk nie unterworfen«, sage ich.

»Nein. Das hat niemand.« Sallah hebt den Kopf und blickt geradeaus über das Tal auf die Berge dahinter. »Die Franzosen nicht, die Spanier nicht, die Araber nicht, der König nicht. Niemand.«

»Es muss lange her sein.«

»Meine Mutter sagte, die Sprache ist ein wildes Tier. Es hat sich in deinem Kopf eingenistet. Wenn du es beherrschen willst, musst du selbst ruhig werden. Um es zu beherrschen, musst du es freilassen.«

Mein Mund öffnet sich und bleibt offen: Eine hochgewachsene Wüsten-Heilige in wehenden Tüchern mit nachtblauen Tätowierungen und dunklen, silbrig glänzenden Augen hatte dasselbe erzählt wie die kühnsten Linguisten der Welt? Ich sage: »Das ist aber mehr als interessant. Ich kenne einen berühmten Sprachwissenschaftler von der Universität in Chicago, der dasselbe sagt. Ich meine, ich kenne ihn nicht persönlich, wir haben uns gegenseitig geschrieben. Er sagt, die Sprache ist wie ein Lebewesen. Sie lebt in deinem Kopf und benützt ihn als Wirt. Sie funktioniert wie ein Viren-Stamm. Sie breitet sich aus, wenn sie kann, sie überwuchert andere Sprachen wie Unkraut. Sie ernährt sich gleichsam von anderen Sprachen, um selbst zu wachsen.«

Sallah leuchtet auf. Das war ein Zeichen von seiner Mutter, überbracht von der hohen Wissenschaft. Sie lebt. Ihre großen, wie Fenster glänzenden Augen lächeln im Himmel. Sallah sieht das Wissen seiner großen Mutter akademisch bestätigt, während ich das akademische Wissen durch seine Mutter bestätigt sehe.

Ein trockenes Schleifen ist zu hören, als der alte Sallah sich mit dem ledrigen Rücken seiner Hand die Tränen aus dem gegerbten Gesicht wischt. Er blickt mit großen, gehorsamen Augen in den Himmel. Aufmerksam nickend scheint er zuzuhören, nickt noch einmal tapfer und heftig, schluckt, presst die Lippen zusammen, schüttelt langsam den Kopf, wischt sich noch einmal mit dem Schleifgeräusch Tränen aus dem Gesicht, senkt seinen Kopf, zündet sich eine stinkende Zigarette an und saugt den Rauch tief in seine Lungen.

3

Als ich am Nachmittag neben dem Esel hergehend zurückkehre und mich von hinten dem Haus nähere, wo sich die Dorfstraße zwischen Arganbäumen, Felsplatten und dem Friedhof hindurchschlingt, kommt Achmed mit seinem Moped von hinten heran und zieht mit einer Staubwolke im Gespann an mir vorbei auf das Haus zu, ohne zu halten. Er streckt nur achtlos die Hand zur Seite, um einen Gruß anzudeuten. Seit ich ihm gestern etwas mehr Geld gegeben habe, zum Einkaufen und um vielleicht einen Tankwagen mit Wasser für den Speicher im Haus zu holen, scheint er abgekühlt und ich denke, so behandelt er Touristen, von denen nichts mehr zu holen ist.

Ich betrete das Haus. Maurice ist wieder da. Er blickt von einem Buch auf, klappt es zu und legt es weg. Auch er hat sich verändert. Seine selige Faulheit und sein weiches Grinsen sind verschwunden. Er tut dienstlich und kurz angebunden und er blickt an meinen Augen vorbei, als müsse er etwas beobachten, das hinter mir liegt. Als er sieht, dass ich sein Verhalten bemerke, zwingt er sich, mich anzusehen.

»Hast du geschlafen?«, fragt er.

»Ja«, sage ich, »und du? Warst du unterwegs?«

»Ja.« Mit forschen Bewegungen ordnet er seine wenigen, am Boden liegenden Unterlagen und verstaut sie mit dem Buch in seiner Tragetasche. »Hat sich etwas geändert?«

»Was soll sich ändern?« Ich stehe da und gebe mich verdutzt, als wäre ich vom Einkaufen zurückgekehrt und hätte keine Ahnung, was sich in meiner Abwesenheit hätte verändern sollen.

»Du hast es ernst gemeint, oder?«

»Das weißt du doch«, sage ich.

»Ich habe nachgedacht. Pass auf, wir werden nicht lange fackeln, ok? Wenn es wirklich dein Ernst ist und wenn es dein Ernst bleibt, dann werden wir nachdenken, wie wir dir helfen können. Ich bin dir etwas schuldig. Deshalb sollst du haben, was du verlangst, wenn du es wirklich willst.«

Ich gebe mich noch immer überrascht, als verstünde ich nicht, warum alle so seltsam sind. Aber ich sage nichts. Ist das nun ein Manöver von Maurice, mir von hinten zu kommen? Oder ist er tatsächlich bereit? Habe ich ihn überzeugt und jetzt kommt real auf mich zu, was ich mir in meiner Fantasie zusammengebastelt habe? Er hat es Hunderte Male gemacht. Für ihn ist das nichts. Mir bricht der Schweiß durch die Poren, Hitze steigt durch meinen Körper und staut sich in meinem Kopf.

»Das ist wie eine Hinrichtung«, sagt er, »das ist schlimmer als eine Hinrichtung. Wir töten nur den Menschen in dir ab, aber nicht das Tier. Du wirst zu einem Tier, das nicht einmal heulen kann, geschweige denn jagen.« Er hantiert an seiner Tasche herum. »Und auf diese Weise willst du die Ursachen erforschen, warum die Menschen sich nicht verstehen?«

Also doch. Er versucht es noch immer. Ich müsste jetzt nur sagen, »Nein, Maurice, natürlich nicht, du hast ja recht«, und alles wäre abgeblasen. Aber ich schlage wie automatisch zurück. »Hast du deine Kindersoldaten auch gefragt, ob sie nicht lieber in die Schule gehen und ein Vogelhäuschen basteln wollen, als sich von dir das Hirn zerschneiden zu lassen?«

Er hält inne und blickt mich mit gedankenschwerer Bitterkeit an. Er beißt sich auf die Unterlippe und nickt langsam in sich hinein. Er hat abgeschlossen. Ich habe ihn verloren. Er muss nur noch etwas begleichen.

Auch ich bin aufgebrochen. Ich habe mich auf eine Schiene gestellt, die kein Abbiegen mehr zulässt und ich nehme langsam Fahrt auf. Mein Körper beginnt sich zu sträuben, doch das ist nur die Biologie und darauf bin ich vorbereitet. Das sind Reflexe, die ich übergehen muss. Der Körper klammert sich an seine Funktionsfähigkeit und kann nicht wissen, dass es große Lösungen gibt, die hinter scheinbar widersinnigen Maßnahmen liegen. Panzerbrechende Munition herausholen und das Hirn hinausblasen – nur der Straßenkehrer hatte das verstanden.

In Achmeds Haus ist es fremdartig still geworden. Nur der Achtjährige huscht manchmal plötzlich und schattenhaft wie eine Eidechse durch das Bild, um gleich wieder in einem Versteck zu verschwinden. Rkhia lässt sich nicht blicken, die größeren Kinder sind ohnehin weg. Achmed schweigt und scheint zu warten. Maurice will wissen, wie mein Plan aussieht und was danach kommen soll. Er gehe nicht davon aus, dass ich erwartete, hier von Achmeds Familie für den Rest meines Lebens Tag und Nacht betreut zu werden. »Natürlich nicht«, sage ich, aber daran habe ich noch gar nicht gedacht. Ich habe mit keinem Gedanken überlegt, was genau nach dem Eingriff passieren soll, ganz abgesehen von der Unmöglichkeit, einzuschätzen, wie das Ergebnis überhaupt aussieht. Immerhin würde es einen Körper aus Fleisch und Blut geben, der sich in einem schwierigen postoperativen Zustand befindet und weder heulen noch jagen kann.

Maurice sieht, dass ich unvorbereitet bin und erst zu überlegen beginne. »Ok«, sagt er, »ich würde vorschlagen, dass wir dich danach unten an der Küste irgendwo aussetzen. Man wird dich finden, man wird deine Papiere finden. Wir könnten auch der Behörde oder der österreichischen Botschaft einen Hinweis zukommen lassen, dass du da unten sitzt und nicht einmal weißt, dass du dort sitzt. Was sagst du dazu? Ist dir das so recht?«

»Ja«, sage ich. Was sollte ich auch sagen? Sie würden mich in der Nacht an den Strand setzen und darauf achten, nicht gesehen zu werden und keine Spuren zu hinterlassen. Dann sage ich: »Ach so, ich wusste ja nicht, ob das nicht in der Kashba gemacht werden soll.«

Maurice legt den Schalter doch noch einmal um: »Hast du in deinem verdammten Scheiß-Leben nichts Besseres zu tun? Wo ist der helle Kopf geblieben, der du einmal warst, der das Leben und die Welt in sich aufgesaugt hat? Wo ist dieser schräge Typ, der das Unvollständige respektiert und geliebt hat und daran gewachsen ist? Schau einmal in den Spiegel, was du siehst.« Er wirft seinen Kopf vorwurfsvoll nach oben, als wolle er zuschnappen und seine aufgerissenen

Augen zeigen die alte Strenge des Militärs, der mitten im Krieg ein Disziplinarverfahren abwickeln muss, um die Truppe nicht zu gefährden. Er wendet sich ruckartig von mir ab und macht zwei, drei energische Schritte Richtung Ausgang, hält an und dreht sich wieder mir zu. »Was siehst du? Du siehst einen verstiegenen, hirnverlorenen Spinner, der sich zu wichtig und seine gestörten Fantasien zu ernst nimmt. Einen lächerlichen Pseudo-Helden, der die Welt retten will, indem er den blöden Menschen die Dunkelheit verkündet. Na dann, gute Nacht. Gratuliere.« Er dreht sich weg und sofort wieder her: »Gibt es jemanden, der dich darin unterstützt? Ja? Gibt es jemanden? Was ist mit der Linguistin? Oder hast du es allen verschwiegen und dich davongeschlichen?«

Er drückt mich mit seinen Worten und Blicken nach hinten gegen die Wand, aber er verunsichert mich nicht. Ich blicke ihn schweigend an. Ich schweige demonstrativ, um ihm zu zeigen, wie er an mir abprallt.

Jetzt lässt Maurice wirklich los. Er entspannt sich und lächelt sogar. Er schenkt Tee ein und reicht mir sein Glas. Er kratzt sich am Kopf und mustert mich, als wolle er ansetzen, etwas Grundlegendes zu sagen.

Da durchströmt mich Verlorengeglaubtes. Vergilbte Bilder ziehen an meinem Geist vorbei und zeigen alte Sommertage mit jungen Menschen, denen der Wind Haarsträhnen in die grinsenden Gesichter weht. Abenteurer, die Witterung aufgenommen haben und sich übermütig auf den Weg ins Hier und Jetzt machen, ohne zu ahnen, dass sie längst da sind; grundlos zufrieden, alles wollend, aber von jeder Kleinigkeit begeistert, und die Welt leuchtet vor Energie.

Maurice spürt, dass ich jetzt nichts lieber tun würde, als wie damals die Füße von mir zu strecken, den Blick zum Himmel zu richten, an einem Joint zu ziehen und die Kunst des Lebens bei einem gemeinsamen Glas Wasser zu heiligen. Wie damals, als man sich in so vielen Sprachen verstand, obwohl man sie alle nicht beherrschte. Es reichten Brocken, die man mit Grimassen präzisierte und pantomimisch unterstrich. Man verstand sich mit fremdartigen Berg-Hirten und dreimal fremdartigen Wüsten-Nomaden, auch, wenn man gar nichts verstand, ja sogar, wenn man nicht einmal sprach, so, wie man sich mit einem Kamel oder einem großen Vogel darüber einig sein konnte, dass der Schatten, in dem man saß, das reinste Genussmittel war. Und wenn man tatsächlich gar nichts verstand, galt das nur als Beweis, dass man eben unterwegs war auf Reisen, wo gerade im Nichtverstehen die Kraft der Bildung lag. Was ist los, frage ich mich. Was ist passiert, dass ein paar Worte alles zerstören können, Worte, die sogar anders gemeint waren?

Maurice' Stimme holt mich zurück. Er redet ruhig und teilnahmslos über etwas Abgeschlossenes: »Du willst die anderen von deiner eigenen Gestörtheit befreien. Die Sprache ist nun einmal wie sie ist, aber du gibst ihr die Schuld daran, dass du mit dem Leben nicht zurechtkommst und denkst, es nicht gemeistert zu haben. Du willst die Menschheit von etwas heilen, woran nur du leidest.« Sein Gesicht zeigt keine Regung. »Unglaublich«, sagt er, »unglaublich, welchen Mist du redest. Welch gut klingenden Scheißdreck du redest. Mit Talent missbrauchst du deine Sprache, um dein Ego zu bedienen.«

»Mag sein«, sage ich, »ich sehe das nicht so regimetreu, sondern ein bisschen portugiesischer.«

»Wir haben nicht einmal ein Röntgenbild«, seufzt er. Er legt sich beide Handflächen auf den Kopf, »dabei wäre eine Magnetresonanztomografie nicht schlecht.«

Er greift nach seiner Umhängetasche, holt das Buch und den Packen Papier heraus und entfaltet einen Bogen, auf dem ein menschliches Gehirn abgebildet ist, dessen verschiedene Bereiche unterschiedlich eingefärbt sind. So ein Eingriff, eine Sprachherausschneidung, sei noch nie gemacht worden, sagt er. Die herkömmliche Lobotomie sei etwas völlig anderes. Sie fände gleich hinter der Stirn statt an einer Stelle, die über die Augenhöhle erreichbar sei. Er zeigt mit dem Kugelschreiber auf die Grafik, führt ihn zum OP-Bereich zwischen Thalamus und Frontlappen und kreist diesen ein. Ein langer Nagel und ein kleiner Hammer reichten für eine Lobotomierung.

»Aber wir machen etwas ganz anderes«, sagt er, »wir müssen ganz woanders hin, in ein Einsatzgebiet, das weiter weg und schwieriger zu erreichen ist, wenn überhaupt. Wir sprechen ja wahnsinnigerweise von einer Resektion des Broca-Areals. Und wir müssen ohne Navigation dorthin. Wer dirigiert denn das Messer, damit wir unterwegs nicht alles zerschneiden?«

Aber das sei noch lange nicht alles. »Das Broca-Zentrum ist, wenn überhaupt, nur für die Sprachproduktion zuständig, also für die Herstellung gezielter Lautketten durch Muskeln und Atemluft. Wenn man da hineinschneidet, sofern man das Areal trifft, kann es sein, dass du danach nur noch gedehnt und verwaschen daherlallst, aber keineswegs aus der Sprache ausgetreten im Tierreich angekommen bist, sondern einfach nur hirnverkrüppelt.«

Er fährt mit dem Kugelschreiber an den eingezeichneten Bereichsgrenzen der Hirn-Grafik entlang. »Wovon du redest, passiert eher seitlich im linken Schläfenlappen, hier im Wernicke-Areal.« Er kreist es mit dem Kuli ein. »Hier wird das Sprachverständnis abgewickelt, das heißt, hier werden Reizmuster aus den Sinnesorganen, also Gehörtes und Gesehenes, analysiert und in sinnmachende Inhalte übersetzt, primitiv ausgedrückt. Weil aber beide Areale mit Sicherheit zusammenarbeiten, müsste man beide zerstören. In beiden Fällen könnte es sein, dass das Sprachvermögen nur gestört ist, aber nicht völlig abgestellt.«

Er wirft achtlos sein Schreibgerät auf die Grafik und lehnt sich zurück.

»Eigentlich müsste man das gesamte Großhirn rausschneiden«, sagt er, »vielleicht müsste man dich zusätzlich zu den Resektionen zumindest noch lobotomieren, das heißt, man muss dir die Kabel durchtrennen, die ins Bewusstsein führen, damit alles abgefangen wird und weg ist oder besser gesagt gar nicht ankommt.«

In einem Punkt müsse er mir recht geben: »Wir agieren wie die Seefahrer im Mittelalter. Wie sie in See gestochen sind, stechen wir ins Hirn, ohne eine Ahnung zu haben, was wir hier eigentlich machen.«

Er blickt mich versöhnlich an. »Wir kennen das Hirn nicht. Es ist ein Irrglaube, dass die eine Windung für dies zuständig ist und die andere Windung für das. Unser wissenschaftliches Verständnis des Gehirnes ist weit über hundert Jahre alt. Damals haben sich die Forscher, genau wie du sagst, ihre Thesen aus ein paar primitiven Indizien zusammenfantasiert und sind davon ausgegangen, dass das Hirn wie ein Setzkasten ist, in dem jede Körperfunktion in einem bestimmten Abteil angesiedelt ist. Der linke Zeigefinger da, der rechte Daumen dort, hier die Sprache, dort die Gerüche. Aber das ist nur ein bisschen richtig. Diese Auffassung ändert sich mit den neuen Messtechniken. Es sieht immer mehr so aus, als würde in einem Hirn alles überall stattfinden. Nicht in lokalen Zentren, sondern in über das ganze Organ verbreiteten Netzwerken aus Milliarden Synapsen, Nervenzellen und Kabelverbindungen, die sich für Millisekunden synchronisieren, um bestimmte Aufgaben zu erledigen. Das Hirn besteht nicht aus Schlauch-Windungen, bei denen in jeder Kurve was anderes passiert. Jeder einzelne Kubikmillimeter dieser grauen Masse ist ein Kosmos aus Zigtausenden Sinneszellen Hunderter verschiedener Typen, Milliarden Anschlussstellen und Tausenden Terrabytes an Daten.«

Nach einer kurzen Wirkungspause unterstreicht er: »Und es gibt keine zwei gleichen Hirne. Ein Hirn ist wie das Gesicht eines Menschen. Jeder Mensch hat ein anderes Gesicht. Weißt du was? Und das Hirn ist kein Zustand, sondern ein Prozess. Verstehst du das? Es verändert sich ständig. Wir können nicht wissen, was passiert, wenn wir da hineinstechen. Am wahrscheinlichsten ist, dass nichts Gutes passiert.«

Ich schweige. Mir ist die Lust am Philosophieren abhandengekommen. Ich will jetzt nicht schon wieder damit beginnen, dass wir spiegelverkehrt denken sollten, um aus dem Labyrinth herauszufinden und so weiter. Und ich habe keine Lust mehr, darauf zu verweisen, dass die Sprache im Hirn auch umsiedeln könne und mein Schiff nach erfolgter Entdeckungsreise eines Tages zurückkehren würde. Ich bin müde.

Ich habe die Zweifel erwartet, die mich zu beschleichen beginnen, seit Maurice zugesagt hat. Und ich habe mir eine Strategie zurechtgelegt, die Angst im Keim zu ersticken. Ich habe mir gesagt: »Pass auf, bevor sie dich ans Kreuz nageln, wirst du Blut schwitzen. Um nicht davonzulaufen, brauchst du eine Abwehr. Du musst der Angst in den Rücken fallen. Du musst sie überwinden wie du eine Sucht überwindest, wie wenn du dir das Rauchen abgewöhnst. Du musst deinen Feind kennen. Und der ist nicht die Zigarette, sondern die Sucht. Die Sucht ist etwas Hochintelligentes und Trickreiches. Wenn die Lust auf eine Zigarette auftaucht, musst du sie als das erkennen, was sie ist: ein Suchtimpuls. Und du musst wissen, dass ein Impuls etwas ist, das nach wenigen Minuten wieder verschwindet. Die Sucht wird dich mit tiefen Gefühlen fluten. Sie sollen dich schwächen. Du wirst in Gefühlen der Sehnsucht, des Verlangens, der Traurigkeit, der Frustration und der Einsamkeit zu ertrinken drohen. Du wirst dich fühlen wie ein gepeinigtes Kind, doch du musst wissen, dass es nur Impulse der Sucht sind. Sie töten dich nicht, sondern verschwinden wieder. Das Mangelgefühl, das du durchleidest, ist keine Herzenswahrheit, sondern ein Suchtimpuls. Der Impuls von etwas, das dich töten will. Die Sucht will dich töten. Du musst sie zuerst töten.«

Ich habe mir gesagt: »Du brauchst ein Feindbild. Du musst die Sucht personifizieren. Du musst sie als lebenden Gegner betrachten, den du von hinten erledigen musst. Die Sucht ist böse und intelligent und versucht alles, dich zu schwächen und dann zu töten. Du musst schneller und gerissener sein. Du musst sie ermorden, bevor sie dich ermordet. Erster Schritt: Du musst ihre getarnten Angriffe als das erkennen, was sie sind. Die Sucht attackiert dich mit tiefenpsychologischen Tricks, mit körperlichem Heimweh, mit Selbstmitleid, mit tiefen Gefühlen der Sinnlosigkeit und Müdigkeit. Sie bedroht dich nicht mit einer Riesenzigarette und will dich brechen. Sie kommt von hinten und von innen. Sie bedrängt dich nicht, sie weicht dich auf. Sie hat etwas Satanisches. Sie beschleicht dich mit Verlockung. Sie winkt mit Tröstlichem. Plötzlich bist du friedlich und hast keine Lust mehr, Nichtraucher zu sein. Plötzlich gibt es keinen Grund mehr, auf Zigaretten zu verzichten. Plötzlich sagst du, so schädlich sind sie auch wieder nicht, mein Großvater hat siebzig Jahre lang geraucht. Plötzlich ist dein Vorsatz einfach verschwunden, wie gestohlen, nicht gebrochen, und die Bühne für den Rückfall ist frei. Die Sucht kommt dir freundschaftlich und macht dir vor, du würdest nicht einer Schwäche unterliegen, sondern von einer Nutzlosigkeit ablassen. Du musst das alles als Strategie einer Sucht erkennen, die alle Mittel einsetzt, dich für den Rückfall zu gewinnen. Du darfst das nicht vergessen, wenn sie dir dein Scheitern als Leistung deiner Intelligenz verkaufen will. Sie will deine Lust auf Schwäche stimulieren. In diesen Situationen brauchst du Abstand von dir selbst, um die Suchtimpulse als das zu erkennen, was sie sind.«

Das ist nicht blöd. Ich weiß, ich muss stark bleiben, um mich zu lösen. Ich muss gegen mein Verlangen vorgehen. Will ich irgendwann in meinem Leben etwas wirklich zu Ende bringen, dann muss ich mich gegen mich selbst durchsetzen und das geht nur in der Gegenwart und nicht in der aufgeschobenen Zukunft. Ich sage mir, ich muss ein verdammtes einziges Mal durchhalten. Ich will nicht immer alles aufschieben, nicht schon wieder zurücksinken und in der Erleichterung des Aufgebens neue Entschlossenheit heucheln für einen späteren Versuch.

So weit bin ich also gekommen. Vom harmlosen Wiener Medien-Infotainment-Alltag, wo ich mich ein bisschen über den wahlkämpfenden Kanzler lustig machen wollte, bin ich direkt auf die ewige Baustelle des Turmes zu Babel katapultiert. Ich habe alle Register gezogen, Maurice zu überreden. Er steht ja auch, nach seinem Verständnis, in meiner Schuld und das ist unter Typen seines Schlages mehr als ein Pathos. Sogar die Festigkeit in meiner Stimme schwindet.

Seit Maurice seinen Widerstand aufgegeben hat, vergleiche ich mich nicht mehr mit den großen, wilden Portugiesen, die Bäume fällten und Schiffe bauten für unbekanntes Neuland, das sich möglicherweise jenseits der brennenden Horizonte befand. Aber nicht einmal jetzt, wo das Ticket für die Reise ins Tierreich wirklich gelöst ist, frage ich mich, ob es nicht Zeit ist, aufzuwachen und nach Hause zu gehen. Genau dafür habe ich ja vorgebaut und es funktioniert. Jetzt enttarne ich jede natürliche Abwehrreaktion als Suchtimpuls. Ich bin schon unterwegs. Ich muss keine Schiffe mehr bauen. Ich segle nach innen.

Was soll ich sagen. Ich meine, ich möchte mir das alles als Stärke auslegen und auf meine Fahnen heften, aber ich bin selbst erstaunt, woher ich diese Sicherheit nehme, wirklich den Knopf zu drücken. Ich habe vieles nicht verstanden, während es ablief. Und ich habe mich die ganze Zeit nicht gewundert, obwohl ständig Dinge passierten, über die man sich vielleicht wundern hätte sollen. Ich habe mich ja nicht einmal gewundert, als ich damit begann, Vorkehrungen zu treffen, mir meinen eigenen Fluchtweg abzuschneiden, mich selbst in eine Falle zu begeben, damit es im letzten Augenblick kein Entkommen mehr gibt.

Ok, egal. Man muss nicht immer alles verstehen, solange es funktioniert. Verstehen sollte man vor allem, wenn etwas nicht funktioniert. Wie auch immer.

Achmed schneidet mich schon die ganze Zeit. In seinen aufgerissenen Augen ist Empörung. Er kann sich nicht entscheiden, ob er meine Pläne für einen Lausbubenstreich halten kann, wogegen vielleicht schon ein ganz normaler Wutausbruch helfen würde. Doch ein staunendes Unverständnis hält ihn reserviert und er schweigt lauernd, während nur seine Augen herumbrüllen.

Die Dinge nehmen ihren Lauf. »Wie du meinst, Autriche, mon ami«, sagt Maurice. »Dann rufen wir hiermit ausnahmsweise und vorübergehend den Kriegszustand aus, damit wir das alles auch dürfen, was wir hier machen. So wie die Moslems im Freudenhaus ihre Huren schnell für eine Nacht heiraten.« Er blickt mich an, schüttelt den Kopf und schmunzelt: »Du bist ein cooler Typ. Ich mag dich.«

Ich lächle steif und sage nichts. Maurice erklärt, er werde jetzt einige Tage verschwinden, um Vorbereitungen zu treffen und notwendige Utensilien aufzutreiben. Er müsse sich Klarheit über die Vorgangsweise bei der Operation verschaffen und mit einem vertrauten Kollegen sprechen. »Wenn ich wieder da bin und du noch immer darauf bestehst, im Krieg der Sprachen zu fallen, dann sollst du fallen, mein Märtyrer der treffenden Worte.«

Von da an ist Maurice wieder ganz der Alte, gewinnend wie eh und je. Und er hat sogar diesen ruhigen Onkel-Doktor-Ton: »Mach dir keine Sorgen, mon ami. Wir machen das schon. Du hast dir natürlich den Besten ausgesucht, du bist ja nicht blöd, sondern nur wahnsinnig.«

Maurice kramt in seiner Tasche, holt Papier und Schreibzeug heraus und ist zurück in seiner alten professionellen Geschäftigkeit, die ihn um zehn oder zwanzig Jahre jünger macht. Ohne den Blick von seinen Unterlagen zu heben sagt er, man werde sehen, aber man könne es hier in der Kammer machen.

Ich frage: »Hier im Zimmer?«

»Ja, es dauert nicht lange, vielleicht eine Stunde. Aber zuerst müssen wir genau wissen, was wir machen. Wir brauchen einen Operations-Plan. Und passendes Werkzeug.«

»Was braucht man dazu?«

»MAN«, buchstabiert Maurice übertrieben betonend, »braucht gar nichts. Niemand macht sowas, nur ich. ICH brauche etwas. Ich. Wir müssen ein Werkzeug erfinden, konstruieren, basteln, zurechtbiegen. Denn die Medizintechnik hat sowas nicht im Angebot. Ist kein Geschäft. Niemand zerstört Sprachzentren. Wir müssen ein Gestell zusammenzimmern wie Bauarbeiter, die an eine Dachrinne ranmüssen.«

Er greift nach meinem Kopf, dreht ihn schräg zur Seite und erläutert, wie es ablaufen könnte, sein erst zu konstruierendes Messer-Werkzeug präzise an die Operationsstelle heranzuführen, ohne unterwegs schwere Verletzungen zu verursachen. Er fixiert meinen schräggelegten Kopf mit der linken Hand und deutet mit den Fingern der rechten an, was passieren sollte. Im Vortragston erklärt er: »Öffnen der Haut und Schnitt durch den Kaumuskel neben der Schläfe.« Er macht mit der flachen Rechten eine Hackbewegung wie bei einem Karate-Hieb.

»Dann ein Loch durch den Schädel bohren, großzügig, damit wir gut zur Hirnrinde kommen. Die ist sehr zäh«, er schüttelt mit der Faust, »deshalb muss das Loch groß genug sein, damit wir die Rinde halbwegs bequem aufschneiden können, um zur Hirnmasse zu gelangen und letztlich zu unserem Traum-Ziel an der Sylvischen Furche.« Er weist mit dem Zeigefinger auf die Stelle und nickt: »Hier. Die dritte linke Stirnwindung. Das Broca-Areal.«

Er lässt die Hände sinken und mein Kopf richtet sich auf.

»Wir haben nichts«, sagt Maurice, »keine bipolaren Pinzetten, keine Säge, nichts. Nicht einmal Tupfer und so Zeug. Von einem Absauggerät ganz zu schweigen. Ich weiß nicht, wieviel Hirnflüssigkeit du verlieren wirst. Wir brauchen irgendeine desinfizierende Flüssigkeit, sonst können wir den Schädel nicht richtig aufsägen, weil wir das herausgesägte Stück nicht so lange aufbewahren können.« Maurice bedeckt seine Lippen mit gestreckten Fingern und denkt nach. »Naja, das ginge auch mit einer Kochsalzlösung. Vielleicht können wir im Hospital Mohammed V. unter einem Vorwand ein Kopfröntgen machen. Aber wozu eigentlich? Wäre auch zu riskant.«

Ich verstehe. Die Navigation zur OP-Stelle ist ein großes Problem. Ins Schädelinnere gelange er am einfachsten über eine Augenhöhle, sagt er, aber wie solle er das Skalpell von da aus zielsicher zum Broca-Zentrum manövrieren, wenn er nicht wisse, wo sich das Messer gerade befinde und wie er es führen müsse? Er fischt nach einem Zettel und dem Kugelschreiber und beginnt eine Skizze zu zeichnen. Er ist auf eine Idee gekommen, die nur von einem typisch marokkanischen Bastler stammen kann, der mit kreativen Tricks aus einem Stück Abfall etwas überraschend Zweckmäßiges zaubert. Maurice spielt mit dem Gedanken, ein Stück Stahldraht so zu biegen, dass es den exakten Routenverlauf vom Auge zur Operationsstelle nachbildet. Das Instrument soll außen am Kopf angemessen werden. Dazu benötigt er einen Stahldraht von gut einem halben Meter Länge, der von meinem Auge ausgehend an der Innenseite des Schädels nach links führen, dann zur Schläfe hin abbiegen und links oberhalb einige Zentimeter ins Innere des Organs vordringen soll. Die auf diese Weise in das Zielgebiet manövrierte Spitze des Drahtes müsse flachgemacht und beidseitig geschärft sein wie ein Messer.

In theatralisch militärischem Ton macht Maurice Meldung über den Einsatzplan: »Sollte alles funktionieren, könnten wir wie folgt vorgehen: Das Augenlid anheben und abspreizen. Den Draht über dem Augapfel einführen und an der dahinterliegenden Knochenwand ansetzen. Durch einen Schlag mit einem harten Gegenstand wie etwa dem Stein, den Achmeds Frau zum Öffnen von Argankernen verwendet, die Knochenwand durchstoßen. Da diese Wand relativ dünn ist, reicht ein leichter Schlag.« Er ist wieder gut drauf. Er salutiert und bellt: »Antreten!«

Jetzt, wo die Knochenwand durchstoßen sei, müsse er den Routen-Draht so drehen, dass er nach links kippe. Dann müsse er ihn nach rechts manövrieren, damit die Spitze, die sich nun in Schläfengegend befinden sollte, die vorgebogene Kurve nach links oben ins Organinnere nehme, sodass der Draht am Ende ganz im Kopf versenkt sei und nur noch der Griff unter dem hochgeklemmten Augenlid herausschaue. Sitze das Instrument richtig, sollte sich seine Klinge am Broca-Areal befinden und müsse nur noch auf und ab bewegt werden.

Ich weiß nicht, ob er das ernst meint oder ob es ein letzter Versuch ist, mich einzuschüchtern. Es klingt jedenfalls nach Wüstenkriegs-Chirurgie und ich habe weder Kraft noch Lust, ihn zu hinterfragen. Aber er meint es ernst. Er sagt: »Pass auf. Das ist noch nichts Beschlossenes. Alles kann sich ändern. Wir werden sehen. Ok?«

Maurice atmet lange aus und blickt mir mit großer Offenheit in die Augen: »Hör zu, Autriche, noch etwas. Das alles sollte am besten im Wachzustand ablaufen. Ich gebe dir eine lokale Anästhesie wegen der Schnitte in den Muskel und so weiter, die Gehirnmasse selbst ist nicht schmerzempfindlich.«

Er macht eine Pause, als hätte er den Faden verloren. Dann sagt er: »Ja, du sollst wach sein, weil du mir helfen musst. Du musst während der Operation bei vollem Bewusstsein bleiben, damit ich laufend überprüfen kann, was mit deinem Sprachvermögen passiert, während ich aus deiner Sylvischen Furche Geschnetzeltes mache. Ich werde dir laufend Fragen stellen, um zu sehen, ob du noch funktionierst. Wenn du zu stocken beginnst, sind wir auf dem richtigen Weg. Dann muss ich noch weiter herumstochern, bis du ganz aufhörst, auf meine Fragen zu reagieren. Damit wäre das Sprachzentrum zum Erliegen gebracht. Dann ist die Operation schon fast beendet, ich muss nur noch das Eisen mit derselben Präzision wieder herausziehen, wie ich es eingeführt habe.« Und derselbe Eingriff müsse mit einem weiteren maßgeschneiderten Navigations-Skalpell im Wernicke-Areal am linken Temporallappen nahe am akustischen Zentrum vorgenommen werden.

Ich denke an meinen Vater. An meine Großmutter. Ich sehe sie als sechzehnjähriges Mädchen bei der Engelmacherin in Eppan, wo mein Vater mit einem sehr ähnlichen Eingriff abgetrieben werden sollte. Ich denke an die Donnerstagsrunde, von der ich aufgebrochen war, um hier zu landen. Ich denke an das Schulheft mit der Hominidin, in das ich schreiben wollte, wer ich war, aber nie ein Wort geschrieben hatte.

Maurice spaziert im Hof auf und ab. »Es gibt Fälle«, sagt er halb zu sich selbst, »in denen die Sprach-Zentren durch Unfallverletzungen geschädigt wurden. Sie zeigten unterschiedliche Symptome, wenn auch manche Symptome bei allen gleich waren. Aber das waren sozusagen ungenaue Verletzungen, die zufällig passierten. Wir werden versuchen, ganze Arbeit zu leisten. Wenn du es überlebst, was ich glaube, und wenn dabei keine anderen Funktionen geschädigt werden, was ich hoffe, dann wirst du keine Sprache mehr haben.«

Er bleibt stehen und blickt zu Boden. Die beiden älteren Buben kommen von der Arbeit und Achmeds Frau nimmt sie gleich zur Seite.

»Du wirst dich nicht einmal wundern, was um dich herum passiert«, sagt Maurice. »Du wirst dir zu nichts mehr etwas denken, du wirst nichts verstehen und nicht einmal merken, dass es hier etwas zu verstehen gäbe. Du wirst nichts sagen wollen, weil du nichts begreifst, was du sagen könntest und sagen wollen könntest. Deine Eindrücke werden keine Gedanken mehr auslösen. Und solange du dich nicht im Spiegel siehst, wirst du keine Ahnung davon haben, wem die Hände gehören, die du da drehst und betrachtest. Dir wird nicht gegenwärtig sein, dass es dich gibt. Und wenn du dich doch im Spiegel siehst, wirst du verständnislose Neugier zeigen und fragend dreinschauen, aber du wirst keine Idee haben, was dieses Bild bedeuten könnte. Überlege es dir noch ein allerletztes Mal, Autriche, solange du noch deine kaputte Sprache hast, mon ami.«

Nachdenkend wandert er auf und ab wie ein Häftling, der seine Zelle von einer Wand zur anderen mit wenigen gierigen Schritten durchmisst, schwungvoll kehrt macht und in die Gegenrichtung sticht. Er bleibt stehen, hebt den Kopf, legt seinen gestreckten Zeigefinger senkrecht auf den Mund, als würde er sich selbst bedeuten, still zu sein, und präsentiert das Ergebnis seiner Nachdenkpause: »Wenn wir uns doch nicht für den gebogenen Draht entscheiden, dann bohren wir. Den Broca-Lappen erreichen wir über die Augenhöhle, aber zum Wernicke-Areal sollten wir vielleicht besser an Ort und Stelle durch den Schädelknochen. Normalerweise müsste man ein bequem großes Stück heraussägen und wie einen Deckel abnehmen. Dann kann man die feste Hirnhaut aufmachen, um zur Windung zu kommen. Aber dazu brauche ich anderes Werkzeug. Ich muss vielleicht in die Kashba, um etwas zu holen. Ich könnte mir auch von einem Kollegen in Laâyoune etwas ausleihen. Ich möchte ohnehin mit ihm reden. Ich habe lange nicht mehr operiert, verstehst du?«

Ich will etwas sagen, aber mir fällt nichts ein. Maurice ist ein Krieger. Er liest mir meine Gedanken von den Augen ab und hebt die Hand: »Ist schon gut. Ich betrachte es als Kriegshandlung. Mach dir keine Gedanken, ich spüre nichts. Ich habe Hunderte Menschen getötet. Sozusagen. Ich habe sie neben sich selbst auf einem toten Gleis abgestellt. Das waren andere Fälle, aber nicht ganz andere. Das gebe ich zu.«

Er schweigt und hängt seinen Gedanken nach. Dann zuckt sein Kopf hoch: »Kein Problem. Also auf zu einem chirurgischen Kriegs-Akt. Wir greifen an, stürmen deinen Kopf, verwüsten die Unterkünfte deiner Nachrichtensysteme, vertreiben sie aus ihren Territorien und hoffen, dass du sie durchschaust, während sie sich anderswo im Hirn niederlassen und du zurückkehrst und uns erklärst, warum wir unser Leben lang aneinander vorbeireden und uns deshalb die Köpfe einschlagen. Ich möchte es auch wissen. Das habe ich dir ja noch gar nicht gesagt, mon ami.« Er lächelt verschmitzt und beginnt, sich fertig zu machen. Er will gleich aufbrechen.

4

Von draußen dringen aufgeregte Männerstimmen herein. Das alleine bedeutet noch nichts, denn in dieser Sprache klingt immer alles aufgeregt. Selbst wenn die Unterhaltung harmonisch und lustig verläuft und die Gesprächspartner sich Freundschaft und Anerkennung schwören, klingt es wie Streit, solange man nur, wie ich, die Sprache nicht versteht. Ihre Musik gibt keinerlei Aufschluss über die Gesprächsatmosphäre und schon gar nicht über den Inhalt. Aber ich erkenne, wem die Stimmen gehören. Sallah ist gekommen und Achmed hat ihn empfangen. In bester Pflege nachbarschaftlicher Verbundenheit beschießen sie sich gegenseitig mit Salven aus gebellten Konsonanten, die zwischen den Lippen zerplatzen oder in den Kehlen zerbrechen wie Bretter, untermalt mit stöhnenden Vokalen, die sich gegen das Ersticken aufbäumen und die herzliche Begrüßungszeremonie schließlich in einem einvernehmlichen Schnauben endet, das noch zwei, drei Mal zufrieden abklingend knurrt.

Sallah erscheint und begrüßt alle ausführlich, auch Frau und Kinder, Maurice und mich, indem er jedem die Hand reicht, sich verbeugt, mit der Rechten an sein Herz greift und noch einmal anerkennend nickt, während er einen Schritt zurücktritt. Maurice spricht fließend Berber und nun unterhalten sich die drei über mich wie über das Gebiss eines Kamels. Der eine zeigt mit dem Finger auf mich, während abgestoppte, halb verschluckte und dann doch noch abgeschossene Wortreste auf mich niedergehen und alle den Kopf langsam schütteln, die Augen weiten und ihre Handflächen mit gespreizten Fingern fragend nach oben drehen. Einer wirft etwas Relativierendes ein, worauf Köpfe gewogen und geschüttelt werden. Dann fallen alle gleichzeitig in einem heftigen phonetischen Gewitter übereinander her, während sie sich nebenbei Zigaretten anzünden, um besser denken zu können.

Wo liegen denn diese Unterschiede, die mich durch mein Leben treiben, frage ich mich. Was ist denn verdammt noch einmal der Unterschied zwischen hier und dort? Muss man noch weniger als nichts verstehen? Ich verstehe nichts, reicht das nicht? Ist das nicht wenig genug? Ist es nicht. Nein.

Sallah hockt sich zu mir und lächelt demütig. Er glüht vor Zuneigung und in seinem Blick ist unverhohlene Bewunderung. Er hat mir etwas mitgebracht, nur deshalb ist er gekommen. Er greift in die Brusttasche seines Hemdes, holt die zerknitterte Zigarettenschachtel heraus, fingert hinter der Cellophanhaut sein Mitbringsel hervor und überreicht es mir ergeben und wortlos. Es ist ein Stück getrocknete Ziegenhaut, gelblich wächsern, an den Kanten aufgeworfen und messerscharf.

Dazu ist nun wirklich nichts mehr zu sagen. Ich nicke und danke ihm mit den Augen. Auch mit den anderen gibt es aus meiner Sicht nichts mehr zu besprechen. Maurice wird nun einige Zeit weg sein, wie lange, kann man nicht abschätzen. Wenn er nach Laâyoune fährt, kann es auch dauern. Ich halte das Stück Haut in der Hand und zögere einen Moment, um mir das Gewicht des Augenblicks zu vergegenwärtigen, aber das ist nicht nötig. Sein Gewicht ist mir bewusst und es ist nicht zu erhöhen. Ich habe nichts mehr zu sagen und beschließe zu schweigen. Ich spüre ein Verlangen, alles in Ordnung zu bringen und gut sein zu lassen. Ich möchte sauber und ordentlich sein wie am ersten Schultag.

Irgendwie habe ich das Gefühl, mich verabschieden zu müssen. Doch wenn ich es genau betrachte, wieder doch nicht. Man kann sich doch gar nicht voneinander verabschieden, denke ich, jeder kann nur für sich loslassen. Abschiedsworte beenden nichts, im Gegenteil. Abschiedsworte verhindern den Abschied. Sie konservieren den Abschied und schleppen ihn mit, denke ich. Sie machen aus einer Trennung eine Nicht-Trennung und produzieren Opfer, die zurückbleiben und sich nicht mehr rühren können. Das Schweigen beginnt nicht mit einem letzten Wort, sondern mit dem Verzicht darauf.

Ich lege mir die Ziegenhaut auf die Zunge und schließe den Mund. Und meine Sprache ist sofort tot.

Sie stirbt noch im selben Augenblick, in dem ich meine Lippen schließe wie ein Kapitel. Meine Sprache hat nur gelebt, solange ich sie sprach, jetzt, wo ich sie nicht mehr spreche, verwandelt sie sich augenblicklich in eine tote Sprache, die nur noch in meiner Erinnerung existiert, als Lexikon, als historisches Archiv-Material, das ich gedanklich so lange weiter nutzen kann, bis die Erinnerung daran verblasst. Meine Sprache ist Geschichte. Ich weiß nicht einmal mehr, was meine letzten Worte waren.

5

Ich ziehe mich zurück in meine Kammer mit der indigoblauen Holztür, in der sich Achmeds Mutter eines drückend heißen Tages vor vielen Jahrzehnten vom Krankenbett erhob, sich an die Brust griff, sich rasch neben dem Buben auf den Boden niederließ und sagte, dass sie jetzt sterben werde, während sie starb.

Ich schließe die Tür, setze mich auf meine Matratze und beginne, diesen Text zu schreiben. Ich schreibe: »Angefangen hat alles mit dem schwarzen Muster, das über den Himmel zog, als die Raben kamen …«

Erstmals schreibe ich. Ich schreibe wie Regen nach langer Trockenheit. Da fließt etwas in Strömen. Es prickelt und perlt und zieht mich gleichmäßig durch die Bilderlandschaft in meinem Kopf. Ich muss nicht denken. Die Bilder fließen vom Kopf in die Finger und ich bewege die Finger wie eine Schreibkraft. Ich sehe: Der Schreiber ist nur eine Schreibkraft.

Ich bin in der Schreibkraft angekommen. Es ist eine Fluss-Kraft. Ich bin ein Flusskraftwerk. Es geht nur um die Kraft. Es geht allein darum, Fließ-Kraft durch mich hindurch und aus mir hinaus zu lassen. Ich achte nicht darauf, was ich schreibe. Es interessiert mich nicht, ob es ganze Sätze sind, ob es gute Sätze sind, oder ob es schöne Sätze sind. Nichts muss schön sein. Ein Stausee entlädt sich und erzeugt Strom. Und der fließt. Ich schreibe und schreibe und schreibe, ohne müde zu werden. Zwischendurch falle ich wie tot um und schlafe einige Stunden, dann richte ich mich wieder auf und schreibe weiter. Hundert Seiten, dreihundert Seiten, fünfhundert, und ich schreibe noch immer. Was ich da mache, hat mit Sprachmalerei nichts zu tun. Es ist etwas urwüchsig Triebhaftes, wie tierische Sexualität.

Jetzt verstehe ich: Ich musste zum Schweiger werden, um ein Schreiber zu sein. Mein Schulheft aber, das Tagebuch des Schweigers, bleibt unberührt und leer wie eh und je. Wie eh und je zeigt es die makellose Leere, in der sich all das Unsagbare spiegelt, das alles umschließt.

Ich sitze in der Kammer und schreibe: »Alles ist stumm geworden«, schreibe ich, »seit die Ziegenhaut auf meiner Zunge liegt. Ich bin aus der Gemeinschaft ausgetreten. Seit ich nicht mehr spreche, sprechen die anderen auch nicht mehr mit mir. Sie könnten normal weitersprechen, aber sie weichen zurück. Sie retournieren die Verschwiegenheit, die von mir ausgeht. Sie betrachten mich wie ein großes, rätselhaftes Gast-Tier und studieren mich verstohlen aus Augenwinkeln. Nur der Achtjährige blickt mich offen an, fragend, wissend, stumm, subversiv auf meiner Seite stehend. Er hält sich nun öfter in meiner Nähe auf und wenn ich meinen Blick auf ihn richte, dreht er sich ertappt zur Seite und lächelt, sinkt dann in einer Pirouette weg und läuft davon. Achmeds Frau ist verständnisvoll, ohne zu verstehen. Sie lächelt besorgt und hat aufgehört, mich an den Tisch zu kommandieren. Morgens und abends legen sie mir etwas zu essen und zu trinken auf den Boden vor die Tür und ziehen sich zurück.«

»Siehst du«, sagt mein Hirn, »schon die bloße Einstellung des Sprechens macht aus dir ein Tier. Sie behandeln dich wie ein Tier. Aber das ist kein einseitiges Verhalten, es geht von dir aus. Du hast das nicht geplant, aber es ist so.«

Ich schweige. Ich umgehe das Schweigen nicht mit Gebärden. Wenn ich jemanden sehe, werfe ich ihm keine sagenden Blicke zu. Ein guter Teil meiner Kommunikation mit diesen Menschen bestand ohnehin aus Gebärden und Gesten. Wir sprachen mit Händen und Füßen, betonten mit Grimassen und bekräftigten mit aufgerissenen Augen, unterstützt von tierischen Lauten. Alles zusätzlich zum Brocken-Gemisch aus vier, fünf Sprachen. Aber jetzt schweige ich und das bedeutet mehr, als ich ahnen konnte.

Man sagt, Stille herrsche. Das kann ich nur bestätigen. Stille ist nichts Flüchtiges. Nichts, das sich bei jedem leisen Geräusch auflöst. Stille ist etwas, das herrscht. Ein fester Zustand. Sie ist ein Regime der Lautlosigkeit, das ist mehr als Abwesenheit von Lärm. Stille ist anwesend. Sie murmelt, rumort und tüftelt. Die Stille ist wie ein offener Schacht, völlig offen, kompromisslos. Sie ist unverstellt und unverhüllt und die reine Wahrheit. Die Stille lügt niemals. Sie ist neugierig. Sie will etwas. Stille wartet auf eine Antwort. Sie ist hellhörig. Auf alles gefasst. Stille klafft zwischen den Geräuschwolken wie ein Gegengeräusch, das alles verschluckt. Die Stille übt Druck aus. Lärm prallt an ihr ab und wird auf sich selbst reduziert. Die Stille verwehrt Geräuschen ihre Ausbreitung und unterdrückt sie, nimmt ihnen Raum und Klang und macht aus allem verlorenes Gemurmel. Und sie gafft.

Die Stille gafft mich offen an, unverwandt, unverschämt, ungerührt. Seit ich schweige, gafft sie mich an. Sofort, als ich zu schweigen begonnen habe, im selben Augenblick, hat die Stille begonnen, mich anzugaffen. Nichts anderes kann so offen gaffen wie Stille. Und sie lauscht. Geduldig, fordernd, misstrauisch, unbeirrbar. Sie wartet. Es fehlt noch was. Sie hat Zeit.

Alle rufen in der Stille durcheinander. Durcheinanderrufende Stimmen ziehen wie ein Bach unter meiner Schädeldecke dahin. Von vorne aus dem Unsichtbaren kommend, verschwinden sie nach hinten in die Nacht. Durch immerwährende Nacht strömende Stimmen, die beim Durchqueren meines Kopfes gespiegelt aufleuchten.

Ich werde immer sprachloser. Das Ungesagte ist groß. Das Gesagtwerdenwollende ist anwesend. Es herrscht wie die Stille, aber es ist nicht die Stille. Das ungesagte zu Sagende, das Gesagtwerdenwollende, gafft mich an. Das Gesagtwerdenwollende schweigt und wartet, gesagt zu werden. Es ist von Stille umgeben. Es hält sich in der Stille auf, aber es ist nicht die Stille. Das Gesagtwerdenwollende isoliert sich innerhalb der Stille, es löst sich von der Stille, und bleibt dennoch das Ungesagte. Das Gesagtwerdenwollende ist hörbar ungesagt.

Langsam erst bemerke ich, wie still es um mich geworden ist. Ich habe mehrere hundert Seiten geschrieben, bis mir diese substanzhafte Stille aufzufallen begann. Diese Stille ist jemand. Sie will etwas. Sie ist überall und sie entsteht nirgendwo. Sie murmelt, rumort und tüftelt. Sie steht nicht still und sie schweigt nicht. Die Stille schweigt niemals.

Sie legt alles offen. Kompromisslos. Sie macht keine Unterschiede. So etwas kennt sie nicht.

Ich schweige. Ich sage das Gesagtwerdenwollende nicht. Ich kann es nicht sagen. Ich habe es nicht. Ich habe es gesucht. Ich wollte es hinaussprechen. Ich wollte es zersagen. Aber jetzt schweige ich. Ich rede nicht mehr. Mein Hirn redet. Als wäre es allein und niemand könne es hören. So offen und so frei redet es sich nur, wenn niemand zuhört. Aber wozu es dann überhaupt redet? Es teilt sich niemandem mit, es denkt sich die Dinge vor sich selbst. Es redet mit mir in der erinnerten Sprache. Ich werde auch im Hirn nicht mehr sprechen. Ich reise nicht ins Tierreich. Ich habe gelogen. Ich reise zur Hominidin. Ich bin nicht schachmatt. Niemand spielt hier Schach. Hätten wir den Mund halten sollen? Wie denn? Doch. Natürlich reise ich ins Tierreich. Ich werde von jenseits des Reichs-Zauns herüberschauen und den Fehler ausmachen. Sobald er ans Tageslicht kommt, löst er sich auf.

Ich verliere nichts. Was denn? Was verliere ich denn? Ich gewinne nur. Ich nehme eine Abkürzung dorthin, wo die Sprache ohnehin hinwill. Wohin sie will? An ihr eigenes Ende. Sie will ihren eigenen Bedarf löschen und Stille erzeugen, echte Stille, ohne Stimmen. Wozu sagt man etwas? Man sagt etwas, damit es gesagt ist und also nicht mehr gesagt werden muss. Funktionierende Sprache kann das, sie beendet sich selbst. Wenn sie nicht funktioniert, beendet sie sich nicht, dann erzeugt sie immer mehr Bedarf nach sich selbst. Sie macht sich unverzichtbar. Ihre Sprecher versuchen unaufhörlich, ihren Sprachbedarf zu stillen, aber sie steigern ihn nur unaufhörlich.

Weißt du was? Ich hasse die Sprache, diese unsympathische, aufgeblasene Verbrecherin. Mir wird übel, wenn ich sehe, wie sie sich am zu Sagenden anbiedert. Mir kommt die Kotze, wenn ich zuhören muss, wie sie das Unsagbare belästigt. Sie befummelt das Ungesagte wie eine überschminkte Nutte. Sie mischt sich ununterbrochen ein, kritzelt herum, sagt alles noch einmal und noch einmal und noch besser als zuvor, als würde sie einen feinen Pinsel führen. Wie eitel und wählerisch sie sich gebärdet, als ob sie Kultur und irgendwas im Griff hätte. Aber bei jeder Kleinigkeit richtet sie Verheerungen an, die nicht gutzumachen sind. Dann sagt sie, sie nehme etwas zurück, so, als könne sie etwas zurücknehmen. Ihre immerwährende Verlogenheit ist weithin hörbar und schlicht langweilig. Am besten eignet sie sich zum Übertönen der anderen und zum Verstopfen der eigenen Sinne. Das funktioniert ein bisschen. Egal. Ist doch egal.

Ich schreibe: Tut mir leid, ich kann nur für mich loslassen. Eine echte Trennung erfolgt ohne Abschied. Ein echtes Ende ist still und leer. Da wird nichts abgeschlossen und es gibt keine Abschlusszeremonien. Man dreht sich nicht drei Mal um und winkt und weint. Wenn das Ende da ist, entfällt der Rest einfach. Das echte, wahre Ende erkennst du sofort. Schneller noch, als du die Stille realisierst, die mit dem Ende eintritt. Das Ende erkennt man Augenblicke vorher. Du kannst vom Ende reden, du kannst es kommen sehen, du kannst es ankündigen, damit drohen oder so tun, als wäre es schon da. Aber wenn es wirklich da ist, erkennst du es. Bevor die End-Stille eintritt, ist der Raum schon vorbereitet, freigemacht und von der Kraftzufuhr getrennt.

Ich hungere nicht. Ich faste. Mein Schweigen ist Entsagung, nicht Entbehrung. Das ist sehr friedlich. Es entbindet mich. Ich stehe unter Schwachstrom. Ich spüre eine Spannung aus rieselnder Lust. Eine spannungsbeladene Mischung aus Lust, das Fasten zu brechen, und einer köstlichen Angst, dieses Rieseln zu verlieren. Ich spüre alles. Ich habe alles gewonnen. Hier also soll es sein. In diesem Haus. Wer hätte das gedacht? Vielleicht gehen wir auch da rauf in eine Ruine.

Wenn die Angst dich lähmt, wenn du dich wie ein Kind an das Kleid deiner Mutter krallst und deinen Körper zu einem Widerhaken verkrampfst, kann es nötig sein, abgesprengt zu werden. Es ist jedenfalls hilfreich, über das Sprengmittel der Trennungs-Aggression zu verfügen. Eine Trennungs-Aggression wirkt wie ein Schleudersitz und erspart dir die Entscheidung und den Schritt, selbst zu springen. Ein bisschen Hass ist gut für so etwas. Hass ist gut, wenn dein Herz dir im Weg steht. Denn eine Brücke sprengen, um den Rückweg abzuschneiden, das kann ein Herz nicht.

Diese Sprüche. Gott, ich halte meine eigenen Sprüche nicht mehr aus. Hör dir diesen Scheiß an: Ein Herz kann keine Brücken sprengen. So ein Dreck. So ein Poesie-Mist. Brücken sprengen. Loslassen. Was soll das? Wenn Maurice mit einer Hohlnadel an meiner Schädelpartie herumsticht, wenn er mein Augenlid hochklemmt und sein gebogenes Navi-Skalpell nimmt, das aussieht wie ein Stück von der Ölleitung eines Traktors, wenn er es über meinem Augapfel einführt und ansetzt, den Knochen in das Schädelinnere zu durchstoßen, dann heißt es loslassen. Dann ist Schluss mit der Poesie.

Ich sollte mich auf keinen Fall verabschieden. Nicht ein bisschen. Ich sollte nicht Schluss machen. Ich sollte gar nichts machen und es einfach Schluss sein lassen. Am besten sollte es wie das Ende einer Liebesbeziehung sein: Wer das letzte Wort sagt, hat verloren. Denn wer das letzte Wort sagt, dem antwortet die Einsamkeit. Dem antwortet der leere Raum. Wer das letzte Wort sagt, ist der erste, der keine Antwort mehr bekommt. Er wird als erster von der Stille erfasst, die das Ende ist. Und er ist es dann, der alleine ist und alleine bleibt, auf den nichts mehr zurückgeht, denn er ist der Verlassene. Und der Verlassene bewegt sich nicht, er steht. Er ist durch sein eigenes letztes Wort stehen gelassen worden und durchlebt das Stehengelassenwerden. Und das kostet. Es kostet Kraft überall. Kraft gegen die Angst, gegen die Übelkeit, die Resignation, die Wertlosigkeit. Wer bin ich denn? Ich habe nur etwas gespürt, das ich von irgendwoher kannte, von dem ich geträumt hatte, es zu spüren und von dem ich träumte, ohne es zu spüren und ohne zu sagen, dass ich davon träumte.

Es ist, als würdest du sterben und erst dadurch ewig leben. Es ist, als würdest du dich im Sterben befinden, teils im Koma, zeitweise wieder da, dann wieder weit weg, wissend, dass du da bist und wissend, dass du weg bist. Wenn du da bist, tust du weh, dann spüre ich, wie weg du schon bist. Wenn du weg bist, ist es gut. Nicht sehr gut, nicht so gut, wie wenn du da wärst, aber gut. Du warst unfassbar grausam zu mir, aber die Liebe in dir, die ich durch all deine Grausamkeiten hindurchschimmern gesehen habe, hat mich etwas spüren lassen, das ich selbst war.

Ich bin erleichtert. Der Zustand, den ich mir herbeischneiden lasse, ist kein außergewöhnlicher Zustand. Im Gegenteil. Er ist ein

Allgemeinzustand. Ich lasse mich in einen Allgemeinzustand hinüberoperieren. Für die vielen lebenden Toten, die diesen Planeten bevölkern, ist dieser Allgemeinzustand gänzlich normal. So sind wir. So sind sie. Wenn sie scheitern, verkriechen sie sich in der Sprachlosigkeit, auch sie hören auf, mit dem Hirn zu sprechen, hören auf, dem Strom ihrer Eindrücke Bedeutungen zu entnehmen. Sie benützen ihre Hirne nicht mehr. Wenn du ihnen das Sprachzentrum zerschneidest, passiert gar nichts. Ich nehme nur mein Recht auf Normalität in Anspruch mein Recht auf Teilhabe am Allgemeinzustand ich beanspruche mein Recht auf Gedankenlosigkeit auf Sprachunfähigkeit und Sprachlosigkeit ich denke zu viel und dieses ewige pausen- und rastlose Denken erwürgt mich könnte ich nur aufhören.

Erzählt mir keine Scheiße, habe ich gesagt, hört auf, mir diese verlogene Schmiere aufzutischen. Was wären deine letzten Worte, habe ich gefragt. Verschiedene Menschen habe ich gefragt. Ich musste sie erpressen. Dabei war es eine ganz einfache Frage. Na ja. Die Antwort war vielleicht etwas weniger einfach. Jedenfalls war es nötig, die Herrschaften in eine Situation zu bringen, in der sie sich vorstellen konnten, welche Wörter sie als ihre letzten wählen würden. Keiner von ihnen wäre auf die Idee gekommen, nichts zu sagen. Und keiner hatte eine Idee, was er sagen könnte. Also. Sie haben alle nichts gesagt. Nicht aus Verzicht. Aus Unvermögen. Das ist der Unterschied. Egal. Ist doch scheißegal.

Ich schreibe in der Kammer mit der indigoblauen Holztür: Rechtfertige ich mich? Suche ich Zustimmung? Will ich noch immer recht haben? Auch jetzt noch, wo ich die Ursachen des Rechthabenwollens und die Instrumente des Rechtbekommens aus meinem Hirn entferne? Was ich will? Ob ich das alles für mich mache, oder ob es ein Mitteilungsversuch ist? Will ich sprechen, indem ich die Sprache zerstöre wie ein Selbstmörder, der sich tötet, weil er leben will? Gibt es jemals ein Ende des Mitteilens? Ein Ende des Bedürfnisses etwas zu sagen und etwas gesagt zu haben? Ich habe ja nichts gemacht, was habe ich denn gemacht? Ich habe nur gefragt, ob die Sprache eigentlich funktioniert, das wird man ja wohl noch dürfen. Ich habe gefragt, welche

Rolle die Sprache an dem Zustand der Welt spielt, weil es doch offensichtlich ist, dass es nicht an Lösungen mangelt, sondern an der sogenannten Sprachregelung. Oder soll man fragen auch nicht mehr?

Passt schon. Alles in Ordnung. Ich fühle mich wohl. Wie gesagt, am Ende, wenn das Band nun wirklich reißen soll, dann kann ein bisschen Hass hilfreich sein. Nicht, dass ich ihn unbedingt brauche. Ich lasse auch ohne Hass los. Aber es ist gut zu wissen, ihn zur Verfügung zu haben. Kann ja sein, dass sich etwas wie Wehmut in den Weg stellt und alles unnötig erschwert. Eine Trennung in Liebe ist unerträglich, aber ihren Schmerz, diesen unerträglichen, leise ziehenden, kindlichen Schmerz kann man ersticken, obwohl er fein wie Strahlung ist. Der Hass, seine lautstarke Lust auf Eskalation, seine Bereitschaft zur Gewalt, seine Gier nach dem Zerreißen und Zertrümmern, kann den unerträglichen, aus der Tiefe her strahlenden Feinschmerz einer Liebes-Trennung unter seinem Geröll begraben. Der leichter zu ertragende, grobschlächtige Schmerz des Hasses nimmt dem dünnen Liebes-Schmerz das Schneidende, das seine Opfer zu Kindern macht. Die Medikation lautet: Folter gegen Feinschmerz. Folter als Schmerzmittel gegen die Ewigkeit der Liebe. Rohe Gewalt gegen ihre Trennungsfeindlichkeit. Körperlicher Schmerz als Ablenkung von der erstickenden Seele.

Es geht mir gut. Die Luft ist lau. Ich mag dieses ruhige Licht. Es hat etwas Herbstliches, obwohl es hier keinen Herbst gibt. Ich habe gut geschlafen. Ich bin vor etwa drei Wochen von zu Hause weg, oder vier, oder ich weiß nicht. Die ersten sechsunddreißig Stunden waren wie sechsunddreißig erste Stunden Unterwegssein eben sind, aber es gibt schlimmere erste sechsunddreißig Stunden des Unterwegsseins. Wien–Paris am Nachmittag, am Abend Casablanca, dann sieben Stunden Nachtzug nach Tanger, im Zug ein bisschen halbgeschlafen, dann zwei Stunden in einem blau-grünen Mercedes mit fast einer Million Kilometern am Tacho, der krank röchelte und schwarzes Gewölk hinter sich herschleppte, in das Rif-Gebirge. In meine Stadt.

Als ich ankam, wusste ich nicht mehr, warum ich schon wieder hergekommen war. Da erst fiel mir wieder ein, dass es beim letzten und vorletzten Mal auch schon wehgetan hatte zu sehen, was aus ihr geworden war. Hatte sie sich nach meinem ersten Aufenthalt zwanzig Jahre praktisch nicht verändert, war sie in den letzten zehn Jahren zu einem weltberühmten Hotspot mit Ganzjahressaison geworden.

Ich habe wie immer im Andaluz geschlafen, room number eight, und früh am Morgen bin ich wie immer oben am Hausdach gesessen. Die weiße Stadt klebte unverändert am Fuß der silbrigen Wand mit den grünen Tupfern und lag tief in ihrem Schatten. Der Berg stand wie ein Schild mit weiß glühenden Rändern, hinter ihm die grelle Brut der kommenden Hitze, und durch den schattigen Felskessel vorne gellten die Schreie der Hähne. Die Geräusche dieser Stadt, das hölzerne Geklapper, das Röcheln der Esel, die Rufe der Menschen, haben mich immer an einen Bauernhof erinnert. Früher, als ich zum ersten Mal da war, wurden bei Einbruch der Dunkelheit die Stadttore noch geschlossen und ein Wächter in bodenlanger Kutte war mit einer Stab-Laterne unterwegs, um die Zeit durchzugeben. Damals war ich hier als Zwanzigjähriger erwachsen geworden.

Ich war geschockt von der Tatsache, dass es andere Kulturen gab. Außerhalb von Märchenbüchern in lebensgroßer Wirklichkeit und in lebender Vergangenheit schlossen sie bei Einbruch der Finsternis die Tore der festungsähnlichen Stadt und wer zu spät kam, fand keinen Zutritt. Morgens dampfte die Suppenhütte in der verschlungenen Gasse mit den eisblau getünchten Steinhäusern, durch die sich gebückte Menschen in grobem, bodenlangem Gewebe mit gesichterlosen Kapuzen bewegten. Bizarre Krüppel streckten ihre schmierigen Hände aus den scharfen Morgenschatten in das zitronengelbe Licht der Sonne und rissen fordernd die Löcher auf, in denen einmal Augen gewesen waren. Es war kalt. Es war Anfang Februar. Im einzigen Hamam hatten Fremde keinen Zutritt. Ein Greis wanderte durch die Stadt, eine Traube von schreienden Kindern hinter sich herziehend wie einen Wespenschwarm. Auf seiner Schulter lag ein langer Holzstiel mit einem dicken Pfropfen rosa Zuckerwerk, von dem er mit einem alten Messer Splitter abbrach und sie gegen kleine Münzen eintauschte. Er rief etwas wie »Halli!, halli!«, und Kinder folgten ihm wie religiöse Eiferer ihrem Meister. Vor dem Haus mit dem einzigen Kuppelofen der Stadt standen die Frauen Schlange, um ihre vorgekneteten Teige backen zu lassen.

Ich war ein Zuseher aus der Zukunft. Einer aus der ersten Generation von Reisenden, deren Reisezweck es war, einfach nur da zu sein. Keine Geschäfte, keine Wissenschaft, nur die Düfte atmen, den Klängen lauschen und die Suppe kosten. Das Leben war so echt, der Dreck so mittelalterlich, und es war so kalt, dass die Eselshufe auf den Flusssteinen der Gassen klopften, als würden sie splittern. Ich blieb Monate.

Heute sind überall in der Stadt Gruppen schreiender Touristen, die sich mit an Stangen befestigten Kameras selbst fotografieren. Kreischende Japanerinnen, betrunkene Russen.

Diesmal bin ich am übernächsten Tag gleich weiter nach Tétouan. Ich saß im Café Imperial und erschrak, weil der Kaffee nicht ungenießbar war. So verändert sich alles. Der Kaffee war immer verlässlich ungenießbar, wenn man ihn schwarz und ohne Zucker wollte. Viel zu viel Instantkaffee in lauwarmem Wasser. Grauenhaft. Das schmierige Zeug verklebt sich mit der Kehle und man kann es nicht ausspucken. Aber diesmal gaben sie mir einen Espresso und ein Glas Wasser. Durch das große Fenster sah ich den langsam in Betrieb kommenden Straßenmarkt. Dahinter den großen Souk mit dem traditionellen Glitzer, dem grün und rot schreienden Zuckerwerk, den golden glitzernden Kaftanen, den blinkenden Spiegeln, dem schimmernden Messinghandwerk und den schmutzigen Katzen. Die Wolken kamen nicht hoch, zu schwer, zu nass hingen sie wie graue Zeppeline knapp über der Stadt. Es war angenehm kühl und jeden Augenblick konnte es zu regnen beginnen.

Wenn man reist wie früher, dann geht es einem auch wie früher. Man sucht die neue »Grande Station de Bus«, die schon lange nicht mehr am Hauptplatz in der Medina ist, sondern weit draußen in einem Neubau-Viertel. Man fragt, brüllt, nickt mit aufgerissenen Augen in das Gegengebrüll hinein, erfährt: alles besetzt. Morgen vielleicht. Oder man fährt woandershin als geplant, das geht, Casablanca zum Beispiel. Um vierundzwanzig Uhr Abfahrt. Ein Mitarbeiter der Buslinie hat noch ein Ticket für zwanzig Uhr dreißig, gegen zehn Dirham Aufpreis.

Ich reise, so gut es geht, wie früher: Ich habe nichts vorbereitet, ich weiß nichts, ich schau' einmal. Ich komme, wenn ich komme, ein bisschen zu spät oder viel zu früh, egal. Aber es zahlt sich dann auch nicht mehr aus, wieder wegzugehen, mit dem Gepäck und so, also bleibe ich gleich da, warte Stunden, atme die wilde Luft und den Gestank nach Frittiertem und Pisse, mitten in der staubigen Attraktionslosigkeit des Alltags. Aber ich verliere dabei keine Zeit. Ich bin da und nichts anderes wollte ich.

Doch einigermaßen antiquiert ist es schon, das Gepäck schwitzend durch brodelnde Gassen zu schleppen und das erstbeste Zimmer zu nehmen, das gerade noch akzeptabel ist, und akzeptabel ist fast alles, was die Schlepperei und die Sucherei beendet, denn man will endlich alles fallen lassen, sich auf ein Bett werfen und einen Joint rauchen, um einmal anzukommen. Es ist angemessen, dafür von den jungen Travellern der übernächsten Generation als offline beschmunzelt zu werden und als alter Mensch, dem man seinen Sitzplatz anbietet.

Sie, die Traveller, sind alle sehr global und online und haben saubere Kleider und Scheckkarten und spazieren überall auf der Welt und in allen Kulturen mit der gleichen Selbstverständlichkeit aus und ein, als gäbe es keine Unterschiede. Und sie haben die besten und schönsten Quartiere schon besichtigt, noch bevor sie überhaupt da waren, haben auf den Knopf gedrückt und nun fahren sie vom Flughafen direkt in die tolle Unterkunft. Sie stehen nicht, wie ich, übernächtigt und mit dem Seesack auf der Schulter auf einer kilometerlangen Durchzugsstraße der grauen Vorstadt und fragen sich, wo hier das malerische historische Zentrum mit den freundlichen Menschen sein könnte.

Ich bin weiter geflüchtet. Von Tétouan über Casablanca nach Marrakesch und Agadir und dann ins Fischerdorf und so weiter, alles in einer Nacht. Unglaublich. Im ganzen Land gibt es moderne Straßen, Autobahnen mit Raststätten und Tankstellen mit Leuchtschriften. Der Bus rollt lautlos dahin. Früher habe ich für diese Strecke drei

Tage gebraucht. Der schwer überladene Uralt-Bus mit dem senkrechten Lenkrad und der überhitzten Schnauze ist in den Bergen des Atlas bei Gegenwind fast zum Stehen gekommen und die auf dem Dach zwischen Säcken und Kisten festgezurrten Hühner haben geschrien, als würden sie absichtlich gequält werden. Die meisten der heutigen Besucher haben das Theater betreten, als das Stück schon vorbei war.

Sie, die Heutigen, »machen« Marokko. Von Nord nach Süd, von Ost nach West und in ihren Unterkünften erzählen sie sich, was sie im DuMont gelesen haben. Der Boden der Gegend bestehe aus Graptolithenschiefer. Und nicht weit von hier habe Christo Felskugeln bemalt. Die etwas Älteren unter ihnen, die schon einmal da waren, sind von den Jungen, die jetzt so tun, als wären sie auch schon da, genervt, weil sie Touristen sind, die das Land zerstören. Diese etwas älteren Schoneinmaldagewesenen sind unrasiert und machen ein strapaziertes Gesicht, als hätten sie zu Fuß die Wüste durchquert. Sie schlendern überlegen an den frühstückenden Erstmaligen vorbei, gepflegte größere Kinder mit guten Aussichten, die aufrecht sitzen.

Und da sitzen sie. Aufrecht, gepflegt, artig und ohne Erinnerung. Schuldlos zu spät Geborene, Nachzügler des großen Aufbruchs, der nur eine Party war. Sie machen vornehme Gesten und höfliche Bekanntschaften. Sie sind zurückhaltend und schmunzeln zustimmend, alles aus Angst. Sie zahlen vierhundert, wofür man damals zwanzig zahlte. Selbst die einheimischen Nutznießer bedauern das. Ein öliger Stevie Ray Vaughan kriecht aus den Boxen im Café Sonja. Seinerzeit gegründet von der gleichnamigen Hippie-Blondine mit den hennaroten Handflächen, betreibt es der einheimische Adnan seit nunmehr vielen Jahren. Mittlerweile öffnet er nur noch im Winter, wenn keine Touristen da sind.

Adnan sagt beschwörend: »Früher, ja, früher. Sicher. Früher haben wir ein kleines Haus am Fluss gemietet, Sommer für Sommer. Wir haben zehn Dirham täglich dafür bezahlt und man hat uns sogar noch ein bisschen Gas gegeben zum Kochen. Die Kinder, die Eltern, alle waren glücklich. Heute kostet es nicht zehn, sondern dreihundert, aber das von damals ist auch mit dreitausend nicht mehr zu haben. Die Menschen freuen sich nicht mehr. Als sie wenig hatten, da waren ihre bescheidenen Bedürfnisse die Quelle ihrer Zufriedenheit und ihre geringen Erwartungen wurden so oft übertroffen, dass sie nur glücklich sein konnten.«

Adnan sprach vom Wachstum und von der Verminderung durch Vermehrung. Hier oben im Dorf gibt es sowas nicht. Hier bleibt alles beim Alten. Hier werden keine Gaumen gestreichelt, damit die Zeit schneller vergeht. Hier wird abends ein bisschen gegessen und das war es. Du siehst staunend, wie wenig schon genug ist. Die Hälfte deiner Portion reicht hier für vier Personen. Hier gibt es keine Belästigung durch Süßigkeiten und keine Lust auf Süßigkeiten wie unten an der Küste. Hier gibt es gebackene Felsbrocken, eisenhafte Gewächse, Staub und Hitze. Hier schweben keine Düfte von gebratenen Fischen und reifen Orangen; es gibt hier keine Plakate, keine Maschinen und keine Live-Verbindung in die Hauptstadt. Dieses Dorf treibt sich nicht an, weder durch Wachstum noch durch den Wunsch nach Wachstum. Dieses Dorf macht gar nichts.

Eine Sprache ist, Hand aufs Herz, am schönsten, wenn sie gestorben ist. Sie zerfällt zu weniger als Asche und alle ihre Ideen verflüchtigen sich mit ihren Lautgebilden und werden zu Luft. Sie werden vergessen und ihre Kraft ist Vergangenheit. Das ist gut. Alle Sprachen sind gestorben. Die Missverständnisse überall im Leben sind nicht so sehr das Problem. Das Problem ist, wenn die Liebe weg ist. Dann geht der Sinn für das Sinnlose verloren. Wenn du keinen Sinn mehr erkennst im Sinnlosen, dann hast du wirklich ein Problem. Dann kannst du einpacken. Ich meine nur, was soll ich sagen.

Die Sprache ist ein Wahnsinnigmacher. Gewalt gegen sie anzuwenden ist alles andere als fragwürdig. Es ist vernünftig, gegen sie vorzugehen. Es ist vernünftig, den Weg der Gewalt zu suchen, den Weg der Wegschneidung, der Niewiedergutgemachtwerdenkönnung, der Zurücklosigkeit, der Auslöschung. Schon die Bereitschaft für all das aufzubringen ist ein konstruktiver, nach vorne gerichteter Akt.

Steh einmal am Abgrund und blicke hinunter. Das ist das eine. Aber die Bereitschaft zu springen ist etwas anderes. Die erfordert echtes Loslassen, erfordert den wissentlichen Schritt ins Bodenlose. Es ist nur ein einziger Schritt, ein einziger Augenblick, auf den sich alles zuspitzt und du auf deine Rückkehr verzichten musst. Springen ist ein Augenblick, in dem du dich selbst verlassen musst, dich selbst im Stich lassen musst, dich im Bodenlosen verschwinden lassen musst. Du musst dich hinunterstoßen, als wärst du ein anderer, den du von der Klippe stößt. Du musst dich in die Tiefe schleudern. Wir alle gehen in diese Richtung, nur warten wir normalerweise, bis wir von selber fallen.

Ich sehe das sehr unsentimental. Ja, du hast mich im Stich gelassen. Aber ich werfe dir nichts vor. Ich sage nur, was ist. Ich spüre keine Wut. Ich habe immer alles genommen. Aus gespielter Blindheit, aus Nachsicht, aus Überzeugung. Ich habe genommen aus Angst, aus Sehnsucht, aus Gutgläubigkeit, aus Not, aus Schwäche, Bedürftigkeit, Ergebenheit, Unterwürfigkeit. Sogar aus Trotz habe ich genommen, aus Verletztheit und aus Scham. Ich habe alles genommen. Vor allem aus Angst, du könntest dich gänzlich und endgültig verschließen und mich nicht einmal mehr entwürdigen. Mit meiner Bereitschaft, entwürdigt zu werden, wollte ich deine Zuneigung im Voraus bezahlen und meine Bereitschaft zur Entwürdigung war die einzige größere Leistung, zu der ich fähig war. Und je mehr ich mich dir unterwarf, umso mehr hast du dich entzogen. Umso erbarmungsloser hast du mich niedergeschwiegen. Du hast dich nicht entzogen, um dich zu entziehen, sondern um mich zu foltern, mich zu zwingen, um eine Antwort zu betteln, damit du nur noch erbarmungsloser zustechen konntest mit deiner Wortlosigkeit.

Hörst du das? Ich gebe dir die Schuld an meinen eigenen Erwartungen. Ich werfe dir deine Kaputtheit vor, dabei bist du doch kaputt.

Erstmals seit Tagen trete ich ins Freie. Metallisch glänzender Nebel liegt auf dem Dorf wie eine gelbliche Sonnenfinsternis. Nichts hier gibt einen Hinweis darauf, wozu und wie man an diesem Ort leben sollte. Er ist wie ein aufgelassenes Lager, notdürftige Zurückgebliebenheit, Warten auf nichts Bestimmtes. Der Achtjährige hat mich aus dem Schatten eines Nebenraumes beobachtet, als ich in die Kammer zurückkehrte. Sonst war niemand im Haus.

Ich bin knapp dran. Mein Telefon ist abgedreht, seit ich in Wien in das Flugzeug gestiegen bin. Manchmal stelle ich mir vor, wie die Nachrichten vor dem abgedrehten Telefon Schlange stehen und wie sie hereinsprudeln, wenn es Netzkontakt bekommt. Da würden die Wiener Friedenszeiten anklopfen, die täglichen Dinge der funktionierenden Welt. Frische Wäsche mit dem Duft nach geschnittenem Gras, gute Laune, knuspriges Gebäck, schönen Tag noch! Hey! Wo bist du? Was machst du? Hast du schon gehört? Menschen mit der Lustigkeit von Hitradio-Moderatoren würden die Regierung einfach nicht packen. Aber auch andere wären darunter, vielleicht. Solche, die wirklich etwas wissen oder sagen wollen. Menschen, die etwas spüren und es später noch einmal versuchen. Ich stelle mir auch vor, dass es nach dem Einschalten stumm bleibt.

Wenn ich ein bisschen zurücktrete und mir anschaue, wie ich mich hier insgesamt erkläre, muss ich sagen, dass das alles nicht stimmt. Das ist doch alles falsch. Was mache ich hier? Ich meine wirklich und nicht so herumgeredet. Mache ich vielleicht Kunst? Was ich hier treibe, könnte Kunst sein. Mit oder ohne Publikum. Mache ich das Gegenteil dessen, was die Installations-Künstlerin mit den Diaprojektoren gemacht hat? Mache ich eine Destallation, oder wie man das sagen könnte? Führe ich, wem auch immer, die Sprachloswerdung vor Augen? Inszeniere ich die Entsprachlichung?

Ich möchte offen sein. Ich bin offen wie die Stille. Die Liebe ist einfach nichts. Sie ist ein Schmerzmittel. Ein Mittel für den Schmerz und nicht gegen ihn. Sie ist eine Strategie. Vollkommener Egoismus. Dass Liebe selbstlos ist, ist ein Gespinst der Poesie. Und dass Liebe zerbrechlich ist, ist ebenso der reinste Poesie-Stumpfsinn. Du kannst, ja, an der Liebe zerbrechen, das schon, aber die Liebe kann nicht zerbrechen. Sie ist wie die Schwerkraft. Die Schwerkraft zerbricht auch nicht, aber an der Schwerkraft zerbricht sehr vieles. Das ist die Liebe. Unzerbrechlich, flüchtig, ausbeuterisch. Aber verantwortlich ist sie nicht. Die Liebe trägt ihr Herz auf der Zunge, weil sie unfähig ist, zu lügen. Weil sie gar nicht lügen will, weil sie gar nichts will und nur ist, was sie ist. Etwas Brennbares, etwas Brennendes. Flammen des Nehmens und des scheinbaren Gebens. Die Liebe will nichts, sie hat alles. Sie setzt alles außer Kraft, während alle glauben, sie setze alles in Kraft. Maurice ist ein heller Kopf. Alles dreht sich um die Liebe, während sie sich jeglicher Beschreibung entzieht, jeglicher Begreifung und Begriffgebung verschließt. Die Liebe hinterlässt grauenhafte Entformungen. Sie produziert eine besondere Art von Unglück, ein exklusiv liebesspezifisches Groß-Unglück. Ein Unglück, das aus allem dasselbe Unglück macht und dieselbe Verzweiflung, eine Verzweiflung, die sogar den Hass zu Liebe macht, die Angst zu Liebe macht, die Wut und die Zerstörung zu reiner Liebe macht. Die Liebe macht aus allem Liebe.

Schon wieder so ein Mist. Hör dir das an: Die Liebe macht aus allem Liebe. Ist ja toll. Dann können wir ja anfangen, Gedichtchen zu schreiben.

Ich gehe jetzt. Ich habe genug geredet und genug nicht gesagt. Es reicht. Endlich reicht es. Lieber Gott, ich danke dir, dass es jetzt endlich reicht. Dass du dem Fass erlaubt hast, voll zu sein und den einen Tropfen entgegenzunehmen, der es endlich übergehen lässt. Die Menschen stolpern über eine Gerölllandschaft aus Verstandengeglaubtem und schlagen sich die Schädel ein, weil jemand angeblich etwas gesagt hat, was er besser nicht hätte sagen sollen. Jemand sagt etwas und es geht schon los. Bumm. Explosivgeschoße. Bumm. Intelligente Tretminen, bumm. Tretminen für (gegen) Kinder, die wie Spielzeug-Schmetterlinge aussehen und hochhüpfen, um in Kindergesichtshöhe zu explodieren, aber nicht töten, nur verstümmeln, damit die gesichtsexplodierten Kinder Hilfskräfte des Gegners binden und ihn schwächen. Ich soll hier etwas erklären? Bin ich es, der etwas erklären muss? Hat jemand irgendetwas verstanden? Ich will keine Sprache mehr, verdammt nochmal.

Die indigoblaue Tür knarrt und öffnet sich einen Spalt. Das dunkle Augenpaar des Achtjährigen steht im Schatten des Gegenlichts, das jetzt hereinfällt. Ich glaube nicht, dass er Angst hat. Er ist wie ein Wächter, der nicht fragt und nichts sagt. In seinen Augen ist Komplizenschaft und bedeutungsschwerer Ernst. Ich glaube, er hat mehr verstanden, als ich gesagt habe und mehr, als die Erwachsenen sich gegenseitig gesagt haben. Dann plötzlich, mit einem leisen Geräusch, ist er wieder weg wie eine Haus-Echse.

Maurice ist in der Wüste. Was er wohl machen wird? Er wird schon kommen. Ich weiß es. Ob ich auch in einer anderen Sackgasse landen hätte können? In einer harmloseren, langweiligeren Sackgasse? Wenn ich im Leben etwas versäumt habe, dann Langeweile. Gerne wäre ich einmal vor Langeweile fast gestorben oder zumindest gelähmt gewesen, wochenlang, bis an die Grenze zur Depression. Aber gut. Ich habe selbst entschieden. Ich will es nicht wissen, ich meine, ich will es nicht verstehen. Ich möchte mich in Ruhe lassen, ich möchte von mir in Ruhe gelassen werden. Ich habe zu tun.

Ich sitze in meiner Kammer und da spüre ich plötzlich Kraft. Ich kenne diese Kraft. Es ist die Kraft des Aufbruchs. Ich warte nicht mehr. Das Warten ist zu Ende. Ich gehe.

Jetzt gehe ich. Ich stehe auf, ich öffne die indigoblaue Tür und trete hinaus.

6

Der Vormittag ist hell und heiß. Mit gierigen Schritten stoße ich hinauf zur Hexe. Ich finde sie nicht. Alles ist still. Niemand da. Alles glüht. Ich wende mich ab und breche auf. Weiter nach oben, zur Moschee, an ihrer rechten Seite entlang, vorbei an den Feigenkakteen, nach hinten bergab, am Schwanz der steinernen Echse entlang hinunter ins Innere des Tals, diesen großen, heißen, leeren Kessel, den man mit einem Flugzeug durchfliegen könnte, an dessen Ende das Gebirge ist.

Ich komme. Ich gehe. Mit mir ist nur das Knistern meiner Schritte. Auf staubigen Serpentinen tauche ich hinab und es wird immer heißer. Ich fühle mich gut, fast übertrieben gut. Ich reise. Ich bin aufgebrochen. Ich erreiche das Tal und es ist wie eine Landung. Ich bekomme ebenen Boden unter den Füßen. Jetzt geht es geradeaus. In meiner Mutterseelenalleinheit durchwandere ich den großen Raum, der über dem braunen Tal liegt. Ich schwitze nicht. Das Bild wackelt vor meinen Augen im Rhythmus meiner Schritte. Ich gehe und gehe und gehe und der Berg rührt sich nicht und irgendwann habe ich das Gefühl, dass ich ihm doch näher komme. Ich erreiche das einsame Anwesen, das ich vom Dorf aus in der Ferne gesehen habe. Es ist so taub, wie es von oben wirkt. Ich halte nicht an. Ich bin unterwegs. Es gibt kein Anhalten. Ich bin jung. Ich komme. Ich gehe und gehe und gehe und mein Kopf geht auf und meine Füße beginnen zu bluten und ich schwitze nicht.

Ist das die Sonne? Es hallt in meinem Kopf. Die Fenster gehen auf und die Luft von den Schatten der Baumriesen im Park strömt herein, die weißen Vorhänge machen Bäuche. Jasmin. Blüht jetzt der Jasmin? Hier nicht. Hier ist Gebirgswüste. Die Stille ist schwer. Tonnenschwer. Sie lastet wie Druck. Meine Schritte schaben an der Stille, fast lautlos. Wenn die Ledersohlen meiner Sandalen Steinchen gegeneinander schleudern, klingeln sie wie Eisensplitter, dünn, gedämpft, kaum hörbar. Die Stille ist im Pakt mit der Hitze wie ein Feststoff, eine Decke. Diese zähe Hitze-Stille macht alles, was ich betrachte, einzig und einsam. Verlorene Dornen wie rostige Nägel exklusiv im heißen Staub zwischen braunen Felssplittern. Einsame Dornen. Einsame Steinchen. Ich gehe. Ja. Jetzt wirklich. Ich durchschreite das Tal mechanisch, die Zehen klammern sich an die offenen Sandalen und die Füße bluten von den Felsspitzen, aber ich schwitze nicht. Das ist mein Gang. Jetzt bin ich es, der geht. Lange. Meine Schritte knistern. Das Bild wackelt. Die Sonne wandert. Der Berg kommt näher.

Wo das Geröll anfängt, das er von sich geschüttelt hat, beginnt es bergauf zu gehen. Die Felsbrocken werden größer und die Kluften dazwischen tiefer. Ich springe über Kluften von Fels zu Fels und es wird steiler. Meine Hände greifen nach den heißen Felsen und ziehen mich hoch und höher. Die Kanten und Spitzen der Felsen weichen kein bisschen zurück, wenn ich gegen sie stoße. Sie bohren Löcher in mein Fleisch, zerreißen die gebohrten Löcher, schürfen entlang meiner Knöchel an Füßen und Händen und ziehen wässrighellrote Furchen, die in der Sonne glitzern wie Quellen. Ich gehe. Ich klettere noch nicht. Ich blicke nach oben zum Berg. Er ist da. Da ist er. Erstmals sehe ich ihn persönlich. Das Geröll hört auf. Die saubere Wand beginnt. Da ist sie. Rein und groß. Heiß und einsam. Ernst und still und in aller Macht. Wie wunderbar sie ist. Wie unverwundbar sie ist. Wie geduldig und konsequent sie ist. Und wie groß. Wie tief und fest verwurzelt sie ist und wie sie in den Himmel sticht und die Erde mit ihm verbindet. Wie unbeweglich sie ist. Kein Wille kann sie versetzen. Sie ist der Punkt, an dem sich scheidet, was leben wird.

Etwas links ihrer Mitte führt eine senkrechte Rinne nach oben bis knapp unter den Gipfel. An ihrer Kante finde ich Halt. Dann entdecke ich weiter links eine weitere Rinne, die parallel zum Gipfel führt. Die beiden Rinnen markieren eine Säule in der Wand, wie ein Turm, der am Berg lehnt und in den Himmel führt. Ein Bauwerk, dem ein Weltuntergang nichts anhaben kann, ein Turm, der noch da sein wird, wenn nur noch grüne Giftwolken über die Himmel rasen. Ich steige in den Turm. Ich habe nichts. Ich bin leicht und ich habe fast zu bluten aufgehört und zu schwitzen begonnen. Ich komme gut voran. Langsam, aber gut. Langsam komme ich höher und langsam sinkt das Tal nach hinten.

Die drückende Stille bleibt zurück und eine reine, luftige Stille öffnet sich. Nur manchmal kollert ein Stück Fels in den Abgrund und fällt, langsamer als Steine fallen. Schlägt unten im Geröll auf, lautlos, denn ich komme höher.

Und dann, unten in der Tiefe zwischen den Brocken im Geröll, sehe ich sie: die Kluft. Da ist sie.

Sie ist mehr als eine Kluft. Sie ist ein Netz aus Klüften, wie die Bahnen eines Schaltplanes. Wie eine leuchtend tiefschwarze Flechte aus Schatten liegt die Kluft zwischen den Gesteinsbrocken und hält sie zusammen und hält sie auseinander. Da ist sie. Ich musste sie finden, um vor ihr zu flüchten. Wie auf der Flucht stehe ich da oben in Sicherheit und fühle mich fast wie entkommen. Meine Beine werden schwer, noch bevor ich die Mitte des Turmes erreiche. Der Schweiß strömt in Rinnsalen, der Berg hat meine Hände aufgerissen und bei jeder Berührung reißt er sie mehr und mehr auf. Jeder Schritt dauert jetzt doppelt so lange, jeder Handgriff brennt wie eine offene Wunde. Der Fels ist rau und heiß und scharf. Fingernägel reißen ein und splittern ab. Ich halte an. Ich brauche Luft und Wasser.

Hier bin ich. Wunderbar. Wie wunderbar. Ich stehe auf halber Höhe des Turmes auf einem Vorsprung, die gärende Nachmittagssonne knallt in die Wand und oben, auf der Turmspitze, knapp unterhalb des Berggipfels, glitzert es silbern aus einem tiefschwarzen Himmel. Im Gleißen der Sonne glänzt er metallic schwarz, wie abgeblendet, und ist so nahe, dass ich mich in seinem Vorhof wähne. Ich ziehe mich weiter. Ich hebe meinen Fuß auf den nächsten Vorsprung, greife nach der nächsten Kante, ziehe. Da bricht der morsche Stein. Mein Fuß rutscht ab und ich schlage mit Oberarmen, Knien und der Brust gegen den Fels, schürfe mit Oberschenkeln und Oberkörper über seine scharfen Klingen zurück. Ein Vorsprung bohrt sich in meinen

Fußballen und gibt mir Halt. Meine Schuhe habe ich verloren. Meinen Kopf habe ich nicht angeschlagen, nicht wissentlich. Vom Schädeldach her rinnt Flüssigkeit über meine Augäpfel. Das kann Schweiß sein. Ich sehe nichts, nur verschmiertes Licht, das in meinen Augen brennt. Der Berg hat meine Hände zerfleischt und jetzt kann ich mit ihnen meine Augen nicht mehr säubern. Tränen wollen sie spülen, aber die Lider verwischen nur die Schmiere. Hans Reich sagt, sie haben Feuer gefangen. Schweiß brennt in offenen Wunden. Salzwasser rinnt über alle Risse und Löcher meines Körpers, mischt sich mit dem Blut zu einem wässrig hellroten Gipfel-Sekret. Ich setze meinen nackten Fuß wieder in die abgebrochene Stelle im Fels und ziehe mich hoch. Ich greife in den nächsten Vorsprung und ziehe mich weiter. Ich rutsche ab und schlage mit dem aufgerissenen Knöchel gegen den Fels. Das Tal liegt weit und tief unter mir im späten Nachmittag. Das Geröll am Fuß der Wand ist klein und fern und die schwarz leuchtende Flechte der Kluft ist nah und breit und wird breiter. Sie dehnt sich, spannt sich, ich gehe weiter. Die Hitze gärt dottergelb, die Wand schweigt in ihrer Berg-Ewigkeit. Nach dem Weltuntergang ist vor dem Weltuntergang. Es ist ihr einerlei. Das Blut ist wässrig, das Wasser salzig, das Salz ist rein. Gott im Himmel, habe ich jemals etwas so richtig gemacht? Gott im schwarzen Metallic-Himmel, wann habe ich jemals so sinnvoll geblutet? Was für eine Wonne. Ich ziehe mich hoch, rutsche zurück, schlage an die Kanten, zerfetze offene Wunden, klettere weiter. Die Wurstsemmelverkäuferin sagt, sie sind doch schon in der Steiermark. Der Straßenkehrer sagt, du sollst atmen, Schwachkopf. Michaela Halbmond lächelt zärtlich und sagt, lass mich nur den Brief aufgeben. Tehut schweigt. Er scheint nicht abgeneigt. Und der noch immer zwanzigjährige Niederösterreicher, den sie zu hundert Jahren verurteilt haben, reicht mir lächelnd seine ersten Tomaten. Wie lange geht das noch? Werde ich genug Blut haben bis ganz nach oben? Wird der Nachmittag lange genug dauern? Ich meine, wird die Sonne auf mich warten? Je höher ich komme, desto atemberaubender wird der Blick auf den Backofen. Er flimmert und glüht orange bis an seinen Horizont.

Wie hoch oben in der Backofenwand ich schon bin. Wie klein und weich aus aufgerissenem Fleisch und abtropfendem Gipfelsekret ich bin. Die Kluft, das schwarze Geflecht im Geröll unten auf dem Planeten, dehnt sich unsichtbar; sie ist mit mir und bleibt zurück und wird breiter und dehnt sich zwischen dem, was wir sagen, Gott im superschwarzen Metallic-Himmel, und dem, was wir mit dem Gesagten meinen. Fühlst du dich provoziert? Du musst nichts sagen. Wo ist der Glitzer, den ich vorhin gesehen habe? Da oben unterhalb des Gipfels, nicht mehr weit, am Ende des Turmes, der ewig steht. Ich habe aufgehört zurückzublicken. Nach unten zu schauen. Da gibt es nichts. Ich sehe nichts.

Ich erreiche die Kante. Wie hoch ich gekommen bin. Höher, als ich dachte. Höher, als ich wagte. Wie erhoben und erhaben die Höhe macht. Und ich rinne noch. Ich blute noch gut. Ich rutsche nicht mehr aus und breche nicht mehr ab. Ich greife nach der letzten Kante zur Turmspitze, wo sich die Sicht auf den Gipfel ganz öffnet. Die Kluft, das schwarze Netz aus Klüften, dehnt sich immer weiter, ihre Schwärze wird dünner und sie dehnt sich bis an die Grenzen ihrer Schwärze. Ich bestehe aus aufgeworfenen und angetrockneten blauschwarzen Hautfetzen auf blutrot glänzendem Fleisch. Ich sehe nichts. Meine Lider schleifen trocken über gipfelsekretverschmierte Augäpfel. Würde ich deine Augen sehen, hätte ich noch Tränen, die meinen zu waschen?

Sehe ich dich? Darf man das? Ich ziehe mich hoch über die letzte Kante. Jetzt dehnt sich die Kluft noch einmal und dann reißt sie. Fetzen aus schwarzem Netz fallen lautlos, tief und lange und räkeln sich in der weichen Luft. Ich bin oben. Und da: zuckende Splitter aus Licht auf meinen trockenen Augen. Die Sonne hat gewartet. Ich habe genug geblutet.

Jetzt bin ich dran. Ich reiße. Auf meinem Körper breiten sich Risse aus wie Blitze am Himmel. Ich werde nass. Ich rinne. Das Gefäß, das ich bin, bricht und alles beginnt zu fließen. Ich bemerke das Meer. Es ist näher gekommen. Ich sehe nichts, ich muss unsichtbar geworden sein und schwerelos und der dumpfe Donner der Brandung hüllt mich ein, als ob er hierher gehörte und nun erwacht ist. Befindet sich das Meer nicht Stunden entfernt? Ist sein Rauschen nicht erst zu hören, wenn man sich schon ganz nah an seiner Küste befindet, den letzten Bergrücken hinuntergeht, mit auf dem Kies knirschenden Sohlen, durch eine Stille, die wie Taubheit ist und wie ein leeres Fach zwischen Wasser und Himmel liegt, dem weltweiten Blau, das man atmen kann? Öffnet sich nicht erst da der Gezeitendonner? Ich bin doch auf dem Turm im Backofen und meine schwarz-roten Hautfetzen recken ihre Ränder wie trockene Stücke aus Ziegenhaut.

Aber nein, die luftige Unruhe der Küste ist hier oben im Gebirge. Ich höre, wie der Wind die Schreie der Möwen verbiegt, bevor er sie schluckt. Und ich höre den Donner der Brandung laut wie im Halbschlaf. Ich sehe das sichtbare Wasser. Ich sehe es, weil das Licht sich in ihm bricht, aber ich sehe auch das unsichtbare Wasser, in dem sich kein Licht bricht, das über dem sichtbaren Wasser liegt wie sein Astralwasser. Es wird in unsichtbaren Wolken hinaus ins Land getrieben und schlägt gegen die Berghänge oder verebbt über der freien Ebene. Ich habe meine Schwere verloren. Ich stehe in der Brandung des Wasserwindes und lasse endgültig los.

Ich fliege. Wie damals. Jetzt fliege ich wie damals im Traum, als ich in Bodennähe dahintrieb wie auf einem Weitsprung, der nicht endete und ich den Atem anhielt, um mich leicht zu machen, die Brust nach oben streckte und die Schultern zurückzog, um nicht aus der schwerelosen Balance zu kippen, hinunter in die Kraft. Ich strecke die Beine nach vor wie eine Ente im Landeanflug und als der Boden wegkippt, gewinne ich Höhe. So treibe ich hinaus in den Raum über der Landschaft. Leicht, kaum noch ich. Ein Hauch von mir. Weiter und immer höher und alle Gefahr entschwindet. In meiner Ausgedünntheit und Durchsichtigkeit kann sich keine Angst mehr brechen wie das Licht im Wasser und bleibt zurück. Ich bin wie das Astralwasser, das sich in Wind verwandelt und sich selbst ins Land hineinträgt, immer höher.

Es wird kühler. Fast erwache ich. Wie im Bett will ich mich umdrehen und besser zudecken und weiterfliegen und ich fliege weiter. Da sehe ich es.

Es ist sichtbar geworden. Das Unsichtbare ist in Erscheinung getreten und steht im Himmel stechend weiß wie geträumtes Gebirge. Es bewegt sich kaum und fliegt dennoch. Behäbig, fast stehend langsam quillt es in bauchigen Figuren und in vollkommener Weißheit empor. Die Kühle greift nach mir und ich spüre erlöschenden Durst. Ich weiß wieder, dass ich es bin. Ich bin wie Durst, der erlischt, und je mehr er erlischt, desto mehr spüre ich mich. Und je mehr ich mich spüre, desto langsamer steige ich empor. Und dann, oben, stehe ich still. Ich hänge still. Ich liege in der Gleiche zwischen Wachheit und Luft, ich liege wie auf einer Waage am Rücken, meine Arme und Beine hängen herab und ich bin das Gewicht und das Gegengewicht. Ich bin am Gipfel der Gleichheit, am Höhepunkt der Aufgehobenheit, wie ein Menschenopfer als Gewichtsmaß der Dinge. Ein Ur-Kilo der Wirklichkeit. Ich habe erstmals das Ende eines Traumes erreicht.

Dann sehe ich das Grau. Kaum merklich schleicht es sich in kühlen Schwaden in das vollkommene Weiß. Einbrecherisch, rasch, unauffällig, falsch, vorsätzlich, bewaffnet, verstohlen, schwanger, lauernd, lautlos. Es dunkelt ein. Das Weiß weicht zurück. Das Grau wird dichter und fettiger. Und es wird dunkler und kälter. Dann beginnt es schwarzgrau zu rauchen. Giftig vor Gereiztheit, gierig darauf, zu explodieren.

Es ist angerichtet. Wenn es wirklich so weit ist, dann weißt du, dass es so weit ist. Du merkst es einen Augenblick im Voraus. Nun weiß ich, dass es so weit ist. Plötzlich zuckt etwas noch heller als weiß. Gelb vor Schärfe, heiß und endgültig. Risse aus Feuer pflanzen sich in Zacken durch den Rauch. Das Weiß spaltet sich und geht unter. Wie die Risse auf meinem Körper zucken Blitze durch die Welt und dann berstet etwas Himmelgroßes. Das Gebäude bricht. Die Balken knarren und knirschen nur kurz, bevor sie splittern und krachend aus den Angeln gehen. Sie stürzen vom Himmel, als würde der Himmel selbst stürzen und großer Donner rollt über die kleine Welt mit einer Wut, die so übertrieben ist, dass selbst das Meer betreten schweigt, beschämt von der Unverhältnismäßigkeit der Gewalt und der Schwäche, die dahinterstecken muss.

Ich schaue hin und nicht weg. Keinen Augenblick schaue ich weg. Jetzt, oben in der Gleichheit, im Gewicht und im Gegengewicht, am Ende des Traumes, den ich so oft abgebrochen, jetzt aber zu Ende geträumt habe, jetzt, wo es wirklich angerichtet ist und das Meer sich glättet, um auszuatmen, jetzt schaue ich nicht mehr weg, sondern hin.

Ich schaue hin, als hätte ich etwas gehört. Und ich habe etwas gehört. Zwischen den Explosionen, die den ausrollenden Donner nachträglich noch in Fetzen reißen und die Welt zu einem einstürzenden Innenraum machen, zwischen den Bruchstücken des Donners, die schleifend und knatternd wie defektes Gerät über das Land rasen, als würden sie das Weite suchen, dann, wenn der Donner Atem holt, höre ich etwas.

Ein fernes Rauschen wie eine Sinnestäuschung. Endlos erstaunt blicke ich in das Auge des Ungeheuers. Ich habe etwas gehört. Eindeutig. In den Donnerpausen rauscht es. Ich habe es entdeckt. Ich weite die Augen, dann verenge ich sie zu Schlitzen. Ich spüre Glasperlen auf meiner Haut. Ich ziehe meine Brauen zusammen und da sehe ich, tatsächlich, unfassbar: ein Flackern im Auge des Unwesens. Kaum einen Augenblick hat es in seinem Auge irritiert gezuckt, wie im Keim erstickte Lust, den Blick abzuwenden. Es wollte den Blick abwenden, aber nun hält es ihn wieder fest, demonstrierend fest auf mich gerichtet, um den Anflug der Schwäche rückwirkend zu vertuschen. Aber es ist zu spät. Ich habe es gesehen. Mein Blick wird fester. Da. Da ist es wieder. Diesmal klarer und deutlicher. Ich bin fassungslos. Da ist ein weiches, ruhiges Rauschen.

Jetzt greift der Sturm erneut an, schießt wie ein Wahnsinniger aus allen Rohren, es blitzt und kracht und grollt spektakulär wie Feuerwerk, doch seine Sprengkraft ist verloren. Das ist kein Angriff mehr, das ist Verteidigung. Jetzt scheint er sich zu wehren, gegen den einsetzenden Verlust seiner Gewaltfähigkeit aufzubäumen. Aber je mehr er sich aufbäumt, umso panischer wird er. Je mehr er sich aufbläst, umso deutlicher verrät er seinen angeschlagenen Glauben an die

Erhaltung seiner Macht. Noch einmal richtet er die schlimmste seiner Fratzen frontal gegen mich, doch sein Blick streift seitlich an meinen Augen vorbei. Er wendet sich getroffen ab. Und nun zieht sich auch der Wind aus seinen Segeln zurück. Seine Gebärden schrumpfen, bis er ratlos auf und ab tänzelt wie ein leck gewordener Luftballon. Das Echo seines letzten Donners verliert sich in der Ferne wie eine Ausrede, sich auf ein anderes Land stürzen zu müssen.

Es regnet. Gott, es regnet.

7

Ja, es regnete. Ruhig und verlässlich prasselte es auf das blecherne Vordach, unter dem ich saß, während der Regen in sanfter Zeitlupe das Dorf-Bild schraffierte. Der Wind trieb senkrechte Schleier von rechts her durch mein Blickfeld, als würde er die Seiten eines Buches umblättern und das immer gleiche Bild immer ein bisschen anders zeigen. Die Konturen der Berge im Hintergrund verschwammen im Wassernebel.

Neben mir saß der Achtjährige auf dem Rücken der dösenden Ziege und blickte mich mit prüfendem Ernst an. »Magst du Kinder?«

Ich machte ein säuerliches Gesicht. »Wieso sollte ich Kinder mögen?«

»Ich habe gehört, dass Menschen Menschenkinder sind.«

»Was? Wer sagt das?«

»Ich habe dich beobachtet«, sagte er und blickte mir in die Augen.

»Ja?«

»Ja.«

»Und?«

»Du hast mit den Tieren geredet, stimmt's?«

»Das hätte ich gerne.«

»Sag«, beharrte er mit festem Blick, als sei jetzt nicht die Zeit, um Witze zu machen.

»Sag ich ja: Ich wollte, aber jetzt will ich nicht mehr.«

Wir sahen andächtig zu, wie sich das Tropfenmeer auf das schlafende Land senkte.

»Die Tiere«, fuhr ich fort, »sie schauen alle so erstaunt. So flehend, so verständnislos, als wollten sie etwas sagen, könnten aber nicht und wüssten auch gar nicht, was. Es drängt sie und lähmt sie gleichzeitig. Sie wirken gefangen, wie in einer Klemme. Glaubst du, dass sie glücklich sind?«

»Ich glaube, sie wären gern Menschen«, sagte der Achtjährige.

»Das glaube ich auch.«
»Ich wäre gern ein Vogel.«
»Ein Rabe?«
»Weiß ich nicht.«
»Kennst du Raben?«
»Hab ich schon gesehen.«
»Gehört auch?«
»Ich glaube.«
»Hm. Verstehst du, was sie sagen?«
»Ich denke schon.«
»Du denkst.«
»Ja.«
»Wie klingen sie?«
»Wie Hunde. Sie knurren.«
»Aber sie sind intelligent.«
»Hunde auch.«

»Das ist eine Unterstellung von Hundeliebhabern«, widersprach ich, »Hunde wirken manchmal intelligent, aber nur, weil sie eben so dumm sind und ihnen in ihrer Dummheit manchmal etwas gelingt. Wenn sie was riechen und jaulen und einen geworfenen Ball finden, sagt man, sie seien intelligent. Sie hören oder riechen was, ja, aber sie schauen so blöd. Schau einmal einen Hund an, wie dumm er dreinschaut, als würde er sich ständig irren. Er legt den Kopf schief, weil er glaubt, alle wollen nur mit ihm spielen. Er ist bereit zu allem, ja, aber er versteht überhaupt nichts. Er hat keinen Plan und kein Rückgrat. Hunde sind treu, aber das ist etwas anderes als gescheit.«

Der Achtjährige biss sich schmunzelnd auf die Lippen. Dann machte er ein Gesicht wie die Erwachsenen, wenn sie gelangweilt sind oder Kopfschmerzen haben.

»Ich beobachte dich immer«, erklärte er.

»Ich weiß.«

»Du kennst die Mutter von Sallah«, sagte er suggestiv und ließ seine Frage wie eine Feststellung klingen, um gleich mein Geständnis vorwegzunehmen.

»Nein, die ist schon länger tot, als ich auf der Welt bin.«

»Sicher kennst du sie«, beharrte er, »ich habe euch reden gehört. Seine Mutter hat gesagt, Sprache ist ein Tier und du hast das auch gesagt.«

Ich schwieg und hörte dem Regen zu. »Ist das nicht ein wunderbares Schönwetter?«, sagte ich, »schönes Wetter, schönes Leben, schöne Welt.«

»Du wolltest die Geschichten kaputtmachen«, sagte er mit seinem nachdenklichen Kopfweh-Blick.

»Was?«

»Tu nicht so. Du weißt, was ich meine. Du hast von der Wahrheit erzählt. Und nur wegen der Wahrheit wolltest du die Geschichten alle kaputt machen? Sag!«

Ich blickte wieder hinaus und sah zu, wie die Wasserschleier über das Land trieben.

»Was ist mit der Hexe?«, bog ich ab.

Verhalten genervt stieß er die Luft aus, machte aber mein Abbiegungsmanöver mit. »Sie haben sie eingesperrt. Sie haben sie in einen Stall gesteckt und die Tür verriegelt und sie geben ihr zu essen und zu trinken.«

»Weil sie keine Ruhe gibt?«

Er nickte langsam und jetzt bemerkte ich, dass er nicht gelangweilt war, sondern sich unwohl fühlte. »Hast du Kopfweh?«, fragte ich. Er wusste keine Antwort.

»Hast du einen Ball?«

»Nein«, sagte er und spielte mit seinen Fingern. Sein strenger Verhör-Ton war verschwunden.

»Was?«, fuhr ich hoch, »du besitzt keinen Ball? Das gibt es nicht. Ich meine so einen Ball zum Spielen?«

Er nickte und dann schüttelte er den Kopf.

Ich machte eine wegwischende Bewegung. »Egal. Was macht das schon«, sagte ich, »dann machen wir eben einen. So ist das Leben. Wir benötigen alte Fetzen und Schnur und dann wickeln wir alles zu einem runden Ball und fertig. Ok? Ganz einfach.«

Er schien nicht zu verstehen, nickte aber lustlos und schwieg.

»Aber vorher müssen wir dich heilen«, sagte ich, »komm her.«

Ich fasste mit Daumen und Mittelfinger nach seinen Schläfen und drückte zu. Er schloss die Augen. Ich wartete. Nach einiger Zeit ließ ich los, setzte meinen Mittelfinger auf das Ende seiner Wirbelsäule im Nacken, gab leicht Druck, blieb in der Stellung und ließ es fließen. Dann machte ich dasselbe in der Mitte seiner Stirn. Er ließ sich alles gefallen und schien sich hinzugeben und zu entspannen. Ich griff wieder nach seinen Schläfen, hielt einige Augenblicke still und dann forderte ich ihn auf, mir nachzusprechen: »Du musst es langsam, deutlich und mit Überzeugung von ganz tief drinnen heraus sagen. Ok?«

»Ok.«

»Also. Sag: ›Abara Da Kabar.‹«

Ich hielt seine Schläfen sachte gedrückt, er blinzelte kurz, hielt die Augen aber geschlossen, atmete durch und sagte: »Äbrä kädäb …«

»Stopp!«, rief ich, ohne seine Schläfen loszulassen, »Stopp. Stopp. Sag das ja nicht. Das ist falsch. So wirkt es nicht. Hör mir genau zu und dann sprich ganz genau nach. Bist du bereit?«

»Ja, bereit.«

Ich massierte seine Schläfen ein bisschen, um den Fehlversuch zu verwischen und wieder an den Start zu gehen, hielt sie wieder leicht gedrückt und sagte feierlich: »Abara Da Kabar.«

Jetzt wiederholte er langsam und deutlich: »Äbärä Dä Käbär.«

Ich ließ ihn los. Er schlug die Augen auf. Sie weiteten sich irritiert und blickten mich an, als würden sie mich zum ersten Mal sehen. Er sprang auf, dass die Ziege erschreckt hochfuhr, vornübergebeugt und sprungbereit stand er vor mir und fixierte mich staunend, fast vorwurfsvoll. Er sagte: »Ich habe es gewusst. Du bist ein Aguram. Wie seine Mutter.« Er fuhr herum und rannte los durch den Regen, um die Kunde zu verbreiten.

8

Dann der letzte Tag. Ich erwachte, noch bevor die Nacht zu Ende war. Ich lag in der schwerelosen Stille auf dem Rücken und ließ den Morgen kommen. Draußen vor dem Haus saß Achmed sicher schon auf seinem Stein mit einer Kanne Wasser in der Hand und einer Zigarette im Mund. Vielleicht kroch in seinem Rücken auch schon das erste Moosgrün in den Himmel. Ich streckte mich durch und als ich wieder losließ, strömte flüssige Wärme durch meine Muskeln. Ich stand erst auf, als die feuchte Luft schon orange in der Morgensonne glänzte und die Landschaft funkelte und blitzte, als wäre sie mit Schmuck behangen.

Und erstmals sah ich hier andere Menschen. Ganz normale Menschen, zwei Männer, die sich unterhaltend zu einem der großen Fels-Fladen hinbewegten, mich nebenbei grüßten, sich kurz nach meinem Ergehen erkundigten und sich dann auf dem Fels niederließen. Sie blickten in meine Richtung, hielten inne, um zu sehen, ob ich das Gespräch aufnehmen würde und versanken dann in ihr eigenes. Ich erwiderte ihre Gesten nicht. Ich bezog sie einfach nicht auf mich. Ich bestaunte die Szene nur verständnislos wie durch eine Glaswand. So viel Normalität schien mir unwirklich wie eine Luftspiegelung.

Eigentlich führen sogar zwei Wege in das Dorf und nicht nur der eine alte Eselspfad, der wie das trockene Bett eines Gebirgsbaches aussieht und von hinten her um den Friedhof gebogen kommt. Der andere Weg ist breit und eben und schlängelt sich harmonisch von der neuen Asphaltstraße weg zwischen den Arganbäumen und den Felslaiben auf das Dorf zu. »We are in paradise«, hatte Achmed damals, als er mich zum ersten Mal hierher mitgenommen hatte, ehrfürchtig gesagt und auf diese leere Welt aus Felssplittern und Dornenbüschen gezeigt. Ich wusste nicht so genau, was er meinte, aber ich dachte, ich würde es schon irgendwie erahnen, als religiöses Gleichnis oder so.

Diesen lebensfeindlichen Ort selbst konnte er nicht direkt gemeint haben. Diesen Ort konnte nur jemand als paradiesisch bezeichnen, der noch nie etwas anderes gesehen hatte, sich aber unbedingt ein Paradies vorstellen wollte.

Jetzt erst, nach so vielen Jahren, sah ich, was er gemeint hatte. Sein Dorf lag in einer Oase. In einer, die sich schnellen Blicken entzog und nur dem ruhigen Auge zeigte. Jetzt zeigte sie sich mir: Inmitten dieser rotbraunen Gebirgswüste, die leer und nackt war wie ein endloser Steinbruch, lag über dem Hügel mit den felsenen Brotlaiben ein wie hingehauchter Seidenschal aus durchsichtigem Frühlingsgrün. Es gab Feigenkakteen, vereinzelt Olivenbäume, einen Orangenbaum sogar, einen Granatapfel. Gelber Flaum aus Sonnenstrahlen umspielte das Grün der Baumkronen und ließ es elektrisch leuchten. Ein Garten auf roter Erde wie eine botanische Versuchsanstalt mit von weit hergebrachten Exoten, die umsorgt wurden wie Haustiere. Weiter hinten gab es sogar drei Palmen. Sie trugen kaum eine Dattel, aber sie waren hoch und stachen schräg in den Himmel wie versteinertes Feuerwerk.

Die Wolken waren dünn an diesem Morgen, wie ein transparentes Leintuch, das sich schräg verzogen über den Himmel spannte und strichartige Falten warf. Die Vögel klangen, als würde es bald regnen. Ihr Gezwitscher war so zart, dass es ein melodiöses Schmausen war, selbstvergessen, als wären sie alleine auf der Welt. Die Geräusche waren ohne Echo und standen still. Selbst ein Knall kam ohne Plötzlichkeit und so weich, als sei er ohnehin zu spät. Sogar der Hahn klang entspannt wie auf verlorenem Posten.

Unten am Weg, der von der neuen Hauptstraße herführt, kamen mir zwei Frauen entgegen, deren breites Lachen schon von Weitem sichtbar war. Vornehme, mollige Damen in so makellosem Tuch, dass ich mich fragte, wo sie sich in diesem Dorf gepflegt und ihre Kleider gebügelt haben konnten. Mit der Herzlichkeit eines Wiedersehens nach langer Zeit riefen sie »Bonjour Monsieur« und nickten hastig zustimmend. Dann weiteten sie die Augen, drosselten die Lautstärke und fragten rasch und diskret: »Welches Haus?«

Weiter vorne erwartete mich ein Rudel unternehmungslustiger Hunde, die mich gespannt anstarrten und nur auf ein Zeichen zum Aufbruch warteten, welches sie in jeder meiner Bewegungen erkennen wollten. Daneben verneigte sich die Eselin vor dem Strick, der sie an den Felsbrocken im Schatten des Baumes band. Sie hat ihren guten Platz in der Gesellschaft, dachte ich. Was sie macht, ist viel wert, ja unbezahlbar, weil nur sie es kann und sonst niemand. Mit ihrem knorrigen, arganbaumartigen Gestell, den Gelenken aus grauem Hartholz und den Hufen aus Felssplittern ist sie wie ein lebender Leiterwagen mit mechanischem Allradantrieb, eine höchst erfolgreiche Apparatur, die sich unangestrengt und unaufgeregt in schwierigstem Terrain bewegt, dein viel zu schweres Gepäck trägt und dich selbst noch dazu. Sie gibt keine Milch, keine Eier, kein Fleisch und kein Fell und sie singt nicht. Sie braucht nichts und sie will auch nichts, lass sie einfach in Ruhe. Sie ist nicht interessiert. Sie zieht sich zurück, als wäre sie beleidigt oder gar unglücklich. Sie macht sehr wenig und auch das nur, wenn sie will. Meistens will sie, weil es ihr egal sein kann. Sie ist nicht unglücklich. Sie wirkt ein bisschen traurig, weil ihre Augen so groß und sanft sind, aber es ist ihr egal. Sie ist eine angesehene Eigenbrötlerin, die etwas kann, was sonst niemand kann, aber jeder braucht. In früheren Zeiten war das mit der Abhängigkeit des Menschen vom Esel und der Eselin noch schlimmer, damals, als sie die wichtigsten, wenn nicht einzigen Leistungsträger des Personen- und Frachtentransportwesens waren und sich sogar die Verkehrswege nach ihren Bedürfnissen gestalteten. Da kostete es kaum mehr als zwei Stunden und man war unten an der Küste. Jetzt gibt es drei oder fünf Gehminuten vom Dorf die Asphaltstraße. Man setzt sich dort auf einen Stein und irgendwann, meistens bald, kommt ein Berber-Taxi, ein schwarz rauchendes Autowrack mit krachenden Geräuschen im Motor.

Die Damen vorhin haben mich so eingehend betrachtet und so wissend gelacht, dachte ich. Wahrscheinlich waren sie längst im Bilde, dass ich der Aguram war, der den Kleinen von Achmed durch Handauflegen und Rezitieren von Zaubersprüchen geheilt hatte. Und sie wollten wissen, in welchem Haus es geschah.

Ich saß schon einige Zeit auf der Felsplatte unter dem vorderen Baum, dessen Schatten zunehmend zu einem Genussmittel wurde, je höher die Sonne stieg, und ich genoss meine Atemzüge, als der Achtjährige gerannt kam und mir seine Beute vor die Füße warf. Er hatte Kleiderfetzen aufgetrieben, und das war gar nicht so einfach. So viele Fetzen gab es hier nicht, schließlich wurden die meisten noch getragen. Aber von der Schnur war zu wenig da, um das Fetzen-Knäuel zu einer halbwegs festen Kugel zu wickeln. Der erste Versuch erbrachte einen unförmig verknoteten Schopf, der im Kern so hart war, dass es am Rist weh tat, wenn man ihn trat, aber auch so ausgefranst, dass man das Gebilde nur sehr entfernt mit einem Fußball vergleichen konnte. Er flog zwar durch die Luft, wenn man ihn warf, aber sein Flug war lustlos und er sank lahm zu Boden, wo er aufschlug, ohne zu hüpfen. Nicht einmal wenn man ihn volley nahm und voll abzog, machte das Ding mehr als zwei zackige Sprünge, bis es defekt liegenblieb.

Der Achtjährige runzelte die Stirn und verengte die Augen. Kopfbälle waren praktisch wertlos und ein Freistoß ging nur von höchstens drei, vier Metern. Bald stellte sich heraus, dass man besser gefühlvolle Heber spielte, als voll abzudrücken und das Ding ungezielt zwischen den Felsbrocken zu versenken. Der Achtjährige überlegte. Vielleicht würde es Sinn machen, den Ball noch einmal zu wickeln, diesmal kompakter und kugeliger, aber nicht zu klobig. Er sollte rund und von gerade richtiger Festigkeit sein. Okay, er funktionierte auch so, wie er war, solange man es entspannt betrachtete und Toleranz übte. Aber die Feineinstellungen konnten und mussten noch entwickelt werden. Wir tüftelten und stopften herum und wenn der Ball nach einer Modifizierung verbesserte Eigenschaften zeigte, war das Erfolgserlebnis praktisch mit jenem bei einem erzielten Treffer gleichzusetzen. Wenn nicht mehr.

Das war nicht Fußballspielen. Natürlich nicht. Das war Fußballspiel spielen. Das war das Nachahmen eines Fußballspiels mit mangelhaften Ersatzmitteln. Ein spielerisches So-tun-als-ob, obwohl nichts funktionierte. Die Freude lag im kunstfertigen Umgang mit dem untauglichen Mittel. Es war die Negierung der Untauglichkeit und die Nichtbeachtung der Mittellosigkeit. Es war die Lust am Provisorischen und die Freude an der Vorläufigkeit. Es war Fußballspielen ohne Fußball, das Hochhalten einer Illusion von Fußball. Es war richtiges Spielen.

»Genau so ist Sprache«, sagte ich mehr zu mir selbst.

Der Achtjährige zupfte am Knäuel herum und stopfte abstehende Zipfel unter die Schnur, obwohl sie sich bald wieder lösen würden. Dann warf er mir den Ball zu, ich köpfelte ihn zurück und er übernahm ihn volley. Diesmal flog er viel höher und weiter als bisher und landete hinter einer Steinschlichtung. Als der Achtjährige loslief, ihn zu holen, setzte ich mich zur Eselin in den Schatten. Dann kam er zurück und setzte sich neben mich. Zum Fußballspielen wurde es langsam zu heiß.

Er blickte mir in die Augen: »Schreibst du heute nicht?«

»Nein«, sagte ich.

»Warum?«

»Ich mag nicht.«

»Was hast du gerade gesagt? So ist Sprache? Was meinst du?«, fragte er.

»Ja, ich dachte, sie ist kaputt und ich muss unbedingt den Fehler finden. Aber das stimmt gar nicht. Sie ist nicht kaputt.«

»Nein?«

»Nein. Sie ist nur etwas ganz anderes, als ich dachte, dass sie ist.«

»Was!«

»Sie ist etwas, das gar nicht zum Sprechen gedacht ist. Aber man kann es auch zum Sprechen verwenden. Und das gar nicht so schlecht.«

»Was meinst du?«

»Es gibt keine Sprache. Wir haben nicht einmal ein Sprachorgan. Ich kann es dir nicht besser sagen, aber wenn du groß bist, wirst du es verstehen. Wir haben ein Organ zum Atmen, wir haben Organe zum Riechen und Sehen und schmecken, aber wir haben kein Organ für Sprache. Weil wir aber unbedingt sprechen wollen, verwenden wir etwas anderes als Ersatz.«

»So wie mit dem Fußball?«

»Genau. Du musst nicht erst groß werden. Du verstehst jetzt schon alles.«

Er blickte unbewegt, als hätte er das Lob überhört.

»Schau, wir versenden ständig Botschaften. Alles, was wir tun, erzählt etwas über uns, okay? Deine Frisur erzählt etwas über dich, deine Art zu gehen, deine Art dich zu kleiden. An allem, was du machst, kann man etwas über dich ablesen. Du verschickst ununterbrochen Botschaften, auch, wenn du nichts tust.«

Er nickte altklug.

»Alles, was wir tun, bedeutet etwas, alles ist eine Aussage, aber ein eigenes Organ zum Machen von Aussagen haben wir nicht. Was wir haben, ist ein Lagerhaus im Kopf, wo alles aufbewahrt und schön geordnet wird, was wir aufgenommen haben. Damit wir die Übersicht behalten und alles schnell wieder finden können, hat alles in diesem Lagerhaus Namen und Nummern und es gibt es eine Lagerverwaltung, die alles schön einteilt und für strenge Ordnung sorgt. Dieses Organ ist ein Ordnungsorgan. Es ist ein Lagerverwaltungsorgan. Es ordnet und verwaltet die abgelagerten Waren wie Karten mit je einer Bezeichnung drauf. Man könnte auch sagen, es ist ein Kartenlager.«

Er lauschte wie ein Wissenschaftler. Sein Blick suchte mein Gesicht ab. Die Eselin hob den Kopf zum Himmel und sog asthmatisch quietschend die Luft ein.

»Und jetzt pass auf«, sagte ich, »mit diesem Lagerorgan kann man auch etwas ganz anderes machen. Mit seinen Karten können wir, clever, wie wir sind, ganz einfach Kartenspielen.«

Das Gesicht des Achtjährigen entspannte sich zu einem Schmunzeln.

»Und das geht so«, sagte ich. »Du nennst eine Karte aus deinem Lager und wenn ich sie auch in meinem Lager finde, sage ich ›Bingo, ich habe verstanden‹. Dann habe ich deine Karte erkannt, weil ich sie schon aus meinem eigenen Lager kenne. Dann nenne ich eine von meinen Karten und es geht umgekehrt weiter. Du sagst dann ›Bingo, habe ich, ich verstehe.‹ Oder ›Habe ich nicht, verstehe ich nicht.‹ Dann suche ich eben eine andere Karte, die du vielleicht hast. Genau das ist Sprechen. Es ist Sprechen ohne Sprache, sprechen ohne Sprachorgan. Das funktioniert nicht perfekt, aber es geht und kann sogar lustig sein. Man muss halt aufpassen. Nichts ist perfekt. Man muss eben Umwege machen und die Fantasie spielen lassen. Ist doch schön, oder?«

Er hielt mir seinen Stoffknäuel hin und sagte: »Ja, man muss halt rausholen, was geht.«

»So ist es, mon ami. Man kann auch mit verknoteten Fetzen Tore schießen. Und wenn man nicht trifft, versucht man es eben wieder.«

Der Achtjährige wurde wieder nachdenklich wie unter dem Vordach im Regen und schüttelte schmunzelnd den Kopf: »Sallahs Mutter hat gesagt, Sprache ist ein Tier und du sagst, Sprache gibt es nicht.«

»Ja«, sagte ich, »lustig, oder? Ihr hat Mufwene Recht gegeben und mir gibt Chomsky Recht. Das sind Wissenschaftler, die ihr ganzes Leben Tag und Nacht nichts anderes machen, als nachzudenken, was Sprachen sind. Das sind so gescheite Leute, dass sie berühmt sind vor Gescheitheit. Mufwene sagt wie Sallahs Mutter, dass Sprachen wie Tiere sind und Chomsky sagt, dass das Sprach-Organ im Hirn nicht zum Sprechen gemacht ist, sondern nur zum Ordnung halten bei den Lagerwaren. Genau deshalb wirkt die Sprache, als würde sie nicht richtig funktionieren. Aber wenn man bedenkt, dass sie ja gar nicht zum Sprechen gedacht ist, funktioniert sie eigentlich hervorragend.«

Wir blickten hinaus in den späten Vormittag, wo die Luft bereits zu flimmern begann.

»Gehst du jetzt weg?«, fragte der Kleine.

Seine Hellsicht wunderte mich schon lange nicht mehr, dennoch kam die Frage so plötzlich, dass ich eine Antwort überlegen wollte. Aber da kam schon die nächste Frage: »Machst du dich auf die Rückreise?«

»Jede Reise ist eine Rückreise«, sagte ich, »so sind wir Menschen. Egal, ob wir kommen oder gehen, wir sind immer unterwegs nach Hause.«

Er schwieg und blickte auf den Ball, den er in seinen Händen drehte. So saßen wir eine Zeit.

Dann sagte ich: »Du hast gesagt, die Menschen sind Menschenkinder. Das solltest du aufschreiben.«

»Ich habe nichts zu schreiben«, sagte er, »du?«

»Du hast nichts zu schreiben? Keinen Stift, keinen Zettel, kein Stück Papier?«

Er schüttelte langsam den Kopf und fingerte an seinem Fetzen-Ball herum. Dann erstarrte er plötzlich und hob den Blick. Seine Augen waren geweitet und die Miene in seinem Gesicht war gelöscht. Er hatte die Lösung: »Gibst du es mir?«, fragte er.

Ich griff in meine Umhängetasche, in der alles war, was ich hatte, und in der ich alles, was ich ihr entnehmen wollte, erst einmal finden musste. Ich durchpflügte den Inhalt, schaufelte ihn auf und ließ ihn zwischen den gespreizten Fingern wieder hinabrieseln, während ich in die Luft schaute. Ich ertastete einen Kugelschreiber und übergab ihn dem Achtjährigen. Dann griff ich noch einmal hinein, um einen Notiz-Block ausfindig zu machen, dem man zumindest einzelne Blätter entnehmen konnte, aber außer einer Landkarte war nichts zu ertasten, das sich wie etwas anfühlte, auf das man schreiben konnte. Nur das Tagebuch.

Wenn ich ein bisschen zögerte, dann nur, um diesem Augenblick seine Prominenz zu lassen. Dann zog ich es heraus und gab es ihm. Er nahm es, betrachtete das Titelbild mit der Hominidin, warf mir einen verschmitzten Blick zu und schlug es auf. Das makellose Weiß der leeren Seiten schimmerte in seinem Gesicht.

Nun saß er auf seinen Fersen und verengte die Augen. Er klopfte mit dem Kugelschreiber auf die zusammengepressten Lippen und blickte entschlossen ins Leere. Nach wenigen Augenblicken zuckte seine Hand mit dem Kugelschreiber zum Papier und er begann zu schreiben. Er schob den Kuli seltsam gegendrehend über das Papier und hinterließ formreine Kringel und Schlaufen und harmonische Girlanden; er stocherte gebogene Doppelpunkte, er drehte Rückwärtshaken und häkelte und stickte Zeilen aus barocken Verzierungen auf das Papier. Er begann rechts am Blatt und trieb die Zeichen nach links. Und er begann unten am Blatt und arbeitete sich nach oben. Er machte absolut alles anders, wie spiegelverkehrt. Das Heft fast hochformatig schräggestellt, schrieb er nicht waagrechte, sondern fast senkrechte Zeilen und erzeugte dabei schmuckhafte Ornamente, die mehr als unleserlich waren. Unleserlicher als meine schlimmsten Notizen. Und viel unbekannter als nur nicht entzifferbar.

Ich presste meine Lippen aufeinander und schüttelte den Kopf. Dann erhob ich mich, warf mir die Umhängetasche über die Schulter und spazierte los, runter zur Straße, wo schon das Krachen und Röhren des Berber-Taxis zu hören war, das mich zur Küste mitnahm.

Emil Bobi

Jahrgang 1958, war 30 Jahre lang Journalist, die letzten fünfzehn als Chefreporter des Nachrichtenmagazins *profil,* hat zahlreiche Kriegsschauplätze bereist und ist für sein Markenzeichen, die investigative Recherche, wiederholt ausgezeichnet worden. Er lebt in Wien und in der Südsteiermark.